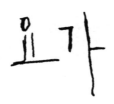

에마뉘엘 카레르 장편소설
임호경 옮김

만일 네가 네 속에 있는 것을 오게 하면, 네가 오게 하는 그것이
너를 구할 것이다. 만일 네가 네 속에 있는 것을 오게 하지
못하면, 네가 오게 하지 못하는 그것이 너를 죽일 것이다.

외경「토마의 복음서」

차례

제1부 울타리

제2부 1,825일

제3부 내 광기의 이야기

제4부 소년들

제5부 나는 계속 죽지 않는다

옮긴이의 말

제1부
울타리

도착

　나는 지난 4년 동안의 이야기를, 그러니까 내가 요가에
대한 기분 좋으면서도 세련된 책을 한 권 쓰려고 애썼고,
지하드 테러리즘과 난민 위기 같은 별로 기분 좋지도 세련
되지도 못한 것들을 대면해야 했고, 너무나 심각하여 넉
달 동안 생탄 병원에 입원해야 할 정도로 우울증에 빠져들
었고, 35년 만에 처음으로 내가 쓴 책을 읽지 못하게 될,
내 편집자를 잃어버렸던 이 4년 동안의 이야기를 어디선
가는 시작해야 하므로, 나는 내가 가는 곳에서는 어차피
빼앗기게 될 휴대폰을 가져가는 게 좋을지, 아니면 그냥
집에 두고 가는 게 좋을지 배낭을 꾸리면서 자문하고 있던
2015년의 그날 아침을 택하겠다. 나는 휴대폰을 두고 간
다는 극단적인 선택을 했고, 내가 사는 건물을 나오자마
자 이제는 전파망에서 벗어났다는 사실에 자못 흥분이 되

었다. 그리고 또 한 번의 작은 일탈을 위해 베르시역, 그러니까 리옹역의 분역(分驛)이라 할 수 있고 프랑스 오지를 전담하는, 소박하면서도 벌써부터 지방 분위기가 느껴지는 그 역에서 열차를 타기로 했다. 노후한 객차들, 일등칸은 좌석이 여섯 개고 이등칸은 여덟 개인 옛날식 객실, 나의 먼 어린 시절을, 그러니까 1960년대의 기차들을 상기시키는 밤색과 녹청색……. 군바리 몇이서 이 나라에 병역의무가 더 이상 존재하지 않는다는 사실을 모르는 것처럼 긴 좌석에 퍼져 누워 자고 있었다. 나의 유일한 이웃 승객은 먼지 낀 차창 쪽으로 고개를 돌리고는, 파리를 빠져나가는 곳과 그다음에 이어지는 동쪽 교외 지역의 낙서로 덮인 건물들이 가랑비 속에 지나가는 풍경을 바라보고 있었다. 체격도 등산객 같은 것은 물론 커다란 배낭까지 갖추고 트레킹 복장을 한 젊은 여자였다. 예전에 내가 지금보다 낫다고 할 수 없는 날씨에 베즐레에서 출발하여 그랬던 것처럼 그녀도 모르방으로 산행을 가는 것인지 아니면 — 모를 일 아닌가? — 나와 같은 장소로 가고 있는 것인지 궁금했다. 나는 일부러 책을 가져가지 않았고, 일종의 차분한 조바심 속에서 눈길과 마음이 가는 대로 바라보고 생각하며 한 시간 반의 도정을 보냈다. 그게 무엇인지는 정확히 알 수 없지만 모든 것에서 절연될 이 열흘, 누구도 내게 연락할 수 없고 누구도 만날 수 없을 이 열흘에 나는 많은 것을 기대하고 있었다. 나는 이런 나의 기대를 응시했고, 안달하는 자신을 차분하게 관찰하고 있었다. 재미있었다. 열차가 라로슈미젠에서 정차하자 커다란 배낭을 멘 젊은 여자는 나와 함께 내렸고, 나처럼 그리고 스무 명가량의 다른 사람들처럼, 셔틀버스가 우리를 태우러 오게 되어 있는 역 앞의 평지로 향했다. 말없이 버스를 기다리는 우리는 누가 누구인지 아무도 몰랐다. 우리는 각자 남들이 보기에는 자신이 얼마큼이나 정상적인 사람 같을까 자문하며 동행인들을 쳐다보았다. 내 눈에는 비교적 그렇게 보였다. 버스가 도착하자 어떤 이들은 두 명씩 앉고 나는 혼자 앉았는데, 출발 직전에 나이는 쉰 살 정도고 깡마르고 엄숙해 보이는 아름다운 얼굴의 여자가 마지막으로 올라타서는 내 옆자리에 앉았다. 그녀는 작은 목소리로 안녕하세요라고 재빠르게 인사한 뒤, 눈을 감으며 자신은 대화를 하고 싶지 않다는 뜻을 기분 나쁘지 않게 표시했다. 아무도 말하지 않았다. 버스는 아주 빨리 도시를 벗어나, 심지어는 덧창들까지 모든 게 닫혀 있는 것처럼 느껴지는 촌락들을 통과해 가며 좁은 도로를 달렸다. 그렇게 약 30분이나 갔을까, 버스는 떡갈나무들이 이어지는 흙길로 들어서더니 한 나지막한 농가 앞의 자갈 공터에 멈춰섰다. 우리는 버스에서 내려 짐칸에서 각자의 짐을 찾은 후에 건물로 들어갔다. 여자와 남자가 들어가는 문이 따로 있었다. 이렇게 해서 남자들끼리 모인 곳은 학교 식당처럼 꾸며진 커다란 홀이었다. 네온등으로 밝혀진 그 방의 벽은 옅은 노란색으로 칠해져 있었고, 불교의 지혜가 담긴 문구를 서예체로 쓴 포스터들로 꾸며져 있었다. 거기에는 새로운 얼굴들, 그러니까 버스에는 없었고 각자의 자동차로 온 사람들이 있었다. 한 포마이카 탁자 뒤에, 다른 이들은 모두 적어도 스웨터나 바람막이 재킷을 입고 있는데 반팔 티셔츠만 걸친, 밝은 얼굴에서 호감이 느껴지는 젊은 친구 하나가 새로 도착하는 이들을 한 사람씩 접수하고 있었다. 그에게 접수를 하기 위해서는 먼저 설문지 하나를 작성해야 했다.

설문지

커다란 양철 사모바르의 꼭지를 돌려 유리컵에 차를 채워 한 잔 준비한 다음 나는 설문지 앞에 앉았다. 양면으로 모두 네 장이었다. 첫 번째 질문은 오래 생각할 필요가 없는 것이었다. 인적 사항, 응급 시의 연락처, 건강상의 문제, 현재 받고 있는 치료……. 나는 지금은 건강이 양호하지만 여러 차례 우울증을 앓은 적이 있다고 밝혔다. 그다음에는 1) 비파사나¹는 어떻게 알게 되었는지, 2) 명상과 관련해서는 어떤 경험이 있는지, 3) 지금 삶의 어떤 시기에 있는지, 4) 이 수련회에서 무엇을 기대하고 있는지를 적어야 했다. 답변을 적을 공간은 종이의 3분의 1도 되지

1 불교나 요가에서 수행하는 직관 명상법. 석가모니가 개발했다고 알려져 있으며, 여러 현상들을 관조함으로써 통찰력을 얻는 수행법이다. 위빠사나, 관(觀), 능견(能見), 정견(正見), 관찰이라고도 한다. 이하 모든 주는 옮긴이의 주이다.

않았다. 나는 두 번째 질문 하나만 진지하게 다루기 위해서도 책 한 권이 필요할 거고, 내가 여기에 온 것은 바로 이 책을 쓰기 위해서이기도 하지만, 여기에 대해서는 말하지 않으리라 생각했다. 나는 그냥 신중하게, 난 20여 년 전부터 명상을 수행해 왔으며, 이 수행은 오랫동안 태극권(나는 완전히 초짜는 아니라는 것을 알리기 위해 보다 정확히 말해서 〈소주천(小周天)〉이라고 설명했다)과 연관되어 있었으며 지금은 요가만 하고 있다고 적었다. 하지만 이 수행은 불규칙적이었고 거기에 더 단단히 뿌리를 내리고 싶었기에 이 집중 프로그램에 등록했던 것이다. 〈지금 삶의 어떤 시기에 있는지〉에 대해 말하자면 난 지금 좋은 시기에, 거의 10여 년 전부터 계속되고 있는 너무나 긍정적인 주기에 있었다. 사실 이런 질문을 받았을 때 나는 안 좋다고, 너무 안 좋다고, 내가 지금 위치한 삶의 시기는 특별히도 *끔찍*하다고 대답했을 그 많은 해들을 거친 후에, 이제는 조금도 거짓말을 하지 않고 심지어는 내 행운을 줄여 말하기까지 하면서 정말이지 나는 지금 좋다고, 최근에는 우울한 일이 전혀 없었다고, 내게는 애정 문제도, 가정 문제도, 직업상의 문제도, 물질적인 문제도 없다고 대답할 수 있다는 사실이 놀랍기까지 했다. 지금 나의 문제는 단 하나(물론 이것도 문제이긴 하지만 결국 부자의 사치일 뿐이다), 거추장스럽고도 폭군적인 자아로, 나는 이게 날뛰는 것을 억제하고 싶었던바 이를 위한 수단이 바로 명상이었던 것이다.

다른 사람들

내 주위에 30여 명의 남자들이 있다. 앞으로 열흘 동안 나와 함께 앉아서 묵언 수행을 할 사람들이다. 난 슬그머니 그들을 살펴본다. 이 중에서 누가 위기를 겪고 있을지 궁금하다. 누가 나처럼 가족이 있을까? 누가 외롭고, 버려졌고, 가난하고, 불행할까? 누가 약하고 누가 단단할까? 현기증 나는 침묵 속에서 공황에 사로잡힐 위험이 있는 사람은 누구일까? 내가 보기에 스무 살에서 70대까지 다양한 연령대가 있다. 사회적 조건의 관점에서도 매우 다양하다. 쉽게 알아볼 수 있는 유형들도 있다. 캠핑족이고, 자연주의자이고, 채식주의자이고, 각종 동양 신비주의의 친구라 할 수 있는 고등학교 교사. 내가 최근에 르포르타주를 작업한 칼레의 〈노 보더 No Border〉[2] 활동가들 중에서 마주칠 수 있는 레게 머리와 페루 털모자 차림의 젊은 친구. 무술에 심취한 물리 치료사 혹은 정골(整骨) 의사. 그리고, 바이올리니스트일 수도 있고 SNCF[3]의 매표창구 직원일 수도 있는, 한마디로 뭘 하는 사람인지 도무지 가늠이 안 되는 다른 이들……. 선(禪) 수련 도장이나 산티아고 순렛길의 민박집에서 만날 수 있는 잡다한 고객 같은 사람

2 국경 철폐, 국가 간 자유 이동, 이민자 추방 금지, 불법 체류 합법화 등을 주장하는 국제적 조직. 1999년에 유럽에서 시작되었으며, 프랑스에서는 2009년부터 칼레에 머물며 영국으로 가고 싶어 하는 이민자들을 전폭적으로 지지하고 있다.

3 Société nationale des chemins de fer français. 프랑스 국유 철도 회사.

들이다. 이른바 〈고귀한 침묵〉은 아직 시작되지 않았으므로 우리는 얘기를 나눌 수 있고, 창문의 조그만 유리판들 뒤로 새카만 밤의 어둠이 아주 이르게 깔리기 시작할 때, 나는 자연스레 형성된 작은 그룹들의 대화에 귀를 기울인다. 대화 내용은 모두가 다음 날 아침부터 우리를 기다리고 있는 것과 관련되어 있다. 자주 들리는 질문은 〈그쪽은 여기가 처음이에요?〉이다. 내가 보기에 절반은 처음 온 사람들이고, 절반은 이미 몇 번 왔던 사람들이다. 신참들은 호기심과 흥분과 불안으로 가득하고, 고참들은 영예로운 경험의 후광에 싸여 있다. 이들 가운데 누군가가 연상이 되지만 그게 누군지 잘 모르겠는 작달막한 사내가 하나 있는데, 워낙에 부정적인 성향인 나는 관심을 곧바로 그에게 집중한다. 뾰족한 염소수염을 달고 와인색 자카르 스웨터를 입은 그는 보기 민망할 정도의 자만심을 풍기면서, 차크라 조정[4]과 내려놓기[5]의 좋은 점들에 대해 설명해 주는 상냥하고도 인자한 현인 행세를 하고 있다.

---

4 요가나 명상에서 차크라는 인체의 에너지 중심으로서, 신체의 주요 기관과 연결되어 에너지 흐름을 조절하고 균형을 맞추는 역할을 한다고 여겨진다. 모두 일곱 개의 차크라가 있는데, 이것을 조정하면 건강과 정신적 안정에 도움이 된다고 한다.

5 현재의 순간에 집중하기 위해 불필요한 생각이나 걱정을 내려놓는 것. 〈버리기〉 혹은 〈놓아 주기〉라고도 한다.

순간 이동과 티루반나말라이

내가 처음 비파사나에 대한 얘기를 들은 것은 2011년 봄, 인도에서였다. 어떤 책을 끝내기 위해 퐁디셰리[6]에 집을 임대한 나는 아무와도 말하지 않으면서 거기서 두 달을 머물렀다. 매일 똑같이 흘러가는 나의 하루는, 내가 알기로는 에스프레소 커피를 제공하는 유일한 카페에서 『타임스 오브 인디아』를 읽는 것으로 시작되었다. 그런 다음에는 모퉁이가 직각으로 꺾이고 식민지 시대의 노후한 건물들이 늘어서 있으며, 아리스티드브리앙가(街), 피에르로티가, 혹은 마레샬포슈 대로 같은 이름을 가진 거리[7]들을 따라 상념에 잠긴 발걸음으로 나의 러시아 모험 소설 『리모노프』를 작업하러 돌아오곤 했다. 나는 퐁디셰리의 무수한 개들이 짖어 대며(그중 몇 마리의 소리는 구별할 수 있게 되었다) 합창을 시작하는 시간에 일찍 잠자리에 들었고, 도마뱀붙이가 꽥꽥거리는 소리나 새벽빛에 잠이 깨어 일찍 일어나곤 했다. 이처럼 박물관도 역사적 기념물도 방문하지 않고 관광의 의무 없이 집에만 틀어박혀 지내는 생활은 나로서는 외국 체류의 이상(理想)이라 할 수 있다. 그래도 위대한 신비주의자 라마나 마하르시가 설법했고, 아직도 그의 암자가 있기에 인도 영성의 성지라 할 수

---

6 인도 남동부에 있는 도시.
7 아리스티드 브리앙, 피에르 로티, 마레샬 포슈(포슈 원수)는 모두 프랑스의 정치가, 문인 혹은 군인의 이름이다.

있는 티루반나말라이는 한 번 찾아갔다. 나는 이 성지에서 몹시 나쁜 인상을 받았다. 그곳은 온갖 종류의 구루들이 영적 세미나를 제공하는 시장 바닥, 헬쑥하고, 멍하고, 더럽고, 자만심과 고통이 동시에 느껴지는, 서양의 가짜 사두[8]들을 떼거리로 끌어들이는 시장 바닥이었다(요가 수행자들로부터, 그들이 위대한 스승의 가르침을 받고자 인도의 아슈람[9]들에 찾아가고 싶다는 얘기를 들을 때마다 생각나는 게 바로 이곳이다). 내가 생각하기로는 티루반나말라이가 됐든 리시케시[10]가 됐든 간에, 위대한 스승의 가르침을 받을 수 있는 가능성이 요가의 발상지로 여겨지는 이곳들보다 적은 곳은 세상에 없을 것이다. 차라리 테르트르 광장[11]에서 독창적인 화가를 만날 수 있는 가능성이 더 크지 않을까? 내가 퐁디셰리에서 사귄 유일한 친구인 베르트랑과 상드라는 거기에 사는 한 프랑스 남자를 내게 소개해 줬다. 새하얀 장삼을 걸친 그는 자신의 이름은 디디에인데, 비스밀라라고 불러 달라고 했다. 내가 그의 영적 여정에 대한 질문을 하자 비스밀라는 자신에게 있어

8 깨달음을 얻기 위해 고행의 삶을 사는 요가 행자. 머리카락을 자르지 않거나 알몸으로 지내기도 하는 그들은 인도의 아슈람에서 많이 볼 수 있다.

9 힌두교나 요가의 수행자들이 함께 기거하며 정신적 훈련이나 수행을 하는 장소. 수도승이나 스승이 가르침을 베풀기도 하는 이 아슈람은 인도 전역에 산재해 있어, 명상이나 요가에 관심이 많은 여행자들이 즐겨 찾기도 한다.

10 인도의 히말라야산맥 기슭에 자리 잡은 도시로, 힌두교 신자들과 요가 수행자들이 많이 찾는 성지다.

11 몽마르트르 언덕 꼭대기에 위치한, 카페들과 상점들로 둘러싸인 광장. 관광객의 초상화를 그려 주는 거리의 화가들이 득실댄다.

서 중요한 전환점은 어느 비파사나 수련회였다고 대답하면서, 열흘간의 이 명상 집중 훈련 코스는, 그의 표현을 빌리자면, 자신의 머리를 깨끗이 청소해 줬다는 거였다. 나는 나름대로 명상 수행을 하고 있었고, 〈머릿속 대청소〉에 대해서는 크게 반대할 이유가 없었으므로 이 연수에 대해 좀 더 알아보고 싶었지만, 이 비스밀라가 영적 여정의 다음 단계를 위해 어떤 순간 이동 세미나에 대한 기대감으로 이곳 티루반나말라이까지 오게 되었다는 말을 듣고는 관심이 약간 식어 버렸다. 그는 이 세미나에 실망했노라고 고백했다. 나는 잠시 어안이 벙벙했다. 순간 이동이란 오직 정신력만으로 한 장소에서 다른 장소로 순간적으로 이동하는 것을 말한다. 첸나이에서 사라져서 다음 순간에 뭄바이에서 나타나는 식이다. 이것의 한 변종이라 할 수 있는 동시 양소 존재(同時兩所存在)는 한 사람이 동시에 두 장소에 존재하는 것이다. 코페르티노의 성 요셉[12] 같은 드물고도 위대한 성자들이 이런 엄청난 일들을 해냈다고 많은 전승들이 주장하고 있지만, 과학자들은 차치하더라도 종교 당국들마저 이에 대해 신중한 입장을 취하고 있는 실정이다. 만일 어떤 친구가 누구나에게 열려 있는 세미나에 온라인 등록을 한 뒤에 마치 스쿠버 다이빙 일일 코스에 등록하면서 대왕쥐가오리를 목격하기를 기대하듯 그런 체험을 할 수 있기를 기대한다면, 이 친구를 열린 정신

12 17세기 이탈리아 카푸친회의 수도승으로 가톨릭 성자 중의 하나. 특히 비행하는 초능력이 있었다 하여 〈비행 성자〉라고도 불린다.

의 한 모범적인 예로 봐야 할 것인가 아니면 순진하게 그런 헛소리를 믿다가 나중에는 실망하는 멍청이로 봐야 할 것인가……? 나는 정말이지 알 수 없었다.

나의 방

내가 불안한 것은 숙박 문제이다. 여기에는 개인실과 공동 침실이 있고, 물론 나는 개인실을 사용하고 싶지만 아마도 모든 사람이 개인실을 선호할 거고, 내가 다른 사람들보다 개인실이 더 필요하다고 주장할 근거는 전혀 없다. 다른 곳 같았으면 돈이 문제를 해결했으리라. 제일 좋은 자리는 가장 부유한 사람에게 돌아가고 나는 체면을 차리지 않을 것이다. 하지만 우리는 이곳에 무료로 들어왔다. 가르침, 숙소, 식사, 이 모든 게 무료이다. 수련회가 끝난 후에 자신의 형편에 따라 다른 사람이 액수를 모르게끔 기부를 할 수 있을 뿐이다. 하지만 여기에는 분명히 뭔가 다른 기준이 있을 것이다. 어쩌면 여기에 도착한 순서일 수도 있겠고…… 아니면 그냥 무작위로 정하는 건가? 예를 들면 제비를 뽑아서? 작성한 설문지를 호텔리어 역할을 하는 호감 가는 젊은 친구에게 가져다주면서, 나는 이게 단순히 그의 재량에 달렸을 경우를 대비하여 호기심 어린, 그리고 공모자 같은 미소를 살짝 지어 보이며 물어보니, 그 역시 미소를 지으면서 아니, 이것은 제비뽑기로 정하는 게 아니라고 대답한다. 이것은 나이에 따라 정하며, 개인실은 가장 나이 많은 사람들에게 돌아간단다. 호감 가는 젊은 친구는 내게 열쇠를 건네주었고, 열쇠를 받아 든 나는 중앙 건물 뒤편에 펼쳐진 축축이 비에 젖은 정원으로 나간다. 왼쪽에는 열흘 동안 하루에 10여 시간씩을 보내게 될 커다란 헛간이 있고 오른쪽에는 조립식 방갈로들이 세 줄로 나란히 서 있다. 내 방갈로는 첫 번째 줄에 있다. 넓이는 10제곱미터, 리놀륨 바닥, 1인용 침대 하나, 침대 밑에는 시트와 이불과 베개가 든 플라스틱 궤짝 하나, 샤워실, 세면대, 화장실, 그리고 조그만 벽장 하나…… 생활에 필요한 최소한의 것들을 갖추고 있고 모든 게 아주 깨끗하다. 또 난방도 잘 되는데, 겨울에 이 모르방 지방에서는 중요한 점이다. 빛이 나오는 곳으로는, 커튼으로 덮을 수 있는 문의 채광 유리창을 제외하면 천장에 달린 무광택 전구 하나가 유일하다. 그렇게 명랑한 분위기는 아니고, 나로서는 침대 옆에 머리맡 스탠드라도 하나 있으면 좋겠지만 여기서 우리가 무언가를 읽을 일은 없기 때문에…… 나는 침구로 침대를 정리하고 가지고 온 소지품을 벽장에 정리해 넣는다. 따뜻하고 편한 옷들. 큼직한 스웨터에서부터 조깅 바지, 양말까지(지금은 멋 부릴 때가 아니다). 내 요가 매트, 쌍둥이를 표현한 테라 코타 조각상 하나. 높이는 12센티미터이며 풍만하고도 둥근 형태들로 이뤄진 이 조각상은 어느 사랑하는 여인이 선사했고, 내가 어디에나 가지고 다니는 은밀한 마스코트이다. 다시 말해서 책도 휴대폰도 없고 거기에 따르는 충전기도 없다. 호감형의 젊은 친구는 접수하면서 혹시 내게 열흘 동안 맡겨둘 물건이라도 있는지 물었다. 이를 위한 보관소가 있다는 거였다. 나는 없다고, 여기 오기 전에 집에 다 놔두고왔다고 아주 자랑스럽게 대답했다. 내가 두 달 전에 등록하면서 알게 된 이 지시 사항을 모든 사람이 이렇게나 꼼꼼하게 지켰겠는가? 모두가 서약한 것은 사실이다. 모두가 열흘 동안 이런 것들 없이 지내기로, 외부와 연락하지않고 지내기로 약속한 것은 사실이지만 만일 누군가가 속인다면 그걸 어떻게 확인하겠는가? 몰래 반입한 책이나휴대폰을 압수하기 위해 개인실과 공동 침실을 불시에 조사하는 일은 있을 것 같지 않다.

그런데 만일 그렇다면?

북한?

비파사나 수련회는 명상의 특공 훈련이라 할 수 있다. 열흘 동안 하루에 열 시간씩 모든 것에서 절연되어 말 한마디 안 하고 보낸다는 것은 결코 쉬운 일이 아니다. 인터넷 포럼에서는 많은 이들이 이 까다로운 체험에 만족했다고 말하고 심지어는 이를 통해 자신이 완전히 변화했다고주장하는 사람도 있지만, 이것이 일종의 사이비 종교식 집단 훈련이라고 고발하는 사람도 있다. 그들은 이곳을 일종의 집단 수용소로, 매일 있는 콘퍼런스는 반론은 말할 것도 없고 어떠한 토론도 허용하지 않는 일종의 세뇌 교육장으로 묘사한다. 한마디로 이곳은 북한이라는 것이다. 침묵의 의무, 고립된 상황, 그리고 불충분한 음식은 참가자들의 방어 능력을 저하시키고 좀비로 만든단다. 거기 있는 게 몹시 불편하게 느껴진다 해도 떠나는 게 금지된다. 하지만 옹호자들은 천만에, 전혀 그렇지 않다고 반박한다. 만일 떠나고 싶다면 아무도 막지 않는다는 것이다. 단지 강하게 만류할 뿐이며, 무엇보다도 본인 스스로가 떠나지 않겠다고 사전에 약속한다는 것이다. 이러한 설전은 호기심을 자극했을 뿐 조금도 나를 불안하게 하지 않았다. 나는 자신이 사이비 종교식 집단 훈련 같은 것에 당할 리가 없다고 믿으며, 단지 궁금해서 직접 한번 보고 싶을 뿐이다. 〈와서 보라〉라고 그리스도는 그에 대해 갖가지 상반되는 소문을 들은 사람들에게 말했고, 내게는 이것이 언제나 최선의 방침으로 느껴진다. 가급적 최소한의 편견을 가지고, 아니면 적어도 이 편견들을 의식하면서 직접 가서 보는 것 말이다.

브르타뉴의 자푸

나는 결혼을 두 번 했고 그때마다 가족사진 앨범을 만들었다. 이런 앨범들은 이혼할 때 어느 쪽에 남아야 할지 알수 없는 것들이다. 아이들은 이 앨범들을 향수 어린 눈으로 들여다보곤 하는데, 왜냐하면 이것들은 그들이 어렸던 시절, 부모가 서로를 제대로 사랑하던 시절, 아직 상황이 나빠지지 않았던 시절을 보여 주기 때문이다. 첫 번째 아내 안과 나는 여름 휴가철이면 우리가 집을 한 채 임대한 브르타뉴의 라르쿠에스트곳에서 지내곤 했다. 이 집은 낡았을 뿐 아니라 관리도 제대로 안 되고 있었는데, 그 이유는 이 집의 공동 소유주들이 왜 자기 형제가 아닌 자기가 전구를 갈아야 하는지 이해하지 못했기 때문이었다. 그럼에도 이 집은 너무나 멋진 곳이었다. 브레아섬을 마주한 이 집에서는 너무나 가파르고 다니는 사람이 거의 없어 여름마다 낫 모양의 칼로 길을 터야 하는 숲길을 통해 연결되는 바다가 내려다보였다. 안은 믿을 수 없을 만큼 예뻤다. 그녀는 세일러복이며 노란 방수복 따위를 입었고, 나는 앞머리를 늘어뜨린 채 조그맣고 둥그런 선글라스를 끼곤 했다. 딴에는 성숙한 남자처럼 보이고 싶었지만 실제로는 10대 소년 같은 모습이었다. 우리는 아침마다 마을 빵집에 가서 크레이프[13]를 사 왔고, 저녁이면 큼직한 게들을 사러 양어장으로 갔다. 앨범에는 우리 집 아이들이 나온 사진이 수도 없이 많은데, 그 가운데는 서너 살 먹은 가브리엘이 나와 함께 해변에서 〈해맞이〉라고 불리는 일련의 기본적인 요가 자세를 하고 있는 모습도 있고, 장바티스트가 자푸[14] 위에 앉아 너무나도 예쁘고 명랑한 웃음을, 행복한 아이의 웃음을 터뜨리고 있는 모습도 있다. 이 사진들은 내가 여기서 얘기하는 수행들이 언제 시작되었는지를 알려 준다. 즉 이 1990년도 초부터 이미 내게 자푸가 있었음을 증언하는 것이다. 벌써 이때부터 나는 아침 일찍, 자신의 호흡과 생각의 흐름을 관찰하기 위해 다른 사람들이 깨지 않도록 조심하면서 일어나 그 위에 앉곤 했다. 혹시 모르는 분이 있을까 해서 말하는데, 자푸는 명상의 정좌 자세를 위해 특별히 만들어진 둥글고도 탄탄한 일본식 방석이다. 내 아들들은 이 검은색의 자푸를 어떤 친

---

13 메밀가루 반죽을 얇게 부치고 그 위에 다양한 속 재료를 얹어 싸 먹는 프랑스 요리.

14 일본어의 〈자부통(방석)〉에서 온 말.

근한 동물을 부르듯 불렀다. 그러니까 인근의 어딘가에 살고 매일 찾아오곤 하여 우리가 〈불쌍한 친구〉라고 부르던 외눈의 더러운 믹스견이 첫 번째 개라면, 이 자푸는 집의 두 번째 개인 셈이었다. 나는 이런 추억들이 나와 안과 우리 아이들에게만 흥미로울 수 있으며, 이것들에 미소 짓거나 울 사람은 세상에 오직 우리 넷뿐이라는 사실을 잘 알고 있다. 왜 이런 개인적인 얘기들을 주절주절 늘어놓느냐고? 독자분들에게는 죄송한 말씀이지만 어쩔 수 없다! 여러분들은 작가들이 이런 종류의 일을 이야기하는 것을, 다시 읽어 보면서 삭제해 버리지 않는 것을 참아야 한다. 왜냐하면 그들에게 이런 것들은 소중하고, 글을 쓰는 것은 바로 이런 것들을 구해 내기 위해서이기 때문이다.

산에서 하는 태극권

설문지에도 썼듯이, 내가 명상을 시작하게 된 것은 태극권 덕분이었다. 당신은 태극권이 무엇이라고 생각하는가? 공원에서 나이 든 사람들이 중국옷을 입고 하는 그 아주 느린 동작들? 어떤 춤? 체조? 무술? 원래 이것은 무술이었지만 불행히도 지금은 이 차원을 제거한 채로 가르치고 있다. 나는 당시 우후죽순으로 늘어나고 있던, 향불을 피워 각자의 차크라들을 열라고 권고하는 그 뉴에이지 그룹

중의 하나가 아니라, 집에서 가깝다는 이유로 우연히 몽타뉴생트준비에브가(街)의 도장에 들어가게 된 것을 아주 다행으로 여긴다. 향불은 몽타뉴 도장 스타일이 아니었다. 1950년대에 앙리 플레라는 선구자가 세운, 파리에서 가장 오래된 가라테 도장인 이곳은 내가 아들과 함께 처음 찾아갔을 때 파스칼이 이끌고 있었다. 파스칼은 세 살 때 흰 띠를 선물로 받은 이후로 무수한 가라테인들을 길러 낸 사람이지만, 세월이 가면서 고강도의 훈련은 등과 무릎과 관절 들을 망가지게 한다는 사실을 알게 되고는 보다 부드럽고 덜 날카로운, 힘보다는 유연성을 중시하는 테크닉을 찾기 시작했다. 하여 그는 양진밍이라는 중국 사범의 지도하에 공부하게 되었는데, 이 양진밍 박사는 단지 무술가일뿐 아니라 이른바 〈내가권(內家拳)〉이라는, 거의 무한하다고 할 수 있는 무술 분야를 연구하는 매우 수준 높은 학자이기도 했다. 나는 아직도 그의 책을 대여섯 권 가지고 있는데 모두가 당시에 열정적으로 읽던 것들이다. 왜냐하면 난 몇 달 만에 이 몽타뉴 도장에 흠뻑 빠져 버렸고 거의 10년을 그렇게 살았기 때문이다. 나는 〈도장〉이라는 그 기묘한 사회에서 매주 서너 번씩 훈련을 하고 양 박사의 연례 세미나에 꼬박꼬박 참여하며 10년을 보냈다. 저녁 식사나 파티보다도 더 좋았던 것은, 단지 수다를 떨기 위해서 혹은 그냥 얼굴을 보기 위해서가 아니라 무언가를 같이 하기 위해 모이는 동호인들의 관계였다. 등산이든, 축구든, 오토바이든, 그게 무엇이든, 내가 이상적으로 생각하는 동호인 관계는 몇몇 친구와 함께 실내악을 하는 거였다. 예를 들면 아마추어 현악 사중주단에서 비올라를 연주하는 것이다. 누군가의 집에 가게 되면 형식적으로 몇 마디를 나누고는 금방 악보대를 세우고 악보를 펼친 다음 「안단테 콘 모토」의 열여섯 번째 소절을 다시 시작한다. 나는 이런 즐거움을 알고 있는 내 동료 작가 파스칼 키냐르가 너무 부러운데, 애석히도 나는 음악을 사랑하지만 연주할 줄도, 악보를 읽을 줄도 모르기 때문이다. 그런데 내가 생각하기에 태극권 수련은 악기나 성악 수련과 닮은 점이 많다. 태극권 수련도 똑같이 인내심, 엄격함과 몰입을 요구하며, 어느 피아니스트가 피아니시모라는 건반상의 한없는 느림을 반복하고 다듬듯 무한히 느린 동작들을 반복하고 다듬는다. 그러면서 그 많은 시간을 보내는, 너무나도 다른 환경과 기질의 이 모든 사람들이 내게는 모두 친구처럼 느껴지는 것이다. 방금 전에 나는 우리는 모두 같은 것을 위해 모였고 같은 갈망이 우리를 묶고 있다고 말하려고 했지만 정확히 말하자면 그것은 아니었다. 몽타뉴 도장에는 본질적으로 두 종류의 사람들이 있었다. 한편에는 정통 가라테인이자 파스칼의 근위대, 다시 말해서 자신의 이웃을 두들겨 패는 법을 배우기 위해 온 건장한 무술인들이 있었고, 다른 한편에는 이 주먹꾼들과의 대비를 위해 내가 〈정신주의자〉라고 부르고 싶은 사람들, 그러니까 도장의 엄격한 요구에 금방 반감을 느끼는 뉴에이지 수다쟁이들이 아니라, 선(禪)과 도(道)와 명상에 관심을 가진 사람들이 있었다. 그런데 아름다웠던 것은, 파스칼과 양 박사의 지도하에 이 두 그룹이 평화롭게 공존했을 뿐만 아니라 서로의 관심사를 교류했다는 사실이었다. 이런 식으로 바뀌리라고 예언했다면 양측 다 경악했겠지만, 아주 자연스럽게 정신주의자들은 내가 그랬듯이 태극권 외에 가라테도 배워 태극권을 보다 전투적으로 만들었으며, 또 주먹꾼들은 조그만 방석 위에 꼼짝하지 않고 앉아 자신의 호흡을 관찰하게 되었던 것이다.

그것은 복잡하다

조그만 방석 위에 꼼짝하지 않고 앉아서 자신의 호흡을 관찰하는 것은 갈수록 확산되고 있는 수행법이며, 그것은 여러분이 보시겠지만 내 인생이 보다 파란만장해지지 않았다면 이 이야기의 유일한 주제가 되었을 〈명상〉이라고 하는 것이다. 양 박사는 이것을 신중하게 가르쳤다. 그는 중국인이고, 테크닉을 중시했으며(아, 정말이지 힘들었다!) 모든 게 졸속하게 이뤄지는 것을 싫어했고, 명상을 무술의 완성으로 여겼을 뿐 아니라 동시에 그것이 깨울 수 있는 아주 강력한 힘들 때문에 위험한 수행법으로도 간주했다. 그는 우리에게 이런 위험성들에 대해 경고했지만 나로서는 그런 것들을 한 번도 경험해 보지 못했다. 아니면 경험하면서도 의식하지 못했을 수도 있고. 그것도 아니라면, 아마 이 가능성이 가장 클 텐데, 내가 그런 위험을 겪을 수 있는 단계에 도달하지 못했을 수도 있고, 앞으로 도 영원히 도달하지 못할 수도 있다. 내려가고 갈라지는 길들, 우리 내부의 심연에 이어지는 그 위험한 길들에서 우리가 헤매지 않기를 바라는 마음에서, 또 나중에 경험 하게 될 황홀경을 초심자들에게 조금이나마 맛보게 해주 려는 배려에서, 양 박사는 우리에게 기의 흐름도(圖),[15] 경 맥선, 순호흡(불교)과 역호흡(도교), 그리고 ― 명상 수행 의 수준에 관련된 문항지에 내가 썼듯이 ― 대주천과 소 주천 등과 함께 명상의 기초적인 것들을 가르쳐 주었다. 다음에 나는 다른 사범 파에크 비리아를 가까이했는데, 아헹가 요가의 심오한 지식을 창시자인 B.K.S. 아헹가에 게서 직접 전수받은 이 파에크 비리아는 양 박사보다 한술 더 뜬다. 그는 명상을 시작하기 위해서는 적어도 10년 동 안 부지런히 수련해야 한다고 말한다. 우선 골반을 열고, 가슴을 열고, 어깨를 열고, 반다[16]들을 맞추고, 차크라들 을 맞추고, 프라나야마[17]의 모든 테크닉을 완벽히 구사해 야만 비로소 명상이라는, 존재를 변화시키는 이 신비롭고 도 위대한 것이 올 수 있는데, 그것은 저절로 온다는 것이

15 인간의 몸과 마음에 있다고 믿어지는 에너지, 혹은 기의 흐름을 눈으로 이해할 수 있게끔 표시한 그림이나 도표. 영어로는 force diagram 혹은 energy diagram이라고 한다.

16 요가나 명상에서 신체의 특정 부분을 제어하여 에너지를 조절하고 순 환시키는 행법. 그 신체 부분은 목, 복부, 회음부에 있다고 여겨진다.

17 하타 요가의 호흡 수련법.

다. 그 전에 하는 모든 것들은 명상을 가능하게 하기 위한 예비 작업일 뿐이다. 만일 누군가가 아헹가 요가 학원을 찾아와 여기서 요가 자세 외에 명상도 조금 할 수 없느냐고 순진하게 묻는다면, 사람들은 그를 너그러운 마음으로 봐주긴 하겠지만 어쨌든 약간 덜떨어진 친구라고 생각할 것이다. 그러고는 점잖게 설명해 줄 텐데, 요즘 인기 있는 구루들이나 개인 입문서들이 이른바 〈명상〉이라고 부르는 것은 하든 아무것도 안 하든 전혀 차이가 없다고 말할 것이다. 즉 오랜 준비 작업을 거치지 않으면, 자푸에 앉아 자신의 호흡이나 미간에 정신을 집중하며 수천 시간을 보내느니 차라리 그 시간에 낮잠을 자는 게 낫다는 것이다.

그것은 간단하다

내가 개인적으로 겪은 이 두 사범은 각자 분야의 연구자인 동시에 예술가라 할 수 있는 위대하고도 참된 스승들로, 난 이분들의 권위에 이의를 제기하지 않는다. 하지만 아주 조금이나마 경험을 해본 나로서는 보다 덜 험준한 길, 아무것도 아닌 작은 길, 모두가 갈 수 있는 오솔길을 통해서도 명상에 접근할 수 있으며, 명상에 들어갈 수 있는 기술을 단 10분 만에 배울 수 있다고 생각한다. 그것은 앉아서 얼마간의 시간 동안 움직이지 않고 조용히 있는 것이다. 움직이지 않고 조용히 앉아 있는 그 시간 동안에 일어나는 모든 것이 명상이다. 나는 종종 명상에 대한 좋은 정의(최대한 적확하고 단순하고 포괄적인 정의)를 찾아보곤 했는데, 내가 이 이야기를 해가면서 차례로 꺼내게 될 다른 여러 가지 정의들도 찾아냈지만 이것이 내게는 최고의 것으로 느껴지니, 가장 구체적이고도 위압적이지 않은 것이기 때문이다. 다시 반복하거니와, 명상은 우리가 움직이지 않고 조용히 앉아 있는 시간 동안에 자기 안에서 일어나는 모든 것을 말한다. 지루함도 명상이다. 무릎이 아픈 것도, 등과 목덜미가 아픈 것도 명상이다. 떠오르는 여러 가지 잡생각도 명상이다. 배 속에서 나는 꼬르륵거리는 소리도 명상이다. 지금 내가 이른바 〈구도(求道)〉를 위해 이런 헛짓거리를 하면서 시간을 허비하고 있다는 느낌도 명상이다. 머릿속으로 전화 통화를 준비하는 것, 전화를 걸기 위해 방석에서 일어나고 싶은 생각도 명상이다. 이런 마음에 저항하는 것 또한 명상이다(하지만 여기에 굴복하는 것까지 명상인 것은 아니다). 이게 다다. 더 이상은 없다. 여기서 더 이상의 것은 지나친 것이다. 만일 이것을 규칙적으로, 하루에 10분, 20분, 30분씩 한다면, 움직이지 않고 조용히 앉아 있는 이 시간 동안 일어나는 것들은 차츰 변한다. 자세가 변한다. 호흡이 변한다. 생각들이 변한다. 이 모든 것이 변하는 것은 어차피 이 세상 모든 것이 변하기 때문이기도 하지만, 우리가 이것을 관찰하기 때문이기도 하다. 명상 중에 우리는 아무것도 하지 않는다. 아무것도 하지 않는 게 무엇보다도 중요하며, 다만 관찰해야 한다. 우리는 생각과 감정과 감각 들이 의식 가운데 나타나는 것을 관찰한다. 또 그것들이 사라지는 것을 관찰한다. 그것들의 뿌리와 지탱해 주는 것과 소실점 들을 관찰한다. 그것들이 어떻게 지나가는지 관찰한다. 그것들에 동조하지도 않고, 그것들을 거부하지도 않는다. 그 흐름을 따라가되, 거기에 휩쓸리지는 않는다. 이렇게 하면 삶 자체가 변한다. 처음에는 이 변화를 의식하지 못한다. 자신이 무언가의 언저리에 있다고 어렴풋이 느낄 뿐이다. 그러다 점차 그것이 선명해진다. 〈나 자신〉이라고 부르는 것에서 조금, 아주 조금 떨어져 나오게 된다. 아주 조금이지만 그 일은 대단한 것이다. 엄청난 것이다. 해볼 만한 가치가 있는 것이다. 그것은 어떤 여행이다. 한 선시(禪詩)는 이렇게 말한다. 이 여행이 시작되었을 때, 멀리 있는 산은 어떤 산처럼 보인다. 여행을 함에 따라 산은 계속 모습이 변한다. 무수한 환영들이 산을 대체하여 더 이상 그것을 알아볼 수가 없고 자신이 어디로 가고 있는지 더 이상 알지 못한다. 여행이 끝나면 다시 그것은 산이 되는데, 이것은 오래전에, 우리가 길을 떠났을 때 멀리서 보았던 것과는 아무 상관이 없다. 그것이 정말로 산이다. 마침내 그것을 보게 된다. 거기에 도달한 것이다. 거기에 있는 것이다.

거기에 있는 것이다.

술에 취해 명상하기

라르쿠에스트에서 여름을 보내던 시절, 우리는 술을 많이 마셨고 찾아오는 친구들도 꽤 많이 마셨다. 하지만 팽폴의 코데크[18] 슈퍼마켓에서 마주치곤 하던 장프랑수아 르벨[19]만큼은 아니었다. 짤막한 목에 찌푸린 얼굴을 하고서 싸구려 와인병으로 채운 카트를 밀고 다니던 그는 뇌출혈 환자였음에도 여전히 날카로운 지성과 명철함이 가득한 눈부신 책들을 쓸 수 있었다. 나는 프루스트에 대한 더 뛰어난 책들과, 좌파 지식인들의 전체주의와 추잡함에 대한 더 적확하고도 더 조지 오웰적인 시각을 알지 못하며, 또 이러한 사람이 정신의 독립성을 추구했다는 공통점이

18 프랑스의 슈퍼마켓 체인 이름.
19 Jean-Fransois Revel(1924~2006). 프랑스의 저명한 저널리스트, 철학자, 작가.

있었던 시몽 레[20]와 마찬가지로 그렇게나 다양한 호기심을 키워 왔다는 게 너무 마음에 든다. 나는 30년 후에 그의 프랑스 시(詩) 사화집이 사실상 내 삶을 구원하게 되리라고는 상상조차 하지 못했다. 또 나는 그가 마티외 리카르[21]의 부친이라는 사실도 알지 못했다. 당시에는 마티외 리카르가 누구인지 아는 사람은 아무도 없었다. 그가 달라이 라마의 오른팔이라는 것도, 나중에 프랑스에서 가장 유명한 불교와 명상의 전도사가 되리라는 것도 아무도 몰랐다(하지만 나는 그의 전도 방식이 약간 눈에 거슬리는데, 왜냐하면 짙은 황색의 장삼과 〈세상의 종교들은 종파적이고도 전문화된 것이지만, 내가 여러분에게 가르치는 것은 종교가 아니고 진리입니다〉라고 단언하는 종교인들에 대해 알레르기가 있기 때문이다). 요컨대 그때 우리는 술을 많이, 너무 많이 마셨고, 그 결과 나는 꾸준히 명상을 하긴 했지만 숙취 상태에서, 혹은 완전히 술 취한 상태에서 하는 일이 많았다. 나는 만취한 상태에서 기와 에너지를 순환시키는 훈련을 하곤 했다. 먼저 그것들을 척추에서 정수리까지 끌어 올린 다음 몸 앞쪽을 따라 내려오게 하는데(대략 말하자면 이게 바로 〈소주천〉이다), 이 모든 것을 자기 암시의 도움을 받아 가면서, 그리고 좀처럼 가라앉힐 수 없을 뿐 아니라 그 순간에는 굉장한 것으로 느

20 Simon Leys(1935~2014). 벨기에 출신의 호주 작가. 수필, 문학 평론, 번역, 미술사, 범죄학 등 다방면에서 활약했다.
21 Mathieu Ricard(1946~). 프랑스의 작가, 사진가이며, 네팔의 사원에 거주하는 티베트 승려이기도 하다.

껴지기까지 하는 온갖 잡생각이 소용돌이치는 가운데 행했다. 물론 나중에는 생각이 바뀌었다. 술에 취하든 마약에 취하든 간에 ─ 나는 종종 둘 다인 경우도 많았지만 ─ 그 순간에는 금싸라기를 잡았다고 생각하지만, 나중에 보면 손안에 염소 똥만 가득한 것이다. 지금은 조금 진정이 되었는데, 그것은 나이 때문이다. 나는 여전히 술에 취하는 것을 좋아하지만 술에 점점 약해져서, 라르쿠에스트에서는 한번 진탕 마시고 나서도 다음 날 저녁에 다시 씩씩하게 마셔 댔는 데 반해, 지금은 회복하는 데 사나흘이 걸린다. 술에 취해 명상한다는 것은 말도 안 되는 얘기라는 데에 나도 동의하지만, 당시에는 내가 자신의 취한 상태를 관찰한다고 확신했다. 왜냐하면 명상의 좋은 점은 ─ 이게 명상의 두 번째 정의일 수 있을 텐데 ─ 자신 안에서 일어나는 생각의 소용돌이를 엿보면서도 거기에 휩쓸리지 않는, 일종의 증인을 불러온다는 점이기 때문이다. 우리는 혼돈과 혼란일 뿐이고 추억과 두려움과 유령과 헛된 기대 들이 뒤죽박죽으로 섞인 잡탕에 불과하지만, 우리 안에서 보다 차분한 누군가가 깨어 있으면서 이 모든 것을 보고해 주는 것이다. 물론 알코올과 마약은 이 비밀 요원을 전혀 신뢰할 수 없는 이중 스파이로 만든 게 사실이다. 하지만 나는 이런 식으로 계속해 왔다. 많게든 적게든 항상 지속해 왔고, 내가 요즘 서점에서 너무나 잘나가는 자기 계발서들의 나의 버전이라 할 수 있는 이 책을 이렇게나 고집스레 쓰려 하는 것은 자기 계발서들이 거의 말하지 않는 한 가지 사실을 상기하기 위함이니, 그것은 무술 수련자들, 그리고 선이나 요가나 명상 등 내가 평생 기웃거려 온 이 지혜롭고도 유익하고 위대한 것들의 신봉자들로는 반드시 현인이나 조용하고 차분하고 평정한 사람만 있는 게 아니요, 때로는, 아니 많은 경우에, 나처럼 불쌍하기 짝이 없는 신경 쇠약증 환자들도 있지만, 그럼에도 레닌의 그 굳센 문장처럼 〈있는 재료를 가지고 작업해야〉 하며, 결국 우리가 아무 데도 이르지 못한다 할지라도 이 길을 고집스레 가는 게 옳다는 것이다.

궁지에서 벗어났다?

어딘가 실망이 느껴지는 앞의 글은, 내가 얘기하는 일들이 있은 지 2년 후인 2017년 봄에 생탄 정신 병원의 한 병실에서 쓴 것이다. 거기서 나는 전기 충격 요법을 받는 사이사이에 이 이야기를 얼기설기 엮어 가면서 불안정하고도 황폐한 내 정신을 다잡아 보려 애쓰고 있었다. 하지만 정원의 검고 무른 땅이 장대비에 파이고 있을 때, 모르방에 있는 한 고립된 농가의 내 방갈로 안 좁다란 침대에 누워 저녁 식사를 기다리던 그 2015년 1월 7일 저녁에, 나는 사물을 이런 잔인한 빛 가운데서 보지 않았다. 그때 나는 나 자신을 조용하고 차분하고 평정한 사람까지는 아니어도(아직 그 정도는 아니라고 생각했다) 적어도 더 이상 불쌍하기 짝이 없는 신경증 환자는 아니라고 보고 있었다. 프로이트에 의하면 정신적 건강은 사랑하고 일하는 것이 가능한 상태를 의미한다는데, 스스로도 놀라운 일이었지만 나는 거의 10년 가까이 그게 가능했다. 더 젊었을 때 누가 그렇게 예언했더라면 난 믿지 않았을 것이다. 난 삶에서 그리 많은 것을 기대하지 않았다. 그런데 난 많은 사람들이 괜찮다고 생각하는 두툼한 책들을 길고도 고통스러운 흉년을 겪지 않고 연달아 써냈고, 나를 행복하게 해주는 결혼을 허락한 하늘에 매일 감사를 드리고 있었다. 감정적으로 방황하며 그토록 많은 세월을 보낸 끝에 마침내 항구에 도착한 느낌이었다. 나는 내 사랑이 더 이상 폭풍우를 만나지 않을 거라 믿었다. 물론 나는 미치지 않았다. 모든 사랑 앞에 위험이 도사리고 있다는 사실을 잘 알고 있었지만(어차피 모든 것 앞에는 위험이 도사리고 있으니까) 이 위험은 더 이상 나 자신이 아닌 외부에서 올 거라고 생각했다. 프로이트는 정신적 건강에 대해 첫 번째 것만큼이나 명쾌한 두 번째 정의를 내놓았으니, 그것은 더 이상 신경증적인 불행은 겪지 않고 통상적인 불행만을 겪게 된다는 것이다. 신경증적인 불행은 끔찍이도 반복적인 형태로 스스로가 만드는 불행이고, 통상적인 불행은 삶이 다양하고도 예측할 수 없는 형태로 우리에게 부과하는 불행이다. 우리가 암에 걸리거나 더 나쁘게는 우리 자녀가 암에 걸리는 것, 혹은 우리가 직장을 잃고 가난해지는 것, 이것은 통상적인 불행이다. 반면 신경증적 불행에 관해서는 난 천하무적이라 할 수 있다. 자랑하려는 것은 아니지만 난 행복을 위한 모든 조건을 갖춘 삶을 진짜배기 지옥으로 만드는 일에 탁월한 재능을 지녔으며, 누구도 이 지옥에 대해 가볍게 얘기하게 놔두지 않을 것이니, 이 지옥은 실제적인, 끔찍이도 실제적인 지옥인 것이다. 그런데 너무나 예상 밖으로 나는 그것에서 벗어난 것 같았다. 2015년 1월에 나는 이제 수렁에서 벗어났다고 말할 수 있었다. 물론 나는 신중했고, 우쭐거리는 게 아니었다. 난 이게 어쩌면 환상일 수도 있음을 알았지만 10년 동안 지속된 환상도 환상이라 할 수 있단 말인가? 그렇다면 삶의 이 시기를 이렇게 좋게 만든 것은 과연 무엇인가? 무엇 덕분에 이렇게 발전할 수 있었던가? 정신 분석? 솔직히 난 그렇게 믿지 않는다. 난 정신 분석 디방[22]에 누워 20년을 보냈지만 신통한 결과를 얻지 못했다. 아니, 내가 생각하는 것은 간단히 말해서 사랑이다. 그리고 어쩌면 요가요, 명상이다(난 이 두 단어를 거의 구별하지 않고 사용한다). 난 요가와 명상이 사랑과 글쓰기 작업과 마찬가지로 죽을 때까지 나와 함께하고, 나를 지탱해 주고, 나를 이끌어 주리라고 생각한다. 난 내 인생의 마지막 4분의 1이(통계적으로 볼 때 예순에 가까운 나이는 거기에 진입하는 때라 할 수 있으므로) 그 많은 수첩들에 그토록 많이 베껴 썼던 글렌 굴드의 이 문장대로 흘러가기를 바랐다. 〈예술의 목표는 아드레날

---

22 팔걸이와 등걸이가 없는 긴 의자로, 정신 분석을 받는 환자가 눕는 침상으로 사용된다.

린의 일시적인 분비가 아니라, 어떤 평온하고도 경이로운
상태를 삶 전체를 통해 끈기 있게 만들어 나가는 것이다.〉

행복한 상상

〈어떤 평온하고도 경이로운 상태를 끈기 있게 만들어
나간다.〉 자신의 삶을 이런 식으로 보는 것은 매우 기분 좋
은 일이다. 그렇다, 이런 생각들은 기분이 좋다. 이것은 감
사해하는 생각이요, 조화로운 생각이요, 선한 생각이다.
하지만 난 나 자신을 알고 있다. 이런 생각들이 날 어떤 방
향으로 이끌지, 이런 생각들이 어떤 자기만족적인 이미지
들을 불러올지 훤히 알고 있다. 예순에 가까워진 나는 더
나은 내 모습을, 업그레이드된 에마뉘엘 카레르를 상상해
보는데, 그것은 헛바람만 가득한 창자가 만들어 내는 〈자
신의 공허〉가 아니라 니체가 말하는, 진정으로 무게 있는
목소리와 말이 퍼져 나오는 중력의 중심을 발전시켜 온 어
떤 차분하고도 온화한 남자이다. 겁 많고도 자아도취적인
자신의 조그만 자아와 화해했고, 갈수록 투명하고 보편적
이 돼가는 책들을 쓰며, 전 세계적인 영예에 둘러싸이고,
파트모스섬의 소박하고도 아름다운 별장의 포도 넝쿨 아
래서 친구들을 맞이하고, 그가 평생 동안 만들어 온 바로
그 평온하고도 경이로운 상태 가운데서 의연히 죽음에 가
까워지고 있는 남자……. 뭐, 이런 식이다. 마음껏 웃으시

라. 어쨌든 나는 어떤가 하면 이런 이미지들에 너무 취하지 않으려고 노력하지만, 그렇다고 해서 육체의 유혹을 거부하는 사막의 은둔 수행자처럼 이것들을 쫓아내지도 않는다. 옛날에는, 그러니까 내가 죄의식으로 가득한 기독교인이었을 때는 그랬을 것이다. 하지만 지금은 이렇게 생각한다. 물론 이것은 자아도취적 몽상이요 에고를 만족시키는 하찮은 장난감에 불과하지만 이게 그렇게나 무거운 죄인가? 이런 몽상은 오히려 천진한 것이라 할 수 있으며, 자신에 대한 이런 이상은 그렇게 형편없지는 않은 것이다. 그리고 무엇보다도, 이런 것에 도취하는 일은 조금 웃기지만, 그것을 검열하는 것은 더욱 웃기다. 왜냐하면 이것은 하나의 혁명, 명상이 가져오는 혁명들 중의 하나이기 때문이다. 그다지 자랑스럽지 못한 자신의 생각을 적의를 가지고 보는 대신, 그것들을 근절시켜 버리려고 애쓰는 대신, 그것들을 너무 심각하게 생각하지 말고 그저 담담히 관찰하는 것이다. 왜냐하면 그것들은 존재하며, 여기에 있기 때문이다. 그것들은 참도 거짓도 아니요 선하지도 악하지도 않고, 다만 아주 조그만 정신적 사건들, 의식의 수면에 떠오르는 물방울들일 뿐이다. 그것들을 이런 식으로 보고 있으면 우리가 의식하지 못하는 사이에 그것들은 지배력과 유독성을 잃게 된다. 우리의 이웃을 판단하지 말아야 하듯이, 자신의 생각들도 판단하지 말 것. 그것들을 있는 그대로 받아들이고 있는 그대로 볼 것. 그렇다, 자신의 생각들을 있는 그대로 보는 것. 이것이

바로 명상의 세 번째, 그리고 아마도 가장 올바른 정의일 것이다. 사물을 있는 그대로 보는 것 말이다.

사물을 있는 그대로 보기

사물을 있는 그대로 보는 것, 이것이 바로 비파사나의 의미이다. 그리고 〈있는 그대로의 사물〉은 내 친구 에르베 클레르가 불교에 대해 쓴 책의 제목이기도 하다. 난 이미 『왕국』에서 에르베에 대해 묘사한 적이 있지만, 내게는 독자들이 나의 이전 책들을 다 읽었고 또 기억하고 있으리라 믿는 건방진 성향이 있기에 이번에는 그를 약간 다르게 묘사해 보려 하는데, 〈인간은 왜 이 땅에 있는가?〉라는 피타고라스의 질문을 인용하면서 시작하고자 한다. 그 대답은 〈하늘을 응시하기〉 위해서이다. 하늘을 응시하기 위해서라고? 그게 사실이라 해도 사람들 대부분은 이걸 모른다. 사람들 대부분은 사랑을 찾기 위해, 부자가 되기 위해, 권력을 행사하기 위해, 생장점들을 산출하기 위해, 혹은 시간의 모래 위에 자신의 족적을 남기기 위해 이 땅에 있는 거라고 생각한다. 자신이 하늘을 올려다보며 곰곰이 생각해 보기 위해 이 땅에 있다고 생각하는 사람은 매우 드물다. 만일 자신이 이런 사람들 중의 하나가 아니라면, 그런 사람들 중의 하나를 아는 것은 행운이다. 그것은 지평을 넓혀 준다. 나는 그런 행운을 가졌으니, 에르베를 알기 때문이다. 평화롭고, 언행이 간결하고, 사색적이고, 언제라도 죽을 수 있을 것처럼 살고, 무엇에 얽매이는 것을 두려워하는 이 남자는 디오게네스처럼 물을 그릇보다는 손으로 떠먹는 게 낫다고 생각하는 사람이다. 여행할 때면 가져간 책들의 페이지를 읽는 대로 뜯어 버려 짐을 가볍게 한다. AFP 통신의 기자였던 그는 화려한 커리어를 쌓지 않고 그의 표현을 빌자면 〈레이더망에 걸리지 않으려고〉 조심하며 스페인, 네덜란드, 파키스탄 등지에서 늘 조심하며 살아왔다. 지금은 니스와 스위스 발레주(州)의 르르브롱이라는 마을을 오가며 살고 있다. 그는 이 르르브롱에 한 산장 아파트가 있는데, 거기에 서면 두 개의 계곡이 발아래 펼쳐진다. 이 드물게 아름다운 파노라마 속에서 그는 많이 명상했고, 신비주의자들이 〈궁극적 현실〉이라고 불렀고 〈신〉이라는, 우리로서는 더 이상 적합하게 느껴지지 않는 암호명으로 지칭되는 것을 탐구한 책을 세 권 썼다. 벌써 30년 전부터 에르베와 나는 이 르르브롱에서 만나 말은 별로 하지 않고 오랫동안 침묵하면서 함께 길을 걷곤 한다. 발레 지방에는 내가 좋아하는 우스갯소리가 하나 있다. 벤치에 앉은 세 농부가 소 한 마리가 지나가는 것을 보았다. 〈저건 피에로의 소야〉라고 첫 번째 농부가 말했다. 15분이 흘렀고, 두 번째 농부가 〈아냐, 저건 페르낭의 소야〉라고 말했다. 또 15분이 흐르자, 세 번째 농부가 일어나 〈에이, 자네들 입씨름, 정말 지겨워!〉라고 말하고는 그 자리를 떠나 버렸다. 입씨름하지 않는다는 점만 빼놓고는 우리의 대화도 이런 식이었다. 우리는 논쟁하지 않았고, 내 삶의 축복 중 하나였으며 내 생각으로는 그의 삶의 축복이기도 했을 우리의 우정은 한 번도 흔들리거나 그늘진 적이 없었지만, 이 우정을 지탱해 온 것은 역설적이게도 우리의 깊은 차이들이었고, 심지어는 한 가지 점에 있어서의 상반된 견해였다. 에르베는 우리가 이 땅에 있는 것은 단지 하늘을 응시하기 위해서만이 아니라 더 나아가 지상의 삶이라는 이 수렁의 출구를 찾기 위함이라고 생각한다. 그는 어떤 탐험가들은 이 출구를 찾아냈으며 그 길을 보여 준다고 생각한다. 이 탐험가들은 플라톤, 부처, 마이스터 에크하르트, 아빌라의 테레사, 혹은 내가 곧 얘기하게 될 파탄잘리[23] 등으로 불리는데, 그들의 여행 보고서를 읽고, 또 그들이 만들어 놓은 지도를 검토하고 그 길을 따라가는 것만큼 시급한 일은 없다. 여기서 인도의 단어들을 사용하여 말하자면 — 왜냐하면 어떤 문명도 인도 문명만큼 이에 대해 깊고도 정확하게 성찰해 본 적이 없으므로 — 양식(良識)을 지닌 인간이 전념해야 할 유일한 과업은 우리가 〈인간 조건〉이라고 부르는 이 변화와 고통의 바퀴, 즉 삼사라에서 벗어나 미망에서 깨어난 실제의 삶, 있는 그대로의 사물을 보게 되는 삶인 니르바나에 이르는 것이다. 에르베 말로는 이게 바로 요가라는 것이다. 그러니까, 단순히 어떤 체조가 아닌 진지한 의미에 있어서의 요가 말이다.

23 요가 경전 『요가 수트라』의 편찬자로 인도 정통 6파 철학 중 하나인 요가 철학의 창시자.

소들의 산

나는 여기에 반박하지 않는다. 난 누군가의 말을 반박하는 경우가 거의 없다. 하지만 그처럼 여기에 어떤 출구가 있다고 확신하지는 못하며, 삶의 유일한 목적이 이 출구를 찾는 것이고 이것이 요가를 하는 유일한 이유라는 확신도 없다. 나는 양쪽을 왔다 갔다 하며, 이것이 내 성격이다. 하루는 이것을 믿고 그다음 날은 믿지 않는다. 나는 무엇이 참인지 모르고 과연 진리가 존재하는지도 모른다. 그리고 산을 향해 가고는 있지만 그 정상에 도달할 수 있으리라고는 생각하지 않는다. 나는 결코 〈신비주의자〉라고 불리는, 정신의 등반가는 되지 못하겠지만 그렇다고 큰일은 아니니, 만년설로 덮인 정상과 내가 웅크리고 있고 싶지 않은 계곡 밑바닥 사이에 중간의 길이 있기 때문이다. 거기에는 사람들이 — 때로는 경멸 어린 어조로 — 〈소들의 산〉[24]이라고 부르는 것이 있다. 나는 소들의 산의 명상가이다. 나는 일종의 명상으로서 걸음과 호흡과 감각과 인식하는 것과 생각 들을 엮어 가며 이 소들의 산을 걷는 것을 좋아하며, 이것이 내가 매일 아침, 혹은 거의 매일 아침 자푸에서 가부좌를 하는 이유이다. 난 그냥 그렇게 하는 게 좋다. 거기에 있으면 거기가 내 자리인 것처럼 느껴진다. 이 30분 동안 난 기분이 좋으며, 이 좋은 기분은 그날 하루에 스며든다는 것을 경험을 통해 알고 있다. 이

24 소들이 위험하지 않게 다닐 수 있는 산.

좋은 기분은 나를 보다 적극적으로 만들며, 주위의 사람들을 보다 배려하게 한다. 명상을 하면서 갖가지 체험을 하는 사람들이 있다. 그들을 그들 밖으로, 혹은 자신도 그 존재를 몰랐던 그들 안의 어떤 곳으로 옮겨 놓는 아주 굉장한 체험을 말이다. 심지어는 티루반나말라이의 내 친구가 바랐던 것처럼 어딘가로 순간 이동을 하는 사람도 있을 것이다. 나는 그러지 못한다. 명상을 통해 이따금 어떤 평화를 느끼고 나 자신이나 다른 사람들과 보다 편안한 관계를 시작하게 되는 일은 있지만, 뭔가 엄청난 것이나 어떤 황홀감을 느끼는 일은 전혀 없다. 생각의 정지, 무아(無我)의 경지, 열반 혹은 열반의 예감, 혹은 터널 끝의 빛을 보는 것 같은 체험은 전혀 없는 것이다. 아니, 한 번 있기는 했다. 제네바의 코르나뱅 호텔에서였는데, 이에 대해서는 적절한 때가 되면 얘기하고 싶으나 암중모색의 과정과도 같은 이 이야기에서 그때가 언제 올지는 전혀 알 수 없다. 그때까지는 이 〈소들의 산〉으로 만족하고 싶으니, 내게는 그냥 이대로가 아주 좋다.

여기서 기대하는 것

하지만 만일 이대로가 좋다면, 평온하면서도 습관적인 수행으로 충분하다면 왜 이 특공대 훈련 같은 명상 수련회에 등록했단 말인가? 앞서 말한 네 개의 질문 중 하나로 돌아오자면 — 이는 아주 단순하고도 적절한 질문이라 할 수 있는데 —〈난 여기서 무엇을 기대하는가?〉나는 몇 달 전부터 내려놓은 수행을 다시 시작할 수 있게 해줄 어떤 자극이, 어떤 조그만 계기가 필요하다고 대답했다. 만일 더 설명이 필요했다면 나는 그 전해 가을에 펴낸 『왕국』이라는 책이 성공을 거두어 사람들 앞에 나섰고, 허영심에 취했고, 계속 바빴던 시기를 보냈기 때문에, 매일 아침 명상을 했다면 그 어느 때보다도 유익했겠지만 좀처럼 그러지를 못했고, 그렇게 체념하며 살았노라고 덧붙일 수도 있었을 것이다. 명상은 —이게 네 번째 정의인데 —자신의 실제의 모습을, 즉 우리가 〈정체성〉이라고 부르는 그 마그마를 검토하는 것인 바, 간단히 말해서 당시 실제의 나는 명상을 하고 있을 정신이 없었다. 따라서 이런 부산함이 지나가자 다시 이전의 좋은 습관을 시작하고 싶었다. 이 집중적인 훈련을 통해 바람직한 루틴을 재차 이어 보고 싶었던 것이다. 자, 이게 내가 고백할 수 있는 이유이다. 하지만 지금 나는 자꾸 말을 돌리고 있으며, 또 다른 이유, 즉 좀 더 고백하기 힘든 이유를 실토해야 할 터인데, 사실 내가 여기 온 것은 책을 한 권 쓰기 위해서인 것이다.

뒤표지 글

나는 이따금 내 책들에서 지나가는 투로 요가와 명상에

대해 잠시 언급하곤 했으므로, 한 기자가 요즘 유행하는 이 주제들에 관해 인터뷰하기 위해 나를 찾아왔다. 두 가지가 나를 놀라게 했다. 먼저 이것에 대해 말할 때 내가 매우 즐겁다는 사실이었고, 다음에는 호기심도 많고 교양도 풍부한 이 친구가 너무나 무지하다는 사실이었다. 요가는 단순히 에어로빅 체조의 일종이 아니고 명상은 어떤 비의적인 호기심거리가 아니라는 얘기에 그는 입을 딱 벌렸다. 그리고 내가 내친김에 태극권 같은, 이 인도 수행법의 중국식 버전들에 대해 얘기하자, 그는 마치 내가 어떤 설형문자를 해독하기나 한 듯이 경악을 하면서 자기 수첩에다 음(陰)과 양(陽), 두 단어를 열심히 적는 것이었다. 더 놀랍게도 나는 많은 요가 수행자들에게서도 이런 무지를 접한 바 있었고, 그렇다면 나 자신의 경험(물론 대가의 말이 아닌 배우는 자의 경험)에서부터 출발하여 이 모든 것을 해명하는 그렇게 무게 잡지 않는 책을, 다시 말해서 어떤 격식 없는 대화 같은 어조로 풀어 나가는, 기분 좋으면서도 세련된 책을 한 권 쓰는 것은 즐거우면서도 유익한 작업이 되지 않을까 생각하게 되었다. 심지어 나는 벌써 이른바 〈뒤표지 글〉이라고 하는 것, 다시 말해서 책의 뒤표지에 넣는 작품 소개 글까지 써놓았다. 지금 그것을 여기다 그대로 적는 것은 아주 이상하게 느껴지는데, 결과적으로 이 책은 내가 상상했던 것과는 아주 다른 것이 되었기 때문이다. 그 글은 다음과 같다.

〈내가 요가라고 부르는 것은 단지 아주 많은 사람들이 실행하고 있는 유익한 체조일 뿐만 아니라 의식의 확장과 통일을 목표로 하는 수행법들 전체이다. 요가는 우리가 혼란스럽고, 조각나고, 겁 많고 작은 나와는 다른 어떤 것이며 그 어떤 것에 도달할 수 있다고 말한다. 이것은 하나의 길인데, 우리보다 먼저 그 길을 간 사람들이 있으며 그들은 우리에게 그 길을 가리키고 있다. 만일 그들이 말하는 것이 참이라면 우리도 한번 가서 볼 필요가 있는 것이다.〉

맞다, 이것은 즐거우면서도 유익한 작업이었다. 게다가 내 속 깊은 곳에서 이런 탐욕스러운 생각이 떠올랐다. 오늘날 엄청나게 많은 사람들이 요가를 하고 있으니, 많은 사람들이 자신이 요가를 하면서 무얼 하는 건지 더 잘 알게 되어 좋아할 거야. 그래, 이 책은 히트를 치게 될 거야……

입소자를 위한 담화

우리가 열흘 동안 묵언 수행을 하기 전에, 수련회에 임하면서 지켜야 할 사항들에 대한 담화가 있다. 담화를 하는 사람은 호감 가는 젊은 친구이다. 그는 조금도 점잔 빼지 않고, 또 무슨 대가인 양 무게를 잡지도 않고 차분하게 말한다. 그 자신과 그를 둘러싼 두 남자는 우리처럼 단순한 수행자들로, 한 번이나 두 번 혹은 세 번 참가하고 나서 봉사자의 자격으로 다시 온 사람들이다. 물론 그들도 명상을 한다. 여기 있는 모두가 그것을 위해 온 것이다. 하지만 집회 중간중간에 휴식을 취하는 대신 주방 일이나 청소나 기타 다양한 일을 무보수로 하면서 이곳이 굴러갈 수 있게 해준다. 이것은 〈행동 혹은 봉사의 요가〉라는 뜻을 가진 카르마-요가라고 하는 것으로, 자신이 받은 선행을 돌려주는 겸허하고도 효과적인 방식이다. 「이런 말씀을 들으면 아마도 놀라시겠지만,」호감 가는 젊은 친구가 말한다. 「통계 수치를 믿을 것 같으면, 그리고 비파사나가 프랑스에 들어온 지도 벌써 20년이 되어 가기 때문에 이 수치는 어느 정도 신빙성이 있을 듯한데, 여러분 중 4분의 1이 여기에 봉사자로 다시 돌아오실 것입니다. 지금 제가 여러분에게 드리고 있는 이 짤막한 말을, 여러분 중 어떤 분이 그리 멀지 않은 장래에 새로 오시는 분들께 하게 되리라는 것이죠.」이어 그는 우리가 서약한 여러 가지 사항들을 다시 상기시킨다. 센터 밖으로 나가지 않을 것. 손바닥만 한 숲 하나가 포함된 이 센터 내에서도 옆에 울타리가 쳐진 길로만 다닐 것. 남성을 위한 구역과 여성을 위한 구역이 나뉜 것을 존중할 것. 침묵을 지킬 것. 센터의 외부인과도, 그리고 우리끼리도, 심지어는 비언어적 방식으로도 소통하지 않을 것. 시선을 나누는 것도 가급적 피할 것. 문제가 있을 경우에는 교사에게 말하되 오직 그에게만 말할 것. 마지막으로, 이게 가장 중요한 점인데, 여기에 끝까지 남아 있을 것.

「떠나고 싶으시다면, 아직 시간이 있습니다.」호감 가는 젊은 친구는 이렇게 말하는데, 미소 짓던 그의 얼굴이 갑자기 엄숙해진다. 「만일 여러분께서 뭔가 의심이 드신다면, 이 사항들을 지킬 자신이 없으시다면, 지금 떠나시라고 말씀드립니다. 그런다고 해서 아무도 나쁘게 생각하지 않을 것입니다. 다른 분들이나 여러분 자신에게 아무런 해가 되지 않을 것입니다. 정말로 준비가 되었다고 생각되면 그때 다시 오십시오. 이렇게 떠나는 것은 비겁한 행동이 아닙니다. 오히려 좋은 행동입니다. 이것은 여러분이 상황을 올바르게 판단한다는 증거이기 때문에 올바른 태도인 것입니다. 반면 만일 이런저런 이유로 중간에 떠나기로 결정한다면 여러분은 다른 분들을 심란하게 할 뿐 아니라 무엇보다도 여러분 자신을 위험에 빠뜨리게 됩니다. 비파사나 수련회 중에 일어나는 일은 아주 심각한 어떤 것입니다. 우리는 아주 강력한 정신적 에너지를 가지고 작업하며, 이것은 여러분에게 엄청난 충격을 줄 수 있습니다. 여러분은 앞으로 열흘 동안 아주 힘들 수도 있습니다. 혼란스럽고 길을 잃은 느낌이 들 수도 있고, 울 수도 있고, 무서울 수도 있고, 여기에 온 게 잘못이었다는 생각이 들 수도 있습니다. 네, 가능합니다. 온갖 반응들이 가능하며, 어떤 반응이 나올지 예측할 수가 없습니다. 만일 문제가 생기면 교사들이 여러분을 도와드릴 것입니다. 하지만 여러분은 오늘 저녁에 하시는 서약을 끝까지 지키셔야 합니다. 무슨 일이 일어나든 끝까지 남아 있겠다는 서약 말입니다. 따라서 제발 부탁드리는데, 잘 생각하시기 바랍니다. 그리고 잘 생각해 보신 다음에 떠나셔야 한다면 떠나시고, 남아 있기로 결정한다면 남으시기 바랍니다.」

 침묵의 시간이, 이 결혼에 반대하는 분이 있으시냐는

형식적인 질문에 이어지는 그 시간보다는 좀 더 긴 침묵의 시간이 이어진다. 아무도 〈하지만 말이에요, 어쨌든 내가 중간에 떠나고 싶다면 그럼 가도 되나요? 날 못 가게 막지는 않을 건가요?〉라고 질문하지 않는다. 아마도 그 대답은 〈이건 당신을 막고 안 막고의 문제가 아니라, 당신은 그렇게 하면 안 됩니다!〉이리라. 마치 정치인들이 끊임없는 테러의 표적이 된 끝에, 다음과 같은 법이 표결되었던 발칸인들의 그 나라에서처럼 말이다. 〈재무부 장관을 저격하면 징역 15년. 내무부 장관을 저격하면 징역 20년. 시종장을 저격하면 징역 10년. 수상을 저격하는 것은 금지됨.〉

아무도 일어서지 않는다. 아무도 떠나지 않는다. 나는 나흘 후에 내가 제일 먼저 그리하게 되리라고는 꿈에도 상상하지 못한다.

게임의 규칙대로 하기

〈고귀한 침묵〉이 시작되었다. 봉사자들은 바퀴 달린 급식대에 쌀밥과 삶은 야채를 가득 실어 가져오고, 거기에 콩이며 맥주 효소며 참깨 등을 곁들여 먹을 수 있다. 저마다 겹겹이 포개진 공기나 접시 중에서 하나를 집어 사용한 후에, 씻을 필요도 없이 커다란 설거지통에 집어넣으면 봉사자들이 가져간다. 물질적인 제약들은 최소한으로 축소되었으므로 우리는 입을 다물고 자신의 내부로 시선을 돌리는 일 외에는 아무것도, 정말로 아무것도 할 게 없다. 다른 이들의 시선은 가급적 피한다. 각자는 자신의 접시를 응시하고 아주 오래 씹으면서 아주 천천히 먹는다(컨트롤 프리크[25]들이나 할 법한 이런 식사법을 나는 여러 해 동안 시도해 왔지만 별다른 성과를 거두지 못했다). 식사가 끝나면 일찍 잠자리에 든다. 각 사람은 눈을 아래로 깔고서 자신의 방갈로나 공동 침실로 향한다. 나는 저녁 8시에 침대에 눕는데, 읽을 책도 없고 아무 할 일도 없지만 자고 싶은 마음도 물론 없다. 나는 맞은편 유리창 틀에 둘러싸인 밤의 덩어리를 쳐다본다. 또 내가 마치 작은 제단 위에 올려놓듯 텅 빈 선반에 올려놓은 조각상을, 그 쌍둥이 마스코트를 쳐다본다. 사실 내가 하고 싶은 게 있다면, 그것은 호감 가는 젊은 친구가 한 말과 이날 저녁에 내가 느낀 인상들을 최대한 충실히 적어 놓는 일이다. 내가 규칙대로 한 게 과연 잘한 일일까? 여기에 오면서 배낭에다 수첩 한 권을 슬쩍 집어넣지 않은 게? 그렇다, 만일 그랬다면 이 체험은 르포르타주가 되었을 테니까. 하지만 나 자신에게 거짓말하는 것도 웃기는 일이니, 사실 내가 지금 여기서 하고 있는 것은 하나의 르포르타주인 것이다. 아니, 좀 더 정확히 말해서 이것은 하나의 르포르타주이기도 하다. 나는 여기 잠입해 있는 것이다. 나는 내 책의 소재를 찾으려고 여기 왔고, 내가 메모를 하든 하지 않든 아무

25 control freak. 모든 것을 지배하거나 통제하려는 성향이 강한 사람.

런 차이가 없으니, 내가 생각하기에 기억할 만한 가치가 있는 것은 결국 기억하게 될 것이기 때문이다. 사실 문제는 그게 아니다. 문제는 — 이 문제는 지금 처음 제기하는 게 아닌데 — 명상 수행과 글을 쓰는 일인 내 직업 사이에 모순이, 심지어는 양립 불가능성이 존재하는가를 아는 것이다. 앞으로 열흘 동안 나는 줄줄이 떠오르는 내 생각들에 집착하지 않고 바라만 보고 있을 것인가, 아니면 반대로 그것들을 고착시키려 — 명상과 정반대되는 일이기 때문에 절대로 해서는 안 될 그 일을 — 할 것인가? 난 끊임없이 머릿속으로 메모를 하게 될까? 이 열흘 동안, 나는 작가를 관찰하는 명상자가 될까, 아니면 명상자를 관찰하는 작가가 될까? 아주 어려운 문제였고, 이 문제에 사로잡혀 몸을 뒤척이다가 난 결국 잠이 든다.

전략적 깊이

전화가 없는 삶에 대비하여, 나는 포부르생드니가의 한 인도(印度) 잡화점에서 큼직한 주방용 자명종(째깍째깍 소리가 나는 가장 기본적이고도 싼 모델이었다)을 하나 샀다. 나는 알람을 새벽 4시 반으로 맞춰 놨지만 4시 반에 는 이미 깬 지 오래였으니, 잠을 거의 자지 못한 탓이다. 샤를 드 푸코[26]에게는 밤중에 잠에서 깨어나면 그게 몇 시 가 됐든 일어나서 하루를 시작한다는 원칙이 있었다. 요 컨대 그 나름의 극단적인 불면증 치료법이었다. 난 항상 그럴 수 있는 용기는 없지만 그래도 그처럼 해보려고 노력 한다. 파리에서는 새벽도 되기 전에 침대를 빠져나와서는

---

26 Charles de Foucauld(1858~1916). 군인으로 시작하여, 탐험가, 지리학자였다가, 가톨릭 신부가 되어 사하라 사막에서 은둔 수행자가 된 인물. 1916년에 암살되었고, 가톨릭교회로부터 순교자로 인정되었다.

불도 켜지 않고 소리 없이 내 서재로 간다. 난 모두가 잠든 집에서 혼자 깨어 있는 게 좋다. 특히 겨울에, 아직 캄캄한 밤일 때, 난방의 열기에 약간 멍해진 상태로 자푸에 앉아 내 머릿속에 떠오르는 것들과 호흡을 관찰하는 일이 너무 좋은 것이다. 잠과 맑은 정신 사이의 상태에서 30분 정도 있으면 몸이 움직이고 싶어 한다. 처음에는 아주 미세한 움직임인 것들이 조금씩 커지면서 여러 가지 자세들을 뜻하는 아사나로 서서히 변해 간다. 나는 전에는 요가 수업을 많이 들었지만, 지금은 아침 일찍 혼자서, 내 마음대로 수행한다. 나는 기분이 내키는 대로 아무 자세나 취하는데, 한 자세는 다른 자세를 부르고, 아주 자연스럽게 다른 자세로 변한다. 이게 잘되는 날에는 내가 기지개 켜는 동물처럼 느껴진다. 컨디션이 덜 좋은 날에는 어떤 루틴으로, 기본적인 것들로, 선호하는 것들로 만족한다(그래도 전혀 안 하는 것보다는 낫다). 기분에 따라서 정적인 날과 동적인 날이 있으며, 일어서 있는 날과 앉아 있는 날이 있다. 어떤 수업을 듣는 것의 이점은 교정을 받을 수 있다는 것이고, 혼자 수련할 때의 이점은 스스로 교정하는 법과 몸의 요구에 귀 기울이는 법을 배우게 된다는 것이다. 우리의 몸에는 3백 개의 관절이 있다. 혈액 순환은 총 9만 6천 킬로미터에 달하는 동맥과 정맥 등의 혈관을 통해 이루어진다. 신경망의 총 길이는 1만 6천 킬로미터이다. 허파는 다 펼치면 축구장 하나만큼의 면적이 된다. 요가의 목표는 이 모든 것을 조금씩 체험하는 것이다. 이 모든 것을 의식과 에너지, 그리고 에너지의 의식으로 채우는 것이다. 어떤 요가 수업에 처음 등록할 때는 이런 것은 상상도 하지 못한다. 요가를 통해 건강이 좀 좋아지고 보다 차분해질 것을 기대할 뿐이다. 전략적 깊이를 약간 얻을 수 있기를 기대할 뿐이다. 군인들은 국경 지대에서 적의 공격을 받았을 때 후퇴 가능한 지역을 〈전략적 깊이〉라고 부른다. 다른 나라들에 둘러싸인 독일은 전략적 깊이가 아주 얕은 반면 러시아는 깊다고 할 수 있는데, 이 점은 제2차 세계 대전이 왜 그렇게 끝났는지를 부분적으로 설명해 준다. 또 이것은 개인적 차원에도 적용될 수 있다. 외부의 공격에 직면했을 때 사람마다 가지고 있는 후퇴 능력과 전략적 깊이는 서로 다르다. 더 나은 건강, 차분함, 전략적 깊이. 우리는 요가를 함으로써 이 모든 것들을 얻을 수 있지만, 이런 혜택은 단지 파급 효과, 부수적 이익일 뿐이다. 꼭 이런 것을 모른다 해도, 나처럼 〈소들의 산〉에 난 쉬운 길들에 만족하고 있다 해도, 우리는 다른 무언가를 향해 가고 있는 것이다.

징

오늘 밤에는 요가도, 명상도 하지 않는다. 나는 침대 위에 새우처럼 몸을 웅크리고서 약간 불안한 마음으로 자명종이 울리기만을 기다린다. 자명종이 울리자 난 꺼버린다. 숫자 판에 눈을 못 박고서, 덜컥덜컥 나아가는 초침을 쳐다본다. 디지털로 작동하지 않는 이런 구식 메커니즘을 보는 일도 요즘은 드물어졌다. 4시 20분이다. 난 자신에게 5분을 더 준다. 하지만 이 5분이 다 지나가기 전에 엄청나게 장중하고, 엄청나게 풍부하고, 엄청나게 깊은 어떤 소리가 밤에서 솟아난다. 마치 아주 묵직한 돌덩이 하나가 검은 호수의 무거운 물 가운데로 떨어지며 거기에 천천히 파문을 그리는 것과도 같다. 이 동심원들이 끝없이 퍼지고, 그것들의 떨림이 끝없이 계속되는 것 같다. 그것들은 최면을 걸듯 나를 마비시킨다. 그것들이 나를 감싸리라는, 끝없이 나를 감싸리라는 느낌이 든다. 그러다 그것들은 물러나기 시작한다. 이 썰물이 정확히 어느 순간에 시작되었는지는 알 수 없다. 마치 들숨이 그 끝에 이르러 날숨으로 변하는 것 같다. 소리는 점차 작아지는데, 작아지면서 장중함과 깊이는 오히려 더해진다. 어떤 요가 수업에서는 힌두교의 원초적 소리이며 가장 단순한 표현으로 환원된 만트라[27]라 할 수 있는 〈옴〉 소리를 내는 것부터 수행을 시작한다. 이것은 마치 찬송을 부르라는 요구처럼 오랫동안 나를 짜증 나게 했지만, 이 소리의 진동이 온몸을 관류하는 데에는 어떤 강력한 효과가 있음을 인정해야 한다. 징의 진동은 이것의 악기적 등가물이라 할 수 있는데, 나는 방금 들린 징 소리는 두 번째 소리일 뿐이고, 따

27 진언(眞言), 밀주(密呪) 또는 다라니(陀羅尼)라고도 하며, 영적 또는 물리적 변형을 일으킬 수 있다고 여겨지고 있는 발음, 음절, 낱말 또는 구절.

라서 거의 1분 전부터 내가 잠겨 있는 이 음향의 호수는 단한 번의 망치 소리가 길게 끌린 것이었다는 사실을 깨닫는다. 이에 나는 벌떡 일어나 서둘러 옷을 입고 창문을 덮은커튼을 연다. 정원 가운데 구불구불 이어진 오솔길 옆에늘어선 흰색 전구의 가로등들이 보인다. 비가 내리는데방갈로에서 실루엣들이 나와 헛간을 향해 천천히 걷는다.마치 어떤 좀비 영화 속에 들어와 있는 기분이다.

헛간

땅은 새카만 색에 진흙투성이여서, 난 제대로 된 신발을 준비해 온 것을 다행으로 생각한다. 우리는 모두 비니모자와 파카 차림이다. 어느 새벽 등산객 대피소에서 출발하기 전의 분위기가 떠오를 법한 풍경이지만, 등산객대피소에서는 보온병에 든 차나 커피를 마시고 시리얼바를 먹는다는 점이 다르다. 특히 거기서는 서로를 쳐다보고 몇 마디를 나누기도 하고, 침낭을 빠져나오기가 힘들었음을 보여 주기 위해 우스꽝스러운 표정을 지어 보이기도 한다. 여기서는 그렇지 않다. 서로를 쳐다보지 않는다.땅을 쳐다보거나 땅만큼이나 새카맣고 별도 없는 하늘을올려다본다. 징은 세 번째 소리를 낸 후 멈췄다. 호감 가는젊은 친구는 헛간 입구에서 우리의 이름을 호명하기 시작한다. 각 사람에게 홀 안의 자리 번호가 주어지는데, 우리는 수련회가 끝날 때까지 이 자리를 지켜야 한다. 호명된 사람은 탈의실로 들어가 파카와 신발을 벗어 놓고, 선반에 놓인 쿠션과 모포를 집어 들고는 홀로 들어간다. 아주 커다란 헛간으로, 3~4미터 넓이의 중간 통로를 두고 양쪽으로 나뉘어 있다. 왼쪽에는 우리 남자들이 있고, 오른쪽에는 반대쪽 문으로 들어오는 여자들이 있다. 각각의 공간에는 한 면의 길이가 약 80센티미터 정도 되는 정사각형의 방석이 놓여 있다. 나중에 나는 이 방석들의 숫자를 세어 보았는데 줄마다 여섯 개씩으로, 여기에 열 줄을 곱하고 또 둘을 곱하면 모두 120명이 있다는 소리다. 이 기본적인 방석들은 모두가 파란색이고, 똑바로 앉기 위해 몇몇 사람들이 필요로 해 방석 위에 포개는 자푸도 파란색이다. 하지만 남자들이 몸에 두르는 모포는 파란색인 반면 여자들 것은 흰색이다. 모포는 따스하고 폭신하여 몸에 감고 있으면 아주 기분이 좋지만, 헛간은 내 방만큼이나 난방이 잘 되어 그걸 두르지 않아도 무방하다. 각 그룹 앞에는 긴 단이 놓여 있는데 그 위에 흰 모포로 몸을 두른 남자 하나가 남자들 앞에 가부좌로 앉아 있고, 여자들 앞에는 흰 모포를 두른 여자 하나가 앉아 있다. 남자는 깡마른 체구에 목젖이 불룩 튀어나왔고 얼굴은 평온하다. 여자는 백발을 짧게 자른 모습인데, 남자 구역 중에서도 반대쪽의 가장자리에 위치한 나는 멀리서 볼 수 있을 뿐이다. 하지만 여자들 쪽으로의 관심은 금방 사그라질 것이다. 한 명 한 명 도착하는 내 이웃들은 각자의 방석으로 한정되는 저마다의 공간을 차지한다. 이 방석들의 역할은 요가 수업에서의 매트의 그것과 같아서 모든 동작은 이 공간들 안에서 이뤄져야 하며, 경계선 밖으로 나가거나 다른 사람의 동작을 방해하는 일이 없어야 한다. 가로 50센티미터, 세로 180센티미터의 구역에 만족해야 한다는 이 생각에는 아주 매력적인 뭔가가 있다. 만일 우리가 감옥에 있다면, 이 요가 매트를 펼치기만 하면 감방의 그 숨 막히는 공간 안에서 일종의 자유를 만끽할 수 있다는 생각이 들기 때문이다. 내 이웃 중 한 사람은 두 손으로 양쪽 볼기를 꽉 잡아서는 방석 위에 회음부를 제대로 얹기 위해 쫙 벌린다(문외한에게는 괴상하게 보일 수 있지만, 아헹가 요가 수행자임을 확실히 알아볼 수 있는 동작이다). 그는 아무 거리낌 없이 그렇게 하고, 나도 그렇게 하여 같은 문파임을 표시한 다음 자세를 잡는다.

자세

나는 명상한다는 것은 아주 간단하며, 잠시 움직이지 않고 조용히 앉아 있는 것으로 요약된다고 말한 바 있다. 하지만 앉는 데에는 여러 가지 방법이 있다고 벌써부터 덧붙이지 않을 수 없다. 두 다리를 교차시키는 고전적인 가부좌, 연꽃 자세, 반(半)연꽃 자세, 일본식인 세이자 자세, 혹은 몸이 충분히 유연하지 못한 경우에는 그냥 의자 위에 앉는 자세……. 최소한의 편안함을 제공하고, 상체를 — 의자를 사용해서라도 — 똑바로 세울 수만 있다면 모든 자세가 좋다. 왜냐하면 상체를 똑바로 세워야 하기 때문이다. 최대한 똑바로 말이다. 척추를 위쪽으로, 마치 정수리로 천장을 미는 것처럼 위쪽으로 쭉 펴 올린다. 동시에 땅에 뿌리를 내려야 한다. 척추가 솟아 나오는 골반은 정수리와는 반대로 땅 쪽으로 끌려가는 느낌이어야 한다. 척추의 위쪽은 하늘을 향해 올라가고, 아래쪽은 땅으로 뻗어 내린다. 이렇게 몸을 쭉 펴면 척추는 살짝 활처럼 구부러지면서 늘어나고, 척추 관절들 사이의 공간은 넓어진다. 엉치뼈에서 뒷골까지 이어지는 그 길을 마음속으로 따라가 본다. 그 구부러진 형태들을 관찰한다. 만일 그 굴곡들을 역전시키려 하면, 즉 오목한 부분들을 튀어나오게 하고 볼록한 부분들을 집어넣으려 하면 어떤 느낌이 오는지 관찰한다. 이렇게 몸을 쭉 펴면 척추 관절들 중의 하나가 우두둑하는 느낌이 들고 소리가 난다. 그것은 기분 좋은 소리고, 거기에 동반되는 감각 또한 기분이 좋고, 의욕을 더 북돋는다. 이게 몸에 유익하다는 데에는 의심의 여지가 없다. 이렇게 척추를 팽팽히 늘리는 것은 일정 시간 동안 거기에만 전념해야 하는 일이다. 하지만 이 일에 전념하는 것과 병행하여 또 다른 일에도 전념해야 하니, 그것은 몸을 이완하는 일이다. 얼굴과 양쪽 어깨와 배와 손 등 이완할 수 있는 모든 것을 이완해야 하기 때문에 해야 할 일이 아주 많다. 사실은 많은 게 아니라 끝이 없을 정도이다. 경직된 것을 하나하나 확인하기 시작하면, 이완 작업 역시 일정 시간 동안 거기에만 전념해야 할 일이라는 사실을 깨닫게 된다. 척추를 최대한으로 팽팽히 늘리고 나머지 부분은 최대한으로 이완하는 것, 이것은 동시에 전념해야 하는 두 가지의 일이다. 아니, 거의 동시에, 혹은 나란히 전념해야 하는 것이라고 말하는 편이 더 정확할 것이다. 즉 함께 매어 놓았지만 각기 다른 쪽으로 가려고 하는 말 두 마리를 인도하듯이 말이다. 두 마리의 말, 혹은 두 마리의 물소를 하나의 멍에로 함께 매어 놓는 것, 이게 바로 〈요가〉라는 말의 원뜻이기도 하다. 이쪽에서 저쪽으로 갔다가, 저쪽에서 이쪽으로 돌아오는 것이다. 만일 이렇게 하는 일에 주의를 기울인다면, 거기에 대해 아주 조금이라도 의식하게 된다면(이게 바로 이 모든 것의 목표인데) 우리는 조금도 지루할 틈이 없다. 이 자세가 까다로울수록 거기에 더 재미를 붙이게 된다. 매일 이 자세를 취하고 싶고, 정해진 시간에 다시 하고 싶어진다. 그리고 점점 더 오래 하게 된다. 자세가 무너지기 시작하면 그게 느껴진다. 그러면 교정하고 또 다듬으면서 그것을 이루는 균형을 더 잘 의식하게 된다. 어떤 날에는 이 자세가 즐겁게 느껴지지만, 어떤 날에는 견딜 수 없게 느껴진다. 제대로 되는 게 아무것도 없다. 몸 전체가 항의하고 부동성(不動性)에 저항하며, 전에는 너무나 즐겁게 관찰했던 그 미세하고도 미묘한 균형들을 하나도 인식하지 못한다. 이 경우, 우리는 바로 이 반감에, 이 하기 싫음에, 이 역겨움에 주의를 기울일 수 있을 것이다. 만일 여기에 주의를 기울인다면, 이런 것들도 명상의 일부분이 된다. 하지만 대부분의 경우에는 이런 것들이 느껴지면 거기에 주의를 기울이는 대신 서둘러 요가를 끝내게 된다. 자리에서 일어나 이메일을 들여다보러 간다. 하지만 괜찮다.

실습의 규칙

모두가 조용한데 내 오른쪽의 이웃은 예외로, 그는 나중에 와서 내 옆에 앉더니 끔찍하게 법석을 떨어 댄다. 크흠 하고 목청을 고르기도 하고, 입으로 이상한 잡소리를 내기도 하고, 푸우, 푸우 요란하게 숨을 쉬기도 한다(이 호흡에 대해 말하자면 내 느낌으로는 그가 일부러 그러는 것 같다. 그는 이렇게 하는 게 옳다고 생각하며, 이렇게 하는 사람은 자기 혼자뿐이라는 사실을 조금도 개의치 않는다). 이 친구 옆에서 열흘을 보낸다는 것은 코를 골고 고약한 냄새를 풍기는 누군가와 함께 공동 침실을 사용하는 거나 마찬가지여서, 내가 어떻게 견뎌 낼 수 있을지 의문이다. 나는 살며시 눈을 떠서 오른쪽으로 시선을 던졌는데, 아니나 다를까 우리가 아직 말을 할 수 있었던 그 멀리 떨어진 시절에 〈내려놓기〉에 대한 여러 가지 설교로 이미 내 신경을 거스른 바 있었던, 자카르 스웨터 차림에 뾰족한 염소수염을 단 그 조그만 양반이다. 그는 계속 되풀이했다. 내려놓아라, 현재의 순간을 살아라……. 나는 이 말을 잘 알고 있고 여기에 담긴 생각이 옳다고도 생각하지만, 이 생각이 ─ 절대적 자유를 주장하는 생각들이 자주 그렇듯이 ─ 끔찍한 편집증 환자들에 의해 옹호되는 것을 자주 보아 왔다. 또 나는 자신의 차분함을 우리에게 모범으로 보여 주고 싶어 안달하는 이 조그만 양반이, 그릇을 집든 수프에 맥주 효모를 붓든 무엇을 하든 간에 필요로 하는 것보다 그 동작을 두 배로 하는 것을 보았다. 어제저녁부터 그는 누군가를 생각나게 했는데 지금 갑자기 그게 누구인지 기억이 난다. 내가 중학교 3학년이었을 때 자연 과학 교사였던 리보통 씨였다. 정신을 일깨우는 훌륭한 교사들도 물론 존재하지만 극히 드물어서, 공부를 하면서 단 한 명이라도 만나게 된다면 큰 행운이라 할 수 있다. 하지만 미친 사람들도 만나게 되는데 리보통 씨의 광기는 아주 특별한 방식으로 표현되었다. 자연 과학 수업에는 무엇보다도 개구리를 해부하는 실습이 포함되어 있었다. 리보통 씨는 우리에게 이 실습을 준비시키기 위해 〈실습 규칙〉이란 것을 만들어 내서는 첫 번째 수업 때는 그 중요성을 설명하며 시간을 보냈고, 두 번째 수업부터는 우리로 하여금 그것을 받아쓰게 했다. 이 규칙은 너무나 상세하고도 방대하고 실습 중에 일어날 수 있는 수많은 상황들을 고려하고 있었기 때문에 이 받아쓰기는 세 번째 수업, 네 번째 수업, 다섯 번째 수업까지 계속되었고, 그 학기의 첫 번째 필기시험은 실습 자체가 아니라 실습 규칙에 관한 것이었다. 우리의 시험 결과는 리보통 씨를 실망시켰다. 우리는 이 실습 규칙을 제대로 이해하지도, 숙지하지도 못했던 것이다. 그것을 다시 점검하고, 더 다듬고, 더 보충해야 했다. 그리고 다시 받아쓰기를 하고, 다시 베껴 써야 했다. 이 실습 규칙들이 늘어남에 따라 우리의 노트들도 갈수록 두꺼워졌고, 이 규칙은 우리가 서명하기 전에 내용을 숙지했노라고 선언하지만 실은 1천 페이지나 되고 아무도 읽지 않는 그런 종류의 계약서들을 점점 더 닮아 갔다. 한 해가 이런 식으로, 다시 말해서 계속해서 확장되는 이 실습 규칙을 베껴 쓰고, 그것을 공부하고, 거기에 대해 시험을 치르면서, 이렇게나 엄격하게 규제된 실습 자체는 한 번도 하지 않은 채로 지나갔다. 리보통 씨는 오래전에 작고하셨겠지만 나는 그의 환생이 옆에 앉아 있는 느낌을 받고, 리보통 씨의 시끄러운 호흡 소리와 광기 어린 파동에 노출되어 그 옆에서 열흘 동안 명상한다는 것은 정말이지 괴로운 일 거라는 생각이 든다. 이 생각이 들자마자 곧바로 또 다른 생각이 떠오르는데, 그것은 나 역시 반드시 무난한 사람인 것만은 아니며 명상의 정신은 바로 내 옆에 있는 리보통 씨의 존재를 하나의 은혜로 여기는 데에 있다는 것이다. 그를 짜증과 경멸 어린 비꼼의 대상이 아니라 따뜻하고도 차분한 마음을 품을 수 있는 기회로 여겨야 하지 않겠는가? 왜냐하면 명상의 또 다른 정의는 — 아마 이게 우리의 다섯 번째 정의일 텐데 — 삶 가운데서 거슬리는 것들과 마주칠 때 그것들을 피하는 대신에 순순히 받아들이는 것이기 때문이다. 명상은 거슬리는 것들을 깊이 파고드는 것, 숨결을 가지고 작업하듯이 거슬리는 것들을 가지고 작업하는 것이다. 또 그것은 — 명상의 여섯 번째 정의인데 — 판단하지 않는 법을, 어떤 경우에든 덜 판단하는 법을, 조금 덜 판단하는 법을 배우는 것이다. 그것은 윤리적 과오요 철학적 오류인, 남들을 내려다보는 위치를 내려놓는 것이다. 내가 너무나도 좋아하여 내 책들에서 두 번이나 인용한 바 있는 한 불교 수트라는 이렇게 말한다. 〈자신이 다른 사람보다 우월하거나 열등하다고 생각하는 사람은 실상을 알지 못하며, 심지어는 동등하다고 생각하는 사람도 마찬가지다.〉

목소리

　이제 우리는 모두 앉아 있다. 공기 중에 사람들의 기대감이 감도는 것이 선연히 느껴진다. 명상은 한 번에 두 시간씩 이어지는데, 내가 어떻게 움직이지 않고 두 시간을 버틸 수 있을지 궁금하다. 평소 나의 정량은 20분에서 30분인 것이다. 나는 적어도 처음에는 단 위의 남자나 여자가 입을 열어 우리를 인도해 주기를 기대한다. 어제저녁에 호감 가는 젊은 친구로부터 주의 사항을 들었음에도, 또 이 열흘 동안 내 비판 정신을 탈의실에 내려놓겠다고 다짐했음에도, 나는 날 짜증 나게 하는 그런 경건하고도 보드라운 목소리 중의 하나를 듣게 되지 않을까 겁이 난다. 바로 모든 종파 사제들의 목소리인데, 그중에서도 최악은 뉴에이지 사제의 목소리이다. 내가 아무리 좋은 결심(자신이 다른 사람보다 우월하거나 열등하다고 생각하는 사람은…… 등등)을 했든 간에 이런 목소리는 잘 견뎌 내지 못할 위험이 있음을 알고 있다. 하지만 정적 속에 갑자기 솟아오르는 것은 동굴처럼 깊은 어떤 목소리, 시간과 대양의 밑바닥에서부터 올라오는 목소리로, 이 목소리는 어떤 기도 같기도 하고 어떤 축원 같기도 한 무언가를 아마 산스크리트어로 — 나중에 알게 된 바지만 사실은 팔리어[28]로 — 아주 천천히 읊조리기 시작한다. 난 이게 녹음물이며 이 동굴 같은 목소리는 고(故) S. N. 고엔카, 그러니까 B. K. S. 아헹가가 아헹가 수행법을 발전시켰듯 비파사나 수행법을 발전시킨 그 버마 출신 노(老)사범의 것이라는 사실을 깨닫는다. 이 축원은 오랫동안, 아주 오랫동안 계속된다. 그러고 나서, 역시 아주 긴 침묵이 있은 후 사범은 영어로, 그러니까 영화 「더 파티 The Party」에서 피터 셀러스가 하는 것 같은 인도인의 영어로 말하기 시작한다. 이 사범의 말은 역시 녹음된 어떤 남자의 목소리가 프랑스어로 동시통역해 주는데, 맑고도 낭랑한 이 목소리는 조금도 책잡을 데가 없어서, 난 대번에 받아들인다.

Inhale, exhale

Inhale(들이마시고), exhale(내쉬고). S. N. 고엔카의

---

28 인도 중부 지방에서 기원전 2세기부터 약 2백 년 동안 사용된 언어로, 불전을 기록하는 문어로 쓰였다.

목소리가 영어로 말한다.

숨을 들이마시고, 숨을 내쉬시오, 통역사가 프랑스어로 옮긴다.

콧구멍으로 들어오는 공기를 느끼시오, 콧구멍으로 빠져나가는 공기를 느끼시오.

당신의 호흡을 통제하려 하지 말고 조용히 호흡하시오.

들숨과 날숨이 자연스럽게 이뤄지도록 놔두시오.

통제하려고 하지 마시오. 인도하려고 하지 마시오.

다만 관찰하시오.

무슨 일이 일어나는지 관찰하시오. 감각들을 관찰하시오.

당신의 콧구멍 속의 감각들을.

당신은 처음에는 콧구멍 속에서 감각들을 느끼지 못할 수도 있지만, 당신 몸의 한 치 한 치 안에는 항상 감각들이 있습니다. 당신 피부의 표면에도 있고, 당신의 몸의 안쪽에도 있습니다.

또 당신 몸의 안쪽과 바깥쪽이 서로 통하는 부분들에도 있습니다.

당신의 콧구멍 안쪽에서 어떤 따뜻한 감각이 느껴집니까? 어떤 시원한 감각이 느껴집니까? 콧구멍 속을 긁고 싶습니까? 코를 풀고 싶습니까?

이런 충동들에 굴복하지 마십시오. 다만 그것들을 관찰하십시오. 감각에는 유쾌한 감각들과 불쾌한 감각들이 있습니다. 우리 모두는 유쾌한 감각들만 찾고, 불쾌한 감각들은 피합니다. 어떤 감각이 주는 불쾌함을 있는 그대로 관찰하십시오. 아무것도 바꾸려고 하지 마십시오. 이 불쾌한 감각은 지금 이 순간의 현실이고, 당신은 그것을 관찰하기 위해 여기 있는 것입니다. 다만 관찰하기 위해서 말입니다.

어쩌면 당신은 조금 전부터 더 이상 당신의 호흡을 관찰하고 있지 않을지도 모릅니다. 어쩌면 당신은 더 이상 당신의 감각들에 주의를 기울이고 있지 않을지도 모릅니다.

다시 거기로 돌아오십시오. 부드럽게 감각들에 돌아오십시오. 부드럽고, 부지런하고, 끈기 있게 돌아오십시오.

당신의 정신을 당신의 호흡으로, 당신의 콧구멍 안쪽으로 다시 데려오십시오.

당신의 정신을 현재로 데려오십시오.

현재는 바로 당신의 호흡입니다.

Inhale, exhale.

바르도

티베트 전승에 따르면, 죽음 후에 이어지는 날들은 그 앞의 날들보다 훨씬 더 중요하다. 갓 죽은 사람은 어떤 어두컴컴한 중간의 영토로 들어간다. 일종의 정신적 미로라고 할 수 있는 이 중간계의 출구는 〈윤회〉라는 이름으로도 알려진 삼사라, 그것으로부터의 영원한 해방이 될 수도 있고, 좋을 수도 나쁠 수도 있는 새로운 환생이 될 수도 있고, 아니면 그냥 지옥이 될 수도 있다. 죽으면 모두가 통과해야 하는 이 twilight zone(중간 지대)은 〈바르도〉라고 불린다. 티베트 불교도들은 이것을 극도로 상세한 지도처럼(여행자를 속이는 교차로들, 미끄러운 땅들, 들개 떼들, 아무 데도 이르지 못하는 길들, 터널 끝의 빛⋯⋯) 묘사해 놓았다. 〈바르도 퇴돌〉이라고 불리는 이 바르도의 안내서, 이 티베트판 『사자(死者)의 서(書)』는 누군가가 죽으면 망자의 여행을 돕기 위해 사흘 동안 그의 귀에 독경된다. 나는 S. N. 고엔카가 이 의식을 해주는 것을 상상해 본다. 내가 방금 죽어 시신은 관 속에 누워 있고 영혼은 바르도를 헤매고 있을 때, 동굴처럼 깊고 평화롭고 사색적인 그의 음성이 비록 이해할 수는 없지만 인류만큼이나 오래된 언어로, 인도 음악에 익숙해지듯 지금 내가 익숙해지기 시작하는 이 기막히게 일정한 템포로 내 귀에 대고 웅얼대는 소리를 듣는다면 나는 마음이 놓일 것이다. 혹은 빠르게 혹은 느리게 단선적으로 전개되는 어떤 멜로디를 따르는 대신 무한히 이어지는 〈라가〉라고 하는 이 인도의 곡들은 우리를 어떤 부동 상태에, 사방으로 퍼져 나가므로 자신이 어디 있는지 알지 못하면서도 동시에 항상 중앙에 있게 되는 그런 부동 상태에 들어가게 한다. S. N. 고엔카의 문장들은 간격이 너무 길어져 우리는 한 문장이 끝날 때마다 이게 분명히 마지막 문장이라고 생각하지만, 얼마 후에 그게 마지막 문장이 아님을 알게 되고는 S. N. 고엔카 혹은 고엔카라는 분신으로 현신한 이[29]가 삼사라의 출구까지 우리를 계속 인도해 주리라고 생각한다. S. N. 고엔카의 부드러운 목소리를 듣고 있으면 자신이 안전하다고 느껴지며, 바르도 속으로, 혹은 ─ 아마도 같은 것일 터인데 ─ 자신 내부의 깊은 곳들로 모험을 떠날 준비가 된다. 끊임없이 이 가지에서 저 가지로 펄쩍펄쩍 뛰는 원숭이들, 불교의 상징체계에서 정신적 부산함과 산만함을 의미하는 그 작은 원숭이들은 S. N. 고엔카의 목소리에 홀려 차분해져서는 얌전히 그의 발밑으로 내려와 앉는다. 그러다가 S. N. 고엔카와 그의 통역가가 정말로 입을 다문다. 이 마지막 문장이 정말 마지막 문장이고, 이제 우리는 혼자 남겨졌다는 사실을 받아들여야 한다.

29 부처를 말함.

정신을 집중하기

　명상의 일곱 번째 정의는 〈집중하기〉이다. 시몬 베유[30]
는 공부의 효용은 바로 이것이라고 말하곤 했다. 즉 세상
의 이것저것을 배우는 게 아니라(우리는 충분히 많이 알
고 있단다) 집중 능력을 기르는 것이라고 말이다. 여기에
대해서는 동양이 서양보다 많은 것을 알고 있다. 동양은
필요한 테크닉들을 고안해 냈으며, 이를 위한 물질적 매
체들도 찾아냈다. 누구나 여기에서 필요한 것을 가져다
쓸 수 있다. 어떤 이들은 조용히 만트라를 되뇐다. 또 어떤
이들은 화두(話頭)에 대해 명상하기를 좋아한다. 화두란
스승이 제자들에게 던져 주어 몇 년이고 계속 생각해 보게

---

　30 Simone Weil(1907~1943). 프랑스의 사상가. 유대인 가정에서 태어
나 노동자 문제에 깊은 관심을 가졌고, 만년에는 인간의 근원적 불행의 구원
을 목적으로 기독교적 신비주의에 경도되었다.

하는 수수께끼 같고도 심오한 문장이다. 〈네가 얼굴을 갖기 전에 네 얼굴은 어떠하였느냐? 네 부모가 너를 잉태하기 전에 말이다.〉 〈한 손으로 손뼉을 치면 무슨 소리가 나느냐?〉 이런 질문들을 자꾸 던지면 일종의 정신적 전기 합선이 일어난다. 어느 순간 퓨즈가 나가며 논리적 사고가 꺼져 버리는데, 이게 바로 사토리(일본어에서 〈해탈〉을 뜻하는 말)이다. 또 촛불의 불꽃을 응시할 수도 있다. 그것의 미세한 움직임들을 관찰하고, 자신이 불꽃이 될 정도로 정신을 불꽃에 연결시키는 것이다. 혹은 어떤 물체 앞에 앉아 그것을 쳐다보는 방법도 있다. 이 물체는 어떤 것이라도 별 상관 없는데, 예를 들어 내 쌍둥이 조각상이라고 해보자. 최대한 집중하여 그것을 쳐다본 다음, 눈을 감고는 그 모습을 떠올려 본다. 닫은 눈꺼풀 아래로 조금 전에 열린 눈의 신경 세포를 통해 뇌까지 도달했던 그것의 윤곽을 최대한 자세하게 재구성해 보려고 노력한다. 이 정신적 이미지를 만들고 나서 잠시 후에 눈을 뜨고는 다시 실제의 이미지, 그러니까 망막에 새겨지는 이미지로 돌아와 최대한 그것을 각인시킨 다음 다시 눈을 감고 이 정신적 이미지를 더 자세히 다듬고 심화하는 작업을 한다. 이렇게 하다 보면 작은 조각상 같은 간단한 굴곡 안에도, 그리고 눈꺼풀 안에도, 무한이 깃들어 있다는 사실을 발견하게 된다. 이 모든 테크닉들은 저마다의 가치가 있고, 각자는 자신의 기질에 맞는 것을 골라 사용하면 된다. 이 중에서도 가장 널리 퍼져 있고 가장 일반적인 방법은 호흡에 집중하는 것이다. 부처는 자신의 숨의 흐름을 따라가면서 〈세상과 세상의 출현과 세상의 끝과 세상의 종말에 이르는 길〉, 다시 말해서 니르바나를 깨달았다. 모든 육체적 현상들 중에서 우리의 의식이 가장 쉽게 접근할 수 있는 게 바로 이 숨이다. 소화 작용이나 혈액 순환을 가지고 시도해 보라. 나는 이것들을 명상의 매체로 삼을 수 없다고 말하는 게 아니다. 나는 심지어 이것이 가능하다고 확신하기까지 한다. 난 단지 여러분과 나 같은 초보자들에게는 이게 힘들다고 말하고 싶을 뿐이다. 반면 숨은 언제든지 관찰할 수 있으니, 우리는 호흡을 멈추는 법이 없기 때문이다. 또 우리는 몸 안에서 숨을 돌리는 것도 배울 수 있다. 나는 태극권을, 그다음에는 요가를 수행하면서 소주천 혹은 프라나야마라고 하는 매우 미묘한 테크닉들을 아주 투박하게나마 조금 배운 바 있다. 하지만 여기서 우리에게 요구되는 바는 이것이 아니다. 여기서 우리에게 요구되는 바는 다른 것, 심지어는 정반대되는 것, 혹은 아독 선장[31]의 표현을 빌자면 〈아주 간단하면서도 아주 복잡한 것〉이다. 그것은 바로 정상적으로 호흡하는 것인데, 이것은 경맥을 따라 숨을 돌리는 것보다 간단해 보이지만, 사실은 더 복잡하다. 특별한 것을 조금도 하지 않는 것은 간단해 보이지만, 특별한 것을 하는 것보다 훨씬 복잡한, 심지어는 어렵기까지 한 일이다. 그런데 자신의 호흡을 관

31 벨기에의 만화가 조르주 레미 에르제(1907~1983)의 〈탱탱의 모험〉 시리즈에 나오는 인물 중 하나.

찰하면서 이 관찰이 호흡을 바꾸지 않도록 하는 것, 이것은 어려운 게 아니라 불가능한 일이다. 그것은 불가능하지만 우리는 그것을 지향한다. 우리는 그걸 위해 여기에 있다.

콧구멍과의 우정

내 콧구멍 안에 공기가 들어온다. 난 그게 들어오는 것을 관찰한다. 그것은 조용하고도 규칙적으로 이뤄진다. 나는 어떻게 공기가 콧구멍 안쪽에 와 닿는지를 관찰한다. 가볍고도 미묘하게 와 닿는다. 콧구멍은 집중을 위한 좋은 매체이니, 이곳은 신경이 매우 풍부하게 분포된 부분이기 때문이다. 콧구멍 안에서는 항상 무언가가 일어난다. 콧구멍을 가지고 두 시간 동안 명상을 해도 전혀 지루하지가 않다. 오늘 세션은 출발이 좋으니, 콧구멍은 나의 가장 친한 친구이기 때문이다. 그 입구에서 멀어져 안으로 좀 더 깊이 들어가면 콧구멍은 거대한 동굴이 된다. 그 안을 더 탐험할수록, 그 안벽을 따라 더 들어갈수록, 동굴은 더 커지고, 따끔거림, 답답함, 간지러움 같은 다양한 감각들로 채워진다. 그리고 맥박도 느껴진다. 그렇다, 다른 모든 것을 덮어 버리는 맥박이 느껴진다. 무언가가 퉁퉁 뛴다. 나는 이 무언가를 관찰한다. 이 맥박과 하나가 된다. 이것은 불쾌하지 않다. 이 모든 것을 불쾌하지 않게 관찰할 수 있다. 좋다. 좋긴 한데, 자세가 조금 무너졌다. 몸이 내려앉았다. 다시 몸을 똑바로 세워야 한다. 몸을 똑바로 세우되, 콧구멍 안의 숨결 관찰하기를 멈추거나 콧구멍 깊숙한 곳의 맥박을 놓쳐서는 안 된다. 나는 척추를 쭉 펴고 정수리를 하늘로 밀어 올린다. 이처럼 여러 가지를 동시에 해야 하는데, 정신은 이 혼잡한 틈을 이용하여 도망쳐 버린다. 정신은 항상 도망친다. 그는 현재로부터 도망치고, 실제로부터 도망친다(이 둘은 결국 같은 것이니, 오직 현재만이 실제이기 때문이다). 티베트 스님 초기암 트룽파는 우리는 두뇌 활동의 20퍼센트만을 현재에 할애한다고 말하곤 했다. 나머지 80퍼센트를 어떤 이들은 주로 과거 쪽으로 돌리고, 어떤 이들은 미래 쪽으로 돌린다. 예를 들어 나는 예상은 많이 하는 반면 회상은 거의 하지 않는다. 나는 향수(鄕愁)와는 거리가 먼 타입이다. 이것을 자신감 넘치고, 낙관적이고, 앞으로 나아가길 좋아하는 성격의 표시로 볼 수도 있겠지만, 나로서는 이게 오히려 어떤 강박적 성격의 표시일 수도 있다고 생각하는데, 왜냐하면 우리는 과거는 조금도 바꿀 수 없다는 것을 잘 알지만 미래는 통제할 수 있다는 환상을 가질 수 있기 때문이다. 이런 성향을 억제하고자 나는 종종 다음과 같은 기가 막힌 유대 격언을 되뇌곤 한다. 〈당신은 신을 웃기고 싶은가? 그렇다면 그분께 당신의 계획을 한번 얘기해 보라.〉 하지만 나는 계속 신을 웃게 만든다. 확신컨대 이 신께서는 가끔 기분 전환을 하고 한바탕 웃고 싶어질 때마다, 자푸에 앉아 자신의 호흡의 흐름을 따라가며 콧구멍 안쪽을 살펴보는 동시에 요가에 대한 기분 좋으면서도 세련된 책을 생각하고 있는 나를 한 번씩 내려다보실 것이다. 그것의 형식을, 그것의 장(章)들을 열심히 생각하고 있는 나를 말이다. 벌써 문장들을 만들고 있고, 지금까지 얻은 명상의 정의가 몇 개나 되는지 따져 보고 있는 바로 이 순간, 내가 잡념(과거와 현재, 초기암 트룽파, 〈신에게 당신의 계획들을 얘기해 보라〉, 장차 오게 될 책, 오게 될 책의 문장들, 오게 될 책이 거두게 될 성공······)에 휩쓸리고 있다는 사실을 알아차린다. 콧속으로 돌아와야 할 때다. 콧구멍 속을 지나가는 공기로 돌아와야 할 때다. 들이마시고, 내쉬고, inhale, exhale. 공기는 들어올 때 약간 더 서늘하고, 자신의 내부에서 길게 한 바퀴 돈 뒤 나갈 때는 약간 더 따뜻하다. 바깥쪽. 안쪽. 언제 이것이 아직 바깥에 있고, 언제 이것이 벌써 안에 있는가? 명상의 가능한 여덟 번째 정의는 자신인 것과 자신이 아닌 것 사이의 접점들을 관찰하는 일이다. 내부와 외부의 접점들을 말이다.

테리외르 형제

테리외르 부부에게 쌍둥이 아들이 있다. 부부는 그들을 뭐라고 부를까?

부부는 그들을 알렉스와 알랭이라고 부른다.

나는 이 농담을 너무나 좋아한다.[32] 나는 책을 쓸 때마다, 이 책이 〈테리외르 형제〉로 불릴 수도 있겠다는 생각을 종종 해본다. 나는 내가 무슨 일을 하든 알렉스의 영역에서 하는지 아니면 알랭의 영역에서 하는지 자문해 본다. 르포르타주 작업을 위해 칼레의 정글[33]에 간 것은 알렉스이고, 모르방에서 비파사나 수행을 하고 있는 것은 알랭이다. 알렉스는 현장에서 조사를 행하고, 알랭은 자푸 위에서 자신의 호흡을 관찰한다. 알렉스 테리외르는 양(陽)이고, 알랭 테리외르는 음(陰)이다. 둘 다 호흡을 한다. 하지만 누가 무엇을 하는가? 누가 숨을 들이마시는가? 누가 숨을 내쉬는가?

날숨

이 현상은 나를 평생 따라다녔다. 내게 있어 들숨은 쉽다. 크고 규칙적이다. 갈비뼈가 양쪽으로 벌어지고 배는 부풀어 오른다. 안을 한없이 채울 수 있을 것 같다. 하지만 이 커다란 들숨이 날숨으로 바뀌어야 하는 순간이 오는데, 이 날숨은 반대로 좁고 빡빡하다. 그리고 짧게 끝난다. 날숨은 이완시켜야 하는 부분, 즉 횡격막에서 단전에 이르

32 테리외르Térieur 앞에 알렉스Alex를 붙이면 A l'extériur(알렉스테리외르)와 발음이 같아지고, 알랭Alain을 붙이면 A l'intériur(알랭테리외르)와 발음이 같아지는데, 이는 각각 〈외부에〉와 〈내부에〉라는 뜻이다.
33 2015년 1월에서 2016년 10월까지 프랑스 북부 도시인 칼레의 변두리에 존재했던 난민들의 야영지이다.

는 부분을 오히려 수축시키고 압축시키고 답답하게 만든다. 그것은 어떤 병목 같은 것에, 흉골 아래의 어떤 매듭 같은 것에, 살수 호스로 사용해도 될 법한 어떤 매듭 같은 것에 붙잡혀 버린다. 난 이 매듭의 원인이 신체적인 것인지 아니면 정신적인 것인지 오랫동안 자문해 왔다. 몸의 구조적인 문제인가, 아니면 무의식의 문제인가? 의사들은 불안증 환자들에게 자주 나타나는 증상인 위산 역류를 막기 위해 내게 조그만 알약들을 처방해 줬다. 이 알약들은 내가 생각하기에 내 정체성을 이루는 무언가에 아무런 효과가 없었고, 그것을 다루는 데는 요가가 더 나았다. 왜냐하면 숨을 들이마시는 것은 — 요가는 이렇게 설명한다 — 취하고, 정복하고, 자기 것으로 만드는 것인데, 나는 이런 일에는 아무런 문제가 없다. 심지어는 오직 이것만을 할 줄 알며, 내 흉곽의 크기는 내 탐욕의 그것에 비례한다. 숨을 내쉬는 것은 다르다. 그것은 취하는 대신 주는 것이며, 간직하는 대신 돌려주는 것이다. 내려놓는 것이다. 다른 점들에 있어서와 마찬가지로 에르베는 나와는 정반대이다. 날숨이 그의 강점인 것이다. 그는 오직 자신을 비우고 짐을 더 덜어 내기를 원할 뿐이다. 우리 모두의 인생은 다만 나그넷길이라는 사실을 그는 분명히 의식한다. 그는 삶에 정착하지 않고 자신을 어떤 세입자 혹은 전대인(轉貸人)으로 여기지만, 나는 자신의 소유물을 늘리려고, 구약의 족장들처럼 〈불어나고 늘어〉나려고 노심초사하는 소유주의 본능을 지녔다. 불리는 것은 나의 자연스러운 성향이고, 줄이는 것은 에르베의 성향이다. 나는 빛을 열망하고, 그는 어둠을 원한다. 나는 양지를 찾고, 그는 음지를 즐긴다. 우리는 두 개의 존재 방식, 두 종류의 인간이며, 이런 성격 차이는 우정의 토대가 되었다. 하나는 양(陽)의 인간, 들숨의 인간이며, 다른 하나는 음(陰)의 인간, 날숨의 인간이다. 숨을 내쉰다는 것은 결국 마지막 바람을 돌려주는 것, 마지막 숨결을 돌려주는 것, 영혼을 돌려주는 것이다. 내 신경얼기 밑에 깃들어 있는 이 불안감은 죽음의 공포에 다름 아니며, 내 삶의 마지막 시간 동안 해야 할 작업은 바로 이것, 숨을 내쉬는 법을 배우는 것이라고 생각한다.

성당 카페에서의 파탄잘리

요가에도 정경(正經)이라고 할 수 있는 게 존재하는데, 그것은 기원전 3세기 혹은 서기 2세기에(확실치는 않다) 산스크리트어 문법학자이기도 했다는 파탄잘리가 썼다고 전해지는 텍스트이다. 이것은 수트라, 다시 말해서 간명하면서도 난해한 경구들의 얄팍한 모음집인데, 여기서 거론되는 것은 우리가 알고 있는 요가, 즉 어떤 육체적 수행으로서의 요가가 전혀 아니다. 우리가 알고 있는 요가는 이 시대에도 이미 존재했으니, 플루타르크가 전하는 바에 의하면 갠지스 평원에 이른 알렉산드로스 대제의 병사들은 그들이 〈체조 철학자들〉이라고 부른 이들, 그러니까 몸의 굴신을 통해 지혜에 이르려고 하는 이들, 다시 말해서 요기들을 발견하고는 깜짝 놀랐다는 것이다. 하지만 파탄잘리는 이런 굴신 운동에는 관심이 없었다. 그는 연꽃 자세 외의 다른 자세를 알지 못했다. 당시 구상 중이었던, 그리고 이제 여러분도 그 이유를 알게 되었지만 〈날숨〉이라는 제목을 붙일 생각이었던 요가와 명상에 대한 이 책을 집필하려는 목적으로, 나는 2015년 겨울 매일 아침 프란츠리스트 광장[34]에 있는 성당 카페에 가서 파탄잘리를 읽고, 여러 번역본들을 비교해 보고(모든 점을 고려하여, 알뱅 미셸 출판사에서 나온 프랑수아즈 마네의 번역본을 추천한다) 별도의 수첩에다 그에 대해 메모를 했다. 그렇게 시간을 보내면서 나는 여러 가지를 배웠을 뿐 아니라 나 자신에 대해 만족스러운 생각, 어쩌면 지나친 것일 수 있는 기분 좋은 생각을 갖게 되었다. 내 삶이 완전히 망가져 버린 지금, 난 성당 카페에서의 그 아침 시간들을 향수와 도무지 믿기지 않는 마음, 그리고 쓰디쓴 냉소가 섞인 감정으로 되돌아보곤 한다. 그때 나는 완전히 취해 있었다. 난 행복했다. 그리고 이런 상태가 계속되리라고 믿었다. 『우파니샤드』 시대 이후의 모든 인도 사상처럼, 그리고 에르베처럼, 파탄잘리는 오직 하나의 문제에만 관심이 있었으니 그것은 〈세상, 인간 조건, 혹은 삼사라라고 불리는 이 수렁에서 빠져나갈 수 있는 출구가 과연 있는가?〉였다. 다른 모든 문제들은 쓸데없고, 다른 모든 일들도 쓸데없다. 〈이것 외에는〉, 파탄잘리와 에르베는 말한다. 〈아무것도 알 가치가 없다.〉 그런데 우리에게 희소식이 있으니 — 여전히 파탄잘리와 에르베의 말이다 — 여기에 출구가 있

---

34 파리 10구, 북역 근처에 있는 광장.

다는 사실이다. 인간 조건에서 벗어나는 것은 가능하다. 물론 쉽지는 않다. 평생이 걸릴 수도 있고 혹은 여러 개의 삶이 필요할 수도 있지만 가능하며, 요가는 바로 이것을 목표로 삼는다. 요가는 의식을 관찰함으로써 의식을 뛰어넘는 기술이다. 파탄잘리는 뛰어난 관찰자로, 적어도 프로이트만큼이나 무의식을 잘 알며, 그가 발견한 것들을 인도식으로, 다시 말해서 다양한 목록들을 작성함으로써 설명한다. 여섯 가지의 다르샤나(브라만 사상의 범주들이며, 요가는 그중의 하나이다), 세 가지의 구나(의식의 존재 방식), 다섯 가지의 야마(필요 불가결한 금제), 여섯 가지의 니야마(역시 필요 불가결한 규율), 치타 브리티(마음의 강에 떠내려가는 모든 것들)의 다섯 가지 씨앗, 아슈탕가(요가의 나무)의 여섯 개의 가지……. 인도인들은 목록을 좋아하고, 우리에게는 자의적으로 느껴지는 끝없는 분류를 좋아한다. 이것은 우주를 포착하는 그들의 방식이다. 우리의 방식은 보다 연대순적이라 할 수 있는데, 그들에게는 완전히 생소한 것이다. 파탄잘리가 정신적, 영적 현상들에 대해 작성한 목록과 분류는 매우 흥미로우며, 상세히 연구할 만한 가치가 있다. 나는 요가와 명상에 대한 내 장래의 책을 위해 성당 카페에서 많은 시간을 이 연구에 바쳤다. 이제 요가의 압축된 정의와 명상의 아홉 번째, 그리고 거의 완벽한 정의를 원한다면, 그것은 『요가 수트라』의 두 번째 구절인 네 개의 산스크리트어 단어로 요약할 수 있다. 요가스 치타 브리티 니로드하.

요가스 치타 브리티 니로드하

요가스: 그렇다, 정의의 대상인 〈요가〉를 말한다.
치타: 마음. 마음과 정신 활동의 장(場).
브리티: 의식의 요동, 의식의 표면에 이는 물결.
니로드하: 정지, 소멸, 안정화.

이제 여러분은 전부 알게 되었다. 요가는 마음의 요동을 멈추는 것이다.

니로드하에 대해서는 토론이 가능하다. 이것은 정지인가 아니면 안정화인가? 소멸인가 아니면 통제인가? 우리 생각의 끊임없는 소란에 완전히 종지부를 찍는 것인가 아니면 그것을 진정시키고, 완화시키고, 길들이는 것인가? 파탄잘리의 관점은 보다 근본적이다. 그의 유일한 목적, 그리고 그가 보기에 이성을 지닌 모든 사람의 유일한 목적은 니르바나에 도달하는 것이지 삼사라에서의 체류를 조금 더 편안한 것으로 만드는 게 아니다. 요가는 브리티, 즉 마음을 흔드는 움직임들[잔물결, 파도, 파랑(波浪), 심류(沈流), 의식의 표면에 파문을 일으키는 바람이나 돌풍]에 대한 무기이다. 사물을 있는 그대로 보는 것(비파사나)을 방해하는 잡념들과 끊임없는 수다에 맞서 싸우는 무기인 것이다. 요가의 목표는, 몸과 호흡에 대한 매우 구체적인 작업에서 출발하여 우선은 브리티들을 가라앉히고, 그다음에는 그것들의 빈도를 줄이며, 결국에는 완전히 사라지게 하는 것이다. 이때 정신은 산중의 호수처럼 맑고 투명하게 된다(그렇게 느껴진다). 우리의 두려움과 반응과 끊임없는 논평 들의 거품이 제거된 정신은 오직 실제만을 반영하게 된다. 사람들은 이것을 해탈, 깨달음, 산토리, 혹은 니르바나라고 부른다. 하지만 고산준령의 안내자인 파탄잘리를 따라 굳이 정상에까지 올라갈 필요는 없다. 이미 말했듯이 나로서는 〈소들의 산〉으로 충분하며, 명상을 통해 약간의 정신적 안정과 〈전략적 깊이〉를 얻는 것만으로도 굉장한 일이라고 생각한다. 브리티들을 아주 조금이라도, 아주아주 조금이라도 가라앉힐 수 있다면 그것만으로도 굉장한 일이라고 생각하는 것이다. 그리고 브리티들, 끊임없이 이 가지에서 저 가지로 뛰어다니며 우리를 어지럽게 만들고 피곤하게 하는 이 작은 원숭이들을 진정시키기 위한 테크닉은, 첫째는 자신의 호흡을 관찰하는 것이고, 둘째는 자신의 감각을 관찰하는 것이며, 셋째는 자신의 생각을 관찰하는 것이다. 명상의 열 번째 정의는 브리티를 가라앉히기 위해 브리티를 관찰하는 것이다.

브리티

　나는 얼마나 자푸에 앉아 있었는가? 분명히 두 시간은 아니고 아마 한 시간 반 정도이리라. 체력적으로는 괜찮다. 버틸 만하다. 나는 차분하게 호흡하는데, 기분이 상당히 좋다. 하지만 차분하게 호흡하고 내 콧구멍 안쪽을 탐험하고 관찰해도 소용없으니, 조그만 회전목마가 계속해서 돌고 있는 것이다. 그것은 항상 돌고 있다. 우리는 이 사실을 거의 의식하지 못하지만 명상 중에는 그게 도는 게 보인다. 그것을 조금이라도 의식하게 되었다는 것은 발전했다는 증거다. S. N. 고엔카가 그 일종의 〈라가〉를 끝낸 이후로 어떤 브리티들이 내 의식의 수면을 어지럽혔던가? 그러니까 여러분도 알다시피, 난 먼저 나의 학창 시절 과학 교사였던 리보통 씨를 생각했었다. 그의 아들내미도 나하고 같은 반이었는데, 이름은 막심이라고 했다. 막심 리보통……. 육중하고, 음험하고, 항상 땀을 흘리는 이 소년은 경찰 수사관이 되는 게 꿈이었다. 나는 그가 나중에 어떻게 되었는지 전혀 모른다. 하지만 장송 고등학교의 내 친구들 대부분이 어떻게 되었는지도 전혀 모른다. 심지어는 가장 친했던 친구들까지 소식이 끊겼고, 나는 내 소년 시절의 우정에 이렇게나 충실치 못했던 자신을 책망한다. 예를 들면 중학교 2학년과 3학년 때, 나의 가장 친한 친구였던 에마뉘엘 기엔에게 그랬다. 우리는 둘 다 『샤를리 에브도』를 부지런히 읽었고, 이 신문의 신랄한 풍자를 좋아하고 또 모방하기까지 했다. 서로 집이 멀지 않았던 우리는 함께 등교하기 위해 약속을 잡곤 했다. 내가 사는 레누아르가에서 출발하여 비뇌즈가에 이르러 쭉 올라가면 그 끝에서 프랑클랭가에서 걸어온 에마뉘엘 기엔과 만난다. 거기서부터는 셰페르가를 따라 계속 가는데, 그렇게 가다 보면 16구의 조용하고도 부티 나는 거리들인 폴두메르로, 루이다비드가, 코르탕베르가와 마주치게 된다. 결국 조르주망델로가 나오는데, 아름다운 마로니에 나무들이 굽어보는 이 대로를 건너면 드캉가 쪽으로 난 문으로 장송드사이 고등학교에 들어가게 된다. 나는 이 길을 몇 번이나 걸었던가? 하루에 두 번, 일주일에 5일, 일 년에 약 30주, 이렇게 꼬박 6년을 했으니……. 난 그 길을 머릿속으로 완벽하게 그릴 수 있다. 약 20분이 걸리는 길이었고, 난 20분 동안 머릿속으로 그 길을 걸을 수 있다. 또 내가 성장했고, 오래전부터 부모님이 살지 않는 아파트도 머릿속으로 완벽하게 그릴 수 있다. 파리에 돌아가면 부모님을 한 번 찾아뵤야 하리라. 난 그분들과 자주 만나지 못한다. 과거에 한 달에 한 번씩 그랬던 것처럼 점심때 아버지를 그랑오귀스탱 강변로의 레스토랑에 모시고 가야 하리라. 내가 여기에서 열흘 동안 한 일을 그분에게 얘기해 드릴까? 열흘 동안 조그만 방석에 앉아 내 콧구멍 속에 빠져 지낸 일을? 그분은 재미있어할까? 만일 이 괴상해 보이는 수행의 의미를 어떻게든 이해시킨다면 그분은 이것에 흥미를 느낄까, 아니면 반대로 불안해할까? 내가 어떤 신흥 종교에 빠졌다고 생각할까? 분명히 어머니는 그렇게 생각하시겠지만, 내가 이런 짓을 하는 것은 책을 쓰기 위해서라고 설명하면 받아들일 것이다. 책을 쓰기 위한 거라면, 좋아, 어머니는 언제나 찬성이다. 책은 모든 것을 정당화하는 것이다. 누이들과 내가 어렸을 때, 어머니는 우리가 책을 읽기만 한다면 학교에서 공부를 못해도 상관없다고 태연하게 말씀하시곤 했다. 아버지는 나이가 들면서 예전만 못하다고 푸념하시긴 하지만 깜짝 놀랄 만한 기억력의 소유자이다. 그분은 잠을 청하기 위해 자신이 50년 전에 살았던 아파트를 아주 상세하게 그려 보곤 한다. 방들과 벽들과 그림들, 심지어는 서랍 속에 있는 것들까지 하나도 빠짐없이 기억해 낸다. 나도 가끔 잠들기 전에 이와 아주 비슷한 행동을 하는데, 그날 하루 동안 있었던 일들을 최대한 정확하게 떠올려 보는 것이다. 이런 일을 할 때는 너무 빨리하거나 너무 뭉뚱그려 해서는 안 되니, 2분 만에 주제를 소진해 버릴 수 있기 때문이다. 예를 들어 보자. 기상, 요가, 가족이 함께 하는 아침 식사, 성당 카페에서 파탄잘리 읽기, 작업, 내 친구 올리비에와의 점심 식사, 다시 작업, 그리고 가족 간의 저녁 식사, TV 시리즈 「인 트리트먼트In treatment」의 에피소드 두 편 보기, 그리고 이제 내가 하루를 복기하고 있는 이 침대. 자, 이게 끝인데, 너무 빨리 끝나 버린다. 하지만 반대로 너무 천천히 나가도, 너무 세부에 들어가서도 안 된다. 왜냐하면, 예를 들어, 아침 식사 준비에 포함되는 그 모든 동작들을 상세하게 묘사하기 시작하면 한이 없을 수 있기 때문이다. 이 아침 식사를 준비하는 데 필요한 얼마간의 시간을 완전히 묘사하기 위해서는 거의 과장 없이 말해서 하루로도, 아니 심지어는 한평생으로도 충분하지 않을 수 있다. 늘 그렇듯, 여기서도 중용이 필요하다. 디테일이 풍부하되, 이를테면 이 얼마간의 시간이 약 20분이라고 한다면 20분을 넘지 않는 이야기여야 한다. 내게 20분은 명상을 한 번 하는 데 평균적으로 걸리는 시간이다. 영화 한 편 보는 데는 1시간 30분이 적당하고 자연스러운 시간이듯이, 명상 한 번 하는 데는 이 20분이 적당하고 자연스러운 시간이다. 나는 이런 행위도 일종의 명상으로 간주될 수 있을지 궁금하다. 아니면 지나치게 의도적이고 지나치게 편집(偏執)적이기 때문에 오히려 명상과는 정반대되는 행위라고 봐야 할까? 20분은 태극권 형(形)³⁵을 한 번 마치는 데 걸리는 평균 시

35 태극권의 기본적인 동작이나 자세를 말함.

간이기도 하다. 그런데 내 책에 태극권에 대한 얘기도 들어가게 될까? 물론 그럴 것이다. 태극권과 관련된 추억들은 요가에 대한 책에 실릴 자격이 당연히 있다. 나는 요가라는 말에 아주 넓은 의미를 부여하며, 태극권도 요가의 한 형태인 것이다. 또 섹스도 요가의 한 형태일 수 있다. 내게 쌍둥이 조각상을 선사한 여자에 대해서도 얘기하게 될까? 코르나뱅 호텔의 그 빛에 대해서도? 확실한 것은 내가 바르도에 대해 다시 한번 얘기할 거고, 또 이 바르도와 관련하여, 내가 10대 때 읽었고 내게 엄청나게 강한 인상을 주었던 어떤 환상적인 단편소설에 대해서도 얘기할 거라는 사실이다. 나는 이 소설이 필립 K. 딕의 『유빅』만큼이나 강력하게 바르도를 재현했다는 것을 어렴풋하지만 확실히 기억하고 있다. 그 작가의 이름은 조르주 랑줄란[36]이었고, 데이비드 크로넌버그에 의해, 그리고 그 전에는 빈센트 프라이스의 B급 영화로 훌륭하게 영화화된 바 있는 「플라이 The Fly」를 쓴 것으로 (약간) 알려져 있다. 나는 내가 10대 때부터 읽어 왔고, 내 정신에 깊이 뿌리박혀 있는 이 모든 SF 단편소설들을 생각한다. 난 이 중에 한 작품도 잊어버리지 않았다. 왜 나는 이걸 그토록 좋아하는 걸까? 왜 이것은 내게 그렇게 강하게 다가오는 걸까? 왜 이런 종류의 이야기들이 나 자신의 이야기를 이해할 수 있게 도와주는 걸까? 난 이런 취향을 내 두 아들에게 물려주

36 George Langelaan(1908~1972). 프랑스에서 태어난 영국, 프랑스 복수 국적의 작가이자 기자.

었는데, 왜 그들 역시 이런 것에 그토록 민감한지 불안스레 자문해 보곤 한다. 내 삶의 표면 아래에서 어슬렁대는 그 공포를 명상은 길들일 수 있을까? 명상은 인간의 모든 경험들을 장악할 수 있을까? 아니면 그게 넘어설 수 없는 관문들이 있는 걸까? 자신의 육체와 정신에 배반당한 사람들에게 명상은 과연 무엇을 할 수 있을까? 우리가 품는 환상 중의 하나는 다발 경화증, 조현병, 가성 혼수, 극도의 우울증 같은 끔찍한 심연에 떨어진다 해도 명상 덕분에 이런 절망적인 상황을 길들일 수 있다는 것이다. 도저히 살 수 없는 이런 자신 안에서 사는 법을 배운다는 것이다. 그 예들이 없지 않으니 바로 스티븐 호킹이다. 내가 읽은 바로는, 명상은 그로 하여금 마비된 육체라는 감옥에서 살 수 있게 해주었다고 한다. 만일 내가 그런 상황에 직면한다면 완전히 무너져 버려 오직 자살만을 바라게 되리라고 생각한다. 나는 조현병 환자의 명상이 어떤 것일지 궁금하다. 자신 안이 적대적이고 위협적인 영토인데, 이름도 없는 어떤 끔찍한 공포의 장소인데, 맑은 정신으로 그 안으로 빠져드는 것은 과연 어떤 느낌일까? 이름도 없고 끝도 없고 한계도 없는 그 공포 속으로 빠져든다면? 영원히 멈추지 않고 우리 뇌의 전체를, 초기암 트룽파 말로는 우리가 20퍼센트만 현재에 할애한다는 그 일종의 정신적 카망베르의 1백 퍼센트를 차지하는 그 공포 속으로 빠져든다면? 그런데 초기암 트룽파는 이 퍼센티지를 대체 어떻게 얻었을까? 물론 말도 안 되는 소리지만 나는 이게 흥미롭게 느껴진다. 나는 정신 활동을 더 잘 이해하고 더 잘 그려 볼 수 있게 해주는 모든 것들에 늘 흥미를 느꼈고, 결국 이것을 내 직업 자체로 삼게 되었다. 나는 아주 오래전에, 그러니까 내가 이 직업을 처음 시작했을 때, 내가 좋아하는 책인 카를 젤리히의 『로베르트 발저와의 산책 *Wanderungen mit Robert Walser*』에서 독일 낭만주의 군소 작가 중의 하나인 루트비히 뵈르네라는 이가 작가 지망생들에게 주는 다음의 조언을 읽게 되었다. 〈백지 몇 장을 꺼내 놓고, 사흘 동안 머릿속에 스쳐 가는 모든 것을 조금의 위선도 섞지 말고, 또 변질시키려 하지도 말고 그대로 써보라. 당신 자신에 대해, 당신의 여자들에 대해, 튀르키예 전쟁에 대해, 괴테에 대해, 퐁크의 범죄에 대해, 최후의 심판에 대해, 그리고 당신의 상관들에 대해 쓰다 보면, 사흘 후에는 얼마나 많은 새로운 생각들이, 지금껏 한 번도 표현된 적이 없는 새로운 생각들이 당신에게서 솟아났는지를 보고는 깜짝 놀랄 것이다. 이것이 바로 사흘 만에 독창적인 작가가 되는 기술이다.〉 그것이 사흘이 됐든 석 달이 됐든, 3년 혹은 30년이 됐든 간에, 독창적인 작가가 되는 것은 내 젊은 시절의 강박 관념이었고, 이 강박 관념은 항상 날 따라다녔다. 나는 퐁크가 누구인지, 그가 무슨 범죄를 저질렀는지(여기에 대해서는 심지어 위키피디아도 전혀 아는 바가 없다), 또 루트비히 뵈르네는 이 기억할 만한 조언 외에 문학에 기여한 게 있는지(없다), 종종 자문해 보곤 했다. 머릿속에 스쳐 가는 것들을 쓰는 작가들은 내가 선호하는 작가들이다. 우리 같은 작가들의 수호성인이라 할 수 있는 몽테뉴가 바로 그렇게 했다. 몽테뉴는 머릿속을 스쳐 가는 것을 그대로 썼으며, 그의 머릿속을 스쳐 가는 생각 따위에는 조금도 관심이 없다고, 그런 것들을 열심히 적고 있는 걸 보면 아주 오만하고 자기중심적인 인간임에 틀림없다는 사람들의 말에는 조금도 신경 쓰지 않았다. 왜냐하면 몽테뉴의 생각으로는 이것보다 더 흥미로운 것이 없었기 때문이었다. 특히나 자신은 평범한 인간이기 때문에, 그 안에서 굉장한 행위들을 읽어야 하는 회고록의 주인공이 아닌, 특별하지 않은 한 인간이라는 바로 그 이유로 인간이 무엇인지를 증언할 수 있기 때문에 이것은 더욱 흥미로운 작업이었다. 〈우리의 정신이라는 그 종잡을 수 없는 움직임을 따라간다는 것은, 그것의 깊은 곳을 파헤친다는 것은, 그 부산한 움직임의 그 많은 미묘한 모습들을 선택하고 또 응시한다는 것은 너무나 험난한 작업이다. 여러 해 전부터 나는 오직 나 자신만을 성찰의 대상으로 삼아 왔고, 오직 나 자신만을 검토하고 연구해 왔으며, 만일 다른 것을 연구한다면 그것을 곧바로 나 자신에게 적용시키기 위해서였다. (……) 자기 자신에 대한 묘사만큼 어려우면서도 유용한 묘사는 없다.〉 그런데 여기서 〈어렵다〉라는 표현이 나왔으니 말인데, 〈조금의 위선도 섞지 말고, 또 변질시키려 하지도 말고〉 머릿속에 떠오르는 것을 그대로 써보라고 조언하면서, 루트비히 뵈르네는 조금 과장했다는 생각이 든다. 우선 〈조금의 위선도 섞지 말고〉에 대해서는, 좋다, 나는 위선 없이 쓰는 게 충분히 가능하다고 생각하고, 나 자신도 위선 없이 쓰고 있다고 생각한다. 하지만 변질시키려 하지도 말라니! 루트비히 뵈르네는 이게 어떤 사소한 기술적 전제 조건인 듯이 아무렇지도 않게 말하고 있지만, 사실 이것은 글쓰기라는 기도(企圖)의 목적 자체, 도달할 수 없는 목적 자체인 것이다. 머릿속을 지나가는 모든 것을 〈변질시키지 말고〉 쓴다는 것은 자신의 호흡을 바꾸지 않고 관찰하는 것과 같다. 다시 말해서 이것은 불가능하다. 하지만 해볼 만한 가치가 있는 일이다. 평생을 바쳐 시도해 볼 만한 가치가 있는 일이다. 이게 바로 내가 하는 일이다. 내 카르마가 이걸 원하고, 난 이것 외에는 할 줄 아는 게 없다. 단어들로 문장을 만들고, 문장들로 문단을 만들고, 문단들로 페이지를 만들고, 페이지들로 장(章)을 만들고, 장들로 — 운이 좋다면 — 책을 한 권 만드는 일 말이다. 난 항상 이것을 생각한다. 내 정신적 카망베르에서 가장 커다란 두 부분은 이 작업에 연관된 성찰과 성적인 환상이다. 성적인 환상은 내 카망베르의 3분의 1이 조금 못 되는, 혹은 4분의 1 조금 넘는 부분을 차지한다고 말할 수 있는데, 그것은 잠이 들 때나 밤에 잠이 안 올 때 같은, 깨어 있는 상태와 잠 사이에 위치한 모든 경계 지대들에서 주로 이뤄진다. 내게 있어서 이 성적 환상은 그것이 환상적인 성격은 아주 적고 오히려 현실적일 때만, 그것도 아주 치밀한 현실성을 지닐 때에만 매력적이라는, 아니 간단히 말해서 가능해진다는 특징을 지닌다. 내가 이 환상을 꾸미기 위해 소환하는 얼굴들과 몸들은 내가 실제적으로 동침하는 게 가능한 여자들, 오늘 함께 자는 것을 상상하는 것이 터무니없는 망상도 아니고 무엇에 대한 위반도 아닌 여자들이어야 한다. 예를 들어 나는 여배우나 유명한 패션모델처럼 내가 모르고 또 알게 될 가능성이 거의 없는 여자를 상상하며 자위를 한 적이 한 번도 없다. 반면 나는 짐 자머시의 어느 영화의 환상적인 시나리오를 아주 좋아하는데, 여기서 주인공 빌 머리는 자신이 불치병에 걸린 것을 알게 되고는 그가 사랑했던 여자들과 한 번 더, 다시 말해서 죽기 전에 마지막으로 섹스를 하기 위해 그들을 찾아다닌다. 내 기억으로는 여자들 모두가 승낙한다. 이 영화에서 그들은 여섯 명 정도 되는데, 같은 상황에서 내가 찾아갈 여자들(내 에로틱한 삶의 클라이맥스)의 수와 거의 비슷하다. 나는 이 시나리오를 너무나 좋아하고, 내가 그 여자들 각각과 보내게 될 마지막 밤을 아주 세밀하게, 그리고 거의 리얼타임으로 상상하는 것을 좋아한다. 우리가 어떻게 말할 것이며, 우리가 어떤 식으로 섹스를 할 것인지에 대한 상상 말이다. 나는 이 여자들 각각과 섹스했던 방식을 다 기억하는바, 이것은 내 끝없는 몽상의 뼈대를 이룬다. 나를 욕망하는 사람을 욕망하고 내게 관심이 없는 여자에게는 금방 관심이 사라지는 것, 이것은 내 애정적 삶의 상수였고, 신도 아시거니와 나는 다른 끔찍한 고통들은 겪었지만, 적어도 자신을 경멸하거나 무시하거나 가지고 노는 여자들에게 끊임없이 정염에 휩싸이는 남자들이 겪는 고통은 겪은 적이 없다. 내게는 자신의 삶을 『여자와 꼭두각시 *La Femme et le Pantin*』[37]의 끊임없는,

그리고 지옥 같은 리메이크판으로 만든 친구가 하나 있다. 물론 나는 내게 관심을 보이지 않는 여자들은 욕망하지 않는다. 난 한번 시도해 보고 그게 잘되지 않으면 마음이 금방 가라앉는데, 왜냐하면 내게 끌리지 않는 여자는 금방 매력이 사라져 버리기 때문이다. 난 사랑에 있어서 불행한 일들을 많이 경험했지만 일방적인 열정에 빠진 적은 없다. 상호적이지 않으면, 서로 마음이 맞지 않으면, 리얼리즘이 없으면, 에로티즘도 없다. 모든 사람에게 마찬가지겠지만 내게 사랑은 어려운 것이지만 섹스는 그렇지 않으니, 섹스는 내가 가장 편안함을 느끼고 상대에게도 나의 가장 좋은 모습을 보일 수 있는 인간관계 방식인 것이다. 또 나는 거기에 어떠한 죄의식도 결부시키지 않는다. 그것은 피신처이지 구렁텅이가 아니며 영혼을 망가뜨리지 않는다. 내 작업과 관련된 생각들도 이와 같다고 할 수는 없다. 이 생각들은 내가 작업을 실제로 시작했느냐 아니냐에 따라 아주 다른 양상으로 나타난다. 만일 내가 구체적으로 어떤 작업에 들어가면, 진행 중인 책이 있어 집필을 하면서 일정한 리듬에 이르게 되면, 나는 오직 그것만을 생각하게 된다. 오직 문장, 문장, 문장들만을 만들고, 다른 것은 들어올 자리가 없는 이런 순간은 섹스와 함께 내 삶에서 가장 드높은 순간 중의 하나, 이 땅에 있을 만한 가치가 있다는 생각이 드는 순간 중의 하나가 되는 경우가

37 프랑스의 시인이자 소설가인 피에르 루이(1870~1925)의 소설로 여러 차례 영화화됐다.

많다. 반면 내가 작업하지 않을 때 작업과 연결된 생각들은 나쁜 쪽으로, 성공과 영광과 사회적 권위를 예상하는 쪽으로 흐르는데, 이런 생각들은 내게 죄책감을 불어넣고 심지어는 굴욕감마저 느끼게 한다. 하룻밤의 섹스를 아주 세밀하게 상상하는 일은 내게 유쾌할 뿐만 아니라 좋고 건전하기까지 하다. 하지만 사람들이(하지만 대체 어떤 사람들이?) 나에 대해 무슨 말을 할지, 어떤 감탄의 소리들이 내게 들려올지 상상하는 것은 나를 부끄럽게 만드니, 아아, 내 정신이 그렇게 생겨 먹은 것이다! 모르방에서 자 푸 위에 앉아 있는 지금 이 순간, 내 상념의 큰 부분은 〈날숨〉이라고 불리게 될 요가에 대한 이 책에 와 있는데, 나는 아마도 작업에 생각보다 더 깊이 들어온 모양으로, 책의 성공이나 사람들이 책에 대해 말할 것들이 아니라 책 자체를 생각하고 있다. 나는 책과 관련된 계획을 세워 본다. 명상을 정의한 리스트를 작성해 보고 또 작성해 본다. 비파사나에 대해서는 어떤 얘기를 할까 자문해 본다. 이 두 시간 동안 내 머리에 지나가는 것들을 가급적 변질시키지 않고 내 장래의 책에 옮겨 쓰면 과연 어떤 결과가 나올지 한번 생각해 본다. 대략 지금 여러분이 읽고 있는 것이 되겠지만, 여기에다 지금 호흡과 감각의 차원에서 일어나는 모든 것들도 추가해야 하리라. 내가 브리티들에 휩쓸려 호흡과 감각에서 멀어지는 순간들, 내가 브리티들에 휩쓸렸음을 의식하는 순간들, 그리고 호흡과 감각으로 돌아온 순간들을 말이다. 또 브리티가 득세하는 순간들과, 이보다는 드물지만, 브리티를 관찰하기 때문에 내가 그것들을 약간 제어하게 되는 순간들도 있다. 그런데 이 브리티는 그렇게 흉악한 놈들은 아니다. 내가 지금 옮겨 쓴 것은 이른바 〈두서없는 상념〉, 혹은 좀 더 관대하게 말해서 〈생각〉이라는 것이다. 나를 많이 웃게 하는 쇼펜하우어의 문장이 하나 있다. 〈똑똑한 것들을 사유하는 가장 좋은 방법은 시시껄렁한 것들을 사유하지 않는 것이다.〉 사실 이 문장에서 나를 웃게 하는 것은 쇼펜하우어의 말이 아니라 번역가가 사용한 〈시시껄렁한 것들〉이라는 표현이다. 〈시시껄렁한 것들을 사유하다〉라니! 몇 행 위에서 얼핏 머릿속을 스쳐 간 생각 하나가 계속 떠오른다. 지금 당장 내게 몰려드는 이 모든 생각들이 그렇게나 시시껄렁한 것들인가? 이 생각들은 그렇게 엄청난 것들은 아니지만, 그래도 선량하고 정직한 생각들, 다소 이채롭고 다소 흥미로운 인간적인 생각들 아닌가? 나는 갑자기 궁금해진다. 대체 왜 파탄잘리와 그의 제자들은 별 해악을 끼치지 않는 이 브리티들을 무슨 일이 있더라도 박멸하고, 콧구멍 속을 드나드는 공기의 관찰로 대체해야 할 해충 떼로 여긴단 말인가? 난 갑자기 의혹이 인다. 내가 여기서 무얼 하고 있는가? 대체 어떤 것에 빠져들었는가? 왜 내가 생각함을 생각하는 것을 부끄러워해야 한단 말인가? 결국 이것은 약간 북한과 비슷하지 않은가? 내가 자신을 몽테뉴에 비교하는 것은 아니지만 — 너무 걱정하지 마시라 — 파탄잘리는 몽테뉴도 자신의 브리티들에 영합한다고 단죄하지 않을까? 〈우리의 정신이라는 그 종잡을 수 없는 움직임을 따라가고, 그 부산한 움직임의 그 많은 미묘한 모습들을 응시하)면서 너무 즐거워한다고? 문장 얘기가 나왔으니 하는 말인데, 내가 선호하는 문장은 아독 선장의 그것, 내가 종종 생각하고, 조금 전에도 떠올렸던 명언이다. 〈아주 간단하면서도 아주 복잡한 것.〉 우리의 삶에서 아주 간단하면서도 아주 복잡하지 않은 것들이 있던가? 오직 간단하기만 하거나 오직 복잡하기만 한 것들이 과연 존재하던가? 그런데 아독 선장의 이 기억할 만한 대사는 탱탱 시리즈의 어디에 있었지?『검은 황금의 나라』?『해바라기 사건』? 나중에 내게 쌍둥이 조각상을 선사하게 될 여자와 처음 섹스를 한 곳은『해바라기 사건』에서 기억할 만한 어느 장면의 무대가 된 제네바의 코르나뱅 호텔이었다. 우리는 둘 다 레만 호숫가의 조그만 마을인 모르주에서 개최된 한 요가 수련회에 참석했다. 나는 수련회 중에 그녀를 여러 번 쳐다보았고, 나중에 그녀는 자기도 이것을 의식했다고 말했다. 마지막 날, 참석자 대부분은 제네바행 열차를 탔는데 난 거기서 파리로, 그녀는 내가 모르는 곳으로 떠날 예정이었다. 하지만 그런 일은 일어나지 않았다. 우리가 전혀 예상하지 못했던 일이 일어났는데(하지만 나중에 그녀는 자신은 알았다고 말했다) 시선을 한 번 교환한 우리 둘은 피차 아무 말도 하지 않은 채로 그대로 제네바역을 빠져나와 함께 역사 맞은편에 있는 코르나뱅 호텔로 향했다. 우리는 에르제가『해바라기 사건』에서 정확하게 그린 바 있는 엘리베이터 중의 하나

를 탔고, 몇 분 후에는 조그만 침대 두 개를 맞대어 놓은 것
이어서 조금만 움직여도 사이가 벌어지는 커다란 침대에
함께 누워 있었다. 이날 오후, 우리는 아주 오랫동안 섹스
를 했지만 그렇게 많이 움직이지는 않았다. 난 젊은 시절
에 조루였기 때문에 오랫동안 즐기는 것을 좋아하게 되었
다. 나와 성적으로 가장 잘 맞는 여자들 역시 그런 성향이
다. 계속 미루고, 연기하고, 연장하기를 좋아하는 여자들
이다. 언저리에 머무르기를 좋아하는 사람들이다. 기이하
게도 우리는 모로 누운 그녀 뒤에 나 역시 모로 누워 새우
등을 하고 얼싸안은 자세를 오랫동안 하고 있었다. 이게
너무나 이상한 일인 것은 통상적이지 않기 때문이다. 갓
만나서 섹스를 하고픈 미친 듯한 욕구에 사로잡힌 두 사람
이 서로 깊이 신뢰하는 사람끼리 잠이 들 때 취하는 이런
자세로 오랫동안, 평화롭게, 서두르지 않고 누워 있는 상
황이 말이다. 어느 순간 나는 행복감을, 온몸의 긴장이 풀
리는 것 같은 깊고도 완전한 행복감을 느끼며 큰 소리로
탄식을 발했다. 나는 〈아…… 좋아〉라고 말했고, 그녀도
〈나도……〉라고 조그맣게 웅얼거렸다. 그녀는 손을 뒤로
뻗어 내 오른손을 잡아서는 자신의 오른쪽 가슴에 올려놓
았다. 그러고 나서도 우리는 한동안 움직이지 않고 있었
다. 내 손은 그녀의 가슴을 잡고 있었고, 우리는 내 손바닥
이 받아들이는 모든 감각들을, 그리고 점차로 딱딱해지는
그녀의 젖꼭지가 받아들이는 모든 감각들을 완전히 의식
하고 있었다. 그 젖꼭지는 내가 그녀의 가슴을 어루만지

지 않기 때문에, 주무르지 않기 때문에 더욱 딱딱해지고 있었다. 주무르기보다는 오히려 그녀의 가슴이 내 손 쪽으로 밀고 나오게끔 손바닥을 살짝 움츠리는 — 움직이지 않으면서, 후퇴하지 않으면서 움츠리는 — 느낌으로 그렇게 있는데, 유륜의 작은 돌기들이 일어서는 게 느껴졌다. 나 역시 발기했는데, 나의 피부 표면의 최대한을 그녀 피부 표면의 최대한에 밀착한 채로 차분하고도 침착하게 발기하고 있었다. 우리는 이 표면을 한 치 한 치 늘려 갔다. 근육 하나를 이완한 다음 수축하고, 그러고 나서 또 이완하며 우리는 접촉면을 조금씩 넓혀 갔다. 아주 미세하면서도 규칙적인 이런 움직임은 정말이지 요가의 한 형태였다. 우리는 요가를 하며 섹스를 시작했다고, 혹은 섹스를 하며 요가를 계속 이어 갔다고 할 수 있었다. 잠시 후, 나는 그녀 안에 있었다. 천천히 그리고 깊숙이 밀어 넣기를 반복했다. 그러면서도 점점 멀리 후퇴하여 그녀에게서 거의 빠져나올 지경이 되면, 그녀는 나를 따라오려고, 나를 잃지 않으려고 골반을 내 쪽으로 내밀었고, 그렇게 내가 언저리에 걸려 멈춰 있게 되면, 우리는 둘 다 이 순간을 오래 지속시키려 했다. 그런 다음, 난 다시금 그녀 안으로 들어갔고, 점점 더 천천히, 점점 더 깊숙이 들어가기를 반복했다. 이것은 명상할 때 호흡이 점점 더 느려지고 깊어지는 것과 조금도 다름이 없었다. 명상할 때는 들숨도 길어지고, 날숨도 길어지고, 이 두 숨 사이에서 정지하는 시간도 길어진다. 또 움직임이 그 끝에 이르러 완료되었다고 느껴지는 그 순간들도 길게 늘어난다. 이제는 반대 방향으로 움직이기 시작하리라 생각하지만, 천만에, 그것은 더 연장되고, 더 강렬해지고, 더 섬세해지면서 모든 감각들이 그 한 점에 모이는 것이다. 우리는 그렇게 체위를 — 하마터면 〈자세〉[38]라고 쓸 뻔했다 — 바꾸지 않은 채로 한 시간을, 아니 어쩌면 두 시간을 보냈을 것이다. 모든 동작은 우리에게 쾌감과 놀라움을 안겨 주었다. 결국 나는 완전히 그녀 위에 실려 있었고, 내 몸의 어느 부분도 침대에 닿아 있지 않았다. 내 두 다리는 그녀의 다리 위에 있고, 발가락들은 그녀의 발목 위에 걸쳐졌고, 두 팔로는 그녀의 어깨를 감싸고, 두 손으로는 그녀의 얼굴을 꽉 붙잡았다. 우리는 마치 깊은 바다 속에서처럼 아주 천천히 움직였다. 난 아주 깊게 들어가거나 조금 몸을 들거나 하면서 그녀의 몸에 실리는 무게에만, 서로의 배와 골반이 맞닿는 감촉에만 미세한 변화를 주었고, 그녀는 물러나는 나를 따라 나오거나, 다시 들어가는 나를 받아들이거나 했다. 우리는 조금씩 움직임을 멈췄다. 결국 우리는 조금도 움직이지 않았고, 내 성기도 조금도 움직이지 않았다. 다만 그녀의 것만이 내 것 주위로 마치 숨을 쉬듯이 규칙적으로 부드럽게 수축할 뿐이었다. 우리의 얼굴은 아주 가까웠고, 우리는 키스를 멈추지 않았다. 서로의 눈을 응시할 때만 멈추었는데, 그 순간 우리는 자신이 느끼는 것을

38 체위의 원어인 position은 성관계 때 취하는 다양한 자세를 말하며, 자세의 원어인 posture는 요가나 명상 수행 시의 그것을 말한다.

상대도 똑같이 느낀다는 것을 알 수 있었다. 그렇게 아침이 되었고, 우리는 아직까지 얘기도 나누지 않았고, 피차의 성(姓)조차도 몰랐지만, 난 그녀가 된 듯한 느낌이라고 말했고 그녀도 내가 된 듯한 느낌이라고 말했다. 그리고 바로 그 순간, 우리가 너무나 완벽한 조화를 이루고 오직 서로에게 밀착하는 일에만, 거의 서로가 뒤바뀔 정도로 최대한 서로에게 섞여 드는 일에만 전념해 있는 바로 그 순간에 그녀는 저 빛이 보이느냐고 내게 물었다. 아, 물론 나도 그것을 보았다. 그녀 위에, 우리 위에 떠 있는 그 빛을 말이다. 이렇게 말하면 조금 바보처럼 느껴질지 모르겠지만 그 빛은, 무한히 멀리에 있는 점인 동시에 우리를 둘러싼 후광이기도 한 그 빛은, 임사 체험을 한 사람들이 묘사하는 것과도 같았다. 묘사하기도, 인위적으로 되살려 보기도 불가능한 것이지만 그것을 본 사람은 그것이 어떤 환상이나 자기 암시가 아닌 real thing, 〈진짜〉라는 것을 안다. 나중에 우리는 놀라워하며 되풀이했다. 맞아, 그것은 진짜였어!

산책

전에 농가였던 이 명상 센터는 숲 한가운데에 있다. 두 시간 동안 계속되는 명상 세션들 사이에 이곳을 산책할 수 있지만, 양쪽이 울타리로 막힌 오솔길을 벗어나서는 안 된다. 그래서 우리는 헐벗은 나무들이 이어지고 낙엽으로 덮이고 커다란 진흙탕 웅덩이들이 즐비한 이 길에서 수도원의 수도승들이 마주치듯이 서로를 마주치게 된다. 사람들은 눈을 아래로 내리깔고, 수도승의 두건 같은 후드를 이마 위로 내린다. 난 내 동료들과 시선이 마주치는 것을 피하면서도 생각에 잠긴 그들을 살펴보는데, 그들이 어떤 생각을 하고 있을지 궁금하다. 난 그들이 어떤 리듬으로 걷는지 관찰하며 내 걸음도 관찰한다. 산책로는 회로(回路)를 이루고 있어 약 10분만 걸으면 제자리로 돌아온다. 하지만 이것은 걷는 속도에 달려 있다. 10분은 평범한 산책 속도로, 그러니까 시속 4~5킬로미터로 걸을 때 걸리는 시간이다. 어제저녁에는 뛰지 말라는 주의를 들었는데 이게 전반적인 집중을 방해하기 때문이란다. 반대로 천천히 걷는 것은 금지하지 않았고 심지어는 아주 천천히 걷는 것도 금지하지 않았다. 하여 나는 평탄하지 않고 미끄러운 산책로의 땅에 뒤꿈치부터 먼저 대며 발을 천천히 내려놓는다. 맨발로 마룻바닥을 걷는다면 더 좋긴 하겠지만, 어쨌든 난 밑창이 유연한 좋은 신발을 신고 있어서 발꿈치부터 시작하여 발바닥과 전족부와 다섯 발가락을 차례로 펼치거나, 그게 아니라면 그것들을 하나하나 펼친다고 상상할 수 있다. 이렇게 하면서 체중은 뒷다리에, 그리고 땅에 최대한 깊이 뿌리 박은 뒷발에 남겨 놓는다. 그런 다음 천천히, 아주 천천히 이 뒷다리의 체중을 앞다리로 옮긴다. 나는 이것을 일테면 꿀 같은 어떤 걸쭉한 액체를 한 용기에서 다른 용기로 옮겨 붓듯이 하려고 노력한다. 다시 말해서 한 방울 한 방울 옮기는 게 아니라 끊김 없는 하나의 흐름으로 옮겨 붓는 것이다. 나는 내딛는 속도를 늦추면서 앞발을 채우고, 뒷발은 마지못한 듯이 천천히 끌어오면서 그 속을 비우며, 그 각 단계를 의식하며 이 둘 사이의 움직임을 최대한 지속시킨다. 한 발을 다른 발 앞에 내딛는 것으로 요약되는 〈걷기〉라는 이 평범한 움직임을 나는 명료한 의식 속에서, 그것을 분해해 가면서, 속도를 늦춰 가면서, 지면과의 접촉, 공기와의 접촉, 기온 등 그것이 펼치는 모든 감각들을 관찰하면서 실행하려고 노력한다. 그런데 보아하니 이런 형태의 움직이는 명상을 하고 있는 사람은 나 혼자만이 아닌 것 같다. 내 앞에서 마치 왜가리처럼 한 다리로 서 있는 저 친구는 태극권 수행자라는 사실을, 조금 전에 볼기를 양쪽으로 쫙 벌린 사람이 아헹가 요가 수행자라는 사실만큼이나 분명히 알 수 있다. 그도 내가 슬로 모션으로 걷는 것을 보고 대충 짐작했을 것이다. 침묵 속에 오가는 이런 동지 의식은 내가 도장에서 좋아하는 것 중의 하나였다.

한 점에서 다른 점까지의 가장 먼 길

몽타뉴 도장에서는 선문답과 비슷한 농담 하나가 돌아다녔다. 한 점에서 다른 점까지의 가장 짧은 길이 무엇인지는 누구나 아는데, 그것은 직선이다. 하지만 가장 긴 길은……? 또 우리는 자신이 빨리 달릴 수 있다는 것을, 어떤 이들은 다른 이들보다 더 빨리 달린다는 것을, 역사의 각 순간에서 어떤 인간은 다른 모든 인간들보다 더 빨리 달린다는 사실을 누구나 안다. 내가 이 글을 쓰고 있는 때에는 앨리슨 펠릭스라는 미국의 여자 육상 선수이고, 모르방의 명상 센터에 있었던 때에는 우사인 볼트라는 자메이카의 남자 육상 선수였으며, 여러분이 이 책을 읽고 있을 때에는 누군지 모르지만 분명히 다른 사람일 터이니, 깨지기 힘들 것처럼 보이는 이 기록들은 깨지기 위해 세워지기 때문이다. 어쨌든 속도의 신기록은 측정하기 어렵지 않다.
하지만 느림의 기록은?

형(形)

도장은 세로 길이가 20미터이다. 나는 이 20미터를 한
시간을 들여 가로지른 적이 있다. 그다음 날은 한 발을 다
른 발 앞으로 더 느리게 내디디며 내 기록을 깨려고 했다.
이것을 하는 데 있어서 어려운 점은 느리게 가는 것보다도
도중에 멈추지 않고 하는 것이다. 몸이 덜걱거리거나 흔
들리는 일 없이, 리듬을 깨뜨리지 않고 해야 한다. 도중에
끊이지 않고 물 흐르듯이 연속적으로 해야 한다. 이것은
공간 속의 유영이라 할 수 있으며, 집중력을 유지하기 위
한 매우 효과적인 방법이다. 또한 이것은 오랜 세월을 요
하는 태극권 수련에 있어서 이른바 〈형〉이라고 하는 것,
다시 말해서 보통의 속도로 행할 때 약 20분 정도 걸리는
일련의 동작들에 앞서 하는 예비 훈련의 하나이기도 하다.
이 형에는 여러 가지 종류가 있는데, 이것들은 아주 오래
된 중국 문파들과 각기 연결되어 있고 그중 가장 많이 알
려진 것은 진식(陳式)과 양식(楊式)이다. 몽타뉴 도장 사
람들은 양식 태극권에 집착했다. 수련자는 마치 피아니스
트가 소나타를 연습하는 식으로 이 동작들을 따로따로 하
나씩 연습한 후 그것들을 조금씩 연결해 간다. 바둑의 규

칙을 배우는 데는 단 세 시간이면 충분하지만, 이 게임을 마스터하기 위해서는 세 번의 삶이 필요하다고 한다. 태극권 역시 마스터하기 위해서는 적어도 세 번의 삶이 필요하지만, 세 시간이 아니라 3년은 걸려야 본격적 수련의 토대가 되는 이 동작들을 기억하고 이것들이 무엇을 위한 것인지를 조금이나마 이해할 수 있다. 서두르면 안 된다. 몇 달 동안은 도장의 황갈색 마룻바닥을 슬로 모션으로 걷는 일만 해야 한다. 그러다 보면 걸으면서 하기 시작한 것을 형을 이루는 보다 복잡한 동작들, 그러니까 〈새 꽁지 붙잡기〉, 〈비파 줄 튕기기〉, 〈원숭이 밀기〉, 〈구름 속에 두 손을 휘젓기〉 같은 예쁜 중국 명칭들이 붙여진 동작들을 하면서 하게 되는 때가 온다.

지하철에서의 태극권

무술을 하는 사람이라면 누구나, 중요한 것은 어떤 굉장한 것을 해내는 게 아니라 자신 안에서 무언가가 일어나게 하는 것이라는 사실을 어느 순간 깨닫게 된다. 자아와 탐욕, 그리고 정복욕과 경쟁심을 없애고, 자신의 의식을 교육함으로써 여과되지 않은 현실, 있는 그대로의 사물들에 도달하는 것이라는 사실을 말이다. 쿵후에서 오토바이 관리에 이르기까지 우리가 진지하고도 애정 어린 마음으로 노력하는 모든 것은 일종의 요가라고 할 수 있다. 예전에 나는 이런 마음가짐으로 ― 내가 너무 현자연하는 것 같아서 덧붙이자면, 마음가짐은 이랬지만 사흘 저녁에 이틀 저녁은 코가 비뚤어지게 술을 마셔 가면서 ― 태극권을 수련하려고 노력했다. 나는 태극권의 형이 내 기억에 아로새겨지는 느낌이 좋았고, 내가 생각할 필요도 없이 동작들이 이어지는 게, 마치 저절로 이뤄지는 것처럼, 호흡만큼이나 자연스럽게 이어지는 게 좋았다. 나는 글도 이런 식으로 쓰는 것을 꿈꾸었다. 이렇게 물 흐르듯이, 이렇게 자연스럽게, 이렇게 평온하게 글을 쓰고 싶었다. 하지만 내게 있어서 이런 수월함, 이런 자연스러움, 이런 평온함은 집착과 과대망상과 잘해 보겠다는 고상한 욕심이 복잡하게 뒤얽혀 있는 작가의 에고가 전적으로 지배하는 영역인 글쓰기에서보다는, 내가 영원히 아마추어로 남게 될 태극권이나 요가를 할 때 더 쉽게 도달할 수 있었고 지금도 그렇다. 나는 문장을 만들고 다시 읽어 보고 다듬을 때만큼이나 정성스럽게 똑같은 태극권 동작들을 연습하고 또 연습했고, 동작들은 새롭게 시도할 때마다 이전 동작들의 기억으로 더 풍부해지고, 더 섬세해지고, 더 정확해졌다. 내게는 모든 게 연습의 기회였다. 지하철을 타는 것은 너무나 즐거운 일이었다. 나는 중앙 수직봉 가까이에 서 있지만 그것을 잡지는 않고 두 팔을 늘어뜨린 채로 균형을 잡는 연습을 했다. 그런데 지하철은 움직인다. 좌우로 흔들리고 부르르 떨리는데, 커브를 돌거나 가속 혹은 감속하거나 갑자기 제동할 때마다 불규칙적으로, 예상할 수 없는 방식으로 요동친다. 이런 끊임없는 사건들을 예견할 수는 없지만 오는 그대로 함께하고, 발바닥과 발목과 종아리와 허벅지와 골반으로 흡수하려고 노력한다. 다른 승객들이 눈치 못 채게 하고, 두 팔을 풍차처럼 빙빙 돌리지 않으려고 애쓰면서 마치 불꽃처럼 몸을 뒤튼다. 대부분의 경우에는 두 정거장 사이에서 적어도 한 번쯤은 균형을 잃고 중앙 수직봉을 붙잡게 된다. 하지만 이따끔, 일반적으로는 우리를 당황하게 할 세찬 요동을 흡수해 버리기도 한다. 휘청거리다가 다시 몸을 바로잡고, 균형을 잃었다가 다시 잡는 것이다. 주위의 누구도 당신이 이런 로데오 같은 일을 하고 있다는 사실을 모른다. 너무나 짜릿하다.

구름 속의 손

내가 속했던 초보자 그룹에 50대의 자그마한 부인이 하나 있었다. 약간 통통한 체격에 아주 상냥한 이 부인은 너무 힘들이지 않고 건강에 좋은 운동을 하는 것 외에는 무엇도 기대하지 않고 1년 전에 태극권을 시작한 분이었다. 어느 날 아침 그녀는 눈을 반짝반짝 빛내면서 도장에 왔다. 몹시 흥분해 있고 숨을 헐떡대면서도 표정은 너무나 행복해 보이는 것이 마치 방금 전에 섹스를 하고 온 사람 같았다. 그녀는 평소처럼 지하철을 타고 왔는데, 사람이 아무도 없는 긴 통로에서 두 불량배가 핸드백을 빼앗으려고 자신을 공격했다는 거였다. 「그런데 이때 무슨 일이 있었는지 알아요? 나도 이해를 잘 못 하겠는데, 내가 〈구름 속의 손〉 동작을 한 거예요! 그러니까 내 팔을 붙잡았던 녀석은 붕 날아가 머리를 벽에 처박았고, 두 녀석 다 황급히 줄행랑을 쳤어요.」 이 이야기를 듣는 우리도 눈이 반짝이기 시작했고, 아마도 이때의 우리 역시 방금 전에 섹스를 한 사람처럼 보였을 것이다. 무술 수련자들은 누구나 한 번쯤 이런 질문을 해본다. 우리가 배우는 이 격투 기술들이 실제 길거리 싸움에서 정말 효과가 있을까? 정말로 흥분해 있는 난폭한 놈들, 상대에게 해를 끼치겠다고 작정하고 달려드는 놈들과 맞설 때? 자그마한 부인이 겪은 모험은 이 질문에 대한 하나의 답변, 그것도 매우 고무적인 답변이었다. 특별히도 신이 난 파스칼의 지도하에 우리는 이날 아침 구름 속의 손 동작을 연습하고 또 연습했다. 이날 실제의 삶 가운데서 우리의 영웅이 된 자그마한 부인의 뉴런들 속으로 너무나 시의적절하게 파고든, 이 평화롭고도 명상적인 겉모습을 한 동작을 말이다. 평소와는 달리 우리는 수업이 끝난 후에도 모두 남아 토론을 벌였다. 그럼, 물론이지, 태극권은 엄연히 무술이야라고 파스칼이 말했다. 형의 각 동작은 공격하거나 상대의 공격을 피하는 움직임이란다. 사람들은 이게 중국 노인들이 공원해서 하는 부드러운 체조라고 생각하는데, 사실은 가라테나 킥복싱 못지않은 호신술이고, 수련생 중 상급자들은 이 사

실을 잘 알고 있단다. 나는 몽타뉴 도장에 상급자를 위한
수업이 있다는 것을 알고 있었지만, 내가 그 수업을 받는
것은 적어도 몇 년 동안은 어림없는 일이라고 생각하고 있
었다. 「아냐, 그렇지 않아.」 파스칼이 내게 말했다. 「자네
도 와도 돼. 그냥 다른 사람들이 어떻게 하는지 보고, 그대
로 따라 해보라고. 그럼 조금씩 발전할 거야.」 이렇게 해
서 나는 상급자 그룹에 끼게 되었고, 양 박사의 연례 세미
나에 참석하기 시작했다.

빠르게 그리고 느리게

이 세미나는 하루에 여섯 시간씩 일주일간 계속되었다.
그 기간 동안에 나는 외부인들은 아무도 볼 수 없었다. 프
랑스 전역에서, 독일에서, 스페인에서, 이탈리아에서 많
은 수련자들이 몰려왔다. 그들은 저마다 침낭을 가져와서
는 발 냄새가 조금 나는 도장 바닥에서 잠을 잤다. 양 박사
는 상냥하고, 웃는 상이고, 체격은 중간 정도고, 얼굴은 평
범해 보이는 50대의 남자였다. 그는 거창한 정신적인 얘
기를 하지 않았고 구루 행세를 하지도 않았으며, 자신의
문파가 번창하는 비즈니스라는 사실을 중국인답게 매우
자랑스러워했다. 그는 우리가 하는 것을 주의 깊게 관찰
하며 동작을 교정해 주었고, 시범을 보이는 일은 거의 없
었지만 한번 했다 하면 눈이 부실 정도였다. 어느 날 그는

우리 앞에서 형 시범을 한번 해주었다. 내가 하면 아무리 느리게 해도 기껏해야 1분 정도면 끝나는 연속되는 서너 개의 동작을 그는 25분에 걸쳐 했고, 그 25분 동안 호흡을 딱 두 번 했다. 다시 말해서 두 번의 들숨과 두 번의 날숨이 있었는데, 이 숨결은 마치 해파리나 말미잘처럼 움직이는 그의 몸 안에서 무한히 크게, 그리고 무한히 천천히 순환했다. 나는 한 인간이 내 눈앞에서 그렇게 인상적인 무언가를 하는 것을 본 적이 없다. 양 박사 주위에 빙 둘러 앉은 우리는 이 기적적인 흐름을 끊게 될까 봐 숨도 제대로 쉬지 못했다. 얼마나 길게 늘리는지 정지한 것 같은 느낌마저 드는 동작의 끝에 이른 그는 마치 혀를 확 내미는 뱀처럼 변했다. 뭔가 번쩍하는 것 같더니만, 그가 가상의 적의 눈을 찌르기 위해 오른손 검지와 중지를 활짝 벌리고서 빛의 속도로 몸을 앞으로 튕겼다. 그러고 나서 우리를 쳐다보며 중국인 특유의 그 작은 웃음을 터뜨리고는 새된 목소리로 이렇게 말했다. 「Don't miss the point, it's to kill(요점을 놓치지 말아요, 이것은 죽이기 위한 거예요)!」 우리는 모두 입을 딱 벌린 채로 숨도 제대로 쉬지 못하고 그대로 얼음이 되어 버렸지만, 양 박사는 정신을 차릴 시간을 주지 않았다. 그는 여전히 웃으면서 우리를 빤히 쳐다본 다음, ⟨now, fast(자, 이제는 빠르게)⟩라고 말하고는 그대로 사라져 버렸다. 난 지금 농담하는 것도 과장하는 것도 아니다. 그가 얼마나 빨리 움직이는지, 마치 어떤 다른 차원으로 들어가 버려 우리는 다만 그가 지나간 흔적만을 얼핏 보고 있는 것 같았다. 그는 여기에 있었는데 여기에 있지 않았다. 우리가 보통 1분에 걸쳐서 하고 방금 전에는 그가 25분으로 늘려서 했던 이 움직임을 단 몇 초 만에 해버린 것이다. 얼마나 빨리 하는지 눈이 몸의 움직임을 따라갈 수 없었지만, 우리는 그가 아무것도 빼먹지 않았다는 것을, 아무것도 대충하지 않았다는 것을, 가장 미세한 뉘앙스까지 모든 게 다 들어 있다는 것을 확신할 수 있었다. 영화의 한 장면을 처음에는 슬로 모션으로, 그러니까 24분의 1 속도의 느린 화면으로 보았다가 그다음에는 빠른 화면으로, 스물네 배 가속된 화면으로 봤다고 상상해 보라. 그게 바로 양 박사가 우리의 눈앞에서 실제로 해 보인 거였다. 처음에는 마스터 요다가, 그다음에는 브루스 리가 되는 것 말이다. 이날 양 박사는 태극권은 이 둘 다이며, 형을 연습할 때는 우리의 평소 템포로만, 그러니까 항상 변함없이 andante ma non troppo(지나치게 느리지 않게)로만 해서는 안 되고, 명상을 위해서는 최대한 느리게, 그리고 살인을 위해서는 최대한 빠르게 할 줄 알아야 한다는 것을 놀랄 정도로 권위 있게 보여 주었다.

동시에

이게 다가 아니었다. 양 박사는 아직도 소매 속에 카드 한 장을 숨기고 있었다. 이번에는 어떤 굉장한 시범이 아니고, 세미나의 마지막 날에 그가 특유의 웃음과 함께 우리에게 던져 준 알쏭달쏭한 몇 마디의 말이었다. 〈만일 여러분이 형을 느리게만이 아니라 빠르게도 연습해야 한다는 것을 깨달았다면 그것은 좋은 일이에요. 이제 여러분은 빠르게, 그리고 느리게 연습하는 것만으로는 충분치 않다는 것을 깨달아야 해요. 빠른 동시에 느리게 연습해야 하는 것입니다.〉

발을 뒤로 내미세요!

요즘 프랑스에서 이 〈동시에en même temps〉라는 표현은 우리의 현 대통령 에마뉘엘 마크롱과 결부되어 특별한 의미로 물들어 버렸기 때문에, 이 세 단어를 발음하는 것 자체가 하나의 농담이 될 정도이다.[39] 어쨌든 나는 이 말이 어떠한 태도를 표현하는지 잘 이해하고 있다. 아니, 어쩌면 지나치리만큼 이해하고 있다고 할 수 있다. 이것은 무언가를 생각할 때의 나의 자연스러운 성향인바, 나는 뭔가를 생각할 때는 곧바로 그 반대의 것을 생각하고 다른 사람의 논리 안으로 들어가 마지막으로 말한 사람의 의견

39 en même temps은 에마뉘엘 마크롱이 2017년의 대통령 선거 운동 기간 동안, 그리고 이후에도 거의 말버릇에 가깝게 빈번히 사용하여 화제가 된 표현이다. 좌파로 출발하여 우클릭한 그의 중도주의적 정치 노선을 반영하는 이 표현은 양립 불가능한 두 개의 사항을 마치 가능한 것처럼 뭉개 버리는 경향이 있다 하여 비판과 풍자의 대상이 되고 있다.

에 쉽사리 동조해 버리는 것이다. 양 박사가 생각하는 의
미에 있어서의 이 말은 결코 농담이 아니며, 태극권만이
아니라 모든 형태의 요가의 열쇠라 할 수 있다. 내 요가 스승
중의 하나이며 미국인으로서 프랑스어의 대중적인 표현들
을 좋아하는 토니 다멜리오는 이것을 다른 식으로 표현한
다. 그녀는 우리가 요가를 할 때 〈버터와 버터 살 돈〉[40]을 원
해야 한다고 말한다. 버터와 버터 살 돈을 원한다는 것은
일견 상대를 속여 쉽사리 이득을 취하려 하는 모리배의 원
칙 같아 보이지만 토니가 이 표현을 요가에 적용할 때 생
각하는 의미는 다른 것으로, 근육을 이완시킬 때, 자세들
을 취할 때, 동일한 멍에에 매인 몸과 정신을 수련할 때,
한마디로 다양한 아사나들을 할 때 우리가 모순적으로 여
기고 그중 하나를 선택해야 한다고 생각하는 특질들(힘과
유연성, 빠름과 느림, 움직이지 않는 상태와 움직임, 명상
과 행동)을 함께 키워 나가야 한다는 뜻이다. 선택하지 말
아야 한다는, 하나를 위해 다른 하나를 희생하지 말아야
한다는 뜻이다. 하나의 부동자세 안에서 무수히 많은 움
직임들이 펼쳐지며, 가장 커다란 움직임들도 하나의 움직
이지 않는 씨에서 퍼져 나온다. 아래쪽으로 올라가야 하
고, 위쪽으로 내려가야 하며, 밀 때는 당겨야 하고, 당길
때는 밀어야 하며, 두 마리의 토끼를 쫓아야 하고, 동시에
두 가지 일을 해야 하고, 어떤 것과 그 반대의 것을 원해야

40 〈버터와 버터 살 돈을 원하다vouloir beurre et argent du beurre〉는
양립 불가능한 두 가지의 것을 동시에 바란다는 뜻의 속담이다.

하고, 영국인들은 you can't eat your cake and have it(당신은 케이크를 먹고, 동시에 그것을 간직할 수는 없소)이라고 엄숙하게 말하지만 케이크를 먹고 또 그것을 간직해야 한다. 어느 날 토니가 〈발을 뒤로 내미세요!〉라고 말했을 때, 우리 모두 얼마나 유쾌한 웃음을 터뜨렸는지가 아직도 기억에 생생하다.

프랑스어 통역사의 목소리

저녁 먹을 시간이지만 스님들처럼 생활하기 때문에 저녁 식사는 없다. 대신 이날의 마지막 명상이 있은 후에 S. N. 고엔카의 말씀을 듣는다. 이제는 정좌를 하지 않고 각자 원하는 대로 앉는다. 제단 쪽으로 발을 뻗지만 않는다면 방석 위에서 뒹굴어도 무방하다. 나는 피곤하지만 기분이 좋다. 첫날은 괜찮게 지나갔다. 자세에도 문제가 없고, 호흡도 차분하고, 잡념도 많지 않다. 또 태극권의 기억들도 떠올랐다(난 종종 생각했었다. 내가 수련한 그 모든 것은 상실되지 않았다고. 형은 내 기억 깊은 곳 어딘가에 저장되어 있고 언젠가 다시 떠오를 거라고). 인터넷 포럼에서 세뇌 교육 운운하는 사람들이 뭐라고 얘기하든 간에 비파사나는 내게 좋은 인상을 준다. 그리고 내게 특별히 좋은 인상을 주는 게 하나 있는데, 그것은 팔리어로 녹음

된 S. N. 고엔카의 말씀을 2~3분 정도씩 끊어서 프랑스어로 옮겨 주는 통역사의 목소리이다. S. N. 고엔카의 목소리는 어떤 노인의 그것이다. 그의 목소리를 듣고 있으면 고령(高齡), 갠지스강, 죽음에 근접해 있는 느낌, 그리고 S. N. 고엔카라는 인물보다도 훨씬, 훨씬 더 오래된 무언가가 느껴진다. 반면, 통역사의 목소리는 청년의 목소리이다. 맑고 명확하고 차분한 그 목소리는 현인의 목소리라기보다는 상냥하고도 교양 있는 젊은이의 것이다. 그것은 어떤 구루의 목소리도 아니고, 설득하는 직업을 가진 사람들(스스로의 매력에 자신감이 넘치는 정치가, 설교자, 배우 등) 특유의 그 뜨뜻하면서도 추잡한 목소리도 아니다. 나중에 나는 이 목소리의 소유자가 어떤 바로크 음악 가수라는 사실을 알고도 별로 놀라지 않았다. 카르마-요가를 실행하는 비파사나 수행인인 그는 스승에게 봉사하기 위해 자신의 재능을 기부했다는 거였다. 그가 통역하는 것을 들으며, 나는 목소리의 결과 적확성에 너무나 민감했던 롤랑 바르트가 그가 좋아하는 가수들에게서 칭찬한 것들을 생각하게 된다. 우선, 뜻을 명확히 전달하며, 아무것도 희생시키지 않지만 그렇다고 해서 각 음절을 강조하지도 않는 발성. 꾸밈이 없으면서도, 그렇다고 해서 꾸밈없음을 부각시키지도 않는 자연스러운 리듬. 거리감과 친숙함 사이의 이상적인 균형…… 그리고 연음(連音). 아, 연음……! 연음, 이것이야말로 프랑스어 텍스트를 발성하는 예술의 시금석이라 할 수 있다. 그리고 너무나 골치 아픈 문제이기도 하다. 연음을 해야 하나? 자음과 모음이 연결되는 곳은 모두 연음을 해야 하나? 아니, 모두는 아니니, 왜냐하면 정말로 이상하게 들리는 곳들이 있기 때문이다. 우리 모두는 전화 자동 응답기에서 〈Vous pouvez laisser r'un message(메시지를 남겨 주세요)〉[41]라고 말하는 사람이 있다는 사실을 알고 있다. 그렇다면 지나치게 다듬어 현학적으로 느껴지는 발성과 지나치게 느슨하고도 자연스러워 오히려 꾸민 것처럼 들리는 발성 사이에서 어디다 선을 그어야 할 것인가? 통역사의 말을 주의 깊게 듣던 나는 소스라치게 놀란다. 왜냐하면 명백한 사실과 마주치게 되었으니 그는 빠짐없이 연음을 하고 있는 것이다. 한데 난 그걸 전혀 알아채지 못했다. 그는 마치 하지 않는 것처럼 하면서 연음을 하고 있었다. 이 위대한 예술, 이 목소리의 요가 앞에서, 이 친구는 내가 글을 쓸 때 추구하는 미덕인 정확함, 단순함, 자연스러움을 자신의 노(老) 스승이 하는 말을 옮길 때 실현하고 있다는 생각이 든다. 중국 사상의 원천이자 핵심이라 할 수 있는 고대의 점술서 『역경(易經)』은 〈지고의 아름다움은 장식에 있지 않고 단순하고도 실용적인 형태에 있다〉라고 했거니와, 그는 이것을 보여 주는 것이다.

41 프랑스어에서는 앞 단어가 자음으로 끝나고 뒤의 단어가 모음으로 시작되면 앞 단어의 자음이 뒤의 모음에 이어져 발음되는 규칙이 있다. 하지만 이 규칙을 지나치게 적용하면 어색하게 들릴 때가 있는데, 바로 이 문장이 그런 경우이다. 이 문장에서는 laisser와 un을 연음하여, 〈레세 욍laisser un〉이 〈레세 룅laisser r'un〉이 되었는데, 이것은 지나친 것이다.

저녁의 말씀

〈우리는 괴로워합니다.〉S. N. 고엔카가 말한다.

〈아주 괴로워합니다.

우리는 고통 가운데 있습니다.

인간이든 파리든 신이든 상관없이 시간과 공간 가운데 존재하는 모든 것은, 끊임없는 변화와 더불어 존재의 법칙이라 할 수 있는 고통을 겪을 수밖에 없습니다.

고통, 끊임없는 변화, 두려움, 탐욕, 혐오.

괴로움.

이 괴로움의 원인은 무지입니다.

무지는 무엇입니까? 그것은 우리의 정신을 여러분이 《나》라고 부르는 것과 혼동하는 것입니다. 이《나》와의 동일시가 괴로움을 낳는 것입니다.

그러므로 여러분은 자문해 봐야 합니다. 여러분 안에서 《나! 나! 나!》라고 하는 것은 과연 무엇입니까?

조사를 해봐야 합니다.

그것을 지적(知的)으로 하는 것은 아무 소용이 없습니다. 불교에 대한 책들을 읽는 것은 아무 소용이 없습니다. 그것은 실제로 먹는 대신에 레스토랑의 메뉴판을 읽고 또 읽는 거나 마찬가지입니다.

자기 스스로 조사를 해봐야 합니다.

자신의 안으로 들어가, 누가《나! 나! 나!》라고 하는지를 알아봐야 합니다.

여러분은 여러분 속 깊은 곳으로 들어가야 합니다. 그 곳을 건너야만 여러분은 실제에 도달할 수 있습니다.

실제에 도달하기 위해 여러분이 사용할 수 있는 유일한 도구, 여러분이 그곳을 건널 수 있게 해주는 유일한 뗏목, 그것은 바로 여러분의 몸입니다.

몇 가지 어렴풋한 해부학적 지식 외에 여러분은 여러분 의 몸에 대해 아무것도 모릅니다.

여러분이 여기에 있는 것은 그것을 탐험하기 위해서입 니다.

여러분이 여기에 있는 것은 여러분의 감각과 호흡을 사 용하여 그것을 탐험하기 위해서입니다. 무엇보다도 여러 분의 호흡을 사용해야 합니다.

오늘 여러분은 여러분의 호흡을 관찰하기 시작했습 니다.

여러분은 내일도 계속하게 될 것입니다. 그다음의 날들 도 계속하게 될 것입니다.

여러분은 열정적으로, 끈기 있게, 참을성 있게, 그리고 천천히 수련할 것입니다.

여러분은 이 열흘 만에 해탈에 이르지는 못하겠지만, 어쩌면 여러분을 거기에 이르게 할 수도 있는 기술을 얻게 될 것입니다.

이것은 아주 확실한 기술로, 아주 오래전부터 존재해 왔고, 이것 덕분에 많은 사람이 해탈에 이르렀습니다.

이것은 하나의 기술이지, 종교가 아닙니다. 이것은 관

념과 신념을 가지고 하는 수련이 아니라 호흡을 가지고 하는 수련이며, 호흡은 실제적인 것입니다.

어떤 관념이나 믿음을 가지고 수련하지 말고, 다만 여러분의 호흡을 가지고 수련하십시오. 다만 여러분의 직접적인 경험만을 가지고 수련하십시오.

우리는 여러분에게 그 어떤 것도 믿으라고 요구하지 않습니다. 아니, 무엇보다도 그런 요구는 하지 않을 것입니다.

아무것도 믿지 말고 그저 시도해 보십시오. 실험을 해 보십시오.

첫 번째 날은 끝났고, 이제 9일이 남았습니다.

일반적으로 볼 때, 두 번째 날과 여섯 번째 날이 가장 어렵습니다.

여러분은 그렇지 않을 수도 있지만, 어쨌든 마음의 준비를 하시는 게 좋습니다.

여러분이 여기 온 것은 여러분의 정신을 수술하기 위해서입니다.

이는 유익한 일이지만, 고통스러울 수 있습니다. 심지어는 위험할 수도 있습니다.

이상하고도 불안스러운 것들이 수면에 떠오를 수 있습니다.

어쩌면 무서울 수도 있고, 어쩌면 울 수도 있습니다.

저녁 식사를 못 하는 게 진저리 날 수도 있습니다.

인내심을 가지고 견디십시오. 열흘이 끝날 때까지 버티

십시오. 그러고 나서는 이게 정말 바보 같은 짓이었는지 아니면 여러분에게는 그렇지 않았는지 말할 수 있을 것입니다. 그것은 열흘 후에만 말할 수 있습니다.

  자, 이제 가서 주무십시오.〉

나는 꼼지락댄다

나의 두 번째 날은 낭패스러운 일로 시작된다. 내가 아는 어떤 수행자들은 마치 항공업계 종사자들이 비행시간을 계산하듯이 자신이 명상한 시간을 모두 계산한다. 난 살아오면서 도합 몇 시간이나 명상을 했을까? 나도 마일리지를 쓸 수 있는 걸까? 나는 요가를 25년 전에 시작했다. 만일 이 기간 동안 하루에 꼬박꼬박 반 시간씩 수련해서, 30분 곱하기 365일 곱하기 25년을 하여 도합 8천 시간이 넘는다면 아주 멋진 일이리라. 명상이 됐든, 자동차 운전이 됐든, 섹스가 됐든, 어떤 활동이 됐든 간에 이 8천 시간이란 상상하기도 어려운 시간인데, 어쨌든 나는 이 숫자와는 거리가 멀어도 너무 멀다. 내 수행은 너무나 불규칙적이고 너무나 간헐적이었으며 긴 공백들이 너무 많았기 때문에……. 그러나 난 초심자는 아니므로 쉽사리 연꽃 자세를 — 그것도 양쪽으로 — 취하고, 여기에 힘입어 이렇게 중얼거린다. 브리티는 좀 문제가 되겠지만 적어도 자세만큼은 괜찮을 거야. 아니, 그렇지 않다. 오늘은 잘되지 않는다. 금방 등이 아프고, 오른쪽 견갑골 가운데에서 뭔가 뾰족한 통증이 느껴진다. 뾰족하지만 날카롭지는 않아 견딜 만한 것이어서, 거기에 정신을 집중하면 몰아낼 수 있을 것이다. 그런데 이게 처음에 느낀 것처럼 견갑골 가운데인가, 아니면 견갑골 아래쪽인가? 오히려 아래쪽이 맞을 것 같다. 나는 견갑골 아래에 근육들이 어떻게, 그리고 어디에 붙어 있는지 잘 모르지만, 이 문제를 〈버터와 버터 살 돈〉의 테크닉으로, 그러니까 바깥쪽을 안쪽으로 미는 동시에 안쪽을 바깥쪽으로 밀음으로써 견갑골을, 그리고 그것과 함께 통증을 집게로 잡듯이 붙잡아 보려고 시도한다. 견갑골은 잡히는데 통증은 아니다. 행동하기보다는 관찰하겠노라, 또 무슨 일이 있어도 꼼짝하지 않겠노라 굳게 다짐했음에도 벌써부터 나는 움직이고 있고, 어깨를 살며시, 아주 살며시 돌리고 있다. 바깥에서는 보이지 않을지 모르지만 난 일을 망치기 시작했다는 것을 안다. 첫 번째 패배는 모든 패배들의 어머니가 되어 나는 벌써 다시 시작한다. 어깨를 돌리고 또 돌린다. 몸을 꼼지락거린다. 이제는 어쩔 수 없다. 지나치게 이른 감이 있지만 몸을 길게 굽이치는 동작을 하기로 한다. 원칙적으로는 명상을 마무리할 때 하는 이 동작은 머리를 그 자체의 무게로 앞으로 떨어뜨리며 상체에 일종의 웨이브를 넣는 것이다.

머리는 아주 무겁다. 적어도 10킬로그램은 된다. 턱을 가슴팍에 기대고, 목덜미는 구부리고, 가슴은 우묵하게 하고, 등 전체는 둥글게 만든다. 이른바 〈커다란 등〉, 〈둥근 등〉, 혹은 〈고양이 등〉이라고 하는 것이다. 날숨과 중력의 도움을 받아 마치 코를 배꼽에 대려는 것처럼 최대한 멀리 내려뜨린다. 항복하듯 납작 고개를 숙인다. 움직임의 끝에 이르면 최대한 낮은 자세로, 최대한 굽힌 자세로 꼼짝하지 않는다. 그리고 정말로 더 이상은 머리를 내릴 수 없다고 느껴지면 이번에는 숨을 들이마시며 아주 천천히 머리를, 이마를, 마치 어떤 실이 코를 앞쪽으로, 그리고 위쪽으로 잡아당기는 느낌으로 다시 들어 올린다. 이 올라가는 움직임 중에 굽혀졌던 모든 것이 펴지고, 내려앉았던 모든 것이 길게 펼쳐진다. 우묵했던 것이 불룩해지고, 등이 느리고도 계속적인 움직임으로 다시 세워지며 처음의 자세로 돌아온다. 내려갔다가 올라오고, 포기했다가 정복하고, 숨을 내쉬었다가 들이마시는 두 개의 연속적인 동작으로 이뤄지는 이 움직임은 아주 기분 좋게 느껴진다. 심지어는 너무나 기분 좋다고 할 수 있으니, 움직임 중에 견갑골이 마사지되어 통증이 사라졌기 때문인데, 문제는 이 비장의 카드를 너무 빨리 써버렸다는 사실이다. 자세를 취하고 있기가 한결 나아졌지만 모든 강박적 욕구들 (담배, 술, 헤로인)과 마찬가지로 이것도 아예 시작하지 않는 게 현명했으니, 짧은 포만감을 느끼고 난 후에는 빨리 다시 시작하고 싶은 마음밖에 없기 때문이다. 나는 다시 머리를 떨어뜨리기 전에 호흡을 아주 느리게 하며 적어도 열 번은 관찰하려고 끙끙대지만, 실제로는 대여섯 번밖에 하지 못하고 다시 고개를 다이빙하듯 내려뜨린다. 그렇게 계속 오르락내리락 몸을 꼼지락대다가 결국에는 눈을 뜨고 만다. 다른 이들도 나처럼 몸을 뒤틀고 있을까?

어른은 없다

파란색 모포를 원뿔형의 티피[42]처럼 몸 주위로 늘어뜨리고 그 속에서 꼼짝 않고 있는 등들이 내 앞에서 촘촘한 벽을 이루고 있다. 저 티피들 속에서 무슨 일이 벌어지고 있을까? 각자의 몸속에서 무슨 일이 벌어지고 있을까? 각자의 머릿속에서는? 나는 등들을 쳐다보고, 목덜미들을 쳐다본다. 누가 나처럼 힘들어하는지, 누가 지루해하는지, 누가 초연한지, 누가 불안해하는지 궁금하다. 이런 종류의 모임에는 아주 심하게 불안한 사람들이 많다. 그런 사람은 어디에나 많지만, 아마도 의미와 평정심을 추구하는 사람들 중에는 더욱 많을 것이다. 자신 안으로 깊이 들어가기 위해, 자신이 누구인지 알기 위해, 자신을 움직이는 것이 무엇인지 알기 위해 어느 헛간에 열흘 동안 모여 있는 이 120명의 사람들, 참으로 희한하고도 가슴 짠한 광경이 아닐 수 없다. 우리들 각각은 저마다의 생각과 강박

42 아메리카 선주민의 원뿔형 천막.

관념에 갇혀 있고, 저마다의 번뇌에 사로잡혀 있으며, 저마다의 난관에 계속 부닥치고 있다. 우리들 각각은 좀 더 분명히 이해하려는, 수렁에서 좀 더 벗어나려는, 좀 덜 불행해지려는 희망을 품고 여기에 왔다. 앙드레 말로는 어느 늙은 신부에게 이렇게 물었다고 한다. 「50년 동안 고해소에서 사람들의 비밀을 들으면서 살아오신 신부님께서는 인간 영혼에 대해 무엇을 알게 되셨나요?」 늙은 신부는 이렇게 대답했단다. 「두 가지 사실을 알게 되었어요. 첫째, 사람들은 우리가 생각하는 것보다 훨씬 불행하다. 둘째, 어른은 없다.」 어른은 없고, 우리의 옷 속에 숨어 있는 알몸들이 있을 뿐이다. 우리가 사람들을 만날 때 그들의 옷 아래 벗은 모습을 상상해 보는 것은 항상 옳은 일이다. 그들의 연약하고 허여멀건 자신감 없는 몸, 그들이 대통령이나 스타 여배우가 되기 전의 모습, 그들의 영원한 실체이기도 한 겁먹은 남자아이와 길 잃은 여자아이(리보통 씨뿐 아니라 에마뉘엘 마크롱이나 카트린 드뇌브도 그렇다)를 상상해 보는 것은 항상 옳은 일인 것이다. 지금 나는 내가 중학교 2학년 때의 리보통 씨와, 45년 후에 1미터도 안 되는 곳에 출현한 그의 환생을 혼동한다. 이 환생한 리보통 씨는 무얼 생각하고 있을까? 그는 어떤 것과 싸우고 있을까? 그의 브리티는 그를 어디로 데려가고 있을까? 저렇게 자신의 호흡을 요란하게 헤아려 가면서 실습 규칙을 끝없이 늘리는 일을 계속하고 있을까? 그가 사람들에게 과시하는 지혜에의 열망은 그의 안에 있는 거대한 슬픔을 어느 정도 달래 주었을까? 리보통 씨로 사는 일은 대체 어떨까? 우리의 삶에서 가장 흥미로운 일은 바로 이것, 나 아닌 다른 사람으로 사는 것은 어떤지를 알려고 하는 일인지도 모른다. 이것이 우리가 책을 쓰는 이유 중의 하나인데, 또 다른 이유는 나는 무엇인가를 발견하는 것이다. 나는 특히 내가 무엇인지에 관심이 많다. 아마도 너무 많을 것이다. 최근에 나는 내 친구 엘렌 F.의 문장 대부분은 〈너〉로 시작하고, 나의 문장은 대부분 〈나〉로 시작한다는 사실을 깨닫게 되었다. 이 사실은 나로 하여금 곰곰이 생각해 보게 했다. 지금은 약간 낡게 느껴지는 한 처세술 규칙은 〈나〉라는 말로 편지를 시작하는 것을 금한다. 이 규칙을 지키면 삶에 있어서나 일에 있어서 얻는 게 많다는 것이다. 플로베르는 그의 글에 넘쳐나는 속격(屬格)들 때문에 골머리를 앓았다. 〈une couronne de fleurs d'oranger(오렌지나무의 꽃들의 화환)〉라는 표현은 그를 미치도록 화나게 만들었고, 이를 피할 방법을 찾아내기 위해 몇 날 며칠을 보낼 수도 있었다. 사실 그가 진정으로 원한다면 이걸 피할 수 있는 유일한 방법은 〈오렌지나무의 꽃들의 화환〉에 대해 아예 얘기하지 않는 것일 텐데 말이다. 또 어떤 이들은 부사들을 없애려고 부심하며, 이 점에 있어서 나는 개인적으로 큰 문제가 없다. 내가 해야 할 일은 〈나〉로 시작하는 문장들을 없애는 것이다. 쉽지가 않다. 불가능한 일인가? 이것은 너무나 복잡한 문제이다. 시몬 베유가 (이번에도 그녀이다) 말하기를, 타인이 존재한다는 것을 이해하는 사람은 결국에는 그리 많지 않단다. 간단히 말해서, 타인이 존재한다는 사실을 아는 사람들 말이다. 명상은 ─ 명상의 열한 번째 정의이다 ─ 바로 이 사실을 우리에게 알려 주어야 할 것이다. 만일 그렇지 않다면 명상은 그저 나와 나 사이의 일일 뿐이다. 다시 말해서 아무 의미가 없고 그저 하나의 자아도취적인 딸랑이일 뿐이다. 난 이게, 적어도 나에게는, 또 하나의 자아도취적 딸랑이에 불과한 것은 아닐까 하는 생각에 갑자기 두려워진다. 그리고 슬퍼진다.

나무들을 껴안기

내가 서글픈 마음으로 걷는 숲속에는 나무들을 관찰하는 사람들이 있다. 그루터기 앞에 쪼그리고 앉아서 생각에 잠긴 눈으로 그루터기를 응시하는 이들. 나무둥치를 어루만지고, 나무껍질을 만져 보면서 자신의 살갗과 나무 사이의 접촉이 유발하는 감각을 분해해 보는 이들. 그리고 참나무 둥치 앞에 서서 그것을 응시하다가는 아예 꼭 안아 보는 이들. 팔로는 나무를 끌어안고, 손으로는 그것을 매만지고, 눈을 반쯤 감은 얼굴을 황홀한 듯 나무껍질에 대고 문질러 댄다. 이렇게 나무를 껴안고 어루만지면서 지구의 여신 가이아와 소통하는 것, 이것은 뉴에이지의 일상적인 활동이다. 그들을 보고 있자니 이런 궁금증이 든다. 만일 다른 이들도 보통 이렇게 하고, 이렇게 하는 게 감수성, 자연과의 연결, 〈내려놓음〉 등의 표시라는 애기를 듣지 않았다면 저들이 과연 이런 행동을 하고 있을지. 나는 이런 삐딱한 생각을 통해 슬픔에서 빠져나온다. 내가 무수히 사용해 온 고전적인 수법이다. 하지 말아야겠지만 오히려 내가 도피처로 삼는 이런 부정적인 생각은 또 다른 생각, 더 부정적인 생각, 끔찍이도 설득력 있기 때문에 훨씬 효과적으로 부정적인 생각으로 바뀐다. 여기에 오기 며칠 전 나는 조지 오웰의 에세이집을 한 권 읽었고, 일견 이와는 아무 관계가 없어 보이지만 넷플릭스에서 방영한 람 다스에 대한 다큐멘터리 영화를 보았다. 리처드 앨퍼트가 본명인 람 다스는 티머시 리어리와 함께 1960년대 환각제 LSD 전도사 중의 하나였고, 나중에는 명료한 의식하에 행하는 명상 쪽으로 전향하여 꽤 많은 추종자를 거느린 늙은 구루가 된 인물이다. 그가 설명하기를, 자신은 뇌출혈로 반신불수가 되었지만 동시에 전보다도 훨씬 평정하고 온화하며, 세상의 아름다움에 훨씬 깨어 있고 민감한 사람이 되었단다. 그는 마치 프란체스코회 수도사처럼 부드럽고도 법열에 잠긴 목소리로 이렇게 자축한다. 람 다스는 — 적어도 그의 관점에서는 — 글렌 굴드가 예술의 목적이라고 말하는 그 평온하고도 경이로운 상태에 도달한 것이다. 이 다큐멘터리 영화를 보면서 나는 조지 오웰이 얼마나 빈정대고 또 얼마나 역겨워했을지 상상해 보았다. 괴상하고 비사회적인 천재 글렌 굴드 말고 이 젠체하는 노인네, 그가 별로 위험하지 않은 얼간이들이 아니라 완전히 유해한 천치들로 여기는 샌들 애용자-채식

주의자-수염쟁이-요가 행자 패거리의 대표적 인물이라 할 수 있는 이 람 다스를 보고서 말이다. 또 나무를 끌어안는 페루 털모자 친구들을 보고 있으니 이런 의문도 든다. 대체 왜 진실의 어조, 경험의 무게, 그리고 심지어는 미적 즐거움까지 이런 것들은 너무나 명백하게 오웰 쪽에서 느껴지고, 람 다스나 〈의식의 확장〉, 〈현재의 순간의 힘〉, 〈내적 평화〉 등에 대한 뻔한 소리들을 늘어놓는 자칭 〈영적 스승〉들 쪽에서는 느껴지지 않는 것일까? 왜 이런 생각들은 이렇게나 그라비타스[43]가 없는 것일까? 왜 이런 생각들은 이렇게 하나같이 미적으로 형편없는 걸까? 왜 뉴에이지 서점들에 있는, 코를 찌르는 향불 냄새처럼 눈을 자극하는 핑크색이나 하늘색 표지를 한 그자들의 책은 그렇게나 추하고 바보 같은 걸까?

물소 길들이기

여기 온 지 아직 이틀밖에 되지 않았지만 우리에게 주어진 공간은 우리의 세계가 되었다. 수도원 경내가 수도승의 세계이고, 감옥이 죄수의 세계이고, 울타리가 물소의 세계이듯이 말이다. 울타리 안의 물소는 전통적인 은유이다. 그것은 마음을 상징한다. 강력하고, 큰일을 할 능력이 있지만, 동시에 야성적이고, 충동적이고, 끊임없이 이리

43 gravitas. 라틴어로 무게, 중요성, 힘 등을 의미하는 단어.

뛰고 저리 뛰는 우리의 마음 말이다. 그것을 길들여야 한다. 이것은 시간과 인내심과 요령을 요구한다. 먼저 물소를 울타리 안에서 마음껏 뒹굴게 놔두었다가 말뚝으로 데려오는 일을 끈기 있게 되풀이한다. 결국 사람은 물소에게 고삐를 채우고 물소는 사람이 원하는 곳으로 얌전하게 따라온다. 브리티는 진정되고 마음은 통제되며 해탈이 머지않았다. 불교 국가들의 일련의 민화들은 이 길들이기의 단계들을 묘사한다. 이 민화들은 길들이기는 이미 체험되어 각 단계가 측량되어 있는 과정, 끈기 있게 노력하면 이룰 수 있는 과정이라고 말한다. 그리고 명상은 분명 효력이 있다고 말한다. 우리도 그것을 믿으며, 그러지 않았다면 여기에 오지 않았을 것이다.

숲속에서 섹스하기

울타리 안의 물소들을 길들이는 일에 열중해 있는 우리는 목소리가 들릴 정도로 아주 가까운 곳, 다른 울타리 안에 다른 물소들이 있다는 사실을 거의 잊고 있었다. 그 주민들이 여자라는 사실 외에는 모든 것이 동일한, 평행적이고도 대칭적인 공간이 존재한다는 사실을 말이다. 그들이 다른 문을 통해 이르는 헛간 반대편에는 여자들이 지내는 방갈로와 공동 침실이 늘어서 있다. 우리의 길처럼 울타리가 쳐진 길들로 여자들이 지나가는 게 나무 사이로 보인다. 인터넷 포럼에서 비파사나에 대해 벌어지는 토론들 가운데서 어떤 이들은 이 성(性)의 분리에서 종교적 몽매주의의 징후, 강압과 광신의 싹을 본다. 하지만 나는 이게 현명하고도 현실적인 조처라고 생각한다. 만일 사람들이 시선을 자신의 내부로 돌리기를 바란다면 이성의 환심을 사고 싶은 유혹을 며칠만이라도 없애는 편이 나을 것이다. 만일 옆 방석에 환생한 리보통 씨 대신 어떤 매력적인 여자가 앉아 있다면 그렇잖아도 집중 못 하고 흔들리는 내 정신이 어찌 되겠는가? 그런데 사람들은 동성애자들은 생각하지 못했다. 나는 이런 상황을 전혀 예상치 못했던 두 건장한 콧수염쟁이가 은밀하게 시선을 교환하는 장면을 갑자기 상상한다. 게이들의 유혹은 직설적이고도 야성적이다. 그들은 몇 분의 간격을 두고 헛간을 나와 숲속 깊은 곳에서 만나서는 너무나 행복하게 사랑을 나눈다. 그런 다음 두 남자 중 하나가 상대에게 담배 한 대를, 또 자기 방에 숨겨 두었던 위스키 한 모금을 권한다. 한꺼번에 모든 규칙을 위반하는 것이다. 〈난 여기가 지겨워지기 시작했어, 넌 안 그래?〉라고 툴루즈 억양의 남자가 말한다. 그들은 같이 킬킬댄다. 자명함과 강렬한 진실을 회복한 섹스와 욕망이, 여기 도착할 때만 해도 그들이 아주 진지하게 생각했던 이 정신주의적 폼 잡기를 갑자기 가소로운 것으로 만들어 버린다. 그리고 그들은 나중에 커플이 되어 자신들이 어떻게 만났는지 친구들에게 얘기해 줄 때도 킬킬댄다. 그 이야기는 모두가 알고 있고, 모두가 듣고 싶어 하고, 다시 듣고 싶어 한다. 그들이 명상 수련회에서 만난 이야기는 그들의 히트곡, 그들의 러브 스토리의 클라이맥스, 그들의 〈황금 전설〉이라 할 수 있다. 너무나 뜻밖으로, 너무나 특이하게 만났고, 그렇기 때문에 더욱 빛나는 이 이야기는 미코노스[44]에서 만난 이야기와는 분명히 다른 것이다. 그들은 킬킬댄다. 나 역시 그들을 상상하며 킬킬댄다. 그런데 이런 의문이 든다. 명상의 세계관에는 뭔가가 빠져 있는 게 아닐까? 여기서 말하는 지혜는 너무 정숙하지 않은가? 아주 간단히 말해서 오히려 항문이 더 진실되다고 할 수 있지 않을까?

---

44 에게해에 있는 섬. 아름다운 풍광으로 그리스의 대표 관광지 중의 하나로, 일반적으로 동성애자들이 즐겨 찾는 곳으로 알려져 있다.

잘못된 길

파탄잘리와 에르베는 말한다. 인간 조건을 벗어나게 하는 길 외에 알 만한 가치가 있는 것은 아무것도 없다고. 하지만 나는 어떤 날들에는 — 오늘이 바로 그날인데 — 더 알 만한 가치가 있는 게 무수히 많다고 생각한다. 조그만 방석에 앉아 자신의 호흡을 관찰하며 세상에서 가장 중요한 일을 하고 있노라고 혼자 중얼거리는 것보다는 나이트 클럽의 뒷방에 가거나, 정치나 인수 합병에 대한 얘기를 할 때 인생에 관해 더 많은 것을 알게 된다는 생각이 드는 날들이 있는 것이다. 방석에 돌아와 앉으니 내 집중력에서 그 영향이 느껴진다. 나는 산만하고 불안하며 자신이 하고 있는 일을 더 이상 믿지 못한다. 이러한 의심들은 나를 점점 불쾌한 인간으로 만드는데, 이런 모습을 보일 사람이 옆에 아무도 없기 때문에 나는 나 자신에 대해 불쾌한 인간이 된다. 아니, 불쾌한 것 이상으로 적대적이 된다. 여기 온 나 자신에게 화가 치밀고, 내가 이런 인간인 것에 부아가 난다. 요가에 대한 기분 좋으면서도 세련된 책은 어처구니없는 계획으로 느껴진다. 그러다 모르는 사이에 분노가 두려움으로 변한다. 머릿속에서 뭔가가 빙빙 돌면서 올라온다. 내가 좀처럼 제어하기 힘든 그것은, 그렇다, 바로 공포이다. 비이성적인 공포, 말로 표현하기 힘든 막연한 공포이다. 그것을 파악하기 위해 최대한 정확히 표현해 보자면 다음과 같은 문장이 될 것이다. 나는 잘못된 길로 들어선 것 같아 두렵다. 난 내가 잘못된 길에 들어섰다고 느낀다. 나는 아직은 잘 모른다고, 내 삶은 더 나아지고 있다고, 더 나아지는 방향으로 가고 있다고 자신에게 말하지만 이는 사실이 아니다. 그렇게 가고 있는 것같이 보이지만, 나는 이 울타리 안에서 안전하다고 생각하지만, 평온하고도 경이로운 상태를 향해 가고 있다고 느끼지만, 그것은 환상일 뿐이다. 위험한 느낌이 커져 간다. 쌍둥이 조각상을 준 여자와의 그 너무나 소중한 관계, 내가 너무나 좋은 것이라고, 심지어는 너무나 순수한 것이라고 믿는 그 관계도 위험하게 느껴진다. 이중성의 위험, 분열의 위험, 이중생활의 위험이 느껴진다. 쌍둥이는 하나의 상징, 경고이다. 내가 길을 잃었다는, 잘못된 길로 들어섰다는, 갈림길에서 오판하여 가서는 안 되는 곳으로 들어갔다는 느낌. 그렇다, 지금 난 있어서는 안 되는 곳에 있는 것이다. 가서는 안 되는 곳으로 간 것이다. 배 속을 뒤트는 이 불안감을 막아 보고자 숨을 따라가 보려 애쓰지만 아무 소용이 없다. 그리고 내 콧구멍, 내 콧구멍 속, 내 콧구멍의 감각들……. 당신들, 지금 장난하자는 거야?

울음

바로 이때, 뭔가 이상한 일이 일어난다. 어떤 추억 하나가 떠오른다. 이것이 내 의식의 수면에서 물방울처럼 터지기 위해서는 아마도 일련의 브리티들이 일으킨 연쇄 작용이 필요했겠지만 나는 아무것도 보지 못했는데 갑자기 이게 나타나 나를 엄습한다. 내가 중학교 2학년이었을 때 자연 과학 시간에 있었던 일이다. 맨 앞줄에 앉은 한 녀석이 교단 위로 두 다리를 쭉 뻗었고, 그 바람에 신발 바닥이 리보통 씨의 바지 밑단에 닿게 되었다. 리보통 씨는 이를 느꼈다. 마치 몰려든 무리 가운데 한 여인이 자신의 옷자락을 만지는 것을 예수가 느꼈듯이 말이다. 그는 자신의 바지 밑단을 내려다보았고, 얼굴이 일그러졌다. 그러고는 무서운 분노에 휩싸였다. 이 분노는 두려움과 존경심보다는 측은함과 거북함을 불러일으켰다. 리보통 씨는 울분이 가득한 목소리로 징징대듯 푸념을 늘어놓았다. 난 이놈의 학교에 와서 바지나 더럽히고 있는 게 너무나 지긋지긋하다, 이 바지를 사는 게 얼마나 힘든지 아느냐, 요즘은 모든 게 비싼데 내 봉급은 쥐꼬리다, 내 바지를 더럽힌 녀석의 부모는 매일 옷을 세탁소에 맡길 돈이 있어 다행이겠지만 난 그렇지 못하다……. 이렇게 말하는 그의 음성은 가늘게 떨렸다. 당장이라도 울음을 터뜨릴 것만 같았다. 나 역시 울음을 터뜨리기 직전이었는데, 그것은 리보통 씨 때문이기도 했고, 아버지가 우리 모두 앞에서 자신을 비하하고 이렇게까지 삶의 놀림감이 되고 있는 것에 대한 원통한 마음을 끔찍할 정도로 민망하게 토로하고 있는 광경을 견뎌야만 하는 그의 아들 막심 리보통 때문이기도 했다. 나는 아무도 좋아해 주는 사람이 없고 항상 땀을 흘리는 그 뚱뚱한 소년을 쳐다보았다. 난 그가 이 끔찍한 시련을 겪은 후 수업이 끝나면 학교를 조용히 떠나 다시는 보지 못하게 될 거라고 생각했다. 그가 몸져누웠다는, 더 이상 말도 하지 않고 먹지도 않고 계속 누워 있다는 소식을 듣게 되리라. 우리들 중 몇몇이 그를 찾아가 선물도 가져다주면서 그를 살게 해보려 노력하지만 아무 소용 없으리라. 막심 리보통은 너무나 소름 끼치는 일을 겪었기 때문에 결국 살아남지 못하리라. 학급 전체가 그의 장례식에 참석하리라. 아들의 관을 따라가기 위해 리보통 씨는 바지를 최대한 빳빳하게 다림질하리라. 엄청난 슬픔에도 그는 여전히 우스꽝스러운 인간이지만 앞으로 우리는 절대로 그를 비웃지 않으리라. 리보통 씨에게는 항상 착하게 굴리라. 목요일 오후는 리보통 씨를 위로하며 보내리라 다짐한다. 사실 막심 리보통은 아버지가 스스로를 비하하는 그 끔찍한 방식(내가 느끼기에는)에 특별히 상처를 입지 않았다.

오히려 그는 수업이 끝나고 그것에 대해 빈정대듯이 논평하면서 자기 아버지는 금방 열을 내는 것만큼이나 금방 식어 버리기 때문에 그걸 가지고 호들갑을 떨 필요는 없다고 설명했다. 하지만 나는 호들갑을 떤다. 평생을 호들갑을 떨어 왔고, 40년이 지난 지금도 리보통 씨의 바지와, 매일 세탁비를 지불할 능력이 있는 사람들과, 그럴 형편이 못되고 그 때문에 지구 전체를 원망하는 사람들을 생각하며 호들갑을 떤다. 세상의 모든 비참함이 나를 덮친다. 나는 울기 직전이 아니라 정말로 울고 있다. 뺨 위로 눈물이 주룩주룩 흘러내리며 멈추지를 않는다. 인간의 비참함이 존재하는 한 계속 흘러내릴 것이다. 희생자들의 비참함, 모욕당한 이들의 비참함, 파멸한 이들의 비참함, 천치들의 비참함, 인류의 99퍼센트를 차지하는 불쌍한 리보통 씨들의 비참함, 그리고 또한 나처럼 스스로를 남은 1퍼센트라고 생각하는 거만한 이들의 비참함, 지금 오르막길에 있고 시련을 겪을 때마다 성장하고 있는 1퍼센트, 자신이 평온하면서도 경이로운 상태를 향해 출발했다고 믿지만 대부분은 전혀 예상치 못한 순간에 치명적인 환멸을 맛보게 되는 1퍼센트의 비참함⋯⋯. 자신이 너무나 비참한 존재라는 사실조차 모르는 이들의 비참함, 그리고 또한 악한 이들의 비참함, 아마도 모든 불행 중에서 가장 클 것이며 희생자들의 비참함보다도 내 마음을 더욱 아프게 하는 도살자들의 비참함. 또 노숙인들의 비참함보다도 더 큰 비참함인, 노숙인들에게 불을 지르는 스킨헤드 천치들의 비참함, 소아 성 착취범의 비참함, 연쇄 살인범의 비참함, 자신의 최악의 충동들에 맞서 싸우지만 결국에는 패배하는, 처음부터 자신이 패배할 것을 아는 사내의 비참함. 불면의 밤에 노랗고 차가운 불빛 속 화장실 변기에 앉아, 우리가 필사적으로 다른 이들에게 보이려 하는 훌륭한 이미지를 생각하고 또 우리의 마음과 화장실의 비밀 속에 은밀히 거하는 소름 끼치는 진실을 생각할 때 우리 모두가 알고 있는 그 비참함. 두려움, 수치심, 증오, 이 무서운 삼위일체. 우리는 이 모든 것을 안다. 만일 모른다면 우린 인간이 아니고 한심한 바보들일 뿐이다. 하지만 바깥의 껍데기가 이야기의 전부인 사람들, 삶의 유일한 이야기인 사람들이 있다. 이들은 거짓말을 하여 그 커다란 공백을 메우려 한다. 그들은 장클로드 로망처럼 20년 동안 거짓말을 하고 결국에는 그들의 가족, 아내, 자녀, 부모, 그리고 개까지 도살하게 되니, 왜냐하면 이 공백 가운데에서 너무 멀리 나아갈 때 그들에게 남은 일은 오직 이것뿐이기 때문이다.[45] 또 디노 부차티의 단편소설에 나오는 한 남자아이의 비참함. 소년 시절에 내게 큰 충격을 주었던 단편 중의 하나인 이 작품의 제목은 〈불쌍한 남자아이〉로, 막심 리보통 같은 종류의 배은망덕하고 음험하고 처량한 남자아이가 어머니와 함께 공원에 있으면서 다른 아이들과 함께 놀고

45 장클로드 로망은 오랫동안 가족을 포함한 주위의 모든 사람을 속이고 가짜 의사, 지역 사회 유지 행세를 하다가 갈수록 커지는 거짓말을 감당하지 못하고 자신의 가족을 살해한(1993년) 실제 인물이며, 카레르는 이 사람을 인터뷰하여 다큐멘터리적인 소설인 『적』을 쓴 바 있다.

자 하나, 아이들은 그를 비웃고, 괴롭히고, 모욕을 주고, 밀칠 뿐만 아니라, 한 부인은 떠나면서 아이의 어머니에게 〈자, 히틀러 부인, 다음에 봬요〉라고 말하기까지 한다. 나는 계속해서 운다. 이렇게 자푸 위에 앉아 눈물을 줄줄 흘리는데, 내 오른쪽에서 훌쩍거리는 소리가 들린다. 내 오른쪽에 있는 사람은 환생한 리보통 씨라는 것을 나는 잘 알고 있다. 리보통 씨가 훌쩍거리고 있다. 하지만 이번에는 내가 어느 정도 익숙해진 그 요란한 호흡 소리가 아니다. 이 훌쩍이는 소리는 다른 어떤 것이다. 이에 나는 여기서 해서는 안 될 짓을 한다. 눈을 뜰 뿐만 아니라 고개를 살짝 돌려 살피니, 옆모습만 보이는 리보통 씨의 뺨에 굵은 눈물방울이 흘러내리는 게 보인다. 와인색 자카르 스웨터 차림에 뾰족한 염소수염을 기른 리보통 씨가 나처럼 한없이 울고, 울고, 울고 있다.

바니안나무 아래서

오전 4시 30분, 내 명상 자리로 돌아와 캠프를 꾸미니 기분이 좋다. 방석을 바로 놓고 모포로 몸을 감싼다. 따뜻하고 포근하고 안전한 느낌이 든다. 두 시간 동안 계속 유지할 자세를 선택하기 전에는 몸을 움직이고 동작을 바꿔 볼 수 있다. 역시 출범 준비를 하는 이웃들이 시야에 들어온다. 눈을 감고, 주위에서 나는 무릎 관절 두둑거리는 소리, 모포 스치는 소리, 목청 고르는 소리, 숨소리를 듣는다. 다 같이 음을 맞추는 오케스트라라고나 할까? 음향들에 정신을 집중한다. 음향들을 하나하나 분리하고 구분하면서 청각을 가다듬는다. 마침내 침묵 속에 목소리가 솟아 나온다. 태곳적의 목소리, 그 뿌리 가운데 한 마을 전체가 깃들 수도 있는 수 세기 묵은 바니안나무[46]와도 같은 목

46 뽕나뭇과의 교목으로 가지에서 나온 뿌리가 땅으로 뻗어 내려 나무를

소리. 이 읊조리는 소리가 얼마나 오랫동안 계속될지는 아무도 모른다. 5분이 될 수도 있고, 20분이 될 수도 있고, 지침에 따라 계속 이어질 수도 있고, 아닐 수도 있다. 너무나도 멀리에서 왔고 너무나도 깊은, 조금도 급하지 않고 조금도 흔들리지 않는 이 목소리에 몸을 맡기니 기분이 좋다. 그러다 목소리가 멈추고 침묵으로 돌아가는 순간이 온다. 재미있는 것은 이제 이 순간이 오는 게 느껴진다는 사실이다. S. N. 고엔카가 우리만 남겨 놓고 가버린다는 게 그러기 조금 전에 느껴지는 것이다. 그는 다시 돌아올 것이니 불안해할 것 없다. 불안하지 않다. 편안하다.

편안하다

다행스러운 일이지만 나는 편안해지는 다른 방식들을 알고 있다. 사랑하는 여자의 성기 안에 있으면서 여자의 눈을 들여다볼 때 편안하다. 바닷물에서 오랫동안 헤엄칠 때 편안하다. 내 아이들이, 그리고 지금은 내 손주들이 자라나는 것을 볼 때 편안하다. 일이 내게 허락되어 일을 하고 있을 때 편안하다. 하지만 명상 체험은 — 그게 이뤄졌을 경우 — 조건 없이 편안해지는 방식이다. 우리가 편안

떠받치는 받침뿌리를 이루는 특징이 있으며, 이런 식으로 가지가 옆으로 퍼져 나가 반경이 1백 미터가 넘는 거대한 개체를 이루기도 한다. 인도에서는 석가가 그 아래서 득도한 보리수나무와 함께 신성한 나무로 추앙받는다.

한 것은 그저 여기 있기 때문이다. 우리가 편안한 것은 내가 지금 있는 여기보다 좋은 곳은 아무 데도 없기 때문이다. 이 몸 안에 살고 있을 때, 자신과 자신이 아닌 것 사이의 경계에, 바깥과 안 사이의 경계에 평온하게 자리 잡고 있을 때, 그리고 살아 있음을 느낄 때 편안하다. 특별히 무언가를 하는 것이 아니라 단지 살고 있을 때 편안하다. 여기서 살고 있다는 것은 어떤 엄청난 것이 아니라 오히려 평범한 것이다. 혈관 속에 흐르는 피처럼 자기 안에 흐르는 삶이다. 당연하고도 흔한 것이다(삶에 대한 이런저런 논설에서 약간 벗어난 말일 수는 있겠지만). 이 평범한 상태를 한번 접하게 되면 이것은 간단하고 너무 당연하여 원할 때면 언제나 여기에 접근할 수 있겠구나 하고 생각한다. 그것은 항상 여기에 있으니 나 역시 여기에 있기만 하면 돼. 그것은 내 안에 있는 방이어서 문을 열고 들어가기만 하면 돼. 나는 그 길을 알고 있고 열쇠도 가지고 있으니 원할 때면 언제나 다시 올 수 있을 거야……. 하지만 이것은 집주인의 착각이요, 환상에 불과하다. 방이 언제나 여기 있는 것은 맞고 거기에 들어가는 것만큼 쉬운 일은 없지만 우리는 원할 때 거기에 들어갈 수 없으니, 그것은 간단한 게 맞지만 우리 자신은 간단하지 않기 때문이다. 이것은 변함이 없으나 우리는 계속 변한다. 내가 이 너무 간단하고 너무 당연하고 너무 평범한 상태를 내 마음대로 소환할 수 있다고 생각했을 때마다, 이 방에 이르는 길을 찾아냈고 확보했다고 생각했을 때마다, 나는 곧바로 거기에서 쫓겨났다. 우리가 붙잡으려 하는 것을 붙잡았다고 생각하는 순간 그것은 우리의 손에서 빠져나간다는 것, 이것은 명상의 또 다른 흔하고도 근본적인 경험이다. 다시 말해서, 너무나도 평범하고 너무나도 기분 좋고 너무나도 탐나는 이 상태는, 적어도 나 같은 사람들에게는 아주 짧게 지속된다. 하지만 이런 상태가 존재한다는 사실을, 일견 괴상해 보이는 수행이 우리로 하여금 이따금 — 우리가 원하는 때에는 아니지만 그래도 꽤 자주 — 그 상태에 도달하게 해준다는 사실을 아는 것은 매우 값진 일이다. 그것은 삶을 바꾼다. 다시 목소리가 돌아온다. 그것이 자신 안에서, 스피커에서가 아니라 자신 안에 있는 어떤 동굴에서 흘러나오는 것처럼 느껴진다. 수트라가 시작된다. 이게 얼마나 오랫동안 계속될지는 알 수 없지만 이게 시작됐다는 것은 이 세션의 끝이 가까워졌다는 뜻이다. 대부분의 경우 이것은 수행자들에게 희소식이다. 더 이상 견디기가 힘들기 때문이다. 온몸이 쑤시기 때문이다. 가부좌한 다리를 펴고, 스트레칭을 하고, 바깥에 나가서 좀 걷고, 파이렉스 유리잔에 티백을 풀어 차를 마시고, 말린 자두(여기서는 이게 아침 식사를 대신한다)를 하나 먹고 싶은 생각밖에 없기 때문이다. 하지만 때로는, 바로 오늘 아침의 경우인데, 이게 좀 더 계속되었으면 하는 생각이 든다. 시간의 저편에서부터 들려오는 목소리가, 모든 다양성의 적이라 할 수 있는 그 투박하면서도 한결같은 음절들을 멈추지 않고, 밀려오는 파도가 조약돌들을 굴리듯 계

속 굴려 주었으면 하는 생각이. 이것이 영원히 계속되었
으면 좋겠다. 편하다.

만유 교번의 법칙

S. N. 고엔카는 일반적으로 두 번째 날이 가장 어렵다
고 우리에게 경고했다. 트레킹을 할 때도 마찬가지다. 트
레킹 두 번째 날에는 온몸이 쑤시고, 발에는 물집이 생기
고, 산장 계단을 내려갈 때 허벅지가 뻐근하면서, 왜, 대체
왜 아무도 강요하지 않는데 이런 고생을 사서 하느냐는 생
각이 든다. 그러고 나서 다음 날은 완전히 날아다닌다. 전
날만 해도 두 다리를 파김치로 만들었던 언덕들을 기꺼이
공략하며 두 개의 구간을 단번에 주파해 버린다. 집중 명
상 세션도 이 트레킹과 비슷하고 또 트레킹은 인생과 비슷
하다. 거기에는 다양한 구간들과 위로 올라감에 따라 변
하는 풍경들이 있고, 화창한 햇볕이 있고 비가 있으며, 좋
은 날들과 나쁜 날들이 있다. 오늘 나는 방석 위에 기분 좋
게 앉아 있지만 어제는 끔찍했다. 어제는 내가 하는 일을
더 이상 믿지 못했고 지금 내가 망해 가고 있다고 확신했
다. 어제 나는 불안했을 뿐만 아니라 자신을 증오하기까
지 했다. 이런 것들은 자신에게 너무 큰 중요성을 부여한
결과이지만 이 또한 내가 오늘 하는 생각일 뿐이다. 나는
변하고, 우리는 변하고, 세상은 변한다. 결코 변하지 않는

것은 단 하나, 모든 것이, 항상, 변한다는 사실뿐이다. 이것은 『역경』과 중국 사상 전체가 말하는 바이다. 이렇게 말하는 것은 그들만이 아니다. 플라톤도 『파이돈』에서 그렇게 말했고, 성경의 「전도서」도 마찬가지며[날 때가 있으면, 죽을 때가 있고 (……) 사랑할 때가 있으면 미워할 때가 있고] 단순히 상식적으로 생각하더라도 비가 온 후에는 맑은 날이 오기 마련이다. 중국인들은 다른 이들보다 이 사실을 더 잘 이해했을 뿐이다. 그들 사상의 핵심은 바로 이것, 삶의 모든 현상들은 둘씩 짝을 이루며 서로가 서로를 생성한다는 이 만유 교번(萬有交番)의 법칙인 것이다. 낮과 밤, 폭풍우와 조용한 바다, 비어 있음과 가득함, 기쁨과 슬픔, 열림과 닫힘, 삶과 죽음, 더함과 덜함, 공격과 피하기, 차가움과 따뜻함, 휴식과 운동, 들숨과 날숨, 전쟁과 평화, 안과 밖, 알랭과 알렉스……. 이 목록은 무한히 이어질 수 있으며 이걸 한번 시작하면 멈추기가 힘들다. 명상을 주제로 인터뷰하다가 나로 하여금 요가에 대한 기분 좋으면서도 세련된 책을 한 권 쓰면 어떨까 생각하게 만든 그 기자도 확인했듯이 말이다. 음양의 개념에 대해 잘 모르는 그를 보고 교육적 열정에 사로잡힌 나는, 중국 사상은 이 두 힘을, 이 양극을, 이게 없으면 조화로운 우주도, 생명도, 그 어떤 것도 있을 수 없는 존재의 이 두 양태를 음양이라고 명명한다고 설명했다. 모든 상황, 세계와 정신의 모든 상태는 음과 양의 하나의 조합, 또 다른 조합을 향해 움직이고 있는 가변적이고도 일시적인 조합이다. 밤은 낮이 되고 낮은 밤이 되듯이, 음의 힘은 언젠가는 양의 힘으로, 양의 힘은 음의 힘으로 바뀐다. 낮은 석양을 향해 가고, 밤은 새벽을 향해 가고, 음은 양의 씨앗이고, 양은 생성 중인 음이며, 우리는 이 끊임없는 변화의 흐름들 가운데 갇혀 있다. 이 흐름에 저항하는 것은 헛된 일이지만 그것을 인식하는 것은 유익한 일이며, 때로는 그것을 예측하는 것도 가능하다. 모든 순간은 지나가고 절정은 쇠락을, 패배는 미래의 승리를 예고한다는 사실을 의식하는 것은 우리가 사는 데 도움이 된다. 삶이 우리에게 미소 지을 때 곧 이것이 우리를 사정없이 후려 패리라는 점을, 또 우리가 어둠 속을 헤맬 때 곧 빛이 나타나리라는 점을 아는 일은 유익한 것이다. 이것은 우리에게 신중함을 부여하며 자신감을 준다. 또 순간의 우울한 감정들을 상대화하는 데 도움을 준다. 적어도 그래야 할 것이다.

둘 다 진실이다

위에서 〈그래야 할 것이다〉라고 말한 이유는, 나는 그토록 확신을 가지고 되풀이하고 또 되풀이하는 이 위대한 교훈에 사실 별로 귀를 기울이지 않기 때문이다. 그것은 단지 내가 일시적인 감정들을 상대적으로 보지 못하기 때문만은 아니다. 그것은 또한, 상황이 좋을 때는 언젠가 상황이 나빠질 거라고 예상하는(이 점에서는 내 생각이 맞는

다) 반면, 상황이 나쁠 때는 언젠가 다시 상황이 좋아진다는 것을 믿지 못하기(이 점에서는 틀렸다) 때문이기도 하다. 이른바 〈비관적인 기질〉이라고 하는 것으로, 절반이나 차 있는 잔을 보기보다는 절반이나 비어 있는 잔을 보는 성향이다. 나는 삶이 아름답고 활짝 열려 있고 순조롭게 보일 때 생각하는 것들보다 우울한 생각을 곱씹는 불면의 밤에 머리에 떠오르며 나를 괴롭히는 그 모든 것들이 더 진실이라고 생각한다. 그게 바로 진실이고, 그게 바로 삶의 실상이며, 내가 자신감에 넘쳐 있는 순간들은 한낱 환상일 뿐이라고 믿는다. 일반적으로 말해서 나는 밤이 옳다고 생각한다. 〈기쁨은 슬픔보다 더 깊다〉라고 니체는 말한다. 이것은 내가 기꺼이 동의하고 싶은 철학적 입장이기는 하지만 보다 깊은 차원에 있어서는, 그러니까 우리의 본질을 이루고 우리가 어떻게 손써 볼 수 없는 존재의 깊은 부분에 있어서는 나는 반 고흐처럼 〈슬픔은 영원히 계속될 것〉이며, 슬픔은 기쁨보다 삶에 대해 많은 것을 말해 준다고 생각한다. 명상은 이 둘 다가 진실이라는 것을, 슬픔은 기쁨만큼 진실이고 기쁨도 슬픔만큼 진실이라는 것을 우리에게 가르쳐 주기 위해 존재한다. 어쨌든 오늘 나는 아주 기분이 좋다.

경사지에서

산책로에서 조금 떨어진 나지막한 경사지에 흰 플라스틱 재질의 정원용 안락의자가 하나 놓여 있다. 마치 아무도 앉는 사람이 없다는 사실이 거기에 앉는 게 금지되었음을 의미하기라도 하는 것처럼 나는 얼마 동안 그 의자에 다가갈 용기를 내지 못한다. 그러다 간식 후의 산책 시간이 되었을 때 마침내 용기를 낸다. 길 위에 지나가는 사람이 아무도 없음을 확인한 후에 나지막한 경사지를 기어 올라가 물에 젖은 의자를 파카의 소매로 훔친 다음 그 위에 앉자, 의자의 네 다리가 내 몸무게로 인해 진흙과 낙엽 속으로 10센티미터나 푹 박혀 들어갔다. 그때 나는 내 자리를 찾았다는 것을 느꼈다. 명상 수련장에서 각자의 자리는 각자의 자푸 위라고 말할 수 있다. 만일 우리가 조금 더 지혜롭다면, 각 사람의 자리는 그곳이 어디가 됐든 지금 자기가 있는 곳이라고 말할 수 있다. 하지만 또한 나 같은 늙은 히피는 카를로스 카스타네다[47]를 샤머니즘에 입문시킨 야키족 주술사 돈 후안이 말한 것처럼, 각자는 이 땅에서 그의 것인 자리를, 그의 자리인 자리를 가지고 있다고 말할 수도 있는 것이다. 어떤 이들은 어디가 자신의 자리인지를 알고 그것에 머무르고 어떤 이들은 그러지 못하는데, 여기서 그들의 운명이 달라진다. 나는 이 수련장에 있는 동안에는 다리가 삐걱거리고 습기로 거뭇해진 이 낡은 플라스틱 의자가 내 자리가 될 것임을 깨달았다.

말들, 말들, 말들……

경사지에서 내려다보면 길에서는 상상할 수도 없었던 풍경이 내려다보인다. 숲 가장자리에 있는 비에 젖은 밭뙈기 하나, 참나무가 죽 늘어서 있고 농가로 이어지는 조그만 도로, 그리고 저쪽에 보이는 축축한 회색 벌판……. 수련 센터의 울타리를 바깥쪽에서 보게 되니 이상한 느낌마저 든다. 저 아래쪽 밭의 황갈색 땅속에서 무언가가 꿈틀거린다. 두더지가 아니면 무엇이겠는가? 다리가 절반이나 진흙에 박힌 내 플라스틱 의자에 앉아서 얼마 동안이

47 Carlos Castaneda(1925~1998). 페루 태생의 미국 작가, 인류학자로 돈 후안 마투스라는 아메리카 대륙 선주민 주술사의 지도하에 샤머니즘에 대한 일련의 서적을 저술했다.

나 이렇게 흙과 흙 밑의 두더지가 꿈틀대는 것을 바라보고 있었는지 모르겠다. 어쩌면 5분일 수도 있고 어쩌면 한 시간일 수도 있겠지만 어쨌든 나는 편안하고, 흙과 두더지가 꿈틀대는 것을 바라보며 보낸 이 5분 혹은 한 시간은 사흘 전부터 자푸에 앉아 내 콧구멍 안을 들락거린 이후 처음 맛본 진정한 명상의 순간이라는 생각이 든다. 물론 내가 속으로 이렇게 말하기 시작하자마자 그것은 곧바로 끝나 버린다. 다시 회전목마가 돌아가기 시작한다. 그래도 전보다는 덜 빠르게 돈다. 말들은 슬로 모션으로 돈다. 녀석들은 탄 채로 나무 막대기로 조그만 금속 고리들을 낚아채야 했던 내 어린 시절의 목마들처럼 돈다. 그래, 난 이 놀이를 아주 좋아했었지……. 바로 이런 종류의 생각이 하늘을 가로지르는 새들처럼 내 의식의 공간을 가로지른다. 부드럽고도 평화로운 생각들, 비를 품은 회색 하늘에 맞춰진 생각들이다. 이런 생각들 가운데는 어떤 충일함도 있지만 일말의 서글픔도 섞여 있으니, 경이로운 무언가는 내게 영원히 금지될 것임을 의식하게 되기 때문이다. 바로 이런 평온한 시간, 이런 순수하게 명상적일 수 있는 시간, 내가 그저 살기만 할 수 있는 이런 시간을 나는 결코 진정으로 경험할 수 없을 거고, 나는 결코 이런 시간 가운데 그저 있기만 할 수는 없을 것이니, 왜냐하면 그것을 말로 옮기고 싶은 욕구가 곧바로 고개를 쳐들기 때문이다. 나는 어떤 경험에 직접 다가가지 못하고 항상 그 위에 어떤 말을 덧붙여야 한다. 이게 나쁘다는 얘기는 아니다. 이것

은 내가 이 땅에 존재하는 이유이고 이른바 〈소명〉을 갖는
것은 큰 행운이기에 이 일에 대해 푸념하지는 않을 것이
다. 그렇긴 하지만 말을 적게 하고 더 많이 볼 수 있다면 얼
마나 좋고 얼마나 편안하겠는가! 또 얼마나 큰 발전이겠
는가! 사물들을 있는 그대로 보고, 우리가 쉴 새 없고도 의
식하지 못한 채로 만들어 내는 끊임없고 주관적이고 수다
스럽고 편향적이고 조건화된 논평을 거기에 덧씌우지 않
을 수 있다면 말이다. 나는 내 안에서 계속되는 이 작은 재
잘거림이 정말이지 엿같이 느껴진다. 이게 정말 엿같이
느껴지고 너무나 기분 나쁘다. 나는 내가 생각하는 것 말
고 다른 것을 생각하고 싶다. 왜냐하면 내가 생각하는 것
들은, 내가 수없이 적어 본 것들은 너무나 무익하고 반복
적이고 한심할 정도로 자기중심적이기 때문이다. 나는 보
다 훌륭한 생각들을 하고 싶다. 내가 자부심을 느낄 수 있
는 생각들, 예를 들면 이타주의적인 생각들을 하고 싶다.
나는 선한 사람이고 싶고, 자신보다 다른 사람들을 위하
는 사람이고 싶고, 신뢰할 만한 사람이고 싶다. 나는 자아
도취적이고, 불안정하고, 위대한 작가가 되어야 한다는
강박 관념으로 꽉 찬 사람이다. 하지만 이게 바로 나의 몫,
나의 팔자인 걸 어쩌랴. 나는 〈있는 재료〉를 가지고 작업
해야 하며, 이 친구의 몸을 입고 인생길을 가야 하는 것이
다. 그저 이 친구와 보다 편안한 관계를 가질 수만 있어도
얼마나 좋겠는가. 자신의 온갖 병증에 취해 있는 이 친구
뒤에서 사실은 그의 실체인, 그의 영원한 실체인 불쌍한

아이를 보고 그 친구에게 침을 뱉거나 그의 동상을 세우는 대신 위로하고, 그를 위해 울어 주고, 또 내가 리보통 씨와 함께 울었듯이 그와 함께 울 수만 있어도 얼마나 좋겠는가.

윌리엄 허트

35년 전, 젊은 기자였던 나는 미국 배우 윌리엄 허트를 인터뷰했다. 아직 데뷔한 지 얼마 되지 않았지만 멋진 외모와 카리스마, 특히 부드럽고 축축하고 믿기지 않을 정도로 매력적인 목소리에 힘입어 예외적인 커리어가 기대되고 있던 그의 무대 밖 모습은 내게 깊은 인상을 주었다. 파리의 한 특급 호텔 바에서 만난 그는 샌들을 신고 알록달록한 끈 팔찌를 하고 있는 모습이 아시아에서 종종 만나며, 언제라도 아주 흥미진진한 이야기를 들려줄 수 있는 장기 여행자 중의 하나처럼 느껴졌다. 그는 자신이 최근에 맡은 배역들과, 함께 작업한 감독들에 대한 상투적인 질문에 친절히 대답해 주었다. 하지만 나는 그가 다른 것에 대해, 그러니까 삶이나 삶의 의미 혹은 정체성이라는 신기루 같은 것들에 대해 얘기하고 싶어 한다는 느낌을 받았다. 당시에는 좀 이상하게 느껴졌지만, 지금 와 생각해 보니 그는 명상을 하고 있었던 것 같다. 꼭 명상을 하는 사람 같은 분위기였던 것이다. 나는 이제 이런 사람들을 알아볼 수 있는데, 데이비드 린치를 만났을 때도 같은 느낌이었다. 약 15분 동안 윌리엄 허트는 자신은 보다 나은 인간이 되기 위해 노력하고 있다고 말했다. 아직 어리고 경박했던 나는 이런 고결한 척하는 말들에 쉽게 넘어가지 않는 친구처럼 재미있다는 표정을 지으며 왜 그렇게 보다 나은 인간이 되는 것에 집착하느냐고 그에게 물었다. 그런데 여기서 그는 나를 깜짝 놀라게 했다. 그는 나를 쳐다보았다. 마치 우리가 만난 이후로, 아니 영화 프로모션을 위한 이날 하루 동안 처음으로 진정한 질문을 받은 것처럼 나를 정말로 쳐다보는 거였다. 파란색 눈의 동공이 확장된 그는 내게로 지그시 몸을 기울이더니 내 귀에 대듯이 하고는 이렇게 속삭였다. 「왜냐하면 그러면 더 나은 배우가 되니까요.」

도둑

세월이 흘렀고, 이제 나는 윌리엄 허트가 말한 것처럼 말할 수 있게 되었다. 내가 내 삶에서 하고자 하는 것은 보다 나은 인간이 되는 것이다. 조금 덜 무지하고, 좀 더 자유롭고, 좀 더 따뜻하고, 자아를 조금 더 덜어 낸 사람……. 난 이게 결국 같은 것이라 생각한다. 그리고 내가 보다 나은 인간이 되려 하는 이유는 그리하면 보다 나은 작가가 될 수 있기 때문이다. 그런데 여기서 무엇이 우선인가? 나

의 진정한 목적은 무엇인가? 기분이 좋은 날에 나는 그것
은 함께 매어 놓은 두 마리 말과 같은 것이라고 생각한다
(앞에서도 말했듯이 두 마리의 말 혹은 두 마리의 물소를
함께 매어 놓는 것, 이게 바로 〈요가〉의 원뜻이다). 하지만
상태가 그리 좋지 못한 날에는 자신이 협잡꾼으로 느껴진
다. 나는 정말로 보다 나은 인간이 되기 위해 글을 쓴다.
또 글 쓰는 것을 좋아하기 때문에 글을 쓰고, 뭔가를 제대
로 만드는 장인 기질이 있기 때문에 글을 쓰고, 이것이 현
실을 파악하는 나름의 방식이기 때문에 글을 쓴다. 하지
만 또한 유명해지고 존경받기 위해 글을 쓰기도 하는데,
이것은 물론 보다 나은 인간이 되기 위한 최선의 방법이라
고는 할 수 없다. 나의 글쓰기 작업은 내 에고의 견고한 보
루인 것이다. 하지만 나는 죄의식에 너무 사로잡힐 필요
는 없다고 생각한다. 자신의 의도가 순수한지 너무 많이
따질 필요는 없다는 것이다. 이 점과 관련하여 내가 아주
좋아하는 이야기가 있다. 한 도둑이, 수도승들이 수도원
의 어느 숨겨진 방에 보물을 감춰 놓았다는 소리를 들었
다. 그는 이 보물을 슬쩍하기 위해 수도원에 머슴으로 들
어갔다. 10년 동안 그는 마당을 쓸고 쓰레기를 수거하는
등 가장 하천한 일들을 하면서 수도원 안을 샅샅이 뒤지
고, 수도승들의 대화를 엿듣고, 보물 창고가 있을 만한 곳
을 찾아 헤맸다. 그렇게 10년이 흘렀는데, 그가 탐욕을 위
해 너무나 열심히 일한 나머지 수도원장은 그에게 수도승
수련을 받을 것을 권했다. 그는 수련 수도승으로 10년을

더 보냈다. 여전히 여기저기 뒤지고, 살피고, 엿듣고, 갈수록 보물에 집착하면서 말이다. 10년이 더 흘렀다. 그는 사제가 되었고, 매일매일 기도를 하면서도 여전히 보물을 찾아 여기를 떠날 수 있기를 바랐다. 결국 그는 위대한 성인이 되었고, 생의 끝에 이른 그는 임종의 침상에서 보물이 무엇인지 비로소 깨달았으니, 그것은 수도원의 삶이요, 기도요, 다른 형제들과의 화목한 일상이었고, 그가 이 보물을 누릴 수 있었던 것은 바로 그가 도둑이기 때문이었다. 내가 자신의 나쁜 천성을 지나치게 책망할 때, 자신의 이기주의적 성향을 지나치게 한탄할 때, 이 이야기는 내게 큰 위안이 된다.

늑대

1990년대 초, 그러니까 몽타뉴 도장 시절 기자 생활에 얽힌 또 다른 추억 하나. 한 잡지사에서 내게 캐나다 횡단 기차 여행에 대한 르포르타주를(당연히 내가 쓴 르포르타주들 중 가장 수월한 것이었다) 의뢰했다. 이 대륙 횡단 열차는 육지판 크루즈선이라 할 수 있다. 이것이 운반하는 것은 화물도, 진정한 승객들도 아니요, 거의 대부분이 금혼식이나 은혼식을 기념하기 위해 여행하는 부유한 노부부들이었다. 혼자서 여행하는 사람은 나뿐이었는데, 아무도 내게 말을 걸지 않았고 나 역시 아무에게도 말을 하지 않았다. 내가 결정해야 했던 것은 단 두 가지로, 첫째는 열차 레스토랑에서 1차, 2차로 나누어 제공하는 식사 중에서 1차를 먹느냐 2차를 먹느냐였고, 둘째는 줄줄이 지나가는 풍경을 파노라마 살롱 객차에서 보느냐, 아니면 욕조까지 구비된(결코 지어낸 얘기가 아니다) 나의 넓고도 안락한 객실에서 보느냐였다. 시간은 포근한 솜처럼 나른하게 흘러갔다. 열차의 완충 장치가 얼마나 성능이 좋던지 지금 열차가 가고 있는지 아니면 멈춰 섰는지를 차창으로 확인해야 할 정도였다. 하지만 때로는 이렇게 하는 것만으로 충분치 않았는데, 희고도 평편한 경치가 움직이지 않는 것처럼 느껴졌기 때문이다. 나는 많이도 졸았다. 명상을 위해서는 접은 모포로도 충분하지만 당시 나는 내 자푸를 어디든 가지고 다녔고, 이 열차 여행 중에도 그 위에 앉아 소주천을 — 대주천은 나중에 하기로 하고 — 했다. 아, 맞다! 내가 결정해야 할 게 또 하나 있었다. 몬트리올에서 밴쿠버까지 가는 횡단 여행은 닷새가 걸리는데, 그동안에 승객은 원하는 역에서 내려 원하는 시간만큼 거기 머물다가 다음 열차가 오면 다시 탈 수 있었다. 나는 꼭 위니펙이 아닌 새스커튠에서 내려야 할 특별한 이유가 없었으므로, 숙박지를 선택하기 위해 『역경』이나 각 지역의 매력을 묘사하는 관광 안내서에 의지하곤 했다. 우리 나라에 역사는 없지만 지리는 있답니다라고 캐나다인들은 말한다. 대단한 역사적 기념물이나 장소가 없는 이 대평원의 대도시들은 무슨 수를 써서라도 기네스북에 실리려고 애를 쓴다. 어떤 도시는 세계에서 가장 큰 풀장을, 또 어떤 도시는 세계에서 가장 높은 TV 송신탑을 가졌다고 으스대는데, 위니펙은 — 이 또한 결코 지어낸 얘기가 아니다 — 〈세계에서 가장 바람이 많이 부는 거리〉를 자랑한다.

내가 그 사실을 확인하는 데에는 한 시간으로 충분했다. 로키산맥에 위치한 상당히 급이 높은 한 동계 스포츠 휴양지에서는 이틀을 보냈는데, 나를 보낸 잡지사가 현지의 호텔 체인과 합의한 결과로 나는 영화 「샤이닝」에 나오는 오버룩 호텔과 똑같이 생긴 한 고급 호텔에 묵게 되었다. 내게 주어진 객실은 3층에, 그리고 스탠리 큐브릭 영화의 팬들은 모두 알겠지만, 잭 니컬슨과 그의 가족 주변에서 벌어지는 그 소름 끼치는 사건들의 진앙지인 237호실과 문 몇 개를 사이에 둔 곳에 있었다. 내가 호텔에 들어가자마자 처음 한 일은, 영화에서 나온 것과 똑같은 밤색과 오렌지색의 불안스러운 무늬의 카펫이 깔린 복도를 따라가 그 237호실 앞에 지키고 서서는 누군가가 그 안에 들어가거나 나오기만을 기다리는 것이었다. 나는 세계에서 가장 바람이 많이 부는 거리에서만큼이나 오랫동안 거기에 서 있었지만 아무도 들어가거나 나오지 않았고, 문은 계속 닫혀 있었으며, 소름 끼치는 일들은 일어나지 않았다. 나를 237호실에서 떼어 놓고 싶었던 것인지 아니면 나를 보낸 잡지사의 환심을 사려 했던 것인지는 모르겠지만, 호텔 체인 측은 끊임없이 샴페인병이며 과일 바구니며 스파 초대장 같은 것들을 보내 주었다. 이 모든 사치를 자푸에 앉아 나 혼자만 누려야 한다는 것은 물론 조금 슬픈 일이었다. 그들은 벗이 없는 나에게 스키 교사를 한 명 붙여 주겠다고 제안했다. 나는 스키를 잘 타지 못했지만 다른 할 일이 전혀 없었으므로 승낙했다. 뭐, 안 될 것도 없지 않은

169

가? 이렇게 해서 물결치는 듯한 허연 수염을 달고 역시 흰색의 모피로 가장자리를 댄 빨간 상의와 하의를 입은, 한 마디로 산타클로스로 분장한 노인이 내 방문을 두드리게 된다. 그는 스키장에서 내 실력을 향상시켜 주려고 최선을 다했는데, 어느 순간 경사면에 달라붙는 방법을 나에게 설명해 주다가 이렇게 말한다. 「당신이 태극권을 하지 않는 게 유감이에요. 왜냐하면 지금 보시는 이 작은 동작은 바로 태극권의 동작이거든요.」 나는 소리친다. 「아니, 나도 태극권을 해요!」 산타클로스의 파란 눈은 환하게 밝아졌고, 그 스키 레슨 후에 우리는 다음 날 아침에 호숫가에서 만나(호텔이 호숫가에 있었으므로) 함께 요가 수행을 하기로 약속한다. 그리하여 우리는 새벽에 트레이닝 팬츠에 후드 달린 방한용 재킷, 그리고 양털로 짠 비니 차림으로, 서리가 하얗게 내려앉은 전나무들로 둘러싸인 그 얼어붙은 커다란 호수 앞에 서게 된다. 나무로 만든 잔교 하나가 언 호수 위로 뻗어 있었는데, 그 위에서 우리는 동시에 태극권의 형을 시작한다. 날씨는 아주 추운데 달빛은 희미해져 가고, 전나무 뒤의 눈부실 정도로 청명한 하늘에 아침 해가 떠오르기 시작한다. 우리의 입에서 허연 김이 뿜어져 나오고, 발밑에서는 눈의 결정들이 뽀드득 소리를 낸다. 새들의 첫 노랫소리와 더불어 유일하게 들리는 소리다. 산타클로스는 나처럼 양식 태극권을 수련하기 때문에 우리는 둘 다 완벽하게, 뭐 상당히 양호하게 동작을 맞춰 가며 실력을 발휘한다. 그런데 자그마한 부인

으로 하여금 지하철에서 불량배들을 날려 버릴 수 있게 해
준 그 〈구름 속의 손〉 동작을 그가 시작했을 때였다. 그는
공간을 휘저으며 두 손을 몸 앞으로 끌어오는 대신에 갑자
기 완전히 뜻밖의 어떤 것을, 처음에 나는 내가 모르는 변
형된 초식이라고 생각한 무엇, 다시 말해서 검지를 내 쪽
으로, 내 어깨 위쪽으로 쭉 뻗는 동작을 하는 거였다. 선담
(禪談) 가운데 이런 말이 있다. 스승이 달을 향해 손가락을
뻗으면 사려 깊은 제자는 달을 바라보고 우둔한 제자는 손
가락을 바라본다. 나는 산타클로스가 가리키는 것을 바라
보는데, 그가 가리키는 것은 한 마리의 늑대이다. 얼어붙
은 호숫가와 하얀 전나무들 사이에, 회색과 흰색이 섞인
아주 멋진 진짜 늑대 한 마리가 엉덩이를 눈밭에 붙이고
두 앞발은 곧게 편 채로 차분하게 앉아 있다. 우리에게서
20여 미터 떨어진 곳에서 말이다. 산타클로스가 말할 필
요도 없이 나는 이해한다. 우리는 입을 다물어야 할 뿐 아
니라 우리가 하던 것을 계속해야 하니, 늑대가 여기에 관심을
보이기 때문이다. 하여 우리는 잔교 위에서 태극권을 계속
한다. 한 동작은 이음매나 흠집이나 급격함이나 잡스러운
움직임 없이 다른 동작으로 바뀐다. 물 흐르듯이 자연스
럽게 이어진다. 나는 평생 동안 이날 아침에 했던 것처럼
태극권 형을 해본 적이 없고, 앞으로도 할 수 없을 것이다.
그것은 편안하게 술술 풀려 나오면서 늑대를 길들인 움직
임이었다. 만일 내가 나는 30년 동안 명상이나 태극권이
나 요가 등을 해오면서 이 땅을 초월하는 체험을 한 번도

한 적이 없다고 말한다면 그것은 거짓이다. 나는 코르나 뱅 호텔에서 빛을 보았고 늑대와 호흡을 맞춘 태극권 형을 체험한바, 둘 다 순간 이동 못지않은 가치를 지닌 황홀한 경험인 것이다. 나는 그 순간이 얼마 동안이나 계속됐는지 모르겠다. 아니, 약간은 알 것 같으니, 태극권 형은 모래시계나 마찬가지이기 때문이다. 아마 4~5분 걸렸을 것이다. 그 4~5분 후에 뒷발로 일어선 늑대는 서두르지 않고 숲 쪽으로 돌아가서는 전나무들 사이로 들어갔고, 숲은 곧바로 녀석을 삼켜 버렸다. 한편 우리는 끝까지 계속했다.

제2부
1,825일

우리 나라에 중대한 사건이 일어났다

어떤 광경에 대한 나의 기억은 매우 시각적이며 매우 정확하다. 간식을 먹은 후 다음 명상 시간을 기다리며 난 침대에 누웠다. 나는 내 책에 대해 생각하고 있다. 늑대 이야기는 멋진 장(章)이 되리라. 심지어는 열려 있고 시적이기도 한 멋진 결말이 될 수도 있으리라. 책의 결말 부분을 쓰는 것은 어려운 일이다. 어떤 이미지로, 삶에 대한 어떤 생각으로 독자와 작별을 고할 것인가? 지금까지 이야기한 내용에 어떤 의미를 부여해야 할 것인가? 어쨌든 그것은 언제나 조금 이분법적이다. 다시 말해서 자신감 혹은 우울감, 약동[1] 혹은 엔트로피, 열림 혹은 닫힘 등 대립하는

1 원어는 élan으로, 이 élan이라는 단어는 원래 〈충동〉, 〈열정〉 등의 뜻을 가지나 프랑스 철학자 베르그송은 〈생의 약동élan vital〉이라는 개념으로 새로운 의미를 부여했다. 즉 스스로 진화하고 발전해 가려는 생명체의 역동적 힘을 뜻한다.

두 항 중에서 하나를 선택하는 식이다. 좋게 끝나든지 나쁘게 끝난다. 나는 좋게 끝나기를 바란다. 내 책이 좋게 끝나고 내 삶이 좋게 끝나기를 바란다. 나는 그렇게 되리라고 생각한다. 그러리라고 믿는다. 밤이 되었다. 비가 온다. 비가 많이 온다. 난 불을 켜놓지 않았다. 커튼을 내리지 않고 채광창을, 채광창 틀이 이루는 검은 사각형을, 줄줄 흘러내리는 타르 같은 사각형을 바라보고 있다. 갑자기 우산을 쓴 남자 하나가 이 사각형 안에 나타난다. 그는 오른쪽으로도, 왼쪽으로도, 정면으로도 다가오지 않았다. 그냥 그렇게 거기에 불쑥 나타나서는 유리창을 두드린다. 모든 교류가 금지된 여기에서 이것은 완전히 규칙 위반이다. 내 평정한 마음이 곧바로 무너져 내린다. 문을 열어 주러 가면서 나는 벌써부터 〈뭔가 끔찍한 일이 일어난 거야〉라고 생각한다. 나는 남자에게 묻는다. 「무슨 일이죠?」〈좀 와주셔야겠어요〉라고 그가 대답한다. 자원봉사자 중의 하나인 그는 이런 종류의 상황에 익숙하지 않은 듯하다. 불필요한 대화가 다시 한번 이어진다. 나는 무슨 일이냐고 묻고, 그는 가면 설명해 줄 거라고 대답한다. 신발을 신고 파카를 걸친 나는 그가 기다리고 있는 바깥으로 나간다. 우리가 중앙 건물 쪽으로 걷는 동안 그는 배려심을 발휘하여 내게 우산을 씌워 준다. 머릿속에 온갖 생각이 떠오르고, 나는 누가 죽었을까 자문해 본다. 누구의 죽음이 내 삶을 가장 처참하게 파괴할까 자문해 본다. 니콜라 삼촌의 아내 카트린에게서 받았던 전화가 생각난다. 그녀는 그들의 아들 프랑수아가 자살했다고 알려 주었는데, 그녀가 이 말을 하는 순간 같은 방에서 그녀 옆에 있다가 이 말을 듣고 견딜 수가 없어진 니콜라 삼촌이 울부짖는 소리가 들렸다. 잠시 후면 내가 그렇게 울부짖게 되리라. 내 삶은 허물어져 내리고, 그 터무니없는 평온함과 경이로움의 꿈 속에서 상상했던 것과는 전혀 다른 무언가가 되리라. 우리는 건물을 에둘러 간다. 봉사자는 건물의 옆문 앞에서 우산을 접고는 여러 번 세심하게 흔들어 빗물을 턴다. 그런 다음 어두운 복도를 앞장서서 걸어가서는 나를 어느 조그만 응접실에 들어가게 한다. 물건들이 어지러이 쌓여 있는 그 방은 농가를 민박집으로 개조한 농부들이 개인적으로 사용하기 위해 남겨 둔, 궤짝들로 가득한 방 같은 분위기이다. 이곳은 무대의 뒤편, 가면들이 떨어져 내리는 장소이다. 이제 〈고귀한 침묵〉은 끝났고, 우스꽝스러운 짓들도 끝났고, 웃음도 끝났다. 창문 앞에 트레이닝 팬츠에 플리스 재킷 차림을 한 남자가 서 있다. 키가 크고 깡마른 체구에 울대뼈가 불룩 튀어나온 그는 항상 파란 모포를 두르고 단 위에 정좌하고는 우리가 명상하는 것을 조용히 지켜보는 모습으로밖에 보지 못했던 바로 그 친구이다. 나는 이 빌어먹을 인간이 직접 내 방에 와서 무슨 일인지 알려 주면 될 텐데 왜 그러지 않고서 무슨 일인지 말해 줄 수 없는 이 똘마니를 보냈나 하는 생각이 든다. 나는 무슨 일이냐고, 무슨 일이 있었냐고 묻는다. 「걱정 마세요.」 그가 대답한다. 「선생님 가족분이나, 선생님과 아주 가까운

분은 아니에요. 하지만 지난 며칠 동안 우리 나라에 중대한 사건이 일어났다는 사실을 아셨으면 해서요.」

모르방의 밤

결국은 택시 기사가 더 자세하게 알려 주었다. 깡마른 꺽다리의 설명은 마치 얼버무리는 것처럼 애매했는데, 그것은 나를 배려하기 위해서였다기보다는 그 자신이 사정을 잘 모르고 이 일에 대한 호기심도 별로 없었기 때문이었을 것이다. 그는 쪽지에다 나에게 전해야 할 두 가지를 적어 놓았다. 먼저 『샤를리 에브도』라고, 이 제호를 잊지 않기 위해 굳이 이런 메모까지 필요한 듯이 써놓았고, 조금 아래에다는 베르나르…… 마리…… 낯선 이름이라서 그런지 모르겠지만, 그는 자기가 써놓은 것을 더듬거리며 읽었다. 여기서 나는 솔직하게 말할 거고, 여러분은 이런 나를 이해해 주리라 믿는다. 나는 어떤 테러 사건으로 사망한 사람은 베르나르이고, 나와 아주 가까운 사람이나 내 자녀 중 하나는 아니라는 사실에 깊은 안도감을 느꼈다. 꺽다리가 ― 내 추측으로는 ― 자기 방석으로 돌아가고 있을 때, 자원봉사자는 마지막 파리행 기차가 몇 시에 있는지를 확인하고는 나를 라로슈미젠까지 데려다줄 택시를 전화로 불러 주었다. 택시는 45분 동안 새카만 어둠 속을 달렸다. 마을들에도 불이 다 꺼졌고, 도로에도 가로

등이 없었고, 맞은편에서 달려오는 자동차 불빛 하나 보이지 않았다. 여기 올 때 길을 역방향으로 왔기 때문에 지금 우리가 숲들을 가로지르고 연못들 옆을 달린다는 사실은 알았지만, 아무것도 보이지 않았다. 모든 게 어둠에 잠겨 있었다. 마치 어떤 천재지변으로 지역 전체가 정전이 되어 좀비로 변한 농부들이 언제라도 우리에게 달려들 것만 같았다. 나는 택시 기사 옆의 조수석에 앉아 있었다. 기사는 비대한 체격에 콧수염을 길렀으며 머리가 매우 명석한 내 또래의 남자로 끊임없이 말을 했고, 그 덕분에 나는 카뷔와 볼랭스키가 사망했다는 사실을 알게 되었다. 카뷔와 볼랭스키라니! 에마뉘엘 기엔과 함께 『샤를리 에브도』를 읽던 내 소년 시절의 일부였던 카뷔와 볼랭스키! 마치 소년 시절의 친구들과 소식이 끊겼듯, 에마뉘엘 기엔과 소식이 끊겼듯, 내게서 멀어졌던 카뷔와 볼랭스키! 나는 이 카뷔와 볼랭스키가 이슬람 테러리스트들에게 살해되었다는 것과 두 사람 다 나이가 여든이 넘었다는 사실을 알게 되었는데, 이 둘 중에서 어느 게 더 경악스러웠는지는 모르겠다. 경악스럽다고까지는 할 수 없겠지만 놀라웠던 또 다른 사실은, 이 모르방의 택시 기사가 카뷔와 볼랭스키뿐 아니라 나로서는 그 존재를 알게 됨과 동시에 사망했다는 소식을 듣게 된 다른 만평가들에 대해 너무나 친숙한 사람처럼 얘기한다는 것이었다. 그 역시 나흘 전만 해도 이들을 알지 못했고 심지어는 『샤를리 에브도』라는 제호조차 몰랐다. 하지만 그는 마치 이 신문을 평생 읽어 온 사람 같았고, 어린 시절부터 매주 그를 위해 따로 보관해 놓은 이 주간지를 사러 라로슈미젠역의 가두 판매점을 찾아가던 사람 같았다. 그리고 그는 베르나르 마리도 알고 있었다. 내가 택시에 탄 이후로 그가 라디오 트는 것을 보지 못했는데 어떻게 그렇게 많은 것을 아느냐고 막 물으려 하는데, 그는 아주 친절하게도 라디오를 틀어서 한번 들어 보자고 제안했다. 그리고 버튼을 돌렸는데, 그동안 이 엄청난 사건은 한층 확대되어 있었다. 프랑스 전역에서 수백만의 군중이 시위를 벌이고 있었고, 44개국의 외국 원수들이 날아와 국장(國葬)에 참석할 예정이란다……. 모두가, 정말로 프랑스 국민 모두가 무슨 일이 일어났는지 알고 있었건만, 한 시간 전까지만 해도 나도 속해 있던 1백여 명의 사람들만 모르고 있었다. 택시 기사는 이런 나의 무지에 그다지 놀라지 않았다. 그는 이따금 비파사나 센터에 가는 사람을 태우곤 했는데, 내 생각과는 달리 그들의 이상한 수련에 대해 경계하거나 비웃는 태도를 보이지는 않았다. 그는 명상이 뭔지 알고 있었다. 적어도 이 주제에 대해 인터뷰하면서 이 책을 쓸 생각을 하게 만든 그 상냥한 기자보다는 많이 알고 있었고, 나는 그가 언젠가는 샤르브나 티뉴스[2]에 대해 말하는 것만큼이나 파탄잘리에 대해서도 호의적으로 말할 수 있겠다고 생각했다. 어쨌든 내가 미국의 9.11사태에 버금가는 일이 우리 주위에

---

2 샤르브와 티뉴스는 프랑스의 유명한 만평가들로, 둘 다 『샤를리 에브도』 테러 사건 때 희생되었다.

서 일어나고 있다는 것도 모르고서 며칠 동안 방석에만 붙어 있었다는 사실이 내가 생각해도 웃긴다고 한탄하자, 기사는 잠시 생각해 보더니 현명하게도 다음과 같이 대답했고, 이렇게 말해 준 것에 대해 난 지금까지도 고마움을 느낀다. 「만일 아셨다 해도, 달라질 게 뭐가 있었겠어요?」

엘렌과 베르나르

난 앞에서 대부분의 문장을 〈나〉가 아닌 〈너〉로 시작하는 내 친구 엘렌 F.에 대해 얘기한 바 있다. 그녀는 개인의 행복과 자기 계발을 전문으로 하는 한 잡지사에서 일한다. 가장 불운한 일도 발전하고 더 나은 존재가 될 수 있는 기회이므로 사실은 아주 좋은 것이라는, 삶에 대한 긍정적인 시각을 전하는 이 잡지에는 요가와 명상과 이른바 〈마음 챙김〉[3]에 대한 글들이 많다. 나는 엘렌 F.가 자신의 일과 자신의 직업과 자신이 다루는 주제들에 대해 얘기하는

---

3 팔리어의 〈사티〉를 번역한 것으로, 〈알아차림〉, 〈주의 집중〉 등의 역어가 존재하나, 각묵 스님이 2003년경에 제안한 〈마음 챙김〉이 일반적으로 사용되고 있다. 영어 역어는 mindfulness고 프랑스어 역어는 de pleine conscience인 이 개념은 비파사나처럼 자신의 마음에 일어나는 모든 것을 관조하되 거기에 반응하지 않는 것을 뜻한다. 최근에는 정신 의학적 효과가 인정되어 많은 심리 상담가와 의사가 추천하는 방법이기도 하다.

방식이 좋은데, 그녀는 이런 것들을 매우 진지하면서도 유머러스하게 얘기하는 것이다. 그녀는 이 잡지의 글들에 약간 우스꽝스러운 측면이 있음은 잘 알고 있지만 이것들을 떠받치는 세계관 자체는 옳다고 생각하며, 난 그녀의 이런 생각에 전적으로 동의한다. 이런 열린 정신 덕분에 그녀는 누군가가 힘든 일을 겪고 있을 때 소중한 친구가 되어 준다. 그녀는 상대의 말에 귀를 기울이고, 늘 올바르고도 시의적절한 무언가를 말해 주는 것이다. 2년 전에는 그녀 자신이 이혼이라는 아주 힘든 일을 겪었다. 그녀는 매우 올곧고도 현실적이고 긍정적인 태도로 그 일을 거쳤다. 그녀가 나이 마흔에 자기 삶에서 사랑은 끝났다고 생각하지는 않았겠지만(이런 멜로드라마는 전혀 그녀의 장르가 아니다) 다시 누군가를 사랑하고 싶은 마음과 힘을 갖기 위해서는 많은 시간이 필요하리라고 생각했다. 그런데 사랑 같은 것은 별로 어울리지 않는다고 생각하던 바로 그 시기에 그녀는 사랑에 빠졌다. 그녀 말로는 사랑이 자신을 〈급습〉했단다. 그녀는 느닷없이 사랑에 빠진 그 남자에 대해 우리에게 많이 얘기해 주었다. 사실 이제는 입만 열면 그 남자 얘기뿐이었지만 그의 이름이 무엇인지, 직업은 무엇인지, 또 어떤 세계에 속한 사람인지 밝히지 않았는데, 세상에 꽤 알려진 인물인 그 남자는 유부남은 아니지만 최근에 상처(喪妻)한 터였고, 그와의 관계가 당시로서는 은밀한 것이었기 때문이다. 이러한 제약은 엘렌 F.에게는 조금도 문제가 되지 않았으니, 새로 알게 된 사람에게 〈그가 무슨 일을 하는지〉를 절대로 묻지 않는 게 그녀의 원칙이기 때문이었다. 그런 것은 묻지 않아도 금방 알게 되는 법이며, 그녀는 〈그들이 어떤 사람인지〉에 더 관심이 많았다. 이렇게 사회적인 측면은 감춰 둔 상태에서, 그녀는 처음 만난 날부터 두 사람의 삶을 완전히 바꿔 놓았다는 황홀한 데이트에 대해서만 얘기했다. 그러면서 그녀는 진부한 말들을 늘어놓았는데, 내가 느끼기로는 이게 오히려 그녀의 사랑이 진정한 것이라는 증거였다. 〈우리는 서로를 위해 만들어진 것 같아……. 난 항상 그를 생각하고, 그도 항상 날 생각할 거야……. 우리는 서로 너무 잘 맞아……. 그런데 말이야, 난 태어나서 처음으로 사랑에 빠진 느낌이야…….〉 이런 만남은 우리의 인생 가운데서 일어날 수 있는 가장 좋은 일이다. 많은 사람들이 사는 동안 이런 사랑을 한 번도 체험하지 못하며, 이런 사랑을 체험한 사람은, 나는 그게 몇 퍼센트나 되는지 모르지만 대략 20퍼센트라고 한다면(이 수치는 전체 시간 중 우리의 뇌가 현재로 향해 있다는 20퍼센트만큼 자의적인 수치이다), 이 20퍼센트에 속하는 사람들은 이 세상에서 진정으로 행복한 유일한 사람들이다. 만일 삶이 우리에게 이런 은총을 허락한다면 그것을 꽉 붙잡고 놓지 말아야 한다. 왜냐하면 그것보다 소중한 것은 없으며, 불행히도 혹은 어리석게도 그것을 놓친다면 이 은총이 다시 찾아오는 경우는 거의 없기 때문이다. 그런 실수 후의 삶은 필연적으로 쓰라린 삶, 고약한 삶이 될 수밖에 없는바, 나 개인적으로도 이 일에 대해 할 말이 너무나 많다. 어느 날 저녁, 엘렌 F.는 우리 집 저녁 식사에 베르나르를 데려왔다. 이것은 그들이 함께 한 첫 번째 외출, 그러니까 우리 집도 일종의 〈사교계〉라 할 수 있다면, 첫 번째 사교계 출입이었다. 그들은 처음으로 둘만의 황홀한 데이트를 벗어나 사람들과 함께 저녁 식사를 한 건데, 이 〈사람들〉과의 저녁 시간은 아주 좋았다. 그들을 떠나지 않는 경이로운 감정의 증인이 되고, 그들이 서로를 쳐다보고 서로의 말에 귀를 기울이는 모습을 바라보는 것은 기분 좋은 일이었고, 베르나르와 같은 방에 있는 것 또한 기분 좋은 일이었다. 그에게 사랑에 빠진 것은 아니라 해도 내게 그는 곧바로 너무나 사랑스럽게 느껴졌다. 미국 배우같이 잘생긴 얼굴과 이를 활짝 드러내는 큼지막한 미소의 소유자인 그는 약간의 툴루즈 억양을 사용하는 달변가였지만, 그렇다고 해서 항상 말을 하지는 않았다. 즉 입을 다물 줄도 알았고 그의 침묵은 상대를 편안하게 해주었다. 경제학자요 대학교수인 그는 〈프랑스 앵테르〉 방송에서 아침마다 하는 시사평론으로 대중에게도 알려진 인물이었다. 나는 그 방송을 가끔 듣곤 했고, 그가 나로서는 아무것도 이해하지 못하는 경제학을 설명해 줄 때면 언제나 고개를 끄덕였다. 그의 말로는 내가 이해하지 못하는 것은 당연한 일인바, 경제학이란 바로 이것, 즉 부자들을 위해 모든 것을 혼란스럽게 만들어 대중이 이해하지 못하도록 하기 위함이라는 거였다. 그는 자유주의 경향의 언론인 도미니크 쇠와 주

기적으로 논쟁을 벌였고, 이 논쟁 가운데서 〈빨갱이〉로 몰
리곤 했는데, 그가 ATTAC⁴의 지휘부뿐 아니라 방크 드
프랑스⁵의 경영진에도 속했다는 점에서 좀 재미있는 〈빨
갱이〉라 할 수 있었다. 나는 점차로 그에게서 이런 측면을
발견하게 되었고 그게 마음에 들었다. 그는 양쪽 진영, 양
쪽 계급에 한 발씩 담그고 최대한 다양한 영역을 섭렵하기
를 좋아했던 것이다. 툴루즈의 무정부주의자 그룹 출신인
그는 한 학술회 회원의 딸과 결혼했다. 그는 파리 16구에
있는 학술원 회원 딸의 커다란 아파트에서 살면서 『샤를
리 에브도』의 입이 거친 무리들과 교류했다. 그는 이 신문
에다 경제에 관련된 글을 썼지만 문학에 대한 글을 쓰는
횟수도 갈수록 많아졌다. 문학은 그가 가장 좋아한 분야
였고 우리가 함께 한 대여섯 번의 저녁 식사 중에 주로 얘
기한 것도 이 문학이었다. 우리는 서두르지 않았다. 아직
시간이 많았기 때문에 우리는 아주 천천히 친구가 되어 가
고 있었다.

---

4 L'Association pour la taxation des transactions financières et pour
l'action citoyenne. 자본 이동에 대한 조세 부과를 위한 시민운동 협회로, 환
투기 자본에 대한 조세 부과를 주장하는 국제 시민 단체다. 1997년 12월 이그
나시오 라모네트가 『르 몽드 디플로마티크』 지면에 토빈세 도입을 공론화
했다.
5 Banque de France. 프랑스 중앙은행.

불가항력

수행 중일 때는 아무리 가까운 사람일지라도 불가항력적인 경우에만 접촉할 수 있다는 게 비파사나 수련원의 규칙이다. 테러 사건은 끔찍한 일이고 베르나르의 죽음도 끔찍한 일이었지만, 여기에 대해 내가 할 수 있는 일은 아무것도 없었다. 더구나 그는 가까운 친구가 아니었고, 모르방의 택시 기사가 말했듯 내가 그 사건에 대해 알든 모르든 혹은 파리에 있든 없든 달라질 것은 없었다. 따라서 이것은 요가 센터가 말하는 불가항력적인 경우가 아니었다. 상황이 변한 것은, 모르방의 택시 기사처럼 그 존재조차 모르고 있던 소규모 풍자지의 편집자들을 애도하기 위해 4백만의 프랑스 국민이 거리로 쏟아져 나온 2015년 1월 11일, 베르나르와 가까웠던 사람들이 그의 장례식을 준비하기 시작했을 때였다. 장례식은 베르나르가 태어난 툴루즈 인근 마을에서 15일에 거행하기로 되어 있었다. 엘렌 F.는 베르나르와 사귄 지 2년도 안 되었기 때문에 공식적인 가족이 있는 장례식에서 자신이 할 수 있는 역할은 별로 없을 것이라 생각했지만, 그녀가 원한 것은 다른 것이었다. 그녀는 장례식에서 베르나르의 문학에 대한 사랑이 언급되기를 원했다. 구체적으로 말하자면 베르나르가 좋아했고 베르나르를 좋아했던 어느 작가가 그에 대해 발언해 주기를 바랐다. 이를 위한 이상적인 작가는 미셸 우엘베크일 것으로, 베르나르는 그에 대한 책도 한 권 썼고

친교도 맺어 온 터였다. 하지만 이때 우엘베크는 다시 한 번 거센 풍파에 휩쓸려 있었다. 그의 신간 『복종』은 온 국민이 이슬람으로 개종한 가상의 프랑스를 묘사하고 있다. 엘렌 F.와 베르나르와 나는 출간 전에 이 책을 읽었고, 셋 다 여기에 대한 글을 한 편씩 써서 엘렌 F.는 『프시콜로지 마가진』에, 베르나르는 『샤를리 에브도』에, 나는 『르 몽드』에 각각 싣기로 되어 있었다. 그리고 테러 사건이 일어나기 열흘 전, 그러니까 우리가 마지막으로 저녁 식사를 같이 했을 때, 그것은 우리가 나눈 대화의 중심 주제였다. 내 기사의 어조는 열광적이었는데, 엘렌 F.가 지적하기를, 내가 사실 그렇게 열광적이지 않다 해도 우엘베크를 질투하는 것처럼 보이지 않으려면 1백 퍼센트 호의적으로 쓸 수밖에 없다는 거였다. 솔직히 말해서 그런 감정이 전혀 없지는 않았고, 그다지 명예롭지 못한 이런 점을 담담하게 시인할 수 있게 해주는 것이 명상의 유익한 점 중의 하나라고 우리는 결론을 내렸었다. 『복종』은 1월 7일에 출간되었다. 아침부터 프랑스의 모든 서점에 이 책만 깔려 있었고 미디어에서는 온통 이 책 얘기뿐이었던 그 1월 7일, 오전 11시 20분에 복면을 뒤집어쓰고 칼라시니코프 소총으로 무장한 두 남자가 니콜라아페르가에 쓸쓸히 서 있는 조그만 현대식 건물 2층의 『샤를리 에브도』 편집실에 난입하여 열두 명을 살해하고 다섯 명에게 중상을 입힌 그 1월 7일에 말이다. 세상에는 『복종』을 하나의 도발로 여기는 사람들이 당연히 존재했고 이 테러는 이 도발에 대한 응답이었다. 우엘베크는 다시 한번 경찰의 보호를 받는 신세가 되었고, 출판사는 작가가 책의 판촉 행사를 취소하고 시골에서 휴식을 취하기로 했다고 발표했다. 나는 베르나르의 친구 작가 리스트에서 두 번째 위치에 있었다. 이제 상황은 명확해져 불가항력적인 경우가 성립되었다. 나는 뭔가 도움을 줄 수 있는 위치에 있었고 그렇기에 사람들은 나를 데려가기로 결정한 것이다. 이는 결코 사소한 일이 아니었다. 울대뼈가 불룩 튀어나온 남자는 우리가 첫날 들었던 설명을 짜증스러울 정도로 차분한 어조로 반복했다. 비파사나는 마음 깊은 곳에서 이뤄지는 외과 수술 같은 것이라서 이것을 도중에 중단하면 아주 위험해요. 그리고 수행을 중단하는 게 과연 옳은 일인가요? 그게 그렇게나 심각한 일인가요? 살해당한 친구가 그렇게나 가까운 사람인가요? 장례식에서 다른 사람이 당신을 대신하면 안 되나요? 이렇게 질문하는 그는 마치 『샤를리 에브도』 테러 사건에 대해 듣지 못하고 시리아나 가자 지구에서 일어난 어떤 불행한 사건에 대해 얘기하는 사람 같았다. 아이들이 포함된 50여 명의 민간인이 미사일 폭격으로 살해된 일은 물론 끔찍하긴 하지만 그렇다고 해서 삶을 멈출 수는 없잖아요? 이런 일이 있을 때마다 멈춘다면 삶은 계속 멈추지 않겠어요? 일반적으로는 우리의 삶이, 그리고 특별히는 명상 수련이, 이 세상에 어떤 재앙이 일어날 때마다 멈춰야 한다면 이것들은 항상 멈추게 되리라는 것, 이는 부인할 수 없는 진실이었다. 이는 부인할 수 없는 진실이요 상식적인 얘기지만, 그럼에도 나는 그 아유르베다 수행자들을 떠올리지 않을 수 없었다.

아유르베다 수행자

정확히 10년 하고도 7일 전, 나는 지진 해일로 파괴된 스리랑카의 한 해안 마을에서 가족과 함께 성탄절 휴가를 보내고 있었다. 난 이 모든 일을 다른 책에서 이야기했으며,[6] 여기에서는 이 재난 중에 있었던 코믹하기까지 한 디테일을 하나 언급하고자 한다. 우리가 체류하던 호텔의 한쪽 동(棟)은 요가 및 아유르베다 치유 수련회를 위해서 온 어느 독일계 스위스인 그룹이 차지하고 있었다. 그들은 별관에 있는 홀에서 수행했고, 식사도 자기네끼리 따로 했으며, 모습을 보이는 일도 드물었다. 흰 가운을 걸치고 도무지 정체를 알 수 없는 일종의 비닐 위생모 같은 것을 쓰고 다니는 모습이 가끔 눈에 띌 뿐이었다. 또 그들이 만트라를 읊조리는 소리가 멀리서 들려오곤 했다. 해일이 밀려와 모든 것을 쓸어 가고 수천 명의 사람들이 죽거나 실종되었을 때, 언덕 위에 위치한 덕에 무사했던 우리 호텔은 이재민 대피소로, 긴급 구호 센터로, 심리적 지원을 위한 공간으로, 메뒤즈호의 뗏목[7]으로 바뀌었다. 아무 데

6 『나 아닌 다른 삶』(2009). 한국에서는 2011년에 번역 출간되었다.
7 「메뒤즈호의 뗏목」은 프랑스 낭만주의 회화의 천재 화가 테오도르 제

도 갈 곳 없는 사람들이 거기로 몰려들었다. 우리는 특별히 어떤 젊은 프랑스 부부와 연결되었다. 네 살밖에 안 되는 어린 딸을 잃은 부부는 아이의 시신을 찾기 위해, 도대체 어떻게 처리해야 할지 알 수 없는 시체들이 쌓여 가는 해안 지역의 영안실들을 뒤지고 다녔다. 우리는 있는 힘껏 그들을 도왔고, 그렇게 한 사람은 단언컨대 우리만이 아니었다. 우리처럼 재난을 모면한 사람들은 모두가 자신만큼 운이 좋지는 못했던 이들을 최선을 다해 보살폈다. 모두가 도왔고, 모두가 가진 것을 내주었으며, 모두가 할 수 있는 일을 했다. 그것은 아름답기까지 한 광경, 인간의 본성에 대한 믿음을 다시 안겨 주는 모습이었다. 그렇지만 오직 아유르베다 수행자들만은 예외였다. 그들은 마치 아무 일도 일어나지 않았다는 듯이, 그들 주위에서 아무 일도 일어나지 않고 있는 듯이 온종일 자신의 몸과 마음을 돌보는 일만 계속했다. 여전히 그 괴상한 가운과 비닐 위생모를 뒤집어쓴 그들이, 아마도 이 모든 상황을 명확히 의식하면서 느릿하게 걷고 있는 모습이 저쪽에서 보였다. 현재 순간의 힘과 연민의 아름다움을 노래하는 그들의 만트라가 열대의 미풍에 계속 실려 오고 있었던 것이다.

리코(1791~1824)의 걸작으로 널리 알려져 있지만, 사실은 실제로 일어난 사건이었다. 1816년 프랑스 군함 메뒤즈호가 난파하여 무능한 귀족 선장과 일부 승객은 구명보트를 타고 탈출했지만, 나머지 승객과 선원은 뗏목을 만들어 탈 수밖에 없었다. 모두 149명이었던 이들은 기아, 질병, 폭동, 살인, 식인이 난무하는 생지옥 같은 뗏목 위에서 식량과 물도 없이 13일 동안 표류했고, 구조 시에는 열세 명밖에 남지 않았다고 한다.

러시아 포주의 외투

다음 날 아침 내가 집에 찾아갔을 때, 엘렌 F.는 차분하고도 침착했다. 난 그녀를 포옹해 주었는데, 나중에 그녀가 말한 바에 의하면 이때 나도 차분하고 침착했다고 한다. 우리는 앉아서 얘기를 나눴다. 그것은 단지 친구 사이의 대화인 것만이 아니라 작업을 위한 대화이기도 하여 둘다 한결 얘기하기가 편했다. 그녀는 내가 베르나르의 장례식을 위한 최선의 추도문을 쓸 수 있게끔 도와주어야 했다. 나는 지금은 기억이 나지 않는 어느 도서전에서 얻었고, 그 위에 〈inspiration〉이라고 새겨진 몰스킨 타입의 예쁜 검정색 수첩에 메모를 했다. 나는 이 제목이 재미있게 느껴졌는데, 그것은 이 수첩을 아침마다 성당 앞 카페에서 『파탄잘리』에 관한 메모를 하는 데 주로 사용했고, 당시 이 요가에 대한 책의 제목으로 〈expiration〉[8]을 생각하고 있었기 때문이다. 나는 이 사실을 엘렌 F.에게 얘기해 주었는데, 내가 너무 과장하는지는 모르겠지만 그녀도 재미있다고 생각했고, 내가 질문할 필요도 없이 베르나르와 사랑을 나눴던 두 해 동안의 추억들과 그가 죽고 난 후 닷새 동안의 기억 사이를 왕복하기 시작했다(이따금 이 두 시간대가 기이하게 연결되곤 했다). 그녀가 내게 첫 번째로 말한 것은 — 어쨌든 내가 메모한 바에 의하면 — 그들

---

8 inspiration에는 〈영감〉 혹은 〈들숨〉이라는 뜻이 있고, expiration에는 〈날숨〉이라는 뜻이 있다.

이 마지막 밤을 함께 보내지 않았다는 사실이었다. 베르나르는 아직 아송프시옹가의 아파트에, 그러니까 그가 죽은 아내 실비와 함께 살았고 엘렌은 당연히 끔찍이 싫어했던 그 커다란 고급 아파트에 살고 있었다. 반면 그는 우리 집에서 그리 멀지 않은 파리 9구 벨퐁가에 있는 엘렌의 집을 편안하게 느꼈다. 적어도 그가 말한 바에 따르면 그는 기꺼이 거기로 거처를 옮기고 싶었다. 하지만 엘렌 F.는 애들 아버지와 헤어진 후 자신과 아이들을 위해 임대했기에 성인 남자, 특히 짐이 조그만 트렁크 하나에 들어가지 않는 베르나르 같은 남자는 전혀 계산에 넣지 않았던 이방 세 칸짜리 아파트에 어떻게 그를 받아들여야 할지 알 수 없었다. 그는 급진 좌파이긴 했지만 가진 게 많은 사람이었다. 책도 많았고 옷도 많았다. 예를 들면 그가 처음 우리 집에 저녁 식사를 하러 왔을 때 입은, 마치 러시아 포주처럼 보인다고 엘렌 F.가 짓궂게 놀리곤 하던 그 값비싼 맥 더글러스 모피 외투 같은 옷들 말이다. 그는 테러가 일어난 날에도 이 옷을 입고 있었지만, 테러 발생 몇 시간 후 그의 시신이 옮겨진 법의학 센터에서는 더 이상 입고 있지 않았다. 엘렌은 그 옷이 어디로 갔는지 궁금했다. 그가 아직 그 옷을 입고 있었으면, 그 옷이 그를 따뜻하게 해주었으면 하는 마음에서였다. 아마도 그 외투는 『샤를리 에브도』사무실의 외투 걸이에 걸려 있었을 거고, 경찰이 그곳을 봉쇄한 후 거기에 오랫동안 있었을 것이다. 베르나르는 멋진 옷들을 좋아했고 미식과 회식을 즐겼다. 그는 사

람들과 애기하기를 좋아했고 실없는 농담도 좋아했다. 그
는 모순적인 것들을 좋아했고 자신의 모순들도 떳떳하게
생각했다. 그는 홀아비가 되고 암으로 몸이 망가져 더 이
상 삶에서 별다른 것을 기대할 수 없게 되었을 때, 자신보
다도 서른 살이나 연하인 이 예쁘고도 영리한 금발의 여인
이 자신이 그녀를 사랑하는 것만큼이나 자신을 사랑하는
것이 좋았다. 그는 아침마다 자신들이 서로를 사랑한다는
사실을 생각하며 잠에서 깨어나는 게 좋았고, 침대에서
그녀에게 몸을 돌려 이런 생각을 말해 주는 게 좋았다. 그
는 두 사람 모두 지칠 줄 모르고 그들의 만남과 그들의 관
계에 대해, 그리고 하루아침에 그들의 삶을 너무도 활기
차게 바꿔 놓은 이 사랑에 대해 애기하는 게 좋았다. 전반
적으로 볼 때 — 엘렌은 말했다 — 베르나르는 삶을 사랑
했고 삶도 사랑으로 그에게 보답했지만, 또한 그는 끔찍
이 불안하고 강박적이기도 했다. 그는 살아가며 그러한
속내를 숨겼는데, 사람들은 이를 몰랐지만 엘렌은 알았다.
엘렌은 자신이 그에 대해 모든 것을 알고 있다고 느꼈다. 마
치 그가 죽은 지금 그의 모든 것이, 과거의 그의 모든 것이
오직 자신의 마음속에만 존재하는 것처럼 말이다. 예를 들
어 그가 그의 꿈들을 적어 놓고 각 날짜 앞에 의미를 알 수
없는 신비스러운 숫자를 표시해 놓은 그 수첩을 그녀 말고
누가 알고 있단 말인가? 엘렌, 그녀 혼자만이 이 숫자는 그
에게 남은 살날이라는 사실을 알고 있었다. 그는 2014년
4월 1일에 자신에게 1,825일을 부여했다. 왜 1,825일인

가? 엘렌은 몰랐다. 기묘하게도 그녀는 이 계산을 해본 적이 없었고, 내가 대신 해주었다. 1,825일은 정확히 5년으로, 그는 자신이 2019년 4월 1일에 사망하리라고 생각했던 것이다. 지나치게 낙관적인 추산이었으니, 그는 2015년 1월 7일, 다시 말해서 그가 잡은 날짜보다 1,543일 먼저 죽은 것이다. 이날 아침, 같이 자지 않은 엘렌과 그는 전화로 마지막 대화를 나눴고, 그런 다음 각자의 일과를 위해 집을 나섰다. 그들은 이날 저녁에 만나 그녀의 집에서 같이 잘 계획이었다. 그는 그녀에게 〈자기, 이따가 봐〉라고 말했는데, 그로부터 한 시간 반 후에 그녀의 몸과 마음은 온통 〈그가 정말로 죽었단 말이야?〉라는 질문으로 채워져 있었고, 또 그로부터 세 시간 후에는 〈그가 고통을 느꼈을까?〉라는 생각뿐이었다. 여기에 대답을 하자면 〈아니다〉이니, 머리에 직통으로 총알을 맞으면 고통을 느끼지 못하는 것이다. 법의학 센터에서 그녀는 그의 이마를 두른 흰 천이 무엇인지 이해하지 못했다. 사람들은 그게 총알이 관통한 관자놀이를 감추기 위한 붕대라고 설명해 주었다. 그녀는 그를 다시 보려고 세 번이나 그곳을 찾아갔다. 갈 때마다 그가 한층 작아지고, 영안실 탁자 위에서 점점 더 가냘프고 회색빛이 되어 가고, 점점 알아볼 수 없는 모습이 되어 간다는 인상을 받았다. 1월 10일, 옆방에는 어느 아랍인 가족이 있었고 여자들, 특히 아이들이 요란스레 울어 댔다. 저이들은 쿠아시의 가족이라고 누군가가 나지막이 알려 주었다. 그 전날, GIGN[9]은 사흘 전에 베르나르와 『샤를리 에브도』의 열한 명의 다른 협력자들을 살해한 셰리프 쿠아시와 사이드 쿠아시 형제를 그들이 은신해 있던 파리 근교의 한 인쇄소에서 사살했다. 엘렌은 범죄자들은 자기 가족의 애도를 받을 자격도 없고 살인자와 희생자는 서로 다른 두 인류에 속한다고 생각하는 부류는 아니었다. 하지만 쿠아시 형제의 시신이 베르나르의 시신에서 불과 몇 미터 떨어진 곳에 놓여 있다는 사실은 아무래도 이상하게 느껴졌다. 나로서는, 만일 내가 베르나르의 장례식에서 쿠아시 형제의 가족에게 연민을 느낀다면, 그게 내 평소 성향이긴 하나 합당한 태도는 아니라는 생각이 들었다. 내 추도문에 필요한 정보를 얻었으므로 나는 자리에서 일어나 외투를 걸쳤는데, 문 앞에 이르러서야 엘렌과 나는 비극이 일어나기 열흘 전 이 아파트에서의 마지막 저녁 식사 때 있었던 어떤 사소한 장면을 거의 동시에 기억하게 되었다. 그날 우리는 꽤나 술을 마셨다. 헤어질 때가 되었을 때 베르나르와 나는 지금 엘렌과 내가 서 있는 바로 이 장소(그러니까 외투들, 특히나 엘렌이 기회가 생길 때마다 짓궂게 놀리곤 하던 그 러시아 포주의 외투가 걸려 있던 조그만 현관방)에서, 우리가 지금까지 해오던 대로 악수를 하는 것이 좋을지 아니면 볼 키스[10]를 하는 게 좋을지에 대해 아주 재미난 얘기를 나눴었다. 우리

9 프랑스 헌병대 소속의 특수 부대로, 대테러 활동을 전문으로 한다.
10 프랑스어로는 비즈bise라고 하며, 입을 맞추는 게 아니라 가볍게 뺨을 두어 번 맞대는 인사법으로, 가족, 연인, 친구 같은 가까운 사람끼리 행한다.

는 남자끼리의 볼 키스가, 그러니까 우리가 어렸던 먼 옛 시절에는 너무나도 우스꽝스럽게 느껴졌던 이 관습이 정확히 언제, 그리고 어떻게 퍼지게 되었는지 궁금해했다. 그러다 결국 우리는 볼 키스를 나눴다.

나는 기운이 빠져 버렸다

　이 키스는 내 추도문의 말미를 장식하게 되었다. 이 글을 쓰느라 힘이 들긴 했지만, 글 자체는 괜찮았다고 생각한다. 어쨌든 엘렌 F.는 기뻐했고 그게 내 목적이었다. 이후 몇 주일간 난 자주 그녀를 만났는데, 그녀가 차분한 데에 놀랐다. 얼굴은 매끈하니 편안해 보였고, 모종의 무중력 상태에 있는 듯한 느낌을 주었다. 그녀는 계속 나지막한 목소리로 죽은 베르나르에게 말을 걸었고 베르나르도 계속 그녀에게 말을 걸었다. 그는 그녀에게 〈자기야, 괜찮아질 거야, 걱정하지 마, 자기야, 괜찮아질 거야〉라고 말했고, 그녀는 나에게 천사 같은 미소를 지어 보이며 부드러운 목소리로 〈난 지금 약간 맛이 가 있어요〉라고 말했다. 엘렌 F.는 대단히 건강한 정신의 소유자이다. 그런 상황에서 자신이 약간 맛이 갔다는 것을 의식하기 위해서는 매우 건강한 정신이 필요하고, 때가 되어 다시 현실로 돌아오기 위해서는 조금 맛이 가 있다는 것을 시인할 필요가 있을 것이다. 그녀는 다시 현실로 돌아왔고 한 남자, 그러니까 나의 가장 오랜 벗 중의 하나인 프랑수아를 만났는데 지금 둘은 사이가 좋다. 논리적으로 볼 때 이 이야기에서 그녀가 다시 등장할 이유는 지금으로서는 없을 것이다(이렇게 말하긴 하지만, 이 이야기에는 내가 예측하지 못한 것들, 바란 적은 더욱 없던 것들이 너무나 많이 나타나고 다시 나타나곤 한다……). 한편 나에 대해 말하자면, 난 요가에 대한 책 프로젝트를 다시 시작했다. 다시 말해서 아직 신선한 상태로 있는 비파사나 수련회의 추억들을 최대한 상세하게 쓰기 시작했다. 계속 읽어 나간다면 알게 되겠지만, 여러분이 지금까지 읽은 것은 나중에 상당한 우여곡절을 거치게 될 그 텍스트의 보다 충실해진 버전이다. 어쨌든 그때 난 이 글을 쓰는 게 쉽지 않았다. 난 내가 무얼 생각하는지, 내가 무슨 이야기를 하는지, 더 정확히 말하자면 이것이 무엇을 이야기하는지 알 수 없었다. 요가 센터에 있을 때 나는 그곳을 나오는 즉시 내 경험을 이야기하리라는 것을 이미 알고 있었다. 그래서 나는 그렇게 하지 않으려고 애를 썼음에도 이 경험을 묘사하는 문장들을 만들면서 자푸에 앉아 있는 시간 대부분을 보냈다. 그런데 어떤 경험을 묘사하는 문장들을 만들 때 어떤 판단이나 의견을 내놓지 않기란 쉽지 않다. 만일 내가 시인이라면 쉬울 수도 있다. 시인은 말을 다른 방식으로 사용한다. 시인은 의미의 개입을 중지시키는바, 시는 명상이라는 비언어적인 경험과 그나마 가장 충돌하지 않는 언어인 것이다. 앙리 미쇼는 이런 언어를 유창하게 구사한다. 불행히도 나는 시인이 아니다. 나의 직업, 나의 재능, 나의 서사, 그리고 모든 상황에 있어서의 나의 질문은 〈이것은 무슨 이야기지?〉로 요약된다. 자신에게 이야기하기를 멈추는 것을 — 이는 명상의 열두 번째 정의일 터인데 — 목표로 삼는 명상에 정확히 상반되는 것이다. 명상의 목표는 나 같은 사람들이 있는 그대로의 일들에 열심히 덮어씌우는 서사와 판단과 논평이라는 두터운 층을 해체하는 것이다. 비파사나 수련회 내내 나는 문장들을 만들 뿐 아니라 내가 이 비파사나 수련회에 대해 어떻게 생각하는지를 자문해 보면서 시간을 보냈다. 이 수련회가 괜찮은 편인가 아니면 나쁜 편인가? 괜찮은 편이라고 할 수 있었다. 하지만 내가 애초에 말하고자 했고, 내 이야기 전체를 지탱해야 하고, 나중에 내 이야기의 독자들이 읽어 내야 할 것은 비파사나 문파의 몇몇 가지 이점 이상의 것으로, 간단히 말해서 명상은 좋다는 것이다. 요가는 좋다는 것이다. 이렇게 말한 사람이 내가 처음은 아니라는 것은 나도 알고 있다. 단지 난 이것을 다른 관점에서, 다시 말해 서점의 자기 계발서 코너가 아닌 다른 코너에서 얘기해 보고 싶었다. 내가 말하고 싶었던 것은 단지 요가와 명상이 우리를 기분 좋게 해준다는 사실만이 아니라, 여가 활동이나 건강 수행법을 훨씬 넘어서는 것, 그러니까 세계와의 관계 맺음이요, 깨달음의 길이요, 우리의 삶에서 중심 위치를 차지할 만한 가치가 있는 하나의 현실 접근 방식이라는 사실이었다. 자, 이게 바로 내가 이 불완전한 경험을 통해 말하고 싶었던 거였다. 그런데 비파사나 센터에서 돌아와서는 이걸 말하기가 쉽지가 않다. 어떻게 말해야 할지 더 이상 모르겠다. 여기에 대해 그렇게 확신이 서지도 않는다. 이제 나는 스리랑카에서 만난 익사한 소녀의 아버지 제롬이 가운과 비닐 위생모의 아유르베다 수행자들과 그들의 무관심과 어리석음에 발끈하며 쏟아 낸 그 격렬한 야유를 생각하지 않을 수 없다. 〈어이 친구들, 괜찮아? 그래 당신들은 마음이 아주 평온해? 그래 참 좋겠다!〉 비파사나 수련회의 수행자들과 관계자들에게 똑같은 비난을 퍼붓는 것은 부당한 일일 터이다. 수련회를 중단하거나, 심지어는 센터 내에 공고한다고 해도 달라지는 점은 아무것도 없었을 것이다. 그런 일이 일어났다고 하여 그때마다 중단하거나 공고한다면 하루 종일 해도 모자랄 것이다. 하지만 말이다, 난 그들에 대해 어떠한 윤리적 비난도 할 생각이 없지만, 이날 파리에서 뿌려진 피와 눈물과 그 조그맣고 초라한 『샤를리 에브도』편집실의 리놀륨 바닥에 뿌려진 ─ 내가 알고 있는 사람들만 말하자면 ─ 베르나르의 뇌수와 산산조각이 나버린 엘렌 F.의 삶, 그리고 다른 한편으로는 자신의 콧구멍 안을 들락거리며 조용히 깨소금을 곁들인 불구르를 씹는 일에만 열중해 있는 명상 수행자들, 이 양쪽의 경험 중의 하나는 간단히 말해서 다른 것보다 더 진실이라는 느낌이 든다. 현실에 속한 모든 것은 정의상 진실이지만, 현실에 대한 어떤 인식은 다른 것보다 더 진실의 농도가 짙다고 할 수 있는데, 가장 낙관적인 것들이 진실의 농도가 더 짙다고 할 수는 없다. 예를 들어 나는 도스토옙스키의 진실의 농도는 달라이 라마의 그것보다 진하다고 생각한다. 요컨대 나는 요가에 대한 기분 좋으면서도 세련된 책을 쓰는 일에 기운이 좀 빠져 버렸다.

별로 호감 가지 않는 고행 승 상가마지 이야기

내가 이런 회의감을 에르베에게 털어놓자 그는 내게 고행 승 상가마지의 이야기를 들려주었다. 『우다나』라는 고대의 중요한 불교 경전에 실려 있는 이 이야기는 최근의 불교 입문서들에서는 찾아볼 수가 없는데, 그 이유가 충분히 이해가 되는 것이 이야기가 너무나 비호감이다. 고행 승 상가마지가 나무 아래에서 명상하고 있다. 그는 속세를 떠나기 전에 어느 여자와 같이 살면서 아이를 하나 낳았다. 그는 보다 높은, 혹은 그가 보다 높다고 생각하는 성취를 위해 처자를 저버린다. 남편이 없어 곤궁해진 아내가 그를 찾아와 도움을 청한다. 그녀는 그에게 굶주려 바짝 마른 어린 아들을 보여 주면서 애원한다. 그는 아무 대꾸도 하지 않고 계속 정좌한 자세로 눈 하나 까딱하지 않는다. 그녀는 다시 애원한다. 그래도 그는 명상을 중단하지 않는다. 결국 그녀는 아이를 땅바닥에다 내려놓으며 〈스님, 얘는 당신 아들이니 스님이 보살피세요〉라고 말하고는 돌아가는 척한다. 그러고는 나무 뒤에 숨어서 고행승과 아이를 지켜본다. 아이는 듣는 이의 가슴이 찢어질 정도로 구슬피 울어 댄다. 고행승은 아이에게 눈길도 주지 않고 손가락 하나 까딱 안 한다. 오로지 명상만 계속한다. 이 모습에 역겨워진 여자는 다시 아이를 안아 들고 총총히 떠나 버린다. 이 이야기에서 가장 이상한 점은 이게 끔찍할 정도로 메마른 마음이나 스리랑카의 아유르베다 수행자들의 그것 같은 비뚤어진 신앙의 예로 제시되지 않았다는 사실이다. 에르베가 말하기를, 부처는 〈얼어붙은 감자의 감정〉을 보여 준 이 고행 승을 단죄하는 대신에 다음과 같이 칭찬했다는 것이다. 〈상가마지는 아내가 왔을 때 조금도 기뻐하지 않았고, 그녀가 떠났을 때에도 조금도 괴로워하지 않았다. 그는 속세의 모든 연(緣)에서 벗어났다. 이런 이를 나는 브라만[11]이라 부른다.〉 여기서 부처는 결코 쉽게 말하는 게 아니니, 측은지심이야말로 불교의 살아 있는 핵심이기 때문이다. 에르베의 결론은 이랬다. 「그렇다면 상가마지의 측은지심은 보다 광대하고 보다 빛나는 차원에서, 우리는 보지 못하지만 부처는 인식하는 보다 은밀하지만 지극히 효율적인 방식으로 발휘되

---

11 브라만은 불교와 인도 철학의 개념으로, 모든 것의 근원이자 무한한 존재이며 절대적인 실재로 여겨진다. 일종의 최고 신(神)이라 할 수 있으며, 부처는 〈모든 존재는 브라만이 되어야 한다〉라고 말하곤 했다.

고 있다고 봐야 하는 걸까?」

젖가슴이에요! 젖가슴!

　나는 비파사나 수련회를 절반밖에 하지 못한 것에 실망
감을 느끼고 있었으므로 몇 달 후에 다시 한번 수련회에
참석하기로 결심했고, 이번에는 끝까지 마쳤다. 흥미로웠
지만 첫 번째 수련회에서 느꼈던 충격과 신비감은 없었다.
이미 방도 알고 있고 복도들도 알고 있어 조금 지루했다.
난 조금 속이기도 했으니, 틈틈이 메모를 한 것이다. 이 두
번째 수련회에서 기억에 남는 것은 하나의 문장인데, 이
것은 〈이 사람들은 머릿속으로 대체 무슨 생각을 하고 있
을까?〉라는 내 의문에 적어도 부분적으로나마 답해 주었
다. 이 이야기는 이 글에서 재미있는 부분 중 마지막 것이
기 때문에(적어도 한동안은 이런 재미있는 얘기가 없을
것이다) 더욱 기꺼이 들려주겠다. 수련회가 열흘째 되는
날, 다시 말해서 마지막 날에 우리는 〈고귀한 침묵〉을 끝
낸다. 여자들과 남자들이 다시 섞인다. 우리는 대화를 나
누고, 웃고, 담배를 피운다. 그리고 서로 인사를 나눈다.
침묵으로 인한 엄숙한 분위기는 사라진다. 후드를 뒤집어
쓰고 목소리도 시선도 없던 좀비들은 저마다 직장과 거주
지와 정치적 견해와 결결하거나 날카로운 웃음을 가진 사
람들로 돌아온다. 감동적인 순간이다. 우리는 자신이 체

험한 것을 다른 이들이 체험한 것과 비교해 본다. 언제 가장 힘들었는지, 언제 침울해졌는지, 언제 완전히 포기할 뻔했는지를 서로 털어놓는다. 나는 비교적 젊은 남자들로 이뤄진 한 작은 그룹에 섞였다. 그들 중 하나는 상인이고, 다른 하나는 와인 제조업자이며, 세 번째 남자는 요식업계에 몸담고 있었다. 정말이지 명상 모임에는 없는 게 없다. 요식업계에서 일한다는 그 젊은 친구는 녹색과 연보라색이 섞인 플리스 재킷 차림이고, 귀걸이를 했고, 강한 베지에[12] 억양이었는데, 어느 순간 이렇게 말했다. 난 참 힘들었어요, 왜냐하면 아무리 호흡에 집중하려 애를 써도 항상 똑같은 게 생각이 났거든요. 오락거리라곤 아무것도 없는 곳에 열흘 내내 갇혀 있으니, 계속, 정말로 계속, 한 가지 생각만 났어요. 그게 뭔지 아세요?

「젖가슴이에요! 젖가슴!」

난 그 친구가 너무 마음에 들었다.

---

12 프랑스 남부 에로주(州)에 있는 도시.

제3부
내 광기의 이야기

은밀한 방

　모르주의 명상 수련회에서 돌아오는 길에 코르나뱅 호텔에서 일어났던 일은 그 한 번으로 끝내는 것이 현명했겠지만, 그러기에는 그 일이 너무나 피차의 마음을 뒤흔들어 놓았다. 나는 나중에 내게 쌍둥이 조각상을 선사하게 될 여자와 헤어지기 전에 합의를 했다. 우리는 둘 다 요가를 수련한다는 사실 외에는 서로에 대해 아무것도 몰랐는데, 더 이상 알려고 하지 않기로. 피차의 삶에 대해 아무 말도 하지 않기로. 다만 정기적으로 어느 지방 도시(내 생각으로는 그녀가 사는 도시는 아닐 거였다)의 어느 호텔에서 만나기로. 그녀에게 남편이나 동반자 혹은 자녀가 있을지 모르겠지만, 나는 그들에 대해 아무것도 몰랐고 그녀의 직업에 대해서도 아무것도 몰랐다. 물론 누군가가 말하는 것을 단 2분만 들어 보면 그 사람의 교양 수준이나 사회적 위치를 꽤 정확히 알아낼 수 있는 게 사실이고, 나로서는 그녀가 청과물 장수보다는 이를테면 변호사 쪽이라고 생각하고 싶었다(좀 아쉬운 일이긴 하지만, 내가 한 사랑들은 한 번도 나 자신의 사회적 계급에서 멀리 벗어나지 않았다). 하지만 나는, 예를 들어 그녀가 샤워를 하는 동안, 그녀의 핸드백 속에서 언뜻 보이는 몰스킨 수첩을 펼쳐 보고 싶은 유혹을 느껴 본 적이 없다. 서로에 대해 아무것도 알지 않겠다는 우리의 약속에 결부된 신비감이 호기심보다 훨씬 강했던 것이다. 한편 그녀는 내가 작가라는 사실을 안다는 것을 암시하는 말을 한마디도 한 적이 없었고, 나는 그녀가 어디 있든 간에 지금 이 순간까지도 이 책의 존재를 모를 가능성이 매우 크다고 생각한다. 난 이 책을 보낼 주소도 없고 그녀의 성(姓)조차도 모른다. 우리 이야기의 증인이라고는 어느 평범한 도시의 으슥한 거리에 있는 평범한 호텔의 프런트 직원뿐이다. 우리는 한 번도 전시회에 같이 가거나 거리를 함께 걸어 볼 생각을 품어 본 적이 없다. 우리는 그저 객실에 들어가 문을 닫고 우리 스스로가 두려워질 정도로 갈수록 격렬해지는 섹스를 하곤 했다. 우리는 이 모든 게 멈추게 될까 봐 두려웠으며, 또 이 모든 게 계속될까 봐 두려웠다. 그리고 우리는 많은 얘기를 나누었다. 서로에 대해 아무것도 모르는 상태에서 과연 어떤 얘기를 나눌 수 있을까? 모든 사회적인 주제와 평범한 주제는 배제되었고, 그 방, 그 침대에서는 오직 우리의 두 육체만이, 그리고, 이런 엄청난 단어를 써

서 미안하지만, 오직 우리의 두 영혼만이 있었다. 내가 그
미지의 여인만큼 내밀하게 안 사람은 없었다. 쌍둥이 조
각상 여인은 삶을 사랑했다. 여기서 〈그녀가 삶을 사랑했
다〉라는 말은 단순히 사람들 대부분이 말하는 그런 뜻이
아니다. 다시 말해서 그녀가 자신의 삶을 사랑하고, 그것을
어떤 아름답고 유쾌한 것들로 채우고 싶어 했다는 뜻이 아
니다. 아니, 그녀가 사랑한 것은 삶 그 자체였다. 거리에 지
나가는 사람들의 삶, 개미들의 삶을 포함한 모든 삶을 사
랑했고, 풀이 자라나는 것을 보며 진정으로 기뻐했다. 나
는 이렇게 사는 것이 어떤 것인지 영원히 모를 터이지만,
이런 재능을 너무나도 자연스럽게 소유한 누군가를 이렇
게나 가까이 알았다는 것만으로도 멋지다고 생각한다. 평
온하고도 경이로운 상태에 도달하려는 그 모든 노력에도
삶의 골들에 숨어 있는 심연, 사람들이 우울증 혹은 광증
이라고 부르는 그 심연을 너무나도 빈번하게 겪어 온 내가
말이다. 어쨌든 이 열정에 흠뻑 빠진 나는 이 우울증과 광
증이 벌써 여기에 잠복해 있다는 사실을 직시하고 싶지 않
았다. 나는 〈여자 둘을 가진 사람은 영혼을 잃고 집 두 채
를 가진 사람은 이성을 잃는다〉라는, 잔인할 정도로 진실
인 속담에 귀를 기울이고 싶지 않았다. 나는 내 이성은 견
고하다고, 사랑과 일과 명상에 의해 내 몸에 단단히 붙어
있다고 믿었다. 나는 이 관계는 아주 잘 제한되어 있기 때
문에 영혼을 잃을 위험이 없을 뿐 아니라, 나는 내 삶을 지
혜롭게 다스리고 있다고 혼자서 뇌까리곤 했다. 위험 요

소들을 지혜롭게 관리해 가고 있다고 말이다. 「뭐? 지혜롭게? 자네, 좀 과장하는 것 아냐? 지금 너무 편하게 생각하는 것 아냐?」 내가 에르베에게, 오직 그에게만 이 관계에 대해 털어놓자 그가 반문했다. 그래, 〈지혜롭게〉는 아닐수도 있겠다. 이 비밀이 유지되고 큰 탈이 나지 않기만 해도 천만다행이었다. 어느 날 밤 우리는 배가 고팠고, 호텔프런트 직원은 그 동네에서 유일하게 열려 있는 레스토랑을 소개해 주었다. 랑트르코트라는 체인점으로, 아주 늦게까지 영업을 하고 감자튀김과 이 집만의 비밀 조리법으로 만드는 소스를 곁들인 등심 요리만을 제공하는 레스토랑이었다. 이 레스토랑에서 그녀는 자기가 곧 가족과 함께 먼 곳에 가서 살게 될 거라고 알려 주었다. 그녀는 처음으로 자기 가족을 언급한 것이었는데, 일부러 애매하게 얘기하여 나는 그녀의 자녀가 몇 명인지, 그들의 나이가 얼마나 되는지 알 수 없었다. 내가 〈아주 멀리〉란 말이 무슨 뜻이냐고 묻자 그녀는 이번에도 아주 애매하게 〈남반구로〉라고 대답했다. 역시 이 레스토랑에서 나는 그녀의 얘기를 듣고서는 우리의 관계가 영원히 — 다시 말해서 우리 둘 중 하나가 죽을 때까지 — 지속되기를 바란다는, 어쩌면 비현실적일 수도 있는 소망을 피력했다. 이 관계가 계속 비밀로 남아 그 울타리를 벗어나지 않는 한 이게 수년, 아니 수십 년 동안 계속되지 못할 이유는 없었다. 쌍둥이 조각상 여인 본인이 말하듯 남반구로 떠난다 해도 조금도 상관이 없으니, 우리 비밀의 방은 계속 존재할 것이기 때문이었다. 그것은 더 이상 프랑스 지방 도시의 이 호텔이 아니라, 뉴질랜드나 남아프리카 공화국이나 태즈메이니아의 어느 모텔에 있을 거였다. 보름에 한 번씩 만나는 것은 더 이상 가능치 않겠지만, 내가 6개월에 한 번씩, 최악의 경우에는 1년에 한 번씩 어떻게 해서든 찾아갈 터인데, 이리 되면 사실 달라지는 점은 아무것도 없을 거였다. 우리 둘만 알고 있고, 우리 둘에게만 속한 남반구의 어느 모텔에서의 이 연례 데이트는 우리 삶에서 가장 소중한 것으로 남아 있을 거였다. 그리고 우리가 마지막 손님으로 남아 있는 랑트르코트 레스토랑에서 이 소망이 피력되었을 때, 우리 둘에게는 이것이 아름답지만 실현 가능성이 없는 몽상 — 이성적으로 생각하면 이게 당연한 결론이었다 — 이 아니라 가능한 어떤 것, 완전히 가능한 어떤 것이라는 점이 곧바로 명백한 사실로 다가왔다. 그리고 단지 완전히 가능한 어떤 것일 뿐만 아니라 앞으로 일어나게 될 어떤 것이었다. 정말로 일어나게 될 어떤 것, 분명히 일어나게 될 어떤 것, 반드시 일어나게 될 어떤 것이었다. 그것은 더 이상 소망이 아니라 확신이었다. 우리는 우리의 등심 요리와 레드와인 잔 너머로 서로를 쳐다보았고, 난 그녀에게 10년 후의 어느 날, 혹은 20년 후의 어느 날 우리는 이 저녁 시간을 회상하며 〈자, 보라고, 이 일은 일어났고, 또 앞으로도 계속될 거야, 그리고 우리 둘 중 하나가 죽을 때에야 끝날 거야〉라고 말할 거라고 장담했다. 내가 이렇게 말하자 그녀는 미소를 지었는데, 웨이터들이 우리가 자리에서 일어나기를 바라는 기색을 점점 노골적으로 비치면서 의자들을 테이블 위에 뒤집어 올려놓는 가운데 그녀가 미소 짓는 것을 보면서 난 갑자기, 그게 어떻게 시작되었는지 자신도 알 수 없었지만, 흐느끼기 시작했다. 그리고 잠시 후에 호텔 객실로 돌아왔을 때 난 그녀에게 이렇게 말했다. 「내가 조금 전에 왜 갑자기 울었는지 알아? 그것은 자기가 떠나기 때문이 아니었어. 그건 해결할 수 있는 문제니까. 그것은 자기가 죽을 거라는 생각이 들었기 때문이야. 자기가 어떤 사고를 당할지도 모른다는 두려움 때문이 아니라 모든 사람들과 마찬가지로 자기도 언젠가는 죽는다는 생각 때문이야. 난 자기가 아주 늦게, 늙어서, 내가 죽은 다음에 죽기를 바라지만, 아무리 늦게 죽는다 해도 어느 날 이 세상은 자기 없이 존재하게 될 거야. 바로 이게 날 울게 했는데, 왜냐하면 난 자기만큼 생생하게 살아 있는 사람을 알지 못하고, 내게 있어서 자기는 삶의 얼굴 그 자체이기 때문이야.」

거짓말을 하지 않는 장소

어쩌면 미신적인 사고일 수도 있겠지만, 나는 바로 이날 밤부터 붕괴가 시작되었다고 생각한다. 쌍둥이 조각상 여인에게 우리는 영원히 사랑할 거라고, 먼 훗날 우리들의 삶을 회상하며 모든 예상과 달리 실현된 이 소망을 떠올리게 될 거라고 단언했을 때 나는 진지한 열정에 휩쓸린 것이기도 했지만, 또한 지독한 오만에 사로잡혀 신들에게 도전한 것이기도 했다. 다시 말해서 나는 합일을 열망하면서 분열과 손을 잡았던 것이다. 그런데 지금 얘기하는 이 붕괴에 대해서는 어떤 것을 말할 수 있을까? 또 어떤 것에 대해 침묵해야 할까? 나는 문학에 대해, 그러니까 내가 실행하는 문학에 대해 하나의 확신이, 오직 하나의 확신이 있으니, 이곳은 거짓말을 하지 않는 장소라는 것이다. 이는 절대적 명령이며 나머지 모든 것은 부수적인바, 난 이 절대적 명령을 항상 지켜 왔다고 생각한다. 내가 쓰는 것은 어쩌면 자아도취적이고 헛된 것일지 모르지만 적어도 나는 거짓말을 하지 않는다. 내 머리에 떠오르는 것, 내가 생각하는 것, 나의 어떠함, 분명 빼길 만한 이유가 없는 이 모든 것들을 루트비히 뵈르네가 요구하듯이 〈위선 없이〉 쓰노라고 나는 담담하게 단언할 수 있으며, 또 천사들의 법정에 서서도 그럴 수 있을 것이다. 하지만 루트비히 뵈르네는 이 모든 것을 〈변질시키지 말고〉 쓸 것을 요구하는데, 난 평소에 그러고 있다고 자부하지만 여기에서는 조금 다르다. 각각의 책은 저마다의 규칙들, 미리 정하는 게 아니라 우리가 써가면서 발견해 가는 규칙들을 요구한다. 난 내가 다른 여러 책들에 대해 한 말, 그러니까 〈이 책의 모든 것은 진실이다〉라는 말을 이 책에 대해서는 할 수 없다. 이 책을 쓰면서 나는 약간 변질시키고, 변환하고, 삭제해야 한다. 특히 삭제해야 하는데, 왜냐하면 나는 나 자신에 대해서는 가장 자랑스럽지 못한 진실들을 포함하여 원하는 모든 것을 쓸 수 있지만 타인에 대해서는 그럴 수 없기 때문이다. 나는 타인에게 속한 권리를 부당하게 행사하고 싶지 않으며, 사실 이 이야기의 주제가 아닌 어떤 병세의 발작에 대해 자세히 얘기하고 싶은 마음도 없기 때문에, 생략을 통한 거짓말을 하고 이 발작이 나에게, 그리고 나 혼자에게만 초래한 심리적 결과들, 심지어는 정신 의학적이기까지 한 결과들을 곧바로 다루기로 하겠다. 왜냐하면 나이가 들면서 더 이상은 일어나지 않으리라고 확신했던 바로 그것들이 내게 일어났기 때문이다. 내가 너무나 조화롭고, 너무나 견고하며, 요가에 대한 기분 좋으면서 세련된 글을 한 편 쓰기에 너무나 적합하다고 믿었던 나의 삶은 사실은 파탄을 향해 치닫고 있었던 것인데, 이 파탄은 암이나 지진 해일, 혹은 아무런 예고 없이 문을 박차고 들어와 칼라시니코프 소총으로 모두를 도살한 쿠아시 형제들 같은 외부의 상황에서 온 게 아니었다. 아니, 그것은 나 자신에게서 왔다. 그것은 그 강력한 자기 파괴적 성향에서 온바, 내가 오만하게도 이제는 치료되었다고 믿었던 이 고약한 성향은 그 어느 때보다도 맹렬하게 발현되어 나를 내 평화로운 울타리 밖으로 영원히 쫓아 버린 것이다.

정신 빈맥증

〈정신 빈맥증tachypsychia〉은 내가 몰랐던 단어이다. 이 단어를 처음 들은 것은 내가 상대한 첫 번째 정신과 의사(내가 지금까지도 고맙게 생각하는 부드럽고 인간적인 남자였다)의 입을 통해서였다. 정신 빈맥증은 잦은맥박tachycardia과 비슷한 것으로, 잦은맥박이 심장 활동에 대한 말이라면 정신 빈맥증은 정신 활동에 관한 것이다. 생각이 불안정하고 두서가 없고 날카롭다. 또 생각이 사방팔방으로 너무 빨리 움직인다. 소용돌이치고 상처를 입힌다. 다름 아닌 브리티인 것인데, 그것도 몇 배로 증폭된 브리티, 브리티의 폭풍, 코카인에 취한 브리티라 할 수 있다. 이것은 내 상태를 아주 잘 묘사한다. 스스로 이것들을 길들이고 평온하고도 경이로운 상태로 순조롭게 나아가고 있다고 믿었던 내가 이 미쳐 날뛰는 생각들에 사로잡힌 것이다. 그것들의 포로가 되어 옴짝달싹 못 한다. 그것들이 날 미치게 한다. 나는 광기를 의미하는 이 단어를 조심스럽게 사용한다. 이어지는 페이지들의 목적은 이것을 검토해 보는 것이다. 성인이 된 이후로 나는 자신이 평균보다 조금 더 신경증 성향이 있는 사람이고 이로 인해 내 삶이 평균보다 조금 더 불행해졌다고 여겼지만 그럼에도 일시적인 안정의 시기를 여러 번 맞았는데, 그중에서 거의 10년이나 지속되어 가장 길었던 기간은 내가 지금 여기서 그 끝부분을 얘기하고 있는 바로 그 시간이다. 사람들은 말한다. 더 이상 행복하지 않게 되었을 때 자신이 행복했다는 사실을 깨닫게 된다고. 나에 관한 한 이 말은 사실이 아니다. 이 10년 내내 나는 자신이 행복하다는 사실을 아주 잘 알고 있었다. 난 그게 기뻤고, 그렇게 해준 신들에게 감사를 드렸다. 또 사랑에게도 감사했고, 나 자신의 지혜에도 감사했으며, 내 능력이 닿는 한 이 행복을 지키고 싶었다. 난 발작이 이어지는 동안에도 계속 행복을 원했지만 또 그 반대의 것도 원했다. 난 진정되는 것만큼이나 파국을 원했고, 끊임없이, 견디기 힘들 정도로 이 양극 사이를 왕복했다. 이런 이유로 난 살면서 뻔질나게 드나들었던 어느 정신 분석가의 상담실이 아니라 처음으로 어느 정신과 의사의 진찰실을 찾게 되었고, 그 부드럽고도 인간적인 의사는 내게 강력한 항정신 질환제뿐 아니라 조울증환자들에게 주는 우울증 조절제까지 — 그렇다고 하여 내가 정신 장애인인 것은 아니라고 안심시켜 주면서 — 처방해 주었다.

제2형

　나이가 거의 예순이 다 되어 평생 이름도 모르는 채로
앓아 온 어떤 병을 진단받게 되면 몹시 혼란스러워진다.
먼저 당사자는 발끈한다. 나 역시 발끈했고, 양극성 장애
란, 이를테면 그 얘기가 나오기 시작하자 수많은 이들이
자신도 걸렸다는 사실을 발견하게 된 〈글루텐 부작용〉처
럼 갑자기 유행을 타서 사람들이 모든 것에다, 아니 아무
것에나 가져다 붙이는 그런 개념들 중의 하나라고 항변했
다. 그러고 난 뒤 당사자는 이 문제에 대해 나름대로 여러
가지 글들을 찾아 읽게 되는데, 자기 삶 전체를 돌아보며
읽고 또 읽으면서 이게 자신의 경우에 들어맞는다고 느끼
게 된다. 들어맞아도 완벽하게 들어맞는다고 느끼게 된
다. 흥분하는 시기와 우울한 시기가 갈마드는 것을 평생
겪어 왔다는 것을 느끼게 된다. 물론 이것은 모든 사람에
게 해당되는 현상인바, 우리의 기분은 항상 변하고 우리
의 삶에는 산과 골짜기가, 맑은 하늘과 먹구름이 있는 것
이다. 하지만 어떤 이들에게는 산들이 평균보다 더 높고
골짜기가 평균보다 더 낮아서 이러한 교번이 병적인 양상
을 띠게 된다. 내가 처음 진단 결과를 들었을 때 맞지 않는
것처럼 느껴진 부분은 1990년대까지 조울증이라고 불렸

던 것의 이른바 〈조증〉 상태에 관한 것이었다. 조증 상태는 길거리에서 홀딱 벗거나 한꺼번에 페라리 자동차 세 대를 사버리거나 아무나 붙잡고서 인류를 제3차 세계 대전에서 구하기 위해서는 구아버를 먹어야 한다고, 그것도 엄청 많이 먹어야 한다고 입에 침을 튀기며 설명하는 것이다. 내가 아는 어떤 남자는 이런 종류의 행동들을 하고 발작이 지나고 나면 자기가 그런 짓을 했다는 사실에 질겁하곤 했다. 양극성 장애 환자의 20퍼센트가 자살을 하는 모양인데(두렵게도 이 통계는 뇌가 현재에 할애하는 시간에 대한 초기암 트룽파의 통계보다 더 신뢰할 만한 것이다) 이 남자도 자살을 했다. 나는 명석하면서도 절망감에 사로잡힌 이 남자를 불쌍하게 여겼지만 내가 그와 같은 병이 있다고 생각한 적은 한 번도 없다. 그래, 우울증이 있는 것은 맞다. 비파사나 설문지를 작성하며 솔직하게 인정했듯이 나는 살아오면서 〈공백기〉라고 부를 수 있는 것 외에도 진짜배기 우울증을, 그러니까 몇 개월간 자리에서 일어나지도 못하고, 삶의 기본적인 일들도 하지 못하고, 무엇보다도 다른 일이 일어날 수 있다고 더 이상 상상하지도 못하는 아주 심각한 우울증을 두 번이나 거쳤다. 언젠가 자신이 나아질 수 있다고 믿지 못하는 것, 이게 바로 우울증의 본질이다. 걱정해 주는 친구들이 〈자넨 여기서 벗어날 수 있어〉라고 말해 주면 당사자는 괴로운 얼굴로 그들을 쳐다보고 심지어는 그런 말을 하는 자들을 원망하기까지 한다. 이 인간들은 너무나 엉뚱한 소리를 하고 있어, 자기가 무슨 말을 하는지도 모르고서 말이야……. 우울증에 걸리면 자신은 거기서 벗어나지 못한다고, 살아서는 도저히 벗어나지 못한다고, 오직 자살을 통해서만 벗어날 수 있다고 생각한다. 하지만 자살하는 경우를 제외한다면 우리는 조만간 우울증에서 벗어나게 되며, 일단 거기에서 벗어나면 걱정해 주는 친구들의 진영으로 들어가서는 그 견딜 수 없는 상태를, 그리고 영원한 것으로 느껴지던 그 비참한 상태를 더 이상 상상하지도 못하게 된다. 젊었을 때 나는 마약 성분이 있는 버섯으로 깊은 환각 상태에 빠진 적이 있다. 그 버섯 때문에 지옥 여행을 했는데, 이 여행의 특징은 끔찍하면서도 결코 끝나지 않는다는 점이다. 나는 그 악몽 속에서도 분명한 정신을 유지하고 있었다. 나는 명료하게 이렇게 생각했다. 〈당황할 필요 없어. 나는 마약을 먹은 거야. 이것은 소화가 되는 동안만 효력이 지속되기 때문에 여덟 시간이나 열 시간 후에는 지나갈 거야. 그러니까 난 그때까지만 견디면 된다고.〉 나는 자신을 안심시키기 위해 이렇게 생각했고 그것은 이성적이면서도 옳은 생각이었다. 하지만 동시에 이런 의문도 들었다. 〈내가 과연 그때까지 버틸 수 있을까? 여덟 시간이나 열 시간 후에도 나는 여전히 살아 있을까?〉 결국 나는 살아서 거기를 빠져나왔는데, 사람들은 일단 산 자들의 세계로 돌아오면 지옥이 별것 아닌 것처럼 말하고 자신이 겪은 끔찍함을 금방 잊어버린다는 사실을 알지만, 이 책에서는 그렇게 하고 싶지 않다. 루이페르디낭 셀린은 이렇게 말했다. 〈무엇보다도 가장 큰 패배는 잊어버리는 것, 특히 당신을 죽게 만든 것을 잊어버리는 것이다.〉 요컨대, 불행한 일이지만 나는 우울증이 무엇인지는 잘 알고 있었다. 하지만 내가 처음 정신과 진찰을 받았을 때 아직 모르고 있던 사실이 있었으니, 그것은 양극성 장애의 정의에 있어서 우울한 침잠 상태의 대립 항이 반드시 극도로 행복한 상태, 다시 말해서 사회적 자살과 종종 생물학적 자살로까지 이어지는 폭발적인 해방감의 상태만을 의미하는 것은 아니며, 정신과 의사들이 〈경조증〉이라고 부르는 증상인 경우도 빈번하다는 것이다. 이 경조증이란 명확히 표현하자면 정도는 덜하지만 조증과 마찬가지로 바보 같은 짓을 하는 것이다. 길거리에서 홀딱 벗는 짓까지 하지는 않지만 내가 최근에 명칭을 알게 된 이 〈정신 빈맥증〉의 노리개가 되는 것이다. 바로 제2형 양극성 장애 환자들인 바, 이들은 반드시 행복감을 느끼는 것은 아니지만 들떠 있고, 때때로 유혹적이고 매력적이고 매우 성적인 모습을 보이며, 겉보기에는 매우 활기차 보이지만 나중에 몹시 후회하게 될 결정들을 이것은 좋은 것이며 나중에 결코 철회하지 않으리라는 확신과 함께 해버리곤 한다. 그러고 나서는 이와는 완전히 반대되는 확신에 사로잡혀 자신이 최악의 짓을 저질렀다는 것을 깨닫고는 그것을 만회하려 애쓰다가 더 나쁜 짓을 하게 된다. 어떤 것과 그 반대의 것을 생각하고 어떤 일을 했다가 그와 반대되는 일을 하는데, 이런 모순적인 생각이나 행동이 정신없이 이어진다. 나같이 자기 분석에 능숙한 사람의 경우에 있어서 더 고약한 것은, 일단 진단이 내려지고 광증의 작동 방식이 확인되고 나면 그런 자신을 알아챌 수 있게 되지만 그런다고 별 도움이 되지는 않는다는 사실이다. 다만 내가 무엇을 생각하고 말하고 행하든 간에, 한 사람 안에 두 존재가 있고 이 둘은 서로 적이기에 난 결코 자신을 신뢰할 수 없다는 것을 깨닫게 될 뿐이다.

양극성 장애 환자를 위한 요가

갑자기 생각들이 솟아나고, 활활 타오르고, 소진되고, 그러다가 다시 더욱 맹렬한 기세로 타오른다. 어떤 생각 하나가 떠오르며 날 흥분시킨다.

그래, 내가 걸린 이 병을 고칠 수는 없지만 묘사할 수는 있어! 그게 내 직업이잖아? 어쨌든 그게 날 항상 구해 주었어. 아, 얼마나 멋진 생각이야! 나는 내 삶을 이 각도에서 이야기할 거야. 심지어는 내가 쓴 책들을 이 각도에서, 다시 말해서 더 이상 문학 작품으로서가 아니라 의학적인 자료로서 다시 읽어 볼 거야……. 이런 각도로 읽어 볼 수 있는 첫 번째 책 『콧수염』은 자신의 콧수염을 면도해 버렸지만 가까운 이들 중 누구도, 특히 그의 아내조차도 이 사실을 알아채지 못한 어떤 남자의 이야기를 들려준다. 처음에는 가벼운 불안감을 느끼지만 이 불안감은 갈수록 커지면서 그의 삶을 악몽으로 만든다. 아내가 나를 미치게 하려 하나? 아니면 나 자신이 미쳐 가고 있는 걸까? 이 두 가설 모두 허점이 있다. 하지만 세 번째 가설이 없으므로 그는 이 가설에서 저 가설로, 또 저 가설에서 이 가설로 정신없이 옮겨 다니는데, 이러한 미친 듯한 정신 빈맥증적 왕복은 그에게 도피 외에, 그리고 결국에는 자살 외에 다른 출구를 남겨 놓지 않는다. 또 나의 최근작『왕국』으로 말할 것 같으면, 이 책의 주인공은 성 바울로인데, 이제 나는 그가 양극성 장애 환자들의 수호성인이라는 사실을 밝혀냈노라 자부할 수 있다. 왜냐하면 그의 회심은 그를 이전의 그와 정반대되는 존재로, 아니 자신도 그리될까 봐 가장 두려워했던 존재로 만들어 버렸기 때문이며, 또 그런 존재로 변한 후에는 다시 이전의 자신으로 돌아가게 될까봐 극도로 불안해하며 남은 생을 보냈기 때문이다. 이러한 정신 의학적 자서전에 대한 나의 새로운 프로젝트와 — 이제는 지나가 버린 시절에 속하는 — 요가에 대한 기분 좋으면서도 세련된 글 사이에는 일견 아무런 공통점이 없어 보인다. 하지만 정신 분석의 규칙이자 가장 신뢰할 만한 가르침 중의 하나가 무엇인가? 그것은 우리가 서로 아무 관계가 없다고 단언하면서 어떤 두 가지 일에 대해 말할 때에는, 오히려 이 둘 사이에 아주 밀접한 관계가 있을 가능성이 크다는 것 아닌가? 나는 당시 내가 거의 매일 저녁 그랬던 것처럼 파라디가와 내가 얼마 전에 거처를 옮긴 포부르푸아소니에가가 만나는 모퉁이에 위치한 르 랄리 카페의 테라스에 혼자 앉아, 내 정신 의학적 자서전과 요가에 대한 글은 사실은 같은 책이라는 너무나도 명백한 사실에 다마스쿠스로 가는 길의 바울로처럼 넋이 나가 버린 2016년 9월의 어느 저녁을 아주 생생하게 기억한다. 그렇다, 이 둘은 결국 같은 책이니, 내가 앓는 이 병은 내가 이 글의 70여 면 앞에서 그 조화로움을 너무나 진지하게 예찬했던 그 위대한 교번 법칙의 괴이하고도 희화적이고도 끔찍한 버전이기 때문이다. 음에서 양이 나오고 양에서 음이 나오는데, 한쪽 극과 다른 쪽 극 사이를 흐르는 물결에 조용히 몸을 맡긴다면 그 사람은 현자라고 할 수 있다. 그렇다면 광인은 어떻게 알아볼 수 있는가? 누군가가 물결에 몸을 맡기는 대신 그 물결에 휩쓸려 갈 때, 물속에서 허우적거리며 한쪽 극에서 다른 쪽 극으로 요동칠 때, 음과 양이 더 이상 상호 보완적이 아니라 둘 다 그를 죽이려 할 때 우리는 그가 광인임을 아는 것이다. 내가 평온하고도 경이로운 상태를 향해 확신을 가지고 나아가는 이의 차분한 어조로 얘기하려 했던 모든 것들이 오늘은 가차 없고도 잔인한 빛 가운데 나타난다. 내가 진실이라고, 나쁜 꿈들을 쫓아 버리는 대낮의 빛보다도 더 진실이라고 믿지 않을 수 없는 창백한 여명과 사형(死刑)의 빛 가운데서 말이다. 하지만 내게는 브리티에 저항할 수 있는 방법이 남아 있으니, 그 유일한 방법은 내가 평생 동안 이 브리티에 대항하여 벌여 온 그 길고도 힘겨운 싸움을 이야기하는 것이다. 브리티를 가라앉히기 위해, 내가 그렇게나 되고 싶었던 존재가 되기 위해 평생 해온 그 다양한 시도들에 대해 얘기하는 것이다. 나는 14세기 영국의 한 익명의 신비주의자가 〈불가지한 구름〉에 대해 쓴 다음의 구절을 좋아한다. 〈하느님께서 긍휼의 눈으로 바라보시는 이는 현재의 그대가 아니라 그대가 되기를 갈망하는 존재이다.〉 나는 어떤 사람이 되기를 갈망했던가? 안정된 사람, 마음이 평온한 사람, 사람들이 신뢰할 수 있는 사람, 선한 사람, 타인을 사랑할 수 있는 사람이었다. 왜냐하면 이 싸움의 진정하고도 유일한 목적은, 삶의 유일한 목적은 말할 것도 없이 사랑이요, 사랑할 수 있는 능력이기 때문이다. 정신적 장애인이라 할 수 있는 나는 이 부족한 능력을, 무술처럼 자신의 내부에서 자아가 아닌 다른 무언가를 끄집어내는 것을 목적으로 하는 수행법들로 보완하려 해왔다. 내 안에 조금이라도 숨어 있을 사랑을 끄집어내기 위해 30년 동안 글을 쓰고, 30년 동안 태극권과 요가와 명상을 수련해 온 것이다. 내가 시도해 보지 않았다고, 게을렀다고, 몸부림치며 노력하지 않았다고는 아무도 말할 수 없을 것이다. 앙리 미쇼는 이렇게 썼다. 〈이제그만 항복해. 우리는 충분히 싸웠어. 그리고 내 삶은 여기서 멈추기를. 우리는 비겁하지 않았어. 우리가 할 수 있는 것을 다 했다고.〉 그래 맞다, 우린 우리가 할 수 있는 것들을 다 했고, 이 길고도 힘겨운 싸움이 대단한 것을 가져왔다고 말할 수는 없지만, 그래도 나는 내가 이런 생각을 할 때 이것은 밤의 생각, 광기와 병의 생각이고, 항상 나의 생각인 것은 아님을 의식하고 있다.

인생의 다른 순간들에 나는 자신이 안정되고도 사랑이 넘치는 사람이자 다른 이들이 신뢰할 수 있는 사람이라고 믿었는데, 이런 믿음은 결코 틀린 게 아니었고 나를 사랑했던 여자들도 틀린 게 아니었다. 이 삶, 나의 삶, 비참했지만 때로는 활기찼고 때로는 사랑이 넘쳤던 나의 가련한 삶은 그저 환상과 혼란과 광기에 불과한 것만은 아니었다. 이런 삶을 잊어버리는 것이야말로 최악의 대죄이다. 내가 빛 가운데서도 살았다는 사실을 캄캄한 어둠 속에서 상기하는 것, 빛은 어둠만큼이나 진실임을 상기하는 것은 너무나 중요한 일이다. 그리고 나는 이게 좋은 책이 되리라고 확신한다. 필요한 책, 한편으로는 합일과 빛과 공감 능력에 대한 오랜 열망, 다른 한편으로는 이와 반대되는 힘인 분열과 자기 안에 갇혀 있음과 절망의 강한 인력, 이 양극이 한데 공존하게 될 책 말이다. 이런 내적 갈등은 어느 정도 모든 사람의 공통된 이야기이며 내 경우에는 극단적이고도 병적인 양상을 띠고 있지만, 나는 작가이기 때문에 이것으로 뭔가를 만들어 낼 수 있는 것이다. 아니, 이것으로 뭔가를 만들어 내야 한다! 나의 개인적인 슬픈 이야기는 보편적인 차원에 이를 수 있는 것이다! 자, 이게 내가 르 랄리 카페의 테라스에서 한 생각이고, 심지어는 카페 종업원, 그러니까 가끔씩 나와 잡담을 나누던 영리한 중국계 아가씨에게 〈양극성 장애 환자를 위한 요가〉가 책 제목으로 괜찮으냐고 물었던 것도 기억한다. 이 질문에 그녀는 잠시 멍한 표정을 지었지만, 그렇게 확신은 없으면

227

서도 나를 기쁘게 해줄 양으로 자신도 그렇게 생각한다고
대답했다.

그리고 아아침에 늑대가 녀석을 머어거 버렸다

　나는 스스로를 격려하기 위해 이렇게 되뇐다. 만일 내
가 이 이야기에 매달리면 적어도 하루에 한두 시간은 브리
티의 지배에서 벗어나게 될 거야. 이것은 일종의 명상이,
세갱 씨의 염소의 그것만큼이나 영웅적인 싸움이 될 거야.
난 종종 울타리 밖의 바깥세상이 어떤지 보고 싶어 했고,
자유에 취하고, 울타리 안에 남아 있는 겁 많은 동무들에
대한 경멸감에 취하여 숲속과 언덕을 내달렸던 그 대담하
면서도 불운한 염소 새끼와 나 자신을 동일시하곤 했다.
아마 여러분도 아시겠지만 녀석은 비싼 대가를 치렀다.
늑대에 쫓긴 녀석은 늑대에게서 벗어나기 위해 밤새도록
몸부림쳤다. 어렸을 때 내게는 페르낭델[1]이 알퐁스 도데
의 이 이야기를 낭독한 음반이 있었는데, 향토색 짙고, 평
소에는 구수하고도 코믹하게 느껴지는 그의 억양은 이야
기의 마지막 문장에서는 믿을 수 없을 만큼 위협적인 무게
로 다가왔다. 〈그리고 아아침에 늑대가 녀석을 머어거 버
렸다.〉 그가 말한 이 문장은 아직도 귀에 쟁쟁하고, 여섯

　1 Fernand Contandin(1903~1971). 20세기 중반을 풍미한 프랑스의 유
명한 희극 배우.

살이었을 때만큼이나 나를 무섭게 한다. 그리고 예순이
다 된 내가 바로 그렇게 될까 봐 무섭다. 나도 늑대에게 잡
아먹히고, 다시는 울타리의 따스함을 되찾지 못하게 될까
봐 무섭다.

쪼개진 쌍둥이상

과열된 조증에 뒤이어 깊은 우울증이 찾아온다는 것은 충분히 예견할 수 있는 일이지만, 난 아직 이런 예측에 능숙지 못했다. 끔찍한 시기가 찾아왔다. 이전의 단계에서 나는 새 책을 쓰고 여러 가지 좋은 일과 성공으로 가득한 새로운 삶을 영위한다는 전망에 마음이 한껏 부풀어 있었다. 난 포부르푸아소니에가의 매우 쾌적한 그 아파트를 전차(轉借)했다. 그리고 블루투스 스피커를 샀고, 상당히 기묘한 일이지만 내 새로운 삶의 상징처럼 느껴지는 디제[2]에 가입해 구독도 했다(페라리를 충동 구매하는 것에 비하면 조촐한 상징이라는 것은 모두가 인정하리라). 그리고 나는 더러운 쥐 같은 꼬락서니로 혼자 있게 되었다. 여자도 없고, 어쩌다 한 명 집에 데려온다 해도 무기력했으

2 Deezer. 프랑스의 음원 스트리밍 사이트.

며, 옷깃에는 비듬이 허옇게 내려앉아 있었고, 음경은 포진으로 딱지가 져 있었다. 몇 주 전만 해도 너무나도 옳고 필요하며 실현 가능한 것으로 느껴졌던 새 책 프로젝트에 대한 믿음을 완전히 잃어버려 글도 쓸 수 없었다. 그저 펜을 들어 내게 일어나는 일들을 이야기하기만 하면 될 것 같았는데 말이다. 문제는 내게 일어나는 게 무엇인지 모르겠고, 남에게나 나 자신에게 어떤 것도 이야기할 상태가 아니라는 점이었다. 사람은 살아가기 위해 어떤 이야기가 필요한 법인데 내게는 더 이상 이야기가 없었다. 내 삶은 고약한 땀으로 몸이 절어 가는 침대와, 나를 기쁘게 해주려고 〈양극성 장애 환자를 위한 요가〉가 책 제목으로 괜찮다고 말해 준 착한 중국계 종업원이 걱정스레 지켜보는 가운데 줄담배를 피우며 시간을 보내는 르 랄리 카페의 테라스 사이를 시계추처럼 왔다 갔다 하는 것으로 축소되어 있었다. 지금까지도 이 카페 앞을 지날 때마다 공포감이 밀려올 정도이다. 나는 두 달 가까이 몸을 씻지도, 옷을 갈아입지도 않았다. 욕조 배수구가 막혔지만 아무런 조치도 취하지 않았다. 그리고 잘 때만 옷을 벗었다. 후줄근한 코르덴 줄무늬 바지, 여기저기 구멍이 뚫린 낡은 스웨터, 마치 내가 곧 정신 병원에 갇힐 것을 예기라도 한 듯 끈을 빼버린 운동화 등 그야말로 우울증 환자의 유니폼 같은 것들이었다. 난 계속 몸을 떨었고 손에서 물건들을 떨어뜨렸다. 요거트병을 냉장고에 넣으려 할라치면, 그것은 손에서 빠져나가 주방 바닥에서 산산조각이 났다. 요거트병

을 떨어뜨린 것은 그렇게 중요한 일이 아니지만, 어느 날
에는 마치 제단에 올리듯 선반 위에 올려놓았던 조그만 쌍
둥이상을 몇 센티미터 움직이려 하다가 바닥에 떨어뜨렸
다. 쌍둥이상은 그대로 부서져 버렸다. 나는 바닥에, 내 두
발 사이에 흩어진 그 조각들을, 내 사랑의 은밀한 상징이
었던 그 테라 코타상 두 조각을 내려다보며 적어도 한 시
간은 서 있었다. 그리고 생각했다. 자, 이보다 더 웅변적인
표현은 없어, 모든 게 부서져 버렸어, 모든 게 끝났어…….

와이엇 메이슨의 기사

이 무렵에 와이엇 메이슨이라는 미국의 기자 겸 작가가
『뉴욕 타임스 매거진』에 실을 장문의 인물 기사를 쓰기 위
해 나를 찾아왔다. 다른 때 같았으면 이『뉴욕 타임스 매거
진』의 방문과 관심은 나를 아주 기쁘게 했을 것이니, 나는
오래전부터 영미 문학계가 나를 더 높이 평가하고 더 많이
인정해 주기를 열망해 왔기 때문이다. 하지만 이제 나는
영미 문학계의 인정 같은 것에는 조금도 관심이 없었다.
아니 그 어떤 것에도 기쁨을 느낄 수 있는 상태가 아니었
고, 내가 포부르푸아소니에가의 아파트 문을 열어 주었을
때 와이엇 메이슨도 곧바로 그것을 느꼈다. 파리의 어느 〈핫
한〉 동네에 위치해 있고, 매력적으로 느껴질 수도 있는 아파트라고
그는 기사의 첫머리에 적었다. 약간 어둑하고 널따란 거

실, 나무 몇 그루가 심긴 안마당 쪽으로 난 커다란 창, 이 창 앞에 놓여 있어 앉아 작업하면 쾌적함이 느껴질 탁자 하나……. 문제는 책 한 권, 그림 한 점 없이 거의 비어 있는 이 아파트에서, 그리고 이 집의 주인에게서 불안감이 느껴진다는 점이다……. 어떤 기자가 인터뷰하러 찾아간 인물에 대해 이렇게나 내밀한 인상을 전하는 일은 매우 드물다. 나는 워낙에 이런 종류의 일을 할 수 있는 사람이지만, 와이엇 메이슨도 나에 대한 선의와 안쓰러움이 느껴지는 섬세한 방식으로 그렇게 했다. 내가 기억하는 그는 면도한 민머리, 짤막한 턱수염, 그리고 부드러운 목소리의 소유자이며, 기억이 너무나 흐릿한 내 삶의 이 시기를 이야기하기 위해 증인대에 세우고 싶은 매우 호감 가는 마흔 살 정도의 사내였다. 내가 지금 『뉴욕 타임스 매거진』 사이트에서 다시 읽어 본 그의 기사는 이렇게 시작된다. 〈우리 나라에서는 선거의 광기가 절정으로 치닫고 있던 2016년 10월의 어느 날 오후, 나는 파리의 한 아파트 거실에서 부끄러움에 대해 말하는 작가 에마뉘엘 카레르와 함께 있었다. 59세의 카레르는 당황스러운 외모의 소유자인바, 몸을 보면 실제 나이의 절반으로밖에 보이지 않는데 얼굴을 보면 그 두 배로 느껴지기 때문이다.〉 거의 같은 시기에 한 다른 영미 쪽 기자는, 약간 원숭이 같은 얼굴과 박쥐의 그것처럼 들떠 있고 뾰족한 귀, 그리고 조지 W. 부시를 연상시키는 지나치게 미간이 좁은 눈에도 나를 비교적 매력적인 인물이라고 묘사한 바 있다. 아무튼 내가 마치 정신 분석 상담을 받는 사람처럼 검정 가죽 소파에 비스듬히 누워 영접하고 있던 와이엇 메이슨에게로 돌아와 보자. 지금 다시 그의 기사를 읽어 보면 그는 탁월한 재능이 느껴지는 필치로 이 소파에 대해 이렇게 썼다. 〈거실의 거의 유일한 가구라 할 수 있는 이 소파는 방 한가운데 놓여 아무런 희망 없이 주인이 돌아오기를 기다리는 거대하고도 우울한 개 같은 느낌을 준다.〉하지만 와이엇 메이슨이 모르는, 그리고 만일 알았더라면 분명히 어떤 식으로든 그의 글에 써먹었을 사실이 하나 있으니, 그것은 그의 앞에서 퀭한 얼굴로 덜덜 떨고 있는 이 사내가 2년 전에 바로 이 소파 위에서 평온하면서도 미소 가득한 이상적인 얼굴로 가부좌를 튼 자세로 사진을 찍었고, 그 사진은 명상에 대한 인터뷰로 특집 기사를 시작한 한 주간지에 표지로 실렸다는 사실이다. 이날 나는 와이엇 메이슨에게 부끄러움에 대해 말했고, 이 주제에 대해 내가 첫 번째로 언급한 것은 마쉬 장군이 주인공으로 등장하는 이야기였다. 마쉬 장군은 알제리 전쟁 때 프랑스군의 고위 장성 중 한 명이었다. 세상에 깨끗한 전쟁이 어디 있겠냐마는 알제리 전쟁은 참으로 더러운 전쟁이었다. 치열한 교전, 야간 실종, 무자비한 민간인 참수가 이어졌고, 프랑스군은 신문(訊問)을 위해 두 가지 방법을 사용했으니, 하나는 욕조이고 다른 하나는 이른바 〈제젠〉이라고 하는 고문이었다. 내가 와이엇 메이슨에게 설명했고 메이슨은 그의 독자들에게 설명했듯이, 이 〈제젠〉이라는 것은 신문당하는 이의 관자놀이와 귀에 전극을 대는 식으로, 그 사람이 남자인 경우에는 그의 불알에 대는 식으로 행해진다. 나중에, 그러니까 1970년대 초에 마쉬 장군은 고문을 직접 행하고 또 사주한 혐의로 기소되었다. 혐의를 부인하지 않은 그는 자신이 두 개의 악 중에서 덜 나쁜 쪽을 선택해야 했으며, 테러를 방지하고 수십 명의 인명을 구하기 위해서는 이 극단적인 방법을 사용하지 않을 수 없었노라 주장하며 자신의 행위를 정당화했다. 이것은 고문자들이 항상 늘어놓는 논리지만, 마쉬는 50년 후에 소파 위에서 현인의 포즈를 취한 나를 촬영한 바로 그 주간지가 행한 인터뷰에서 또 다른 논거를 내놓았다. 그는 이렇게 말했다. 〈사람들은 제젠에 대해 이러쿵저러쿵 떠들어 대죠. 하지만 너무 과장하진 말자고요. 그게 그렇게 아프진 않아요. 그 증거? 내가 나 자신에게 해봤거든.〉〈I tried it on myself(내가 나 자신에게 해봤거든)〉, 나는 이 문장을 와이엇 메이슨에게 되풀이한다. 나는 그에게 이 말이 얼마나 비열하고도 추잡한 것인지 느껴 보라고 한다. 왜냐하면 자신의 몸에 전극을 대는 사람은 원하는 때에, 정말로 아프기 시작할 때 멈출 수 있는데, 고문의 본질은 고문하는 이가 언제 멈출지 모른다는 데에 있기 때문이다. 왜 나는 이 얘기를 하는가? 와이엇 메이슨은 그 이유를 아주 잘 이해하고 있고, 그의 독자들에게 아주 잘 설명한다. 픽션을 쓰지 않고 거짓말하지 않는 것이 첫 번째 규칙인 자전적 글을 쓰는 나 같은 사람, 문학을, 무엇보다도 거짓말하지 않는 장소로 여기는 사람은 자신에 대해 말하느냐, 타인에 대해 말하느냐에 따라 아주 다른 정신적 상황에 놓이게 된다. 사람들은 이따금 내게 말했다. 내가 내 책들에서 그러하듯이 자신을 별로 미화하지 않고 묘사하기 위해서는 큰 용기가 필요하겠다고. 나는 와이엇 메이슨에게 그건 사실이 아니라고 말한다. 그것은 용기가 아니며, 만일 그게 용기라고 할 수 있다면 그것은 마쉬 장군이 자신의 몸에 제젤을 댈 때의 그 용기이다. 그와 마찬가지로 난 내가 원할 때 쓰기를 멈추고, 내가 원하는 대로 말하거나 침묵할 수 있으며, 어느 선에서 타협할지 결정할 수 있다. 반면 타인들에 대해 글을 쓸 때는 진짜배기 고문을 할 수 있게 된다. 왜냐하면 글 쓰는 사람은 전권을 쥐게 되고 글쓰기의 대상이 되는 이는 전적으로 그의 처분에 맡겨지기 때문이다. 또 나는 와이엇 메이슨에게 이런 얘기도 해줬다(내가 깜짝 놀랐을 정도로 프로 정신이 철저한 그는 내가 무슨 말을 하는지 완벽히 이해하고 있었다). 난 『러시아 소설』이라는 제목의 자전적인 책을 냈다. 이 책에서 나는 자신을 완전히 발가벗겼다. 뭐, 그것은 내 일이기 때문에 아무 문제가 없었지만 나는 다른 두 사람도 똑같이 취급했다. 첫째는 내가 가족의 비밀을 폭로할까봐 두려워하던 나의 어머니였고, 둘째는 당시 나의 동반자로, 나는 내 이야기와 밀접히 얽혀 있다는 구실로 그녀의 감정적인 내밀한 부분과 성적인 부분을 시시콜콜히 까밝혔다. 이 이중의 까밝힘이 고통을 초래하긴 했지만 다행스럽게도 파국에까지 이르진 않았다. 어쨌거나 나는 넘어서는 안 되는 선을 넘었던 것이다. 그다음에 내가 쓴 책

『나 아닌 다른 삶』은 여러 사람의 내밀한 부분을 노출시켰다. 하지만 난 당사자들에게 원고를 읽혔고 그들은 출판을 승인해 주었기 때문에, 슬프고도 끔찍하기까지 한 일들을 다룬 이 책을 평온한 마음으로 쓸 수 있었다. 또 그 책은 내가 어느 책보다도 월등하게 아끼는 책이 되었는데, 그것은 이 책이 내게 나는 선한 사람이라는 환상을, 많은 독자들도 공유한 환상을 주었기 때문이다. 하지만 이것은 환상일 뿐이에요라고 나는 다시 와이엇 메이슨에게 말한다. 나는 선한 사람이 아니다. 난 그렇게 되고 싶고 그렇게 될 수만 있다면 내 생명과 영혼이라도 내줄 수 있는바, 나는 선과 악을 아주 명확히 구별하고 그 무엇보다도 선을 중요시하는, 근본적으로 윤리적인 인간이기 때문이다. 하지만 불행히도 나는 선하지 못하며, 내가 무수히 인용하고 혼자서도 무수히 되뇌는 성 바울로의 문장을 와이엇 메이슨에게 언급한다. 성 바울로는 아마도 우리가 이 질문을 할 수 있는 유일한 대상일 하느님에게 이렇게 묻는다. 〈왜 나는 내가 좋아하는 선은 행하지 못하고 내가 증오하는 악을 행하는 것입니까?〉 이 대목에 이르러 와이엇 메이슨은 더 이상 내 말들을 책임감 있는 사람에게서 나오는 성찰이나 논리로 간주하지 않고 아주 심각한 정신적 위기 상태의 증상들로 여기며, 이에 대해 진심으로 연민을 느끼는 듯하다. 그는 이렇게 쓴다. 〈상대를 배려하고, 자신의 생각을 최대한 정확히 표현하려 애쓰고, 상대에게 차를 대접하고, 자신도 가급적 뭔가를 들어 보려고 노력하는 이 지극히 예의 바른 남자가 지금 어떤 끔찍한

237

고통 상태에 있다는 것을 느끼지 않을 수 없었다.〉 이렇게 기사의 첫 번째 부분과 우리가 함께 보낸 첫 번째 날이 끝을 맺는다. 이 인터뷰는 『뉴욕 타임스 매거진』의 여덟 쪽을 차지할 장문의 인물 기사를 위한 것이었고, 와이엇 메이슨은 특별히 이를 위해 파리를 방문했고, 따라서 우리의 인터뷰는 이틀 동안 계속되어야 했던 것이다. 그렇다면 두 번째 날에는 무엇을 할 것인가? 우울한 개같이 생긴 소파 위의 독백에서 더 이상 매력을 느끼지 못하게 된 우리는 인터뷰라는 정적이고도 뻔한 형태에서 벗어나 좀 더 생동감 있는 무언가를 시도해 보기로 했다. 예를 들어 장보기, 괜찮은 레스토랑 가기, 축구 경기 관람 같은 내가 좋아하는 무언가를 함께 해보는 것이다. 와이엇 메이슨이 내게 좋은 아이디어라도 있느냐고 물었을 때, 난 그를 르 랄리 카페의 테라스로 데리고 갔다. 파리의 작가가 매일 오전에 크루아상을 곁들여 더블 에스프레소를 마시고, 다른 고객들을 관찰하고, 조그만 수첩에 이상적으로 글을 쓰는, 파리의 카페라는 클리셰에 그가 만족하기를 바랐던 것이다. 어쩌면 괜찮은 아이디어일 수도 있었지만 난 도를 넘는 짓을 했다. 단골로서의 내 신분을 너무 과장되게 연기하며 중국계 종업원에게 유쾌하다 못해 섬뜩하게 느껴지는 농담을 몇 마디 건넸지만, 그녀는 어떤 미친 사람의 말처럼 이 말을 받아들였다. 와이엇 메이슨은 묵묵히 커피를 마셨고, 그러고 나서는 렘브란트를 좋아하느냐고 내게 물었다. 나는 이 질문에 아니라고 대답할 사람은 거의 없다고 생각하며, 실제로 나도 렘브란트를 좋아한다. 자신의 얼굴을 불안스레 들여다보며 평생을 보낸 사람이 어떻게 내가 가장 좋아하는 화가가 아닐 수 있겠는가? 그리하여 와이엇 메이슨은 최근에 자크마르앙드레 미술관에서 개최된 렘브란트 판화전에 같이 가보자고 제안했다. 나는 좋다고 대답했다. 어쨌든 거기는 내가 앙트레 접시 하나 못 비우고, 심지어는 이른바 〈한입 맛보기〉조차 할 수 없을 어떤 맛집 레스토랑보다는 나았다. 그리고 나는 왜 그랬는지는 모르겠지만 택시 대신 내 스쿠터를 함께 타고 미술관에 가자고 제안한다. 이 스쿠터를 타고 가는 여정은 별로 말할 거리가 없는 렘브란트 전시회 이상으로 와이엇 메이슨 기사의 절정을 이룬다. 내 이륜차 운전을 신중하다고, 아니 좀 지나치게 신중하다고, 너무나 신중해서 위험하기까지 하다고 묘사한 사람은 내 가족과 지인 중에서 그가 처음이 아니다. 필요하지도 않은 때에 갑작스레 브레이크를 잡고, 방향 전환을 너무 천천히 하는 탓에 스쿠터가 옆으로 기울어질 뿐만 아니라 그 무게를 이기지 못하고 무기력하게 쓰러질 지경이라는 것이다. 이렇게 내 뒤에서 덜컹거리고 흔들리며 점점 얼어붙고 있던 와이엇 메이슨은 내가 브레이크를 잡을 때마다 자기 헬멧의 앞부분이 내 헬멧의 뒷부분에 부딪히며 내는 소리, 그리고 자기 헬멧의 앞부분이 내 것의 뒷부분에 부딪히는 것을 피하기 위한 노력을 회상하는데, 여기서 그는 다른 무엇보다도 그에 대해 깊은 호감을 느끼게 하는 이 놀라운 말을 쓴다. 〈만일 우리가 친구 사이였다면 이 모든 것은 좀 더 쉬웠을 것이다. 나는 우리 사이의 거리를 유지하기 위해 몸을 움츠릴 필요가 없었을 테고, 그의 몸에 바짝 달라붙을 수 있었을 것이다. 그리고 물론 이것은 기자가 인터뷰하는 사람에게 해서는 안 될 일이긴 하지만, 사실 그때 내가 했어야 할 일은 바로 이것, 이 너무나도 불행한 남자를 꼭 안아주는 것이어야 했다는 생각이 든다.〉

벽 속에 갇힌 아이

와이엇 메이슨의 기사를 마무리하는 것은 뛰어난 문학적, 인간적 자질이 엿보이는 앞의 구절이 아니라 다음의 문장이다. 〈아무리 에마뉘엘 카레르가 상실과 폭력과 광기의 생각에 사로잡혀 있을지라도, 그의 책들은 언제나 기쁨의 공간이 솟아오르는 끝을 향해 나아간다. 이 기쁨에는 대가가 있음을 아는 사람에 의해 쓰였다는 그것이 바로 그의 책들의 힘이다. 사실이다.〉 이 문장을 읽고 있는 오늘, 나는 이 책의 끝을 향해 나아가고 있고, 거기에 다름 아닌 기쁨의 공간이 솟아날 수 있도록 노력하고 있다. 나는 궁리하고 더듬으며, 내가 무엇을 발견하게 될지 아직 모르지만 그게 가능하다고 믿는다. 기쁨이, 혹은 적어도 그 가능성이 내 삶에 돌아온 것이다. 만일 내가 아직 포부르푸아소니에가에 살던 3년 반 전에 누가 이렇게 말했다면 나는 믿지 않았을 거고, 전혀 말도 안 되는 예측이라서 모욕감마저 느꼈을 것이다. 난 슬픔이 계

속 이어지리라 확신했고, 점점 그 희망이 엷어져 가고 있
긴 하지만 그래도 만일 내가 뭔가를 쓰게 된다면 그것은
바로 이것, 슬픔은 계속 이어지고 난 영원히 벽 속에 갇히
게 되리라는 것을 말하기 위해서일 거였다. 20여 년 전, 나
는 『리베라시옹』지의 사회면에서 내 영혼에 평생 지워지
지 않는 각인을 남긴 기사 한 편을 읽었다. 어느 네 살배기
사내아이의 부모가 가벼운 수술을 위해 아이를 병원으로
데리고 간다. 아이는 다음 날 퇴원할 예정이다. 하지만 마
취 전문의가 실수를 범했고, 아이는 몇 주 동안의 필사적
인 치료에도 듣지도, 말하지도, 보지도 못하고 전신이 완
전히 마비된 상태가 되었다. 이 상태는 돌이킬 수 없고 결
정적인 것이다. 기사를 읽은 나는 공포로 온몸이 얼어붙
었다. 이렇게 고통스러운 느낌은 처음이었다. 나는 더 이
상 다른 것을 생각할 수가 없었다. 그 꼬마가 깨어나는 순
간 외에는 다른 어떤 것도 생각할 수가 없었다. 꼬마가 칠
흑 같은 어둠 속에서 의식을 되찾는 그 순간 말이다. 처음
에는 불안감을 느낀다. 하지만 이것은 이 불안이 곧 끝난
다는 것을 알 때의 불안감이다. 엄마, 아빠는 멀리 있지 않
을 거야. 엄마, 아빠는 곧 불을 켤 거고, 나중에 나에게 말
을 할 거야. 하지만 아무 일도 일어나지 않는다. 빛도 보이
지 않고 소리도 들리지 않는다. 몸을 움직이려 해보지만
움직여지지 않는다. 소리를 지르려 해보지만, 자신의 목
소리도 들리지 않는다. 어쩌면 사람들이 몸을 만지는 것
은, 뭔가를 먹이려고 입을 벌려 주는 것은 느끼리라. 링거

주사로 영양을 공급받고 있을지도 모르겠지만 기사는 이에 대해 말이 없다. 부모와 사람들은 공포로 일그러진 얼굴로 병상 주위에 모여 있지만 아이는 그 사실을 알지 못한다. 아이와 소통하는 것도, 그와 접촉하는 것도 불가능하다. 아이는 혼수상태에 빠져 있는 게 아니다. 사람들은 그에게 의식이 있음을 안다. 그 밀랍처럼 창백하고 경직된 얼굴 뒤에, 아무것도 보지 못하는 그 눈동자들 뒤에, 산 채로 네 벽 안에 갇혀 버린 작은 아이가 두려움에 차 소리 없이 울부짖고 있다는 것을 안다. 아무도 그에게 상황을 설명해 주지 못한다. 또 누구에게 그럴 용기가 있겠는가? 아이의 의식 속에 어떤 생각이 떠오르고 있는지, 이 아이가 지금 일어나는 일을 자신에게 어떤 식으로 얘기하고 있는지 아무도 상상할 수가 없다. 이런 것을 표현할 수 있는 말은 존재하지 않는다. 나도 표현할 수가 없다. 분석적인 언어에 너무나도 절어 있는 나는, 이 끔찍한 이야기가 내 안에 불러일으킨 것을 설명할 방법이 전혀 없다. 어쨌든 이것은 내 속 밑바닥을 휘저어 거기에 도사린 무언가를, 나 자신의 이야기의 밑바닥에 있는 무언가를 불러일으킨다. 내게 있어서 현실의 실제는, 나의 본질은, 이 모든 것의 최종 결론은, 와이엇 메이슨이 유쾌하게 말했듯 내 책들이 지향하는 그 침해할 수 없는 기쁨의 공간이 아니라 절대적 공포, 다시 말해서 영원한 암흑 속에서 그 의식이 돌아오는 네 살배기 꼬마 아이의 그 형언할 수 없는 두려움이다.

프랑수아 루스탕의 마지막 충고

그래도 나는 어느 날 푸아소니에파라디 사거리를 벗어나 나플가에 있는 어둑한 중이층 아파트[3]에 사는 늙은 정신 분석가 프랑수아 루스탕을 찾아갔다. 원래 예수회 수사였다가 자크 라캉의 제자가 되었던 이 예사롭지 않은 인물은 긴 생애의 말엽에 이르러 그 두 개의 교회에서 벗어나 일종의 선사(禪師)가 되었다. 그는 반들반들한 민머리, 아주 연한 청색의 눈, 흔들림 없는 담담한 얼굴 등 매우 인상적인 외모의 소유자로, 나는 일본 사람들이 아랫배에 위치시키고 〈하라〉라고 부르는 그 무게 중심[4]에 그렇게나 확실하게 뿌리박고 있는 사람을 본 적이 없다. 나는 살아오면서 삶의 중대한 순간에 처하여 그를 세 번 방문했는데, 그때마다 그의 말은 충격적이면서도 명쾌했다. 두 번째 방문은 10년 전, 그러니까 가장 심각했던 세 번의 우울증 발작 중 두 번째 발작이 있던 때였다. 나는 내 삶이 막다른 골목에 이르러 거기서 빠져나올 수가 없고 자살 외에는 다른 출구가 없다고 그에게 길게 설명했다. 우리는 이런 종류의 일들을 얘기할 때 상대가 반박하리라 예상하는데, 루스탕은 내 말에 반박하는 대신 이렇게 차분히 말하는 거였다. 「당신 말이 맞아요. 자살은 그다지 평판에 좋지 않지만, 이따금 좋은 해결책이 되어 주죠.」 난 경악하여 그

---

3 두 개의 층을 터서 만든 천장이 높직한 아파트.
4 단전에 해당하는 부분.

를 쳐다보았다. 어떤 치료사가, 그가 어디에 속해 있든 간에 말할 수 없는 게 하나 있다면, 그것은 바로 이것, 자살이 좋은 해결책이라는 말인 것이다. 그러고 나서 그는 이렇게 덧붙였다. 「아니면 살 수도 있고요.」 나는 그가 삶의 끝에 다다라 일종의 선사가 되었다고 말했거니와 이제 여러분은 그 이유를 이해할 수 있을 것이다. 〈아니면 살 수도 있고요〉라는 문장은 내게 어떤 정신적 스위치처럼 작용하여 우울증에서 벗어나는 것을 가능케 했을 뿐 아니라 그 뒤에 이어진 10년을 충일하고도 행복하게 만들어 주었다. 그리고 10년이 지난 오늘, 난 결코 우울증에서 벗어날 수 없다고, 나를 기다리는 것은 부끄러움과 끔찍함뿐이라고, 내게는 자살 외에 다른 출구가 없다고 확신하며 또다시 그의 집을 찾아갔다. 그는 내가 재차 이 음울한 생각을 장황하게 늘어놓는 것을 한동안 듣고 있더니만, 이번에는 내 말을 중간에 딱 끊으면서 입을 다물라고 말했다. 「자, 이제 입을 다물어요.」 내가 어쩌겠는가? 난 입을 다물었다. 그 역시 입을 다물었다. 우리는 말없이 앉아 있었다. 아마 5분쯤 그렇게 있었을 터인데, 이 5분은 아주 긴 시간이었다. 그는 물끄러미 나를 쳐다보았다. 지나치게 뚫어지게는 아니었지만, 거의 눈 한 번 깜빡하지 않고 내게서 시선을 떼지 않았다. 이런 눈길을 받으며 나는 나치 제3제국의 건축가 알베르트 슈페어가 그의 회고록에서 얘기한, 그리고 어느 다른 책에서도 읽어 본 적이 없는 어떤 것이 생각났다. 그에 따르면 히틀러는 상대가 눈을 내리깔 때까지 서로 뚫어지게 쳐다보는 유치한 게임을 다양한 상황에서 빈번하게 즐겼다고 한다. 일종의 결투였는데, 이 잔인하고도 위험한 결투에서 승자는 물론 항상 그였으니, 아무도 감히 그에게 맞설 수 없기 때문이었다(하지만 너무 빨리 굴복하여 그의 쾌감을 단축시켜서도 안 되었다). 루스탕이 그 푸른 눈으로 상대의 눈을 들여다보는 방식, 그리고 단단한 바위처럼 꼼짝 않고 앉아 있는 그 모습은 히틀러의 그것과는 정확히 반대되는 것으로, 거기에는 어떠한 도발도, 싸움도, 긴장도, 경쟁도 없었다. 나는 S. N. 고엔카의 목소리에서 느꼈던 것 같은 깊은 평온함의 물결이 그에게서 퍼져 나오는 것을 느꼈다. 마지막으로 그는 이렇게 말했다. 「당신은 끔찍한 일을 겪고 있어요. 그래, 좋아요. 그것을 그냥 겪으세요. 그걸 받아들이세요. 그 끔찍함 자체가 되세요. 만일 그것으로 죽어야 한다면, 그냥 그렇게 죽으세요. 그 이유도, 거기서 벗어나는 방법도 찾으려 하지 마세요. 아무것도 하지 말아요. 그냥 되는대로 놔두세요. 이것이 어떤 변화가 일어날 수 있는 유일한 조건이에요.」 다시 말해서 〈명상을 하세요. 왜냐하면 그게 바로 명상이니까요〉라는 얘기였다.

피의 쿠란

나는 루스탕의 조언을 따르려고 노력했다. 다시 말해서

아무것도 하지 않으려고 해봤지만, 별다른 효과가 없었다. 하여 나는 무언가를 해보려고 했는데, 바로 르포르타주였다. 난 언제나 이것을 좋아했고 이것은 이따금 나를 구해 주었다. 알렉스 테리외르의 옷을 걸치고 현장으로 가는 일 말이다. 나는 남아 있는 약간의 에너지를 긁어모아 내 친구이자 편집장인 파트리크 드 생텍쥐페리의 전화번호를 눌렀다. 그때 파트리크는 『XXI』[5]를 이끌고 있었다. 나는 『XXI』에도, 그 어느 매체에도 매여 있지 않았지만 그를 〈내 편집자〉라고 불렀다. 어떤 르포르타주 아이디어가 떠오르면 항상 그에게 제안했고 그도 이따금 내게 아이디어를 제안하곤 했는데, 들어 보면 늘 훌륭한 것들이었기 때문이다. 하여 나는 그에게 지금 난 고약한 시기를 보내고 있으며(〈자네 목소리를 들어 보니, 정말로 고약한 시기라는 걸 곧바로 알겠더군〉 하고 후에 그는 회상했다), 어디 가서 바람 좀 쐬면 도움이 될 것 같다고 설명한다. 그는 나중에 내게 다시 전화를 걸어 르포르타주 주제를 제안했는데, 그 내용을 보면 그가 얼마나 상상력 넘치는 우정의 소유자인지 짐작할 수 있을 것이다. 1999년, 사담 후세인의 장남이요 위험한 사이코패스인 우다이가 어떤 테러 사건에서 목숨을 건지자, 그의 아버지는 알라에게 감사하기 위해 자신의 피로 쿠란을 한 권 만들겠다는 기이한 서약을 했다. 2년 동안 간호사가 매주 대통령 궁을 찾아가

---

5 로마자로 〈21〉이라는 뜻이며, 프랑스어로는 〈뱅 떼 웡〉으로 발음한다. 장편 르포르타주를 전문으로 하는 프랑스의 독립 잡지이다.

사담의 피를 채혈해서는 이라크에서 가장 유명한 서예가에게 가져다주었다. 이렇게 해서 완성된 피의 쿠란은 네 개의 첨탑이 칼라시니코프 소총 형상을 한 희한한 건축적 특색을 지녔고 〈모든 전투의 어머니〉라는 살벌한 이름을 지닌, 사담이 지은 모스크에서 성대한 의식 속에 전시되었다. 그러한 와중에 미군이 쳐들어왔고, 이미 너무나 혼란스러웠던 이 나라는 마치 얼마 후에 내가 〈심각한 정신적 고통〉에서 〈지독한 정신적 고통〉으로 넘어갔던 것처럼 더 큰 혼란에 빠졌는데, 그 북새통에 피의 쿠란은 어딘가로 사라져 버렸다. 아무도 그것이 어디 있는지 알지 못했고 사실 그런 것에 신경 쓰는 사람도 거의 없었지만, 파트리크는 이렇게 생각했다. 우선 여기에 대한 앙케트는 오늘날의 이라크에 대해 뭔가를 얘기하기 위한 좋은 길잡이가 될 수 있겠어. 그리고 무엇보다도 모험적이며 심지어는 위험하기까지 한 이 출장, 아드레날린 주사 한 방 같은 이 탐사 여행은 추락해 가고 있는 친구에게 제의할 수 있는 최상의 것일 거야……. 이런 기막힌 생각을 하다니, 정말이지 살다 보면 기대할 만한 사람들이 있는 법이다. 나는 이 아이디어가 마음에 들었고, 특히나 거기서 자동차 테러로 폭사할 가능성이 좀 있었기 때문에 더욱 마음에 들었다. 그리고 바그다드에 가는 게 집 앞 포부르푸아소니에가를 건너는 것보다 어려운 일처럼 보이지 않았다. 그런데 문제는 바그다드는 그렇게 쉽게 갈 수 있는 곳이 아니라는 점, 비자 두 개를 얻기 위해서는 시간이 필요하다는 점이었다. 여기서 〈비자 두 개〉라고 말하는 이유는 파트리크가 한 사람이 아니라 두 사람을, 그러니까 이라크에 대해 전혀 모르는 나와 그곳을 자기 손바닥처럼 잘 아는 훌륭한 리포터 뤼카 망제를 함께 보낼 생각을 했기 때문이다. 우리가 1년 후에 마침내 거기에 가게 되었을 때 뤼카와 나는 너무나 죽이 잘 맞았다. 하지만 그때까지는 비자를 얻기 위해 매일 혹은 2주에 한 번씩 이라크 영사관을 방문하는 것이 우리 르포르타주 활동의 전부였다. 이 방문들은 그해 겨울에 내가 외출할 유일한 기회였는데, 난 이 일에 대해 아주 좋은 추억을 간직하고 있다. 난 포르트도핀역에서 지하철을 내려서는, 초현실적일 정도로 널찍하고 눈이 하얗게 덮인 도로를 고급 세단들이 마치 슬로모션처럼 조용히 지나가는 포슈가를 따라 영사관까지 천천히 걸어가곤 했다. 우리는 콧수염을 기른(이라크 남자들은 모두가 콧수염을 기른다) 어느 외교관을 만나곤 했는데, 이 외교관은 아주 정중한 태도로 우리를 깊고도 흉측한 긴 소파에 앉게 한 뒤, 자신도 우리 사이에 패인 4~5미터 너비 협곡 너머의 역시 깊고도 흉측한 긴 소파에 몸을 묻었다. 이렇게 모두가 편안히 자리 잡고 나면 튤립 형태의 조그만 유리잔에 담긴 아주 맛이 강하고도 단, 그리고 방문을 거듭할 때마다 감미롭게 느껴지는 어떤 차가 나왔다. 서로 잘 아는 사이인 뤼카와 외교관은 공유하는 지인도 많아서 그들의 소식과 각자 가족의 근황도 나누곤 했다. 나로서는 무슨 말인지 전혀 알 수 없는 암시들로 가득한 그들의 대화는 비자를 얻기 위한 험난한 도정의 일부였지만 외교관만큼이나 뤼카도 이 대화를 즐겼고, 나도 결국에는 모종의 즐거움을 느끼게 되었다. 아무도 나더러 대화에 참여하라고 요구하지 않았고 난 나의 흉측한 소파에 앉아 달콤한 차를 홀짝홀짝 마셨다. 바쁜 사람은 하나도 없어 보이는 그 사무실에서 시간은 서두르지 않고 흘러갔고 대화는 끝없이 이어졌다. 그 가운데서 난 안도감을 느꼈는데, 그것은 믿을 수 없을 만큼 침착하고 올곧고 안심이 되는 친구, 정말이지 순금 같은 친구인 뤼카 때문이기도 했다. 그렇다, 그 끔찍했던 겨울 동안 내가 안도감을 느낀 유일한 장소는 바로 이라크 영사관이었다.

입원 시의 환자

　나는 생탄 정신 병원에 넉 달 동안 입원해 있었다. 지금 내가 내려다보고 있는 당시의 진료 기록부는 다음의 요약 문으로 시작된다. 〈큰 틀로 볼 때 제2형 양극성 장애로, 침울한 요소들과 자살에 대한 생각들이 수반되는 전형적인 우울증 국면.〉 그리고 조금 더 아래에서는 입원 시의 환자를 이렇게 묘사 하고 있다. 〈무표정과 슬픈 안색이 수반된(그러나 정서적 반응성 은 관찰됨) 약간의 대뇌 활동 둔화. 슬픔, 불감증, 의욕 상실, 상당한 정신적 고통, 일상적인 활동을 실현하는 데 있어 상당한 정신적 및 육체적 노력을 요하는 무기력증. 미래에 대한 비관, 치유가 불가능 하다는 느낌 등이 수반되는 침울한 요소들. 우울한 생각들, 가까운 사람들에 대한 죄책감, 점점 강해지는 자살에 대한 생각들······.〉 굳이 정신 의학 어휘에 통달하지 않더라도 내 상태가 썩 좋지 않았음을 이해할 수 있으리라. 좀 더 자세히 설명해 보자면 〈상당한 정신적 고통〉은 우려스러운 것이지만, 내가 곧 이어 겪게 될 〈심한 정신적 고통〉만큼은 아니고, 또 이것은 〈참기 힘든 정신적 고통〉보다는 덜 우려스러운 것이라 할 수 있다. 나는 이것도 겪었는데, 네 번째 것이 존재하는지는 모르겠다. 며칠 전부터 그다지 좋지 않았던 내 상태는 한층 악화되었다. 이라크 비자는 다음 주로 다음 주로 도망쳐 가고, 이와 더불어 모험을 위한, 혹은 모험보다 나쁘다 할 수 없는 폭발 장치가 부착된 자동차 안에서의 죽음을 위한 탈출의 꿈도 멀어져 갔다. 나는 시도 때도 없이 정신 빈맥증 혹은 긴장증에 시달렸고, 이런 상태에 기겁을 한 내 여동생 나탈리는 나를 위해 독단적인 결정으로 생탄 병원에 예약을 잡았다. 그리하여 우리 둘은 병원 언저리에 위치한 한 현대식 건물 맨 위층에서 어느 60대 남자 앞에 앉아 있게 된다. 흰 가운 차림이고, 상냥하고, 생기 있는 파란 눈의 소유자이며, 어디에 실력 없는 명의가 있다는 말을 들어 본 적은 없지만 실력 있는 명의라고 부를 수 있는 사람을 특징 짓는 차분한 권위가 느껴지는 이 의사는 내가 진료 기록부가 묘사하는 그런 상태인 것을 보고는 그 자리에서 당장 나를 입원시킬 것을 결정한다. 난 귀가하지 않을 거고, 그대로 병상에 누일 거고, 이게 언제까지일지는 두고 볼 거란다. 상담이 시작되었을 때 내가 언급한 이라크 출장에 대해 말하자면, 이 명의는 유감스럽지만 그 일은 몇 달 후에도 얼마든지 기회가 있을 것이니 지금은 유예해야 할 거란다. 그는 병의 개념을 강조하는데 이것은 내 성인기의 삶을 지배해 온 신경증의 그것과는 전혀 다른 것이란다. 문제는 이게 어디서 왔는지를 아는 게 아니란다. 왜 내가 오래전부터 머릿속에다 이런 똥수레 같은 것을 담고 다니는지를 아는 게 아니란다. 문제는 지금 내가 병이 들었다는 사실이란다. 심혈관 질환 발작이나 복막염에 걸린 것만큼이나 병이 들었다는 사실이란다. 따라서 나를 계속 병상에 눕혀 놓을 것이며 좋은 치료법들을 찾아볼 거란다. 솔직히 말해서 이 치료법들은 암중모색하듯이 찾아 나가는 것이며, 아마도 처음부터 적합한 것을 찾아내진 못하겠지만 〈그것을 찾을 때까지 우리가 할 수 있는 일을 할 텐데, 그것은 바로 당신을 안전한 곳에 두는 거예요……. 그리고 가급적 최대한 빨리 당신을 퇴원시킬 거니까 너무 걱정하지 마세요〉라고 이 실력 있는 명의는 말한다. 이 말을 들으며 난 엄청난 안도감을 느낀다. 그래, 난 병자야. 난 병상에 누일 거고, 더 이상 몸부림치지 않고 사람들에게 모든 걸 맡길 거야. 사람들은 날 보살필 거고, 그 시작으로 최대한 강력한 주사를 놔줄 거야…….

진료 수칙

내 진료 기록부로 돌아와 보자. 〈주 2회 케타민 투여를 포함하는 진료 수칙을 엄격히 적용. 첫 3회 링거 주사 결과: 내성 양호, 기분의 호전.〉 만일 이 케타민이 무엇인지 잘 모르겠다면 이것은 원래 말을 위한 마취제로, 영국 10대들이 환각 상태를 즐기기 위해 사용하기도 하지만 최근 몇 년 사이에 그 항우울증 효과가 발견된 바 있다. 그리하여 나는 정신 의학 고급 화학 영역에 첫발을 내딛게 된다. 링거 주사를 받기 전과 후 난 진료 수칙에 따라 문답지를 작성해야 했는데, 이것은 내가 평온함과 경이로움을 향해 나아가고 있다고 믿었던 그 행복한 시절에서처럼 내 명상 체험에 대한 것이 아니라 내가 살고 싶은지 아니면 죽고 싶은지, 자살 충동이 있는지, 〈미래에 대해 비관〉하는지 등에 대한 것이었다. 첫 번째 링거 주사는 40분 동안 계속되었다. 단 1분도 모자라지도 넘지도 않게 딱 40분이고, 이 40분이 끝나면 곧바로 모든 게 끝나 버린다. 하지만 이 40분 동안은 그야말로 XXL 행복감을 맛본다. 침대에 누워 있지만 의식은 너무나도 명료하다. 시간이 흘러가는 게 느껴진다. 의사와 간호사가 나누는 나지막한 말소리가 들린다. 그들은 아주 멀리에, 저 아래 아주 멀리에, 환자가 그 위를 둥둥 떠가는 풍경 가운데 아득히 보이는 느낌이다. 왜냐하면 지금 환자는 둥둥 떠 있기 때문이다. 표류하듯 이리저리 떠다닌다. 모든 게 다 보인다. 지극히 차분하고 너무나 기분이 좋아서 이게 영원히 지속되었으면 좋겠다. 이것은 이른바 〈near death experience(임사 체험)〉에 대해 사람들이 묘사하는 것과 비슷하며, 물론 헤로인과도 비슷하다. 너무나 좋기 때문에 절대로 건드려서는 안 되는 헤로인 말이다. 나는 이렇게나 기막힌 약에 취해 있기 위한 거라면 생탄 병원에 입원한 것이 만족스럽다. 난 기분이 좋다. 3회의 링거 주사 후에는 심지어 기분이 무척 좋기까지 하다. 약품에 대한 나의 내성은 너무나 고무적이고 기분이 호전되는 게 엄청나게 뚜렷하기 때문에 난 벌써 외출에 대해서 말한다. 단지 외출만이 아니라 아예 퇴원에 대해서도 말한다. 케타민 기운에 취한 나는 다시 이라크를 거론한다. 심지어는 의사들에게 케타민 몇 번 맞을 용량을 바그다드에 가져갈 수 있는지 그 가능성에 대해 문의하기까지 한다. 그걸 가져가서 현지의 어떤 간호사에게, 사담의 피를 채혈한 간호사가 아니란 법도 없겠죠, 하하하, 놓아 달라고 하면 되지 않겠어요? 진정해요, 진정해라고 의사들은 신중하게 대답한다.

오빠분이 안락사를 요청했는데, 어떻게 하죠?

〈네 번째 주사: 심한 정신적 고통과 안락사 요청이 수반된 불량한 내성을 보임.〉 심한 정신적 고통과 안락사 요청……. 상황은 악화되어 아주 힘든 국면으로 접어든다. 하지만 난 믿음을 가지고 이 네 번째 주사를 기다리고 있었다. 이렇게 치료가 시작되었으니 몇 번만 더 맞으면 완전히 나으리라 생각하고 있었다. 그런데 그 전날 밤, 난 별안간 침울해진다. 많은 것을 잊어버린 나이지만 이 불안감이 양극성 장애의 가장 기만적인 양상들 중의 하나에서 출발했다는 사실만큼은 아주 잘 기억한다. 우울증 국면에 있을 때 우리는 자신이 거기 있다는 것을 필연적으로 의식한다. 그게 끔찍하고 지옥같이 느껴질 수는 있지만 적어도 자신의 상태를 착각하지는 않는다. 반면 조증 국면에는 음험한 구석이 있으니, 조증 국면이라는 사실을 깨닫지 못한다는 점이다. 특히 단순히 경조증 상태일 때, 거리에서 홀딱 벗는 일도 페라리를 사는 일도 없는 경우에 그러한데, 이 경우 우리는 그냥 나 지금 괜찮아, 별로 나쁘지 않아라고 생각한다. 뭐, 정말 그렇게 괜찮을 수도 있다. 이게 정상이고 바람직한 동시에 영원히 지속되지 않는다는 것은 알지만, 이런 기분 좋은 상태가 되면 함정이라고 생각하는 것보다는 그냥 즐기는 게 옳다. 그런데 내 경우에는 이게 함정일 가능성, 아니 병의 사악한 흉계일 가능성이 매우 크다. 왜냐하면 나를 지배하는 것은 더 이상 내가 아니라 병이기 때문이다. 병은 내게 거짓말을 한다. 병은 나를 속인다. 내가 지금 기분이 좋다고, 내 삶을 통제하고 있다고, 파도를 잘 타고 있다고 믿을수록, 이 행복감과 자신감의 해변에 뒤이어 올 깊은 우울증을 더 효과적으로 준비하고 있다고 나 자신을 속일수록. 그리고 가장 나쁜 것은 내가 사랑에 빠진다는 것이다. 모든 사람에게 사랑의 상태는 일종의 조증 국면, 조증 국면들 중에서도 가장 탐스러운 국면이다. 하지만 나는, 그리고 나처럼 불행한 사람들은 이런 조증 국면을 탐낼 권리가 없다. 난 이런 국면을 신뢰할 권리가 없으며, 내가 정직하다면 내 삶 안으로 들어오는 모든 여자에게 당신들도 이 국면을 믿어서는 안 된다고 경고해 주는 게 옳다. 여자는 그녀가 사랑에 빠진 너무나 멋진 남자가(이건 정말인데 나도 얼마든지 멋진 남자가 될 수 있다) 갑자기 긴장형 우울증 환자, 혹은 그냥 단순히 적으로 돌변할 수 있다는 사실을 알아야 한다. 만일 다른 사람에게 고통을 주고 싶지 않다면 이제 내게 사랑은 금지되어야 한다. 사랑은 끝났다. 이 세상에 존재하는 가장 놀라운 것인 사랑의 마법은 끝났다. 이 여자는 내가 오래전부터 자신도 모르는 채로 기다려 온 여자이고 그녀 역시 나를 기다려 왔다고 믿는 일은, 아니 믿는 게 아니라 확신하는 일은 이제 끝났다. 그녀가 잠에서 깨어나기 전에 거리로 나가 갓 구운 바게트를 사 오고 오렌지즙을 내는 일은 끝났다. 그녀가 당신의 티셔츠 하나만 걸치고 아파트 실내를 가로지르는 모습을 지켜보는 일은 끝났다. 매일 서로에게 문자 메시지를 서른 통씩 보내는 일도 끝났고 그녀가 보내는 문자를 좋아하는 일도 끝났다. 또 그녀는 내가 보낸 문자를 좋아한다는 것을, 옷 가게 탈의실에 있을 때 거울에 비친 자기 가슴의 사진을, 그녀 뒤에 서서 손안에 쥐고 무게를 느껴 보고 싶게 만드는 그 가슴의 사진을 보낸다는 것을 아는 것도 끝났다. 내가 그녀 안에 들어가는 순간의 그녀 얼굴 표정도 끝났고, 너무나 좋기 때문에 동시에 〈아아〉 하고 신음하는 것도 끝났다. 아마도 삶은 계속되겠지만 이런 게 없다면, 이런 게 없는 삶이라면 과연 무슨 가치가 있겠는가……? 이렇게 비탈을 타고 구르기 시작한 밤은 끔찍하기 이를 데 없다. 피를 얼어붙게 하는 비명 소리가 귀에 들린다. 현실은 아니고 다만 내 병든 뇌 속에서만 울리는 소리가 말이다. 다음 날 아침, 나는 적어도 반 시간 동안은 나를 하늘로 보내 줄 케타민 주사 한 방만을 바라게 된다. 얼마나 간절히 원했던지, 나는 만일 지금 내가 어떤 정신적 상태에 있는지 솔직히 고백하면 주사를 못 맞게 될까 봐 문답지에 난 잠을 잘 자지 못했고, 우울한 생각이 조금 있긴 하지만 전체적으로 괜찮은 편이라고 대답한다. 링거 주사가 시작된다. 나는 모르핀과 헤로인과 모든 아편계 약물이 부여하는 이 행복한 액화(液化)의 일종을 감사하게 받아들이는데, 얼마 되지 않아 일이 평소와는 다른 식으로 흘러가기 시작한다. 나는 죽음을 향해 간다. 그렇다, 명확히 난 죽음을 향해 간다. 내 오른쪽에서 의사들이 나지막하게 말하는데, 무슨 말을 하는지 이해할 수 없지만 그들은 바르도에서 나를 인도하기 위해 티베트 『사자의 서』의 구절들을 암송하고 있음이 분명하다. 내 위에 빛이 보인다. 나는 거기로 가야 한다. 난 거기로 가야 한다. 출구를 놓쳐서는 안 된다. 이 중간 상태에, 이 나쁜 삶에 남아 있어서는 안 된다. 이제 모든 게 끝나야 하고 고통은 결정적으로 멈춰야 한다. 나는 엄청나게 애를 써서 몇 번이나 〈난 죽고 싶어, 난 죽고 싶어〉라고 말한다(케타민에 취한 상태로 말하는 것은 무척 힘들다). 이제 의사들은 두 명이 아니라 너덧 명이나 된다. 그들이 모여 있는 나의 방은 너무나, 너무나 많이 작아져서 조그만 상자가 되는데, 이 상자는 또 줄어들어 나는 천장에 달라붙어 울기 시작한다. 나는 울고 또 울면서 죽고 싶다고 말한다. 나를 죽이는 것은 직업상 그들이 할 일은 아님을 잘 알지만 그래도 제발 나를 죽여 달라고 애원한다. 내가 이렇게 신음하며 내 의식을 꺼버릴 수 없다면 차라리 죽여 달라고 애원하자 의사들은 신속히 소원을 들어준다. 그들이 주사 한 방을 놓자 퓨즈가 퍽 나가 버리면서 더 이상 아무도 보이지 않는다. 이어 어떤 새하얀 공백 상태가 시작되는데, 며칠 동안 이어진 이 공백 상태는 만일 내게 아직 덧붙일 문장이 없다면 이 장의 대미를 장식했을 것이다. 내가 여기서 얘기하는 일들은 다소 야만적으로 느껴지지만 당시 내 상태 자체가 그랬고, 나는 우선 생탄 병원에서 만났던 의사들 모두가 매우 훌륭했다고 말해 두고 싶다. 하지만 어디에고 한심한 인간은 있는바 거기에도 하나가 있었으니, 이 사람은 이 사건 후에 나탈리에게 전화를 하여 이렇게 물었다고 한다. 「오빠분이 안락사를 요청했는데, 어떻게 하죠?」

보호 병동

  안락사를 요청한 후에 옮겨진 보호 병동에서 얼마나 시간을 보냈던가? 당시에는 사흘이나 나흘 정도로 느껴졌는데 사실은 2주였다. 네 번째 주사 전날 밤에 들었던, 그리고 내 머릿속에만 존재하는 것이라고 믿었던 그 단조롭고도 소름 끼치는 고함 소리들이 나온 곳이 바로 이 보호 병동이었다. 사실 그 고함 소리는 내 병실 바로 옆방에서도 나왔다. 보호 병동 병실 문마다 흐릿한 유리가 끼워진 둥근 채광창이 달려 있었는데, 옆방의 창은 목판인지 베니어판인지로 막아 놓았다. 나는 이게 식인귀 한니발[6] 같은 이로부터 간호사들을 보호하기 위한 것이라 생각했지만, 실제로 당사자를 본 적은 한 번도 없다. 나는 어떤 남자와

---

  6 스릴러 공포 영화 「양들의 침묵」, 「한니발」 등에서 앤서니 홉킨스가 연기한 등장인물로, 식인을 하는 사이코패스로 유명하다.

병실을 함께 썼는데, 이 친구는 위험하지 않은 것은 분명했지만, 얼빠진 얼굴을 하고, 날카로운 목소리를 내고, 슬리퍼 신은 발을 질질 끌고 다니고, 침을 줄줄 흘리며 잠옷 바람으로 지내는 등 정신 장애인의 가장 가슴 아픈 증상들을 보이고 있었다. 그런데 나 자신도 그렇게 자랑할 만한 꼬락서니는 아니었던 듯하다. 어느 날 나탈리가 찾아와 보니까 내가 침대에 누워 오락가락하는 정신으로 지금 내가 어디 있느냐고 물어보는가 하면, 마치 노래하는 것 같은 처량한 목소리로 〈집에 돌아가고 싶어, 집에서 죽고 싶어, 날 집으로 데려다줘……〉라고 웅얼거리고 있었단다. 이때의 나를 병원 진료 기록부는 이렇게 묘사한다. 〈현실 감각 상실 증세를 한 번 보임. 그런 뒤 시공간 개념 상실, 불안감, 강한 소외감이 수반된 심한 착란 증상.〉 물론 바람직한 상태는 아니었지만 이런 상태는 그들이 필요한 조치를 취한 덕에 결국 지나갔다. 나는 이 보호 병동을 떠나 4층으로 올라가 정상적인 병원 생활로 돌아올 수 있었다. 끈적거리는 긴 낮잠, 코코아를 홀짝이며 카페테리아에 죽치고 앉아 있기, 번번이 끊기는 독서, 다시 시작해 보지만 오래가지 못하는 요가 관련 글쓰기 시도, 모르핀을 맞으면 보통은 변비가 오지만 나는 15분마다 대변을 보는 탓에 먹기가 무섭게 배설해 버리는 식판 음식, 그리고 다른 환자들과의 내일이 없는 교제 등으로 이루어진 생활로 말이다. 동료 환자로는 항상 머리를 잘 가꾼 모습이고 저명한 나의 어머니를 숭배하기 때문에 집요하게 나를 카레르 당코스 씨라고 부르며[7] 이게 자신의 열일곱 번째 장기 입원이라고 허세와 쓸쓸함이 섞인 어조로 고백하는 우아한 부인, 그리고 내가 까마득한 옛날에 알았지만 30년 전부터 모습을 감췄고 약간의 우울증으로(사실은 꽤 심각한 우울증이니, 그렇지 않다면 생탄 병원에 있을 까닭이 없다) 고생하는 어떤 뚱뚱한 영화 비평가가 있었다. 전에 그는 내가 글을 쓰는 잡지와 경쟁 관계에 있던 어떤 잡지에서 글을 썼었고, 우리는 둘 다 아는 친구들이며 이 분야에서 있었던 논쟁 등을 회상하며 같이 놀곤 했다. 그러던 어느 날, 우리가 구내식당에서 식판을 밀어 넣고 있는데, 아주 젊은 여성 하나가 마치 나를 잘 알고 있는 것처럼 말을 걸었고, 영화 비평가와 그녀와 나는 같은 테이블에 다시 자리를 잡았다. 영화 비평가는 마치 내가 이 스물두 살 난 아가씨를 유혹하려는 마음이 있는데 자신이 중간에서 방해하는 걸까 봐 걱정하는 듯 말을 비비 꼬았다. 그녀는 자기는 완전히 미쳤었는데 10여 차례의 전기 충격 치료를(그녀는 이것을 ECT라고 불렀다) 받고는 상태가 좋아졌다고 담담히 설명했다. 그녀는 내가 생각한 것 이상으로 나를 잘 알고 있었는데, 보호 병동에서 함께 있었기 때문이다. 다만 그녀는 그 일을 기억했고 나는 기억하지 못했던 것이다. 그녀

7 에마뉘엘 카레르의 어머니는 프랑스의 저명한 역사학자이자 학술원 원장인 엘렌 카레르 당코스Hélène Carrère d'Encausse이다. 그녀는 조지아 이민자 조르주 주라비슈빌리의 딸이지만, 순수 프랑스 혈통인 루이 카레르 당코스와 결혼하여 이 성을 갖게 되었다. 에마뉘엘 카레르라는 필명은 본명에서 이 당코스를 뺀 것이다.

의 기억에 따르면 우리는 많은 대화를 나눴단다. 특히 코맥 매카시의 소설들에 대해 얘기했는데, 이 코맥 매카시는 자신이 너무나 좋아하는 작가이며 나 역시 그런 것 같았단다. 난 놀라지 않을 수 없었으니, 이 작가의 소설들을 언젠가 읽어 봐야겠다는 생각은 하고 있었지만 아직 한 권도 읽은 적이 없었기 때문이다. 그녀의 기분을 맞춰 주려고 읽은 척했던 것일까? 그녀의 태도에서는 강한 친밀감, 심지어는 어떤 공모 의식까지 느껴졌기 때문에 나는 우리 사이에 환자 간의 동료 의식 이상의 무언가가 있었던 것은 아닌가 하는 생각이 들었다. 어쩌면 그랬을지도 모르지만, 그것은 보호 병동 문을 넘어서지는 않았다.

몽환적인 정원

이 아주 조금 나아진 상태는 오래가지 않았고, 곧 〈우울감과 불치의 감정, 빈번히 터지는 눈물, 즉각적 실행 계획은 없지만 목매달아 죽는 시나리오를 수반한 점점 많아지는 자살 생각들〉에 자리를 넘긴다. 이 〈즉각적 실행 계획은 없지만 목매달아 죽는 시나리오〉와 특히 그 배경에 대해서는 좀 더 얘기할 수 있겠다. 어느 날 오후 난 이 생탄 병원이라는 도시 속의 도시 안에서 산책을 한다. 그렇게나 끔찍한 배회를 〈산책〉이라고 부를 수 있는지는 모르겠지만, 어쨌든 발걸음은 머리가 이상해진 예술가들의 이름을 따온 통로들이 교차하는 어느 구역으로 나를 이끈다. 위트릴로, 반 고흐, 라벨……. 나는 사람들이 좀 과장한다는 생각이 든다. 대체 라벨은 왜? 신경증은 있었지만 미치지는 않았잖아? 나는 복도에서 나와 건물들 사이로 난 지붕 덮인 회랑으로 들어가는데, 어느 순간 열려 있는 문 하나가 보이고 그 바깥에는 폐기된 듯 보이는 벽돌 건물들로 둘러싸인 넓고 황량한 정원이 있다. 환자도 의사도 없고 관리되지도 않았으며, 여기저기 낙엽들만 뿌려져 있고, 가지치기를 한 시커먼 둥치의 마로니에 나무들만 서 있는 휑하고 조용한 내정이다. 모리스 라벨의 모음곡 「어미 거위」의 마지막 곡이자 아닌게 아니라 정말로 몽환적인 분위기의 피아노곡 「몽환적인 정원」의 창백한 정신 의학적 버전이라 할 수 있는 곳으로, 내 계획을 실행에 옮기기에 이상적인 장소이다. 가장 낮은 가지들은 지면에서 약 2미터 높이이고 녹슨 정원용 의자들이 벽을 따라 포개어져 있다. 이 의자들 중 하나에 올라가 의자를 발끝으로 밀어 버리기만 하면 되리라. 그러면 두 다리는 지면 20센티미터 위에서 버둥거리다가 축 늘어지리라. 별로 높지는 않지만 충분하다. 수심 10센티미터에서도 수심 10미터에서만큼이나 쉽게 익사할 수 있듯이, 지면 20센티미터 위에서도 지면 2미터 위에서만큼이나 쉽게 목매달아 죽을 수 있는 것이다. 이제 끈만 구한 뒤 사람들에게 들키지 않고 실행할 수 있는 적당한 때만 정하면 된다. 난 며칠 동안 이 시나리오를 머릿속에서 굴렸고, 게테가에서 빨랫줄을 파는 구식 잡화점도 하나 찾아냈다. 그러고는 라벨 산책로의 그곳으로 돌아왔는데 열려 있던 그 문은 보이지 않았다. 열려 있지 않았을 뿐만 아니라 더 이상 거기에 없었다. 난 찾고 또 찾았지만 허사였다. 어쩌면 그 문은 아예 존재한 적이 없었는지도 모른다.

잃어버린 방

나는 전에 『꿈들이 주는 불확실성 *L'incertitude qui vient des rêves*』이라는 제목의 로제 카유아의 매혹적인 책을 읽은 적이 있다. 그는 여기서 꿈 이야기를 하나 하는데, 그 후 이 꿈 이야기는 내 머리를 떠난 적이 없다. 꿈꾸는 이는 파리의 테른 구역에서 산책하는 어떤 남자이다. 그는 자신이 어디로 가는지 알고 있고 행복한 마음으로 가고 있다. 열차에서 내려 지하철역에서부터 거기까지 가는 길은 그에게 너무나도 익숙하다. 눈을 감고도 갈 수 있고, 아주 정확하게 묘사할 수도 있다. 그리고 그가 이 길을 가는 것을 그렇게나 좋아하는 이유는 이 길을 따라가면 어떤 여자가 살고 있는 어느 거리의 건물에 이르기 때문이다. 10년 넘게 아주 은밀한 관계를, 그가 세상에서 가장 소중한 것으로 여기는 관계를 맺어 온 여자가 살고 있는 곳에 말이다. 그는 그들이 약속한 주기인 보름마다 어김없이 테른 지하철역에서 내려 여자의 아파트가 있는 작고 조용한 거리까지, 고급 주거용 건물까지 걷는다. 그녀는 그에게 문을 열어 주고, 그들이 볼 키스를 나눈 뒤 그들 뒤로 문이 닫히면 이어지는 시간은 두 사람만의 것이 된다. 외부 세계로부터 완전히 보호되는 이 시간과 공간의 비눗방울 안에서는 오직 욕망과 달콤함과 평온함과 두 육체의 결합과 속삭이며 나누는 대화만 있을 뿐이다. 그들은 가끔 함께 사는 것을 고려해 봤지만, 그리하면 이런 것은 불가능함을 두 사람 다 알고 있다. 그들의 사랑은 이 비밀 속에서 펼쳐지고, 이렇게 보호된 그들의 사랑은 영원히 계속되리라고 둘 다 생각한다. 그들은 남자가 보름마다 자신 있는 걸음으로 향하는 이 아파트의 평화 속에서 둘 중 한 사람이 죽을 때까지 재회할 수 있으리라. 하여 그는 그의 행복을 숨긴 거리가 나오는 대로를 따라 걸어 내려간다. 잠시 딴생각을 하고 있었던 것인지 그는 거리를 지나치는데, 그에게는 처음 있는 일이었다. 그는 다시 대로를 거슬러 오른다. 위쪽의 거리도 있고 아래쪽의 거리도 있다. 그가 완벽히 알고 있는 이 두 거리는 있는데 그가 찾는 거리, 이 두 거리 사이에 마땅히 있어야 할 거리는 더 이상 거기에 없다. 그는 다시 대로를 따라 올라갔다가 내려온다. 마치 거리가 제자리로 되돌아오기를 기다리듯이 여러 차례 그렇게 해보지만, 아니, 그것은 더 이상 거기에 없다. 이건 말도 안 돼라고 남자는 중얼거린다. 난 대로에서 거리로, 거리에서 건물로, 그리고 건물에서 그 아파트로 이르는 이 길을 다 외우고 있단 말이야. 하지만 이런 생각이 채 끝나기도 전에 더 이상 머릿속에 아무것도 떠오르지 않음을 느낀다. 방금 전에 사라져 버린 거리도, 기억으로 그 도면까지 그릴 수 있었지만 망각이 삼켜 버린 아파트도, 심지어는 아무도 모르는 그의 일생일대의 사랑이었던 그 여자 얼굴까지도. 그녀의 얼굴도, 목소리도, 그녀가 자기에게 했던 말들도, 그녀의 이름조차도 생각나지 않는다. 이것들 중 그 무엇도 이제 더 이상 존재하지 않으니, 왜냐하면, 지금 깨닫건대, 이 모든 것은 실재한 적이 없었기 때문이다. 그 경이로운 여자, 그 여자와의 황홀한 밀애, 이 모든 것은 한낱 꿈이었고, 인생 가운데 자기에게 주어진 가장 소중한 것들이 사실 겨우 꿈이었다는 사실을 의식하는 바로 그 순간 남자는 잠에서 깨어난다. 그리고 이제 로제 카유아가 들려주는 이 이야기 가운데 가장 통렬한 부분이 나온다. 이 모든 것은 하나의 꿈, 어수선한 꿈에 불과하지만 꿈꾼 남자는 현실에서도 꿈속의 분신처럼 극도로 비통한 감정을 느끼는 것이다. 그는 이 너무나도 소중한 재산(여자, 은밀한 관계, 공유된 비밀)을 꿈속에서만 소유하고 꿈속에서만 상실했으며 이 모든 일은 한순간에 일어났지만, 이 순간 가운데 10년간의 열렬한 사랑이 펼쳐졌고 그 상실감이 지금 그에게 남아 있는 것이다. 마치 이 놀라운 한 덩어리의 과거가 정말로 그에게 주어졌고 또 정말로 그에게서 회수되어, 그를 낭패감과 짝 잃은 외로움과 현기증 나는 상실감 속에 남겨 놓은 것처럼 말이다. 그리고 나는 지금 여기 생탄 병원 카페테리아에서 그리하고 있듯 로제 카유아가 꾸며 낸 혹은 지어낸 이 꿈을 생각할 때마다, 단지 죽고 싶을 마음이 들게 할 뿐 아니라 지금 죽어 있었으면, 아니 한 번도 존재한 적이 없었으면 하는 마음이 들게 하는 그 낭패감과 외로움과 현기증을 느끼곤 한다.

나는 계속 죽지 않고 있어요

　내 친구 뤼트 질베르망은 한 여덟 살배기 사내아이가 1936년에 있었던 소련의 대숙청 때 그의 할머니에게 보냈던 두 통의 짤막한 서신을 내게 보내 준다. 첫 번째 편지의 내용은 이렇다. 〈사랑하는 할머니, 난 아직 죽지 않았어요. 할머니는 이 세상에서 내가 가진 유일한 사람이고, 난 할머니가 이 세상에서 가진 유일한 사람이에요. 만일 내가 죽지 않고 어른이 되고 할머니는 아주 아주 늙는다면 난 할머니를 보살펴 줄 거예요. 할머니의 손자, 가브리크.〉 그리고 두 번째 편지는 이렇다. 〈사랑하는 할머니, 난 이번에도 죽지 않았어요. 이번에는 전번 편지에서 얘기했던 것과는 달라요. 나는 계속 죽지 않고 있어요.〉

뒤피 전시회의 포스터

그곳이 노르망디 지방인지 브르타뉴 지방인지는 잘 모르겠지만 어쨌든 대서양 연안에 있는 어느 해변이다. 잔교 하나가 파도 사이로 뻗어 있다. 하늘은 구름이 끼어 있고 밝게 빛난다. 드레스와 모자 차림의 여자들이 접이식 간이 의자나 모래 바닥에 앉아 아이들이 노는 것을 바라본다. 평화롭고 아무 문제가 없는 이 그림은 라울 뒤피를 기리는 어느 전시회의 포스터로, 비치하는 잡지도 신간으로 교체하지 않는 게 보통인 대기실을 장식하는 포스터들이 대개 그렇듯 색이 바래 있고 후줄근하다. 이 해변과 그림과 포스터는 내게 세상에서 가장 슬픈 광경이다. 단지 슬플 뿐만 아니라 가장 무서운 광경이기도 하다. 난 다시는 그것을 보고 싶지 않다. 그것을 생각하기만 해도, 꿈속에서 보기만 해도, 절대로 가서는 안 될 곳으로 가게 된다.

그것은 지극히 악한 장소, 악마 자신의 장소이다. 이 포스터, 이 그림, 이 해변은 내가 회복실에서 다시 수면에 떠올랐을 때, 전신 마취하에 행해지는 전기 충격 치료를 받고 의식을 회복했을 때 처음으로 보곤 했던 것이다. 의식을 되찾았을 때 나는 환자 운반차 위에 누워 있었다. 내 주위에는 다른 운반차들, 운반차에 누운 다른 환자들이 있었지만 눈에 들어오지는 않았다. 이 글을 쓰고 있는 지금 생각해도 이상한 일이지만, 내 운반차는 눈을 뜰 때마다 항상, 한 번도 예외 없이 항상, 그 노르망디 해변과 세일러복 차림의 아이들을 지켜보는 크리놀린[8] 드레스 차림의 부인들이 보이는 방향으로 놓여 있었다. 이상한 일이지만 그게 사실이다. 나는 그 깨어남 각각을 견딜 수 없이 비통한 순간으로 기억한다. 그것을 견딜 수 없는 이유는 그것을 어떤 〈순간〉, 그러니까 상대화할 수 있고 더 나은 다른 순간이 뒤이을 수 있는 하나의 순간으로 간주하기가 불가능하기 때문이다. 그것은 하나의 순간이 아니었고, 더 이상 다른 순간들은 없었으며, 순간들이 존재한 적도 없었다. 그것은 영원, 비통함과 공포의 영원이었다. 신비주의자들이 말하는 궁극적 현실, 에르베와 내가 스위스 발레에서 산행하며 토론하던 그 궁극적 실제는 바로 이것, 이 라울 뒤피의 그림에서, 이 크리놀린 드레스 차림의 부인들과 이 세일러복 차림의 아이들에게서 퍼져 나오는 무한한 악이었다. 나는 보아서는 안 되는 것, 즉 삶의 밑바닥을 본

8 과거에 여자들이 허리 아래의 치마가 풍성해 보이도록 옷 안에 걸치던 틀.

것이다. 그리고 어렸을 때 내가 꾸곤 했던 나쁜 꿈들에서
처럼, 마치 미끄럼틀을 타듯 어떤 저주의 장소로 미끄러
져 내리곤 했던 악몽들에서처럼, 어느 목소리가 내 귀에
대고 차분하게 그리고 부드럽게 말하는 게 들렸는데, 가
장 고약한 것은 바로 이 부드러움 자체였다. 「자, 이제 도
착했어. 넌 여기에 있는 거야. 넌 몰랐지만 사실 넌 항상
여기에 있었단다. 넌 네가 〈내 삶〉이라고 부르는 그 길고
복잡한 이야기를 자신에게 들려주었지. 그 이야기에 따르
면 너는 태어나고, 부모를 갖게 되고, 학교를 다니고, 사람
들을 알게 되고, 여행을 하고, 외국어를 배우고, 책들을 읽
고 또 쓰고, 여자들을 사랑하고, 그들의 몸을 애무하고, 그
래, 네가 가장 좋아한 것은 결국 그거였지, 아이들을 갖고,
요가를 하고, 똥을 싸고 오줌을 싸고, 이따금 행복했고, 넌
그렇게 돼먹은 인간이기 때문에 행복보다는 고통을 많이
겪었고, 그리고 이제는 네가 〈내 삶〉이라고 부르는, 인물
들과 사건들로 가득한 그 긴 이야기가 마침내 여기에 이르
렀어. 무한한 비통함이 있는 곳, 바닥없는 우물이 있는 곳,
울고 이를 갊이 있는 곳, 정신 병원 보호 병동의 네 이웃이
울부짖는 곳 말이야. 종착역이지. 넌 돌아왔어. 우린 널 기
다렸지.

　마침내 넌 도착한 거란다.」

ECT

〈상당한 기분 저하, 참기 힘든 정신적 고통, 비탄과 불치의 감정, 잦은 눈물, 정신 완만증bradypsychia인 듯한 느낌.〉정신 의학 어휘를 참 많이도 배운다. 정신 완만증은 사고의 흐름이 느려지는 것을 뜻하는데, 의료 팀이 보다 강력한 무기로, 다시 말해서 예전에는 〈전기 충격 치료〉라고 불렸고, 지금은 ECT(électro-convulso-thérapie, 전기 경련 요법)로 명칭을 바꾼 것을 사용하기로 결정한 것을 보면, 내가 참기 힘든 정신적 고통을 느낄 뿐 아니라 사고 기능도 상당히 저하된 모양이다. 이렇게 명칭을 바꾼 목적은 로데즈의 앙토냉 아르토[9]나『뻐꾸기 둥지 위로 날아간 새』[10]를 생각나게 하는 〈야만적〉 요법의 해묵은 명성을 잊게 하려는 것이다. 이런 이유로 거의 버려졌던 이 요법은 1980년 이후에 다시 돌아온다. 환자에게 일종의 〈리셋〉, 즉 시스템의 재부팅을 일으킨다고 추정되는 이 인위적 간질 발작은 오늘날 중증 우울증과 특정한 경우의 조현병 치료에 권고되는 첨단 요법으로 간주된다. 그렇지만 이 치료법에 도움을 청하는 것은 어려운 결정이며, 일반적으로 환자는 스스로 결정을 내릴 수 있는 상태가 못 되는데, 내 경우가 바로 그랬다. 내 가족들이 이 어려운 결정 앞에 서지 않을 수

---

9 Antonin Artaud(1898~1948). 프랑스의 시인이자 연출가. 말년에 정신 착란을 일으켜 로데즈에 있는 정신 병원에 들어갔다.

10 켄 키지의 소설로 환자들을 식물인간으로 만드는 비정한 정신 병원을 그렸다. 잭 니컬슨이 주연을 맡은 영화(1975)로도 유명하다.

없었던 것은 이제 그걸 사용해야 한다고 정신과 의사들이 확신했기 때문이다. 심지어 그들은 이제 이 방법 외에는 제안할 게 아무것도 없다는 식으로 말한다. 이제 올 데까지 왔어요, 이 양반을 구하고 싶다면 이것 말고 다른 것은 없다고요. 내 에이전트이자 30년 지기이며 이 무렵 나탈리가 주로 상의했던 사람인 프랑수아 사뮈엘송이 내게 들려준 바에 의하면, 가족들은 너무나 고뇌에 찬 시간을 보낸 후 결국 이렇게 말했단다. 좋아요, 다른 선택이 없네요, 자, 당신들이 할 일을 하세요. 정말로 그때 다른 선택이 없었을까? 그것 말고는 거기서 벗어날 방법이 없었을까? 그게 아니었다면 어떻게 벗어날 수 있었을까? 만일 내가 생탄 병원에 가서 열네 번을 연달아 그 끔찍한 라울 뒤피 전시회 포스터 앞에서 깨어나는 대신 그대로 이라크로 떠났다면, 만신창이가 됐지만 그래도 떠났다면 내 삶은 어떻게 되었을까? 난 그 답을 알지 못하고 영원히 알 수 없을 것이다. 다른 길을 택했을 때 어떤 일이 일어나게 될지 우리는 영원히 알 수 없다. 가끔은 위험과 아드레날린이 내게 다시 살고 싶은 욕망을 주었으리라는 생각도 들지만, 또 어떤 때는 그때 양자택일의 대상은 〈ECT 아니면 이라크〉가 아니라 〈ECT 아니면 죽음〉이었다는 생각도 드는데, 이것은 그 이후로 나를 계속 치료해 왔고 내가 깊이 신뢰하는 정신과 의사의 생각이기도 하다. 그는 자신이 이끄는 정신과에서 우울증 환자들을 숱하게 보아 왔다. 따라서 자살 위험도를 평가할 줄 아는 그는, 내 경우는 이 위험도가 매우 높다고 판단했고, 나 자신도 지금 내가 읽고 있는 진료 기록부가 말하는 〈참기 힘든 정신적 고통〉을 표현할 수 있는 말을 정말 찾을 수가 없다. 그 말을 찾을 수 없는 것은 당시 내가 빠져 있던 그 끔찍한 고통을 다시 떠올리고 묘사하고 명명하기에는 지금의 나는 그때와 너무나 멀리 떨어져 있기 때문이고, 이건 내 생각인데, 무엇보다도 그런 것을 표현할 수 있는 말은 세상에 존재하지 않기 때문이다. 지금 내가 얘기하고 있는 게 끔찍하게 느껴지겠지만 사실 그것은 이보다도 훨씬 더 무서운, 어떤 이야기로 표현할 수도 묘사할 수도 명명할 수도 없는 끔찍함이었고, 그리고 표현이 존재하지 않는다면 지금 내가 만들어 낼 것이니, 〈기억조차 할 수 없는〉 끔찍함이었다. 더 이상 거기에 있지 않으면 그것을, 다행스러운 일이지만 떠올릴 수가 없는 것이다. 따라서 어쩌면 ECT가 내 생명을 구했다는 말이 맞는지도 모른다. 어쨌든 내 상태는 그렇게 극적으로 개선되지는 않았다. 치료 기간 내내 병원 진료 기록부는 〈이따금 기분이 좋아지지만 원기 회복의 뚜렷한 징후는 보이지 않는 비선형적 진전〉에 대해 말한다. 또 〈불안감과 어두운 생각들을 수반하는 상당한 기분 저하〉와 〈심해지는 기억력 장애〉에 대해서도 말한다. 아, 맞다, 심해지는 기억력 장애……. 거기에 대해서도 얘기할 필요가 있으니, 한번 얘기해 보기로 하자…….

심해지는 기억력 장애

　내가 경험한 바에 의하면 이 기억력 장애는 ECT의 중요하고도 심각한 부작용이다. 사람들은 이게 일시적이며 기억력은 다시 회복된다고, 최악의 경우라도 이 부작용은 치료 기간 동안에만 일어난다고 말하지만 이는 사실이 아니다. 난 치료받고 나서 3년 후에 이 글을 쓰고 있지만, 내 기억력은 여전히 폐허 상태이다. 나는 우연히도 며칠 전에 자크 브렐의 「늙은 연인들의 노래 la Chanson des vieux amants」를 미국 가수 멜로디 가르도가 리바이벌한 곡을 듣게 되었다. 그리고 이 리바이벌한 곡이 너무나 마음에 든 나머지 멜로디 가르도에 대해 좀 더 알아보기 위해 검색을 해봤는데, 내가 처음 읽게 된 것은 그녀의 인터뷰로 다음과 같은 이야기를 들려준다. 어떤 끔찍한 사고 후에 그녀는 장단기 기억 상실증에 걸렸는데, 이게 얼마나 심한지 매일 하루를 시작하는 게 마치 에베레스트산을 등반하는 것 같단다. 침대에서 일어나기 전에 접근 가능하며 유용한 기억들을 최대한 긁어모아야 한다. 오늘 해야 할 일들과 전날에 한 일들에 대한 것뿐 아니라 자신의 개인사, 심지어는 자신의 정체성에 관련된 기억들까지 말이다. 이렇게 매일 아침 자신의 이름과 나이와 삶의 주요한 사건들을 기억해 내는 것은 그녀에게 상당한 노력을 요구한다. 나는 이 정도까지는 아니지만, 어떤 친구와 얘기할 때 전날 우리가 했던 말뿐 아니라 심지어는 우리가 전날에 대화를 나눴다는 사실까지 잊어버리는 일이 종종 있다. 나는 내가 좋아하는 사람들이 나를 태만하거나 무관심한 사람으로, 혹은 치매 초기로 생각할까 봐 늘 전전긍긍한다(양극성 장애 환자들에게 있어서 치매의 위험성은 자살의 위험성과 마찬가지로 평균보다 스무 배나 높기 때문에 전혀 가능성 없는 얘기는 아니다). 그런데 개똥도 쓸모가 있다고, 불행도 무언가에는 좋은 게 될 수 있다. 기억 파괴가 전기 충격 치료의 부수적 폐해라면 부수적이면서도 전혀 예상치 못했던 선물도 하나 가져다줬으니, 내가 시를 외우기 시작했다는 사실이다.

나는 시를 외운다

어느 날, 문병 온 친구 올리비에 루빈시타인과 생탄 병원 카페테리아에서 함께 핫초코를 마시고 있었다. 내가 이 기억력 장애에 대해 불평하자 그는 이렇게 말했다. 「시를 한번 외워 봐. 그럼 자네 뉴런에 슨 녹이 벗겨질 거야.」 클로드 란즈만[11]과 매우 가까운 사이인 올리비에는 항상 란즈만의 시 레퍼토리가 얼마나 광범위한지 경탄하곤 했다. 그는 수천 편의 프랑스 시를 외우고 있으며, 파티에서 그를 멋들어지면서도 밉살스럽게 만드는 거만하고 허스

11 Claude Lanzmann(1925~2018). 프랑스의 영화감독. 홀로코스트를 다룬 다큐멘터리 영화 「쇼아Shoa」로 널리 알려졌다.

키하고 분기탱천한 과장적 어조로 「취한 배 Le Bateau ivre」나 「잠든 보아즈Booz endormi」 같은 시[12]를 낭송하는 일이 종종 있다는 거였다. 한편 나는 시를 열심히 읽었던 적이 한 번도 없다. 나는 이 점을 아쉬워하면서 내가 시에 완전히 젬병이라고 평생 생각해 왔다. 하지만 올리비에는 이미 오래전에 장프랑수아 르벨의 그 기가 막힌 프랑스 시 사화집을 내게 가져다주었던 것이다. 난 이 책을 수십 년 전부터, 그러니까 우리가 팽폴의 코데크 슈퍼마켓에서 싸구려 와인병들로 채워진 카트를 밀고 다니는 르벨과 마주치곤 했던 시절부터 거의 한 번도 펼쳐 보지 않았는데, 이 끔찍이도 나빴던 시기에 이 사화집은 내 삶을 보다 견딜 만한 것으로 만들어 주었다. 이 책이 기가 막힌 이유는 이게 어떤 우등생 리스트나 일반적 합의의 소산이 아니라 오직 자신의 감각에만 귀를 기울이는 남자, 어마어마하게 유명한 시인에게서는 단 한 편의 시만을 간직하고, 또 반대로 루이즈 라베[13]가 남긴 시들은 몽땅 취할 수 있는 어떤 남자의 특별한 취향의 표현이었기 때문이다. 나중에 나는 다른 시들도 많이 외우게 되었지만 그 첫 번째는 바로 루이즈 라베의 이 소네트였던바, 이 선택에 대해서는 여태까지 한 얘기들이 있으므로 특별히 정당화할 필요가 없다고 생각한다.

12 「취한 배」는 아르튀르 랭보의, 「잠든 보아즈」는 빅토르 위고의 시이다.
13 Louise Labé(1524~1566). 르네상스 시대의 프랑스 시인.

나는 살고 죽으며, 불에 타고 물에 빠진다
나는 지독한 추위를 겪으면서도 지독히 뜨겁다
삶은 내게 너무 부드럽고도 너무 가혹하다
내 너무나도 힘든 삶 가운데 기쁨이 섞여 든다

나는 갑자기 웃기도 하고 눈물짓기도 하며
기쁨 속에서도 견디기 힘든 고통을 겪는다
내 가진 것은 떠나가니, 남는 법이 없고
갑자기 메말랐다가 순식간에 푸르러진다

이렇게 사랑은 끊임없이 날 몰고 가는데
내가 더 괴롭다고 생각할 때는
나도 모르는 사이에 고통에서 벗어나 있고,

내 즐거움이 확실하다고,
내가 행복의 절정에 있다 믿을 때는
난 다시 처음의 불행으로 되돌아온다

양호한 일시적 효과……

의사들은 4월 말에 나를 생탄 병원에서 나가게 해주는
데, 진료 보고서는 이렇게 끝이 난다. 〈양호한 일시적 효과, 그
러나 신속한 재발.〉 하지만 사실을 말하자면 나는 상태가 좋

아진다. 적어도 석 달 동안은 훨씬 더 좋아진다. 약이 효과가 있는 것처럼 보인다. 정신과 의사들은 뤼카와 내가 이라크로 가는 것을 허락하고, 거기서 행해진 우리의 르포르타주 작업은 그것의 예고편, 다시 말해서 전해에 포슈가의 영사관에서 우리가 보낸 그 편안하게 마비되어 가던 시간들과 거의 비슷하게 흘러갈 것이다. 파리에서와 마찬가지로 바그다드에서도 우리는 뻔한 정치적, 종교적 잡설들을 끝없이 늘어놓는 시아파나 수니파의 울라마 혹은 아야톨라[14]인 어떤 고관의 사무실에 인도될 때까지, 몇 시간 동안 깊고도 흉측한 소파들에서 아주 달고 감미로운 차가 담긴 조그만 잔을 홀짝이며 세월을 보낼 것이다. 이렇게 우리는 이 고관 저 고관을 찾아서, 바그다드의 모든 건물을 에워싸 폭발 장치가 설치된 자동차 테러로부터 보호하는, 그리하여 이곳을 완전히 벽으로 둘러싸인 도시로 만드는 방호벽들 사이를 방탄 지프차로 누비고 다닐 것이다. 여기에는 구체적 위협이나 가시적 위험이 전혀 없어 나는 조금 실망한다. 우리는 피의 쿠란을 찾아내지 못한다. 그것의 자취는 칼라시니코프 소총 형상의 첨탑들이 서 있는 모스크, 〈모든 전투의 어머니〉라는 이름의 모스크에서 사라지는데, 거기에 전시되었다가 어떤 미지의 장소, 아마도 사우디아라비아로 옮겨졌을 것이다. 그리하여 우리의 탐사 주제는 사담 후세인에서, 역시 사우디아라비아로 피

14 울라마는 이슬람의 신학자, 법학자를, 아야톨라는 시아파의 고위 성직자를 뜻한다. 시아파와 수니파는 이슬람의 대표적인 2대 종파이다.

신한 듯 보이는 그의 신비스러운 서예가로 조금씩 옮겨 갔다. 뤼카와 나는 거기로 갈 계획을 세웠으니 그것은 첫째, 우리의 르포르타주를 이어 가기 위해서였고, 둘째, 그리고 무엇보다도, 바그다드 같은 별로 유쾌하지 못한 도시(아무래도 이라크는 도널드 트럼프가 특유의 험한 언어로 shitty country, 즉 〈엿같은 나라〉라고 부른 것의 본보기 같은 곳이었다)에서 우리의 체류를 그렇게나 유쾌한 것으로 만들어 준 우정 어린 공모 관계를 다시 한번 맛보기 위함이었다.

······그러나 신속한 재발

여름이 되었고, 우리는 파트모스섬, 그러니까 성 요한에게 헌정된 수도원(성 요한은 여기서 계시록을 썼다고 한다)의 아랫마을에 우리가 집을 한 채 가지고 있는 그 아름다운 섬에 눌러앉는다. 평정한 삶과 빛나는 장년에 대한 나의 각본 속에서 파트모스는 이타카[15]의 역할을 맡고 있지만, 평온함과 차분한 일상을 기대하며 섬에 발을 내려놓기가 무섭게 정체를 알 수 없는 소름 끼치는 무언가가 내 안에서 일어난다. 나는 처음에는 그것을 감추려, 특히 나 자신에게 감추려 한다. 누구나에게 찾아오는 지나가는

---

15 그리스 이오니아해에 있는 섬이며, 호메로스의 서사시 『오디세이아』에서 오디세우스가 고난에 찬 편력 끝에 마침내 돌아오는 고향이기도 하다.

구름일 거야, 불안해할 필요 없어……. 하지만 아니다, 그
것은 충분히 불안스러운 것이고, 이 불안감은 <u>스스로를</u>
키워 나간다. 난 광기가 돌아올까 봐 겁이 난다. 내가 전혀
통제할 수 없는 어떤 내적 괴물의 노리개가 될까 봐 겁이
난다. 갑작스레 솟아난, 그리고 평소의 내 모습과는 전혀
다른 이 공격성이 모종의 정신 질환 발작을 예고하는 것일
까 봐 겁이 난다. 그것의 반작용으로 우울증이 올까 봐 겁
이 난다. 의사들이 처방해 준 약들이 은밀하게 작용하여
의식지 못하는 사이에 나를 변화시키고 있을까 봐 겁이 난
다. 그토록 열망했던 파트모스의 조화로운 분위기가 나를
짓누르기 시작한다. 그것이 짜증스럽게 느껴진다. 나는
조금이라도 일을 할 수 있다는 조건하에서만 휴가를 좋아
한다. 내 습관은 해가 뜨자마자 밖으로 나가서는 테라스
에서 요가를 조금 한 뒤, 이 이른 시간에 마을에서 유일하
게 열려 있는 카페에서 글을 쓰는 것이다. 그 순간 난 그곳
의 유일한 고객이다. 다른 고객들이 오기 시작하면 난 거
기서 철수하여 빵집에 가서 브리오슈빵과 초콜릿빵을 사
서는 집으로 가져오는데, 그것들로 하는 아침 식사는 다
른 이들이 하나하나 일어남에 따라 찻주전자와 커피 머신
이 계속 다시 채워지는 가운데 거의 오전 내내 이어진다.
나는 이 즐겁고도 느긋한 의식이 좋았고, 포도 넝쿨 늘어
진 우리 집 정자 밑에 친구들이 모이는 게 좋았고, 내가 이
인심 좋은 집의 주인장인 게 좋았다. 하지만 이제 나 자신
이 우리 집 안에서 이방인처럼, 불안하고도 성마른 이방

인처럼 느껴진다. 요가에 대한 메모를 해두는 파일을 아침마다 카페에 가져가기는 하지만 더 이상 쓸 게 하나도 없고, 평상시에는 그렇게나 유쾌하게 잡담을 나눴던 카페 사장과도 얘기할 게 하나도 없으며, 친구들에게도 할 말이 하나도 없다. 롱사르, 라퐁텐, 아폴리네르, 혹은 이브 본푸아의 시들을 이제 누구에게도 낭송해 주고 싶지 않다. 난 내 불안감을 잠재워 주길 바라며 이 시들을 열심히 낭송해 보지만, 이것들은 그 무엇도 잠재우지 못한다.

> 이제 두고 떠나야 하네,
> 집과 과수원과 정원 들을,
> 장인이 깎아 만든 화려한 식기들을
> 그리고 자신의 장례식을 노래해야 하네,
> 메앙드랭 물가에서 자신의 죽음을 노래하는 백조처럼
>
> 이제는 끝났네, 난 내 운명의 실을 다 풀었네
> 난 살았고, 내 이름을 아주 특별하게 만들었다네……[16]

이제 나는 내 이름을 특별하게 만드는 일 따위에는 별로 관심이 없다. 내게 중요했던 모든 것들, 내가 꿈꾸었던 모든 것들, 영광과 멋진 집, 사랑과 지혜, 난 이제 이것들이 무엇인지조차 모른다. 난 불안하게 서성거린다. 의기소침하고 제자리에 앉아 있지 못한다. 어디가 내 자리인지 더

16 프랑스의 시인 피에르 드 롱사르(1524~1585)의 시.

이상 알 수 없다. 난 친구들이 불안하게 바라보는 유령이 되었다. 이른바 〈난민 위기〉라고 하는 것이 시작되었을 때였다. 파트모스에서는 이런 얘기가 많이 떠돈다고 할 수 없었지만, 아프가니스탄, 에리트레아, 소말리아, 그리고 특히 전화(戰火)에 싸인 바샤르 알아사드 정권의 시리아에서 이민자들이 매일 수백 명씩, 아니 수천 명씩 그리스 해안으로 몰려들고 있었다. 튀르기예에서 얼마 떨어지지 않은 도데카네스 제도의 평화로운 섬들은 이들을 선별적으로 받아들인다. 파트모스처럼 가장 우아한 섬들은 주민들과 휴양객들이 대놓고 말하지 않는 그 일종의 재앙을 피할 수 있지만, 레로스나 레스보스 같은 덜 폼 나는 섬들은 그들의 몫보다 더 많이 받아들인다. 1년의 반을 파트모스에서 지내게 되기 전에 기자 일을 했던 우리의 친구 로랑스 드 캉브롱은 다시 일을 맡아 레로스섬에 가 르포르타주를 썼다. 우리 집에 저녁 식사를 하러 온 그녀는 그곳 얘기를 들려주고, 흥분하고, 분개한다. 그녀는 이민자들의 용기에 대해, 어떤 이들의 무관심에 대해, 또 어떤 이들의 헌신에 대해, 특히 모든 것을 버리고 와서는 거기서 너무나 훌륭한 일을 하고 있다는 어떤 미국 역사학자에 대해 얘기한다. 그녀의 얘기를 듣는 우리는 우리들의 태평함에 약간 부끄러움을 느낀다. 우아하게 구겨진 흰 리넨 옷을 입고, 맛집이나 바람에 따라 그날의 해변을 정하며 주로 시간을 보내는 이 세상 운 좋은 자들의 부끄러움 말이다. 이때 나는 이런 생각이 들었다. 바그다드는 내게 좋은 영향을 미쳤어. 그리고 지금 심각한 일들이 일어나고 있는 아주 가까운 이 섬에서 어쩌면 운명은 내게 자신에게서 벗어날 수 있는 두 번째 기회를 줄지도 몰라……. 그리하여 다음 날 나는 옷 몇 벌과 요가 관련 메모 파일이 든 배낭을 메고 항구로 내려왔고, 이게 우리의 이타카를 영원히 떠나는 길인지도 모르고서, 프레더리카 모하비가 기다리는 레로스로 가는 페리선에 올랐다.

제4부
소년들

프레더리카

　부두에서 그녀를 알아보지 못한다는 것은 불가능하다. 그녀는 키가 매우 크고(적어도 185센티미터는 된다) 체격이 건장하다. 얼굴은 각이 지고 못생겼지만 내게는 곧바로 모종의 고귀함이 느껴진다. 풍성한 회색 머리칼을 길게 늘어뜨린 예순 살가량의 그녀는 한여름의 그리스 섬에서 입기에는 지나치게 정장 느낌이 나는 감색 원피스 차림으로 나를 무뚝뚝하게 맞으면서, 잠시 앉아서 커피나 한잔하자고 청하지도 않고 심지어는 우리를 연결시켜 준 로랑스의 근황도 묻지 않는다. 그녀가 진행하는 글쓰기 교실이 30분 후에 시작될 예정이라서 허비할 시간이 없는 것이다. 그녀는 곧바로 앞장서고 나는 그녀 뒤를 쫓는다. 이렇게 우린 거의 뛰다시피 하여 스쿠터 대여점으로 간다. 어느 그리스 섬에 가서 처음 할 일은 스쿠터를 빌리는 것

인데, 대여 절차는 금방 끝났지만 놀랍게도 프레더리카는
내 뒤에 올라탄다. 아니, 1년 내내 레로스에 사는 사람이
스쿠터도 없다고? 자동차도 없고? 그럼 여기서 어떻게 지
낸단 말인가? 내 질문에 그녀는 약간 역정을 내며 〈그럭저
럭 잘 지내고 있어요〉라고 대답하고, 그녀의 인도하에 나
는 출발한다. 레로스의 첫인상은 파트모스를 비롯한 내가
아는 다른 그리스 섬들과 사뭇 다르다는 것이다. 집들은
사진 찍기 좋은 파란 덧창이 달린 새하얀 큐브들의 결합체
가 아니라 모더니즘 건축 스타일의 별장 건물들인데, 나
중에 알게 된 바에 의하면 1930년대 이탈리아 점령 시대
의 흔적이란다. 이 건물들은 색이 바래고 여기저기 갈라
졌으며, 버려진 정원들로 둘러싸여 있다. 또 신고전주의
양식의 커다란 건물들도 보이는데, 마치 컴퍼스로 그은
듯하고 지나치게 크고 지나치게 둥글고 지나치게 휑하여,
내리쬐는 햇빛 아래서 마치 조르조 데 키리코의 형이상학
적 그림들처럼 보이는 광장들과 맞닿아 있다. 거대한 나
무뿌리들 때문에 도로의 포장이 쩍쩍 갈라져 있고 그 위에
는 개들이 잠들어 있는데, 녀석들은 아마도 옴에 걸려 있지
는 않겠지만, 이들을 묘사하고 싶다면 곧바로 떠오르는 표
현이 바로 그거다.[1] 프레더리카는 내가 놀라는 것을 눈치
챈 모양으로, 뒷자리에서 내 어깨 위로 고개를 숙이면서
〈여긴 아프리카예요〉라고 말한다. 어쩌면 아프리카일 수

---

1 〈옴에 걸린 개chien galeux〉는 프랑스에서 더럽고 지저분한 떠돌이 개
를 부르는 통상적 표현이다.

도 있겠지만, 나로서는 오히려 그 전체가 거대한 수용소인 베네치아 인근의 섬, 그러니까 레몽 드파르동과 소피 리스텔뤼베르가 감동적인 다큐멘터리 영화로 제작한 바 있는 요양원인 산클레멘테가 떠오른다. 그런데 마침 우리도 정신 병원의 널찍한 땅으로 접어든다. 작은 건물들이 모여 있는 이 커다란 단지는 원래 도데카네스 제도의 모든 정신 장애인들을 수용하기 위해 지어졌지만, 지금 그 대부분은 〈핫스폿hotspot〉, 다시 말해서 난민 캠프로 바뀌었다. 흙먼지 이는 도로에서 보니 컨테이너들과 철조망과 경찰들이 눈에 들어온다. 섬의 이 구역에는 나무 한 그루 없고 그늘 하나 없다. 〈이 안에는 1천여 명의 사람이 있지만 아무나 들어갈 수 없어요〉라고 프레더리카가 내 귀에 대고 외친다. 우아하고도 평화스러운 파트모스에서 온 사람에게는 거의 전쟁의 이미지나 다름없는 이런 이미지들이 자못 놀랍게 느껴진다. 내게는 이 모든 것들이 그렇게 명확히 이해되지 않는다. 나는 개인적 붕괴 탓에 난민 위기를 관심 있게 지켜볼 여유가 별로 없었고, 몇 달 전에 튀르키예와 유럽 연합 사이에 어떤 협정이 맺어졌는지도 잘 모른다. 내가 여기 온 것은 더 이상 어디로 가야 할지 알 수 없을 때 갈 수 있는 장소를 찾았었기 때문인데, 여기가 바로 그곳이라는 느낌이 든다.

피크파에서

사람들이 피크파라고 부르는 웅장한 건물이 있다. 역시 무솔리니 시대 스타일로 지어진 이 건축물은 섬의 다른 많은 건물들과 마찬가지로 정신 병원의 부속 건물인데, 긴급 상황에 처하며 난민 수용에 배속되었다. 로비 홀에 들어서면, 핫스폿의 컨테이너들이나 철책으로 둘러싸인 더러운 건물들이 아니라 여기에 오게 되는 것은 상대적인 행운이기는 하지만 어쨌든 행운이라는 생각이 든다. 깨끗하고 밝고 환기가 잘 된다. 아이들이 웃고, 장난치고, 서로 잡으러 뛰어다닌다. 유럽 각지에서 온 청년들이 이들을 보살핀다. 홀에 걸린 계획표는 각국 언어 교실(그리스어, 영어, 독일어), 요리, 요가, 그리고 프레더리카가 지도하는 creative writing(창의적 글쓰기) 교실을 안내하고 있다. 이 프레더리카의 수업은 우리의 네 학생이 공동 침실로도 사용하는 교실에서 진행된다. 거기에는 2층 침대들을 분리하기 위해 임시로 쳐놓은 커튼이 있고, 방 한가운데에 맞붙여 놓은 탁자 두 개가 있다. 그리고 그 주위에 얌전히 앉아 우릴 기다리는 것은 아주 깨끗한 티셔츠와 청바지 차림을 한 네 명의 소년이다(이곳 사람들의 3분의 2와는 달리 반바지 차림은 한 명도 없다). 공동 침실 역시 아주 깨끗하다. 어지러이 굴러다니는 것은 전혀 보이지 않는데, 아마도 정리했기 때문이기도 하겠지만 무엇보다도 이들이 지닌 물건이 많지 않기 때문이다. 프레더리카는 나를 to share his competence(자신의 능력을 나누기 위해) — 이것은 그녀 자신의 표현이다 — 온 프랑스 작가 에마뉘엘이라고 소개한다. 이렇게 말하면서 그녀는 갑자기 고개를 왼쪽으로 휙 돌린다. 마치 누군가가 그녀를 부른 것처럼, 마치 왼쪽에 있는 누군가 혹은 무언가를 찾는 것처럼. 하지만 아무도 그녀를 부르지 않았고 그녀의 왼쪽에는 누구도 없다. 다시 우리 쪽으로 고개를 돌렸을 때 그녀의 얼굴에 잠시 불안한 기색이 남는다. 제자들은 그녀가 자주, 아마도 5분에 한 번씩 보이는 이 이상한 버릇에 이미 익숙해져 있는 듯하고, 나 역시 금방 익숙해질 것이다. 그녀는 소년들에게 각자 자신을 소개하라고 이른다. 그녀를 중심으로 하여 시계 방향으로 한 사람씩 소개하자면 이렇다. 우선 하미드. 진지한 표정에 잘생긴 얼굴, 아프가니스탄 출신에 열일곱 살. 그다음엔 아티크. 하미드만큼 잘생기진 않았지만 웃는 상에 개방적으로 느껴지는 얼굴, 역시 아프가니스탄 출신에 열일곱 살. 모하메드. 파키스탄 출신으로 좀 더 못생겼고, 좀 더 겁이 많아 보이는 얼굴. 열여섯 살. 마지막으로 하산. 아프가니스탄 출신, 열여섯 살로 가장 어림……. 프레데리카는 이 테이블 일주를 자신에 대한 소개로 마무리하는데, 이는 오직 나만을 위한 것이니 그녀는 벌써 몇 주 전부터 네 소년과 공부해 왔기 때문이다. 「프레데리카예요. 하지만 사람들은 나를 프레드라고 부르기도 하고 에리카라고 부르기도 하니까, 당신도 원하는 대로 부르면 돼요.」 나는 〈좋아요, 그럼 에

291

리카라고 부르죠)라고 대답한다. 소년들은 낄낄대고, 에리카도 웃는다. 내가 이유를 묻자 아티크가 설명해 준다. 하미드와 자신은 프레더리카를 프레드라고 부르고, 모하메드와 하산은 에리카라고 부른다는데, 그들은 this small conflict(이 작은 분쟁)가 아주 재미있는 모양이다. 한 명이 아니라 성격이 다른 두 선생님을 가진 것 같단다. 아티크는 나에게 직접 얘기한다. 나를 쳐다보고, 내 관심을 끌려고 노력하는 그는 제대로 영어를 구사하는 유일한 소년이다. 에리카는 자신은 미국인이며 아이다호주 보이시에서 왔다고 덧붙인다. 거기서 그녀는 중세 역사를 전공하는 교수였는데 지금은 레로스에 살면서 역시 자신의 능력을 나누고 있단다. 그녀는 영어로만 말하고 그리스어는 사용하지 않는다. 하미드, 아티크, 하산이 하는 페르시아어나 모하메드가 하는 우르두어는 말할 것도 없다.[2] 그들은 두 달 전부터 여기에서 함께 지냈는데, 아티크는 다른 세 소년에게 영어를 가르치려고 시도해 왔다. 이 수업에서 실제적으로 혜택을 받은 사람은 하미드뿐이어서, 두 소년은 모하메드와 하산에게 통역 노릇을 해준다. 하미드가 내게 설명해 준 바에 의하면 넷 다 레스보스섬 모리아의 한 대규모 난민 캠프에서 만났고, 함께 레로스로 보내진 것을 큰 행운으로 여긴단다. 이렇게 네 소년은 하나의 패거리를, 아니 거의 하나의 가족을 이루게 되었는데, 그들 같은 여행을 하는 사람들에게 이보다 더 소중한 것은

2 우르두어는 파키스탄의 공용어이자 국어이다.

없을 것이다. 서로에게 의지하는 그들은 헤어지게 될까봐 두렵단다. 하지만 그들은 자신들이 그렇게 된다는 걸, 즉 헤어지게 된다는 것을 잘 알고 있고, 두 사람만이라도 함께 있게 된다면 너무 좋겠다고, 아티크는 여전히 나를 쳐다보며 덧붙인다. 열일곱 살밖에 되지 않은 이 소년이 헛된 환상을 전혀 품지 않고 삶은 헤어지게 만드는 기계라는 사실을 의식하고 있다는 것은 너무나 짠하고도 잔인한 일이다. 이때 내가 눈치챘고 나중에 에리카가 확인해 준 짠하고도 잔인한 사실이 하나 더 있다. 아티크와 하미드는 모하메드와 하산을 좋아하지만 만일 함께 남아야 하는 사람이 둘 있다면, 삶이 헤어지게 하도록 놔두지 않을 만큼 영리한 소년이 둘 있다면, 생존을 위해 이들만큼 무장되어 있지 않은 다른 두 소년에게는 미안한 일이지만 그것은 바로 이 둘이라는 사실이다. 아무도 지루해하는 기색을 보이지 않는 가운데 한 시간 반 동안 계속된 수업 시간 내내 나는 이 두 소년을 관찰해 본다. 우수에 찬 부드러운 검은 눈 등 섬세한 이목구미의 뛰어난 미소년인 하미드, 그리고 좀 못생긴 편인 아티크. 얼굴은 여드름으로 처참하게 망가졌고 벌써 이중 턱의 징후가 보이지만 카리스마와 활력은 그의 편이다. 타고난 리더는 바로 이 아티크이고 앞으로 여자들과 잘 엮일 친구, 어쩌면 벌써부터 잘 엮이고 있을 친구는—아니, 그렇진 않을 것으로, 분명히 넷다 동정이리라—바로 이 아티크이다.

The night before I left

　프레더리카는 소년들에게 〈The night before I left〉, 즉
〈내가 떠나기 전날 밤〉이라는 주제로 글을 써 오라고 시켰
다. 예상했던 바이지만 과제를 제일 먼저 제출한 사람은
아티크이다. 그는 피크파의 사무실에서 쓰고 인쇄한 두
쪽 분량의 글을 우리에게 읽어 주는데, 낭독에 들어가기
앞서 이 이야기는 출발 전날 밤이 아니라 전전날에 시작된
다고 설명한다. 이야기의 배경은 아주 어렸을 때 그의 부
모가 죽은 후 이모와 이모부가 그를 키운 파키스탄의 도시
퀘타이다. 그는 친구들과 물 담배를 즐기러 집을 나선다.
그들과 함께 낄낄대며 농담도 하고 실없는 소리도 하면서
즐거운 저녁 시간을 보낸다. 아티크는 사교성이 좋은 소
년으로, 자신이 믿을 수 있고 또 자신을 믿는 좋은 친구들
을 갖는다는 것은 그에게 매우 중요한 일이다. 그는 저녁
늦은 시간에 귀가하는데, 벌써 오래전에 잠들어 있어야
옳을 이모와 이모부가 그들이 사는 건물의 발치에서 그를
기다리고 있다. 그는 자신이 늦게 돌아와 그들이 걱정하
고 또 화가 난 거라고, 자신은 혼이 날 거라고 생각하지만
천만에, 전혀 그렇지 않다. 그들이 기다린 것은 다음다음
날 그가 유럽으로 떠난다는 사실을 알리기 위해서였다.
벨기에에 살면서 요리사로 일하고 있는 그의 삼촌과 얘기
가 다 되었고, 삼촌은 모든 것을 준비하고 여행 경비까지
대주었단다. 하지만 정작 당사자 아티크에게는 일언반구

말이 없었다. 이 모든 일을 그의 뒤에서 꾸민 것이다. 물론 그를 위해서였지만 어쨌든 그가 모르게 한 일이고 그는 속은 기분이 든다. 그는 이 감정을 솔직히 표현한다. 그의 양부모는 마치 이런 반응을 예상하지 못했던 것처럼 당황한다. 다음 날 아침, 다시 말해서 정상적인 생활을 할 수 있는 마지막 날 아침에 이모는 그에게 50달러를 주면서 청바지와 티셔츠 등 여행에 필요한 옷가지를 사라고 이른다. 귀찮은 일을 당사자에게 떠맡기려는 사람처럼 군다. 이모부가 온 가족이 사는 건물의 아래층에 있는 마트의 매니저이기 때문에 옷 사는 것은 너무나 간단한 일인데도 말이다. 아티크는 마트에 내려가 매장을 조금 돌아보지만 마음이 너무나 서글퍼 아무것도 입어 보지 않고 아무것도 사지 않는다. 그는 친구들을 찾아다니며 한 명 한 명 작별 인사를 하면 어떨까 잠시 생각해 본다. 아니, 그보다도 모두를 초대하여 이 50달러로 마지막 파티를 여는 것도 괜찮지 않을까? 어제저녁에 한 것처럼 우리가 평소 노는 식으로 노는 거야. 하지만 이 파티는 끔찍한 시간이 될 거라는 생각이 스친다. 만일 나중에 친구들을 다시 볼 수 있다면 그것은 마음 편하고도 즐거운 시간이 되겠지만 어쩌면 그들을 영원히 못 볼 수도 있다는 것, 이것이 모두가 알고 있는 진실인데 그들에게 대체 무슨 말을 하겠는가? 너무나도 슬픈 시간일 테고 지금도 너무나 슬프다. 그는 그저 부모님 묘소를 찾아가 작별 인사를 하는 것으로 만족했단다. 이어 아티크는 이모와 이모 가족과 함께 한 저녁 식사에 대해서도 이야기한다. 음식 맛도 이상하게 느껴져서 좀처럼 목구멍으로 넘어가지 않았다. 정말로 기분이 이상했다. 그냥 평범한 저녁 시간 같은데, 떠나는 것에 대해 얘기하지 않고 그냥 일상적인 것들만 얘기하는데, 새벽 4시가 되면 열여섯 살밖에 되지 않은 그가 이곳을 영영 떠나야만 하는 것이다. 이모는 그의 방에 와서 가방 꾸리는 것을 돕는다. 그것은 스포츠 가방으로, 평소에 그가 테니스 용품들을 넣곤 하여 라켓 자루가 밖으로 빠져나오곤 했다. 테니스를 곧잘 하는 그는 이 라켓도 가져가야 하나 자문한다. 그러려는 기색을 보이자 이모는 가방에서 라켓을 빼서는 아무 말 없이 벽장에 집어넣는다. 이모는 조카가 옷을 사라고 준 50달러를 쓰지 않은 데에 놀라고 또 기분이 상하기까지 한다. 비상금을 안 줬으면 모르겠지만 허리전대에 200달러나 들어 있지 않은가? 모직 방한 재킷도 챙겨야 해, 여행 중에 추운 곳도 있을 테니까라고 이모가 이른다. 그녀가 재킷을 개어 가방에 넣을 때 아티크는 갑자기 울음을 터뜨리고 마치 어린아이처럼 흐느끼기 시작한다. 이모는 그를 안아 주는 대신 마치 어른에게 하듯 아주 엄숙하게 말하는데, 그는 이 말을 너무나 정확하게 기억하고 있다. 〈야, 그만 울어! 우리는 삶에서 모든 것을 떠나보내야 해. 항상 떠나야 한다고. 그리고 결국에는 삶 자체도 떠나야 하지. 그러니까 울어 봤자 아무 소용 없어. 그러니까 그만 울라고!〉 아티크는 어린 시절을 보낸 집을 이리저리 돌아다니며 이제는 더 이상 평소처럼 보이지 않는 방문들을 열어 보며 남은 시간을 보낸다. 그는 confused(혼란스럽고), sad(슬프고), angry(화가 나고), lonely(외로웠다). 이것은 그가 쏟아 낸 것을 내가 메모해 놓은 형용사들이다. 이곳은 더 이상 그의 집이 아니고, 벌써 다음 날의 집, 그가 떠난 집, 그가 없는 집이었다. 이렇게 말하고 나서 아티크는 입을 다물면서 이야기가 끝났음을 알린다. 에리카는 왼쪽에서 무슨 일이 일어나는지 보려는 듯 목을 돌려 최대한 먼 곳으로 시선을 돌린다. 그리고 다시 얼굴을 우리에게 돌린 그녀는 이렇게 중얼거린다. 「이건 너무나 가혹해……. 이건 너무나 엄청난 슬픔이야……. 너무나 엄청난…….」 그녀가 말하는 방식이 너무나 진실되게 느껴지고 그녀의 감정 또한 너무나 진실되게 느껴져 내 안에 그녀에 대한 깊은 공감이 솟는다. 그러자 아티크는 나로서는 자기 이름을 말할 때만 목소리를 들었던 하산을 가리키며 말한다. 「맞아요, 하지만 하산에게는 더 가혹했어요. 왜냐하면 하산에겐 작별 인사를 할 사람이 하나도 없었거든요. 그가 가방 꾸리는 것을 도와준 사람이 아무도 없었다고요.」 이 말 후에 잠시 정적이 감돈다. 하산은 불안한 눈으로 아티크를 쳐다본다. 그는 아티크가 자신에 대해 뭔가를 말했다는 것은 이해했지만 무슨 말을 했는지는 모른다. 하미드가 고개를 기울여 그 내용을 통역해 준다. 그러자 하산은 두 손으로 머리를 감싸고 신음 소리를 길게 토하며 머리를 테이블에 쿵쿵 찧어 대기 시작한다. 우리는 모두 얼음처럼 굳어 버리는데, 하산 옆에 있는 에리카가 소년의 어깨에 팔을 둘러 꼭 안아 주며 흐느끼는 그를 달래고 진정시키면서 이렇게 말한다. 「하산, 하산, 내가 여기 있잖아, 우리가 여기 있잖아, 우리는 함께 있어, 우리는 작은 가족과도 같아, 너희는 모두 너무나 용감했어, 너희는 모두 너무나 용감했어…….」 이때 우리는 하산을 위로하려고 모두 그를 어루만지기 시작한다. 어떤 이는 어깨를, 어떤 이는 팔을 어루만졌고, 나는 그의 머리칼을 쓰다듬는다. 내게는 매우 이례적인 이 몸짓이 아주 자연스럽게 흘러나왔는데, 이 순간에는 너무나 당연한 것으로 느껴졌다.

미하엘 하네케

운동장에서 제공된 아침 식사는 닭고기를 곁들인 쌀밥으로, 알루미늄 사각 용기에 담겨 있다. 매우 유쾌한 분위기이다. 아이들은 축구나 깨금발 놀이를 하고 논다(나로서는 아이들이 깨금발 놀이를 하는 것을 오랜만에 보는 것 같다). 자원봉사자들은 여름 방학 캠프의 지도 교사들처럼 느껴진다. 우선 이탈리아에서 온 예쁜 쌍둥이 자매가 있다. 거식증 환자처럼 바짝 말랐고, 여기저기 문신을 한 아일랜드 여자는 클립이나 철사 옷걸이 같은 것으로 패션 장신구 만드는 법을 가르친다. 한 에리트레아 여자아이는 자기가 만든 것을 내게 보여 주는데, 이때 아이가 짓는 미소는 〈환히 빛나는〉이라는 형용사 그 자체이다. 봉사자들은 모두 젊지만 한 오스트리아 부부만은 예외이다. 남자는 선교사 같은 종류의 멋진 미소를 짓고 외눈이고, 여자는 비대하고 열정적이나 말할 때 목소리가 너무 크다. 이들은 둘 다 은퇴하기 전까지 고고학자였다고 하며, 자신들은 현대 그리스어는 잘 못 하는 반면 고대 그리스어는 유창하게 구사하는데, 사람들의 생각과는 달리 이 고대 그리스어로도 여기서 꽤 잘 지내고 있다고, 마치 여러 번 해본 유쾌한 농담을 하듯 웃으면서 말한다. 이들은 현장 경력 대부분을 시리아에서 보냈는데 이 인도주의적 자원봉사 활동에 휴가 기간의 일부를 할애하는 이유는, 시리아인들에게서 받은 그 따뜻한 환대에 조금이라도 보답하기 위해서란다. 여자, 그러니까 엘프리데는 자신은 그리스인들의 헌신에 큰 감명을 받았으며 난민 37,500명을(이것도 자기가 생각하기는 추잡할 정도로 적은 숫자지만) 받아들이겠다고 한 약속조차 지키지 않는 자기 나라에 부끄러움을 느낀다고 거의 고함치듯 내게 설명한다. 나는 난민 수용국들의 이민자 정책과 이 국가들 위에서 유럽 연합이 결정하는 정책에 대한 그녀의 장광설을 한 귀로 흘려들으며 그녀의 남편 모리츠를 곁눈으로 관찰한다. 선교사 같은 풍모의 모리츠는 한 그루의 나무 아래서 조그만 유아 탁자에 있는 예닐곱 살 정도의 남자아이가 그림 그리는 것을 도와주고 있다. 시리아 출신이고 이름은 엘리아스라는 것을 나중에 내가 알게 된 이 꼬마 아이는 사용한 컬러 펜

299

의 뚜껑을 다시 끼워 놓는 것을 거부하며 계속 땅에다 떨어뜨린다. 모리츠는 자기에게는 시간이 얼마든지 있다, 만일 네가 이렇게 뚜껑을 떨어뜨린다면, 좋다, 1백 번이고 1천 번이고 다시 줍게 만들 테다라고 으름장을 놓는다. 그는 아주 차분한, 하지만 점점 더 차갑고도 위협적으로 느껴지는 목소리로 말하는데, 이게 아이가 좋아하는 장난인지 아니면 미하엘 하네케[3] 영화의 한 장면이 될 수 있음 직한 가학적 엄격함의 표출인지 분간하기 힘들다.

---

3 Michael Haneke(1942~). 오스트리아의 영화감독. 칸 영화제 황금 종려상 2회 수상자이며, 특히 일상 속의 권력과 폭력에 대한 치밀한 묘사로 명성이 높다.

내 프로필 사진

그리스의 섬들에서 묵을 곳을 찾는 것은 어려운 일이 아니기에 난 아무 데도 예약해 놓지 않았다. 에리카에게 혹시 내게 권할 만한 곳이라도 있느냐고 묻자 그녀는 평소의 무뚝뚝한 어조로 자기 집에 와서 지내면 된다고 대답한다. 자기 집은 크고 손님들을 위한 방도 있으며, 우리가 앞으로 해야 할 일을 위해서는 거기가 더 편할 거란다. 내가 배에서 내린 항구에서 뭍으로 쑥 들어온, 다시 말해서 바다에서 상당히 먼 곳에 위치한 에리카의 집은 흰색과 파란색이 어우러진 정육면체도, 파시스트 건축의 한 견본도 아니고, 1970년대 그리스 소시민의 취향에 부합하는 건물, 다시 말해서 보기 흉한 건물이다. 오직 2층에 있는 에리카의 침실에서만 항구와 파란 바다 한 조각이 보인다. 1층의 거실은 창문 하나 없고 거의 비어 있다. 앞으로 내가 지내

게 될 손님방은 원래 아이방이었다가 잡동사니를 모아 두
는 일종의 광으로 바뀐 곳인데, 한 사람도 제대로 눕기 힘
들어 보이는 조그만 침대 하나와 아직 뜯지 않은 종이 상
자들이 어수선하게 쌓여 있다. 단 5분이면 항구에서 이보
다 열 배는 쾌적한 방을 구할 수 있겠지만 마음을 바꾸기
엔 너무 늦어 버렸고, 에리카는 벌써부터 짝도 안 맞는 침
대 시트 두 장, 닳아 빠진 수건 한 장을 내밀면서 테라스,
그러니까 집 뒤편에 지어져 역시나 바다가 보이지 않는 곳
에서 커피 한잔 하자고 청한다. 또 내게 샤워할 것을 권하
는데, 나는 사양한다. 이런 더위에는, 특히나 여행을 하고
정신없는 하루를 보낸 후에는 누구라도 샤워할 기회를 놓
치지 않겠지만, 이 무렵 나는 내 불안스러운 땀과 끈적한
옷들로 몸을 절이는 데서 모종의 음침한 쾌감을 느낀다.
또 나는 담배도 다시 피우기 시작했는데, 나는 술도 마시
면 말술이지만 담배도 한번 피우면 줄담배다. 우리는 글
쓰기 교실과 아티크의 이야기, 그리고 무엇보다도 하산이
얼마나 헐벗었는지 들었을 때의 충격에서 아직 헤어나지
못한다. 하산에겐 아무것도 없다. 그는 완전히 혼자다. 그
는 무리에서 가장 어리고 유일하게 스마트폰이 없는데,
스마트폰이 없다는 것은 그들 삶의 조건에서 일어날 수 있
는 최악의 일이다. 다른 소년들에게는 적어도 이 소통의
수단이 있다. 그들이 세상에서 가진 모든 것은 그들의 스
마트폰 메모리 안에 들어 있고, 스마트폰을 잃는 것은 재
앙이나 다름없다. 그들은 페이스북에서 매우 부지런히 활

동하며, 그녀도 페이스북에서 매일 그들의 게시물을 본다. 그녀는 그들이 게시한 글 몇 개를 자기 휴대폰으로 내게 보여 준다. 아티크가 올린 글은 이렇다. 〈넌 like와 love의 차이가 뭔지 알고 있어. 네가 어떤 꽃을 like하면 그것을 따지. 그 꽃을 love하면, 그것에다 물을 주고. 이것을 이해한 사람은 삶을 이해한 거야.〉 나는 이게 〈누군가를 하루 동안 먹여 살리고 싶은가? 그에게 생선을 한 마리 주어라. 그를 평생 먹여 살리고 싶은가? 그에게 생선 잡는 법을 가르쳐라〉 같은 유의 널리 알려진 말인지, 아니면 아티크가 혼자 지어낸 말인지 궁금해진다. 난 이 말을 들은 적이 없고 에리카도 마찬가지다. 다음은 하미드의 게시 글인데, 조금도 과장 없이 말하거니와 젊은 시절의 알랭 들롱을 연상시키는 굉장한 미모가 담긴 셀카가 한 장 있고 그 밑에 캡션이 붙어 있다. 〈내 미소 뒤에서 내 심장이 피를 흘린다. 여러분이 보는 이 얼굴은 어느 길 잃은 소년의 얼굴이다.〉 또 하미드는 3주 전에 자살하려고 면도칼로 난도질한 팔을 하고서 병원 침대에 누워 있는 자신의 사진 몇 장을 올려놓기도 했다. 그렇게나 적극적이고 역동적으로 보이는 아티크 역시 가끔씩은 끔찍하게 의기소침해지곤 한다. 그들 모두가 그렇고 이 세상에서 너무나도 외롭다고 느끼는 나머지, 더 이상 몸부림칠 필요가 없고 차라리 죽는 편이 낫다는 생각에 문득 사로잡히곤 한다. 에리카는 내게 페이스북 계정이 있느냐고 묻는다. 그렇다, 나는 얼마 전에 계정 하나를 개설했으니, 만일 내가 난민들과 소통할 생각이라면 그게 꼭 있어야 한다고 로랑스가 알려주었기 때문이다. 이때 열 살이었던 내 딸 잔은 내가 계정을 만드는 것을 도와주었는데, 〈프로필 사진〉을 한 장 제출하라는 요구에 잔이 사진 찍을 수 있게끔 내가 고개를 돌려 옆모습을 보이자, 비록 이날 내 상태가 그리 좋지는 않았지만 아이는 배꼽을 잡고 웃었다.[4] 나는 에리카에게 이 이야기를 해준다. 유머 감각을 뽐내기 시작한 나는 내친김에 비슷한 종류의 다른 이야기로 넘어간다. 나의 요가 선생 토니의 이야기로 그 내용은 이렇다. 어느 수업 중에 그가 〈여러분의 종아리를 꽉 잡으세요〉라고 말하니까, 우리들 중의 하나가 구부정하게 몸을 구부려 두 손으로 자기 종아리를 움켜쥐려고 했다. 이에 모두가 신나게 웃어 댔으니, 토니의 말은 물론 이 엉거주춤한 동작을 하라는 게 아니라, 자신의 장딴지를 내면에서, 마음속으로 잡으라는 뜻이었기 때문이다. 이 이야기는 처음 시작했을 때는 아주 재미있게 느껴졌지만 30초쯤 후에 끝부분에 이르렀을 때는 별로 웃기지도 않을 뿐 아니라, 아티크가 하산의 거의 형이상학적인 결핍을 밝혔을 때만큼이나 적나라하게 나 자신의 정신적 피폐함을 드러냈다는 느낌이 든다. 그런데 에리카는 경악하며 나를 쳐다보는 대신 크게 웃음을 터뜨린다. 이 웃음에 갑자기 계속되던 긴장 상태가 풀린 그녀는 내게 어떤 종류의 요가를 수행하느냐고 묻는다. 아헹가 요가인가요? 자신은 아슈탕가 요가이며, 만일 내

4 프로필profile이란 단어에는 〈옆모습〉이란 의미가 있다.

가 수행하고 싶다면 자기에게 매트가 하나 있으니 그걸 빌려줄 수 있단다. 사람 둘에 요가 매트 하나, 그리고 스쿠터도 하나. 에리카와 나는 벌써 커플이 되어 간다.

유독한 명상

극도의 불안감으로 명치가 꽉 막힌 것 같고, 매일 허겁지겁 담배 두 갑을 폐까지 빨아들이고, 후회, 가책, 원통함, 내버려진 듯한 불안감 같은 유독한 생각들이 의식 중에 끊임없이 떠다니는 상태에서 과연 명상이 가능할까? 마음이 숨어들 곳 하나 없는데, 내 안에 도사린 최악의 것에 온 존재가 넘어가 버렸는데? 그래도 나는 낮잠 시간에 에리카의 손님방에서 시도해 본다. 덧창을 닫고 앉아 있으니 바깥의 평온한 소음들이 들려온다. 급하지 않은 빗질 소리, 가정 용수가 졸졸거리는 소리, 고양이가 야옹 하고 우는 소리, 멀리서 스쿠터가 타타타타 달려가는 소리, 아주 가까이서 냉장고가 웅웅대는 소리……. 나는 이 소리들에 정신을 집중하려 해보고, 또 내 콧구멍 속을 지나가는 미세한 숨소리에, 그 불규칙하고 거칠고 답답한 소리에 집중하려 해본다. 꼼짝하지 않으려고, 완전한 부동 상태로 있으려고 해본다. 꼼짝하지 않는다는 것은 몹시 힘든 일이다. 우리가 의식하지 못한다 해도, 그게 눈에 보이지 않는다 해도, 사실 우리는 끊임없이 움직인다. 다리를 꼬고 앉아 있을 때 발을 끊임없이 건들거리는 너무나도 짜증 나는 사람들처럼 말이다. 전혀 움직이지 않는 것은 엄청난 집중을 요한다. 나는 거기에 도달하기 위해 요가 테크닉 하나를 사용하는데, 그것은 나의 바깥을 안으로, 안을 바깥으로 미는 것이다. 피부는 근육 쪽으로, 근육은 뼈 쪽으로, 뼈는 골수 쪽으로 민다. 또 반대 방향으로도 한다. 골수는 뼈의 표면 쪽으로, 뼈는 근육 쪽으로, 근육은 피부 쪽으로 밀어 올린다. 팽창과 수축을 동시에 하는 것이다. 원심력과 구심력을 동시에 쓰는 것이다. 버터와 버터 살 돈을 가지려 하는 것이다. 비록 골수에 관련해서는 약간의 상상력이 필요하지만 어쨌든 난 이런 식으로 나 자신을 꽉 붙잡을 수 있고, 또 이렇게 꽉 붙잡힘으로써 담배 한 대를 피우려고 일어서는 것을, 내 불안감의 징후이자 먹이이기도 한 이 동작을 억제할 수 있다. 꼼짝하지 않는다고 해서 이 욕구가 줄어든다고 할 수 없고, 유독한 생각들이 가라앉는다고 할 수 없고, 불안감이 덜해진다고 할 수 없다. 내가 진실을 더 분명히 보게 된다고 할 수 없다. 내가 이 모든 고통을 한 걸음 물러서서 보게 된다고 할 수 없다. 전혀 이런 말들을 할 수 없고, 내가 요가에 대한 기분 좋으면서도 세련된 글을 써가며 하나하나 꺼내 보여 주었다고 생각했던 명상에 대한 일련의 멋진 정의들을 생각해 보면, 이것들은 나를 미소 짓게 하지 않고, 미묘하게 미소 짓게 하는 일은 더욱 없으며, 그저 씁쓸히 자조하게 할 뿐이다. 하지만 에리카의 손님방에서 방금 전에 그랬듯이 가부좌를 틀고서 30분 동안 앉아 있으면, 안도감까지는 아니지만 그래도 어떤 대피소에 있는 것 같은 느낌이 든다. 생각들의 그 끔찍한 소용돌이를 중단시킬 수는 없지만 적어도 몸의 움직임은 멈출 수 있다. 이게 내게 큰 도움이 되지는 않더라도 조금은, 아주 조금은 도움이 된다. 가부좌한 다리를 풀면 곧바로 달려가서 담배를 찾고, 미친 듯이 태블릿을 검색하고, 누군가와의 문제를 풀겠다는 핑계를 들지만 결국에는 더 악화시킬 뿐인 이메일을 쓰리라는 것을 알기 때문에 나는 이 예정된 파국을 연장시킨다. 난 조금 더 기다린다. 조금 더 대피소에 숨어 있는다.

찬장 속에 아무것도 없다

  늦은 오후, 에리카는 내 방문을 두드리고는 같이 테라스에 가서 한잔하겠느냐고 묻는다. 대답은 오케이고, 난 그녀와 함께 동네 식품점에서 필요한 것들을 사 와야 한다. 난 우리가 이제부터 모든 것을 함께 하리라는 것을 깨닫는다. 장보기는 아주 간단하게 끝난다. 화이트와인 한 병, 올리브절임, 피스타치오 한 봉지…… 이 집은 황량하기 이를 데 없다. 미리 사놓은 물건은 아무것도 없다. 시원하게 보관한 음료수병 하나 없고 찬장 속에 비스킷 한 봉지 보이지 않는다. 잘 가꾸어진 집, 한 가족이 살고 있고, 냉장고는 그득 채워져 있고, 즉흥적으로 만들어 낸 파스타가 든 커다란 그릇 주위로 언제나 친구들을 맞이할 준비가 되어 있는 집과 정확히 반대되는 모습이다. 난 여러 해 전부터 이런 행복한 집에서 살고 있다. 하지만 거기서 나 자신을 쫓아내는 일에만 골몰하고 있는바, 얼마 후에는 나도 이런 집 — 에리카는 자신은 여기서 잘 지낸다고 씩씩하게 말하지만 — 사실은 가장 잔인한 고독이 배어 나오고 9월이면 얼음장처럼 차가우리라는 게 한여름에도 뻔히 짐작되는 이 집보다 기껏해야 조금 더 나은 곳에서 살게 되리라는 생각에 등골이 오싹해진다. 이 무렵 타인에게 관심을 갖는 내 능력은 특별히도 약해져 있지만 에리카는 내 호기심을 자극한다. 어떻게 여기까지 오게 되었을까? 그녀의 사연은 무엇일까? 나는 화이트와인의 마개를 뽑으며 그녀에게 직설적으로 묻는다. 그녀는 내가 잔들을 채우기를 기다렸다가 건배를 한 뒤 역시 직설적으로 대답한다. 「사랑이 엉망진창이 된 것, 그게 내 인생 스토리예요.」 요약하자면 이렇다. 아이다호주 보이시 대학교 중세 사학 교수직에서 은퇴한 지 얼마 되지 않았을 때, 그녀는 암스테르담을 여행하던 중에 어느 네덜란드 베이스 연주자를 만났고 그와 사랑에 빠졌다(그가 그녀를 레로스까지 데려오고 몇 주 후에는 함께 이 집을 구입한 것을 보면 양방 간의 사랑이었던 것 같다). 그들은 1년의 반은 여기서 살고 나머지 반은 암스테르담에서 살 계획이었다. 이리 되었다면 너무나 행복한 삶이었겠지만 그들은 레로스에서도 암스테르담에서도 함께 살지 못했으니, 네덜란드 베이스 연주자가 느닷없이 다른 여자와 사라져 버리더니, 이 집을 팔아 버리든지 아니면 에리카가 자신의 지분을 살 것을 요구한 것이다. 그런데 그녀에게는 그럴 여력이 없었단다. 이 대목에서 나는 조금 놀란다. 왜냐하면 관광지로서 높이 평가받지 못하는 섬의, 그것도 바다에서 멀리 떨어진 곳에 위치한 별로 매력적이지 못한 집의 반값이라면, 내 생각으로는 어느 미국 대학 퇴직 교수의 능력 밖에 있지 않은 것이다. 그녀의 궁핍함에 대한 재정적 설명이 무엇이든 간에, 에리카는 아는 사람 하나 없는, 스쿠터도 탈 줄 모르고 배우는 것도 겁이 나서 택시로만 이동할 수 있는 이 섬의 덫에 걸려 버린 것이다. 자, 이렇게 난 사랑의 슬픔을 이타주의로 묻어 버리는 이상적인 자원봉사자가 된 거예요라고 그녀는 씩씩한 유머로 마무리한다.

A subtle flavour of asshole

화이트와인 한 병을 비운 우리는 저녁 식사를 위해 항구의 대중식당으로 간다. 바람이 일었다. 프랑스 미스트랄[5]의 그리스 버전이라 할 수 있는 사나운 멜테미아이다. 이 바람이 생선구이 담긴 접시를 모래로 채우고, 테이블을 넘어뜨리고, 너무나 요란한 소리를 내며 불어 대는 탓에

---

5 남부 프랑스에서 지중해 방향으로 부는 차고 건조한 바람. 풍속이 매우 강한 편으로 지붕이 날아가기도 한다.

서로의 말소리가 잘 들리지 않는다. 그렇지만 오늘 저녁 에리카는 실컷 얘기하고 싶다. 난 그녀가 우리가 마시는 수지 향 와인의 제조 방식에 대해, 오늘날 가장 등급 높은 것들까지 포함해 모든 와인에 섞는 지저분한 화학 물질들에 대해, 영국인 와인 전문가 로버트 파커가 보르도 고급 와인에 저지른 잘못에 대해 목이 터져라 설명하는 것을 최선을 다해 듣는다. 이런 거의 정통파적인 전문 지식은, 내가 관찰한바 나와 매우 비슷한 그녀의 소비 방식과는 별로 어울리지 않는다. 우리에게 퀄리티 같은 것은 전혀 문제되지 않고, 어떤 막술도 괜찮다. 중요한 것은 오직 하나, 취하는 것이다. 러시아식으로 말이다. 나는 와인 양조학은 정말이지 구역질이 난다고, 이른바 와인을 〈시음하고〉 그것을 거대한 잔 속에서 오랫동안 굴린 후에 거기서 어떤 나무 향의 느낌이나 똥구멍 냄새 같은 뒷맛을 찾아내는 인간들이 끔찍이 싫다고 열변을 토하자, 그녀는 기분 좋은 일탈일 듯한 웃음을 마음껏 터뜨린다. 나는 정말로 이 말, a subtle flavour of asshole(똥구멍의 미묘한 풍미)이란 말을 했으니, 절망의 밑바닥에 있는 나였지만 이날 밤에는 상당히 명랑했다. 이날 저녁의 세 번째 병인 화이트와인을 한 병 더 주문한 후, 에리카는 생각지 못했던, 그리고 재미있는 질문을 던졌다. 만일 우리가 프랑스어로 얘기한다면 영어의 you 대신 tu를 써야 할까 아니면 vous를 써야 할까?[6] 내 생각에는 우리가 지금 이 순간, 이 테이블에 앉

6 프랑스어에서 tu는 〈너〉라는 뜻으로 친구나 가족 등, 가까운 사이에 사

아서 vous에서 tu로 넘어가기로 결정하는 중인 것 같다고 나는 대답한다. 와인병이 도착한다. 나는 잔을 채우고, 우리는 우리의 tu 사용과 태어난 우정을 위해 건배한다. 에리카는 영어에는 이런 반말과 존칭의 구별이 존재하지 않는 게 유감이란다. 그녀는 tu 사용과 vous 사용 중 하나에 대한 선호는 사람에 대해 뭔가를 말해 준다고 생각한단다. 또 그녀는, 이것은 해변과 평행하게 헤엄치는 사람과 해변과 수직으로, 다시 말해서 난바다 쪽으로 헤엄치는 사람 사이의 차이 같은 거라고 덧붙인다(나로서는 왜 그게 같은 건지 명확히 이해되지 않는다). 〈나는 난바다 쪽으로 헤엄쳐〉라고 그녀는 말한다. 나는 잠시 생각해 본 후에 나 역시 그렇다고 말하자 그녀는 만족스러운 표정으로 고개를 끄덕인다. 〈그럴 줄 알았어〉라는 표정으로 말이다. 난 어떤 시험에 합격한 것 같은 기분이 든다. 만일 내가 해안과 평행하게 헤엄쳤다면 에리카와 나의 관계는 끝나는 것이다. 그녀는 말을 잇는다. 또 이렇게 구분해 볼 수도 있어. 방을 나가면서 불을 끄는 사람과 끄지 않는 사람, 아래층으로 가기 위해 엘리베이터를 타는 사람과 왜 그래야 하는지 이해조차 못 하는 사람, 거지에게 무언가를 주는 사람과 주지 않는 사람, 사랑하는 사람의 일기장을 우연히 발견하고는 그것을 읽어 보고 싶은 유혹에 굴복하는 사람과 굴복하지 않는 사람, 옆에 증인이 있느냐 없느냐에 따

용하며, vous는 〈당신〉이라는 뜻으로 윗사람에게나 격식을 갖춰야 할 때 사용하는 존칭이다.

라 평소와 다름없이 행동하는 사람과 그렇지 않은 사람……. 이 마지막 구분은 지금까지 그 자명함을 깨닫지 못했던 어떤 자명한 진실이 와닿듯 내 가슴에 와닿는다. 나는 칸트를 읽은 적이 없지만, 내가 그에 대해 가진 약간의 지식에 비춰 볼 때 이 구분은 칸트의 것일 수도 있다. 옆에 증인이 있을 때와 아무도 당신을 보지 못할 때 똑같이 행동하는 것, 내게 이것은 윤리의 절대적 기준으로 느껴진다. 우리는 이 점에 대해 생각이 같고, 생각이 같은 것이 만족스럽다. 정말이지 우리는 많은 것들에 대해 생각이 같고, 저녁 식사 내내 서로에게 들리라고 큰 소리로 말하면서, 인류를 두 편으로 나누는 경계선들의 리스트를 늘리며 아주 재미나게 즐긴다. 술잔이 비어 있다고 느끼는 사람과 차 있다고 느끼는 사람, 민주당에 투표하는 사람과 공화당에 투표하는 사람, 도스토옙스키를 더 좋아하는 사람과 톨스토이를 더 좋아하는 사람(이것의 프랑스 버전은 볼테르와 루소고, 미국 버전은 포크너와 헤밍웨이다), 낯선 주방에서 기구나 재료가 정리되어 있는 곳을 혼자서 찾아내어 아무것도 묻지 않고서 곧바로 도움이 되는 일을 하는 사람과 두 팔을 축 늘어뜨리고서 〈뭣 좀 도와드릴 것 없나요?〉라고 매가리 없이 묻는 사람(고백하거니와 나는 두 번째 범주이다). 내친김에 나는 중국 사상의 핵심인 음과 양에 대해 어떤 것을 알고 있냐고 그녀에게 묻는다. 그녀는 그다지 아는 바가 없지만, 그래도 요가와 관련하여 나를 인터뷰한 기자보다는 조금 나았다. 나는 밤/낮, 뜨거

움/차가움, 공격/방어, 능동성/수동성, 들숨/날숨, 짝수/
홀수 같은 자명한 예들을 몇 개 들어 주었고, 우리는 전혀
생각지 못했던 것들을 같이 찾아내기 시작한다. 그녀는
놀이의 원칙을 금방 이해한 모양으로, 빈 것은 음이고 찬
것은 양이라는 전제가 설정되자, 그녀가 내놓은 첫 번째
제안은 〈자지는 양이고 보지는 음〉(이것은 내 번역이고,
그녀는 penis와 vagina라고 했던 것으로 기억하는데, 개
인적으로 나는 이 두 단어를 사용하기가 쉽지 않다)이라
는 제안을 대뜸 내놓는다. 우리는 계속해 나간다. 오줌은
음이고 똥은 양, 읽기는 음이고 쓰기는 양, 시는 음이고 산
문은 양, 시간 가운데 펼쳐지는 것은 음이고 공간 가운데
펼쳐지는 것은 양, 따라서 음악은 음이고 회화는 양. 이면
(裏面)은 음이고 표면은 양, 뒤는 음이고 앞은 양, 절반은
음이고 전부는 양……. 이 마지막 예를 내놓은 것은 나인
데, 내가 에르베에게서 들은 〈절반이 전부보다 낫다〉라는
헤시오도스의 눈부신 문장을 인용하기 위해서이다. 에리
카도 헤시오도스의 눈부신 문장에 감탄하며, 이 문장을
경건하게 되뇌어 본다. 「Half is better than all…….」 그러
고 나서 이번에는 내가 감탄했으니, 그녀가 잃는 것은 음
이고 얻는 것은 양이지만, 잃는 것은 무언가를 얻는 가장
좋은 방법이라고 말했기 때문이다. 「당신이나 나나 이렇
게 말하면 마음이 편하잖아, 안 그래?」 에리카는 4~5분마
다 목을 돌려 왼쪽의 최대한 멀리 떨어진 어느 곳에서 할
말을 찾고, 이 자신의 과거로의 탐사에서 두 종류의 인류

에 대한 마지막 구분을 가져오는데, 그것은 자신을 프레드로 부르는 사람들과 에리카로 부르는 사람들이다. 왜 나는 프레드보다는 에리카를 선택했을까? 나는 이게 나에 대해 많은 것을 말해 준다는 사실 자체는 이해하겠는데, 그 답이 뭔지는 솔직히 잘 모르겠다.

폴로네즈「영웅」

식당에서 네 번째 와인을 사서 집에 돌아온다. 테라스 테이블에 앉기에는 바람이 너무 많이 불고 우리는 창문 없는 거실로 후퇴한다. 내가 차라리 두 병을 사 올걸, 후회하면서 우리의 마지막 와인병을 따고 있는 동안, 에리카는 그녀의 CD 컬렉션을 뒤져서는 그중 하나를 엄청나게 커다랗고 잡음이 찍찍거리는 붐 박스에 밀어 넣는다. 피아노곡이다. 아르페지오 선율이 우르릉댄다. 난 불행히도 악기를 연주할 줄도 모르고 악보를 읽을 줄도 모르지만 음악을 좋아하고 또 제법 많이 안다. 특히 차 안에서 생기는 일인데, 프랑스 뮈지크 방송[7]을 들을 때 처음 몇 소절만 흘러나와도 방송되는 곡들 대부분을 알아맞히는 데서 어린애 같은 자부심을 느낀다. 에리카는 내게 이런 재주가 있다는 사실을 아는 것처럼, 그리고 마치 내게 도전이라도 하듯이 나를 초조하게, 그리고 뚫어져라 쳐다보고, 나

7 프랑스의 국영 라디오 채널로 클래식과 재즈를 주로 방송한다.

는 멋지게 응수한다. 쇼팽이야, 쇼팽의 가장 유명한 폴로네즈, 일명「영웅」이라고 하는 폴로네즈. 맞았어! 에리카는 너무 좋아 어쩔 줄을 모른다. 이 서사시적인 웅장한 작품은 사실 쇼팽의 음악에서 내가 가장 좋아하는 곡은 아니다. 하지만 이날 저녁 난 이것의 위대함과 장엄함에 열광하고, 바로 이 순간에 바로 이 곡을 들려준 에리카에게 열렬히 감사를 표한다. 지금, 이보다 더 적합한 곡은 없으리라. 나는 연주자가 누구냐고 묻는다. 블라디미르 호로비츠라고 그녀는 마치 자신이 당사자인 것처럼 자랑스럽게 대답하는데, 그야말로 미친 연주, 악마 같은 솜씨의 연주이다. 이 연주를 듣고 있노라면 자신이 그의 자리에 있는 것을 꿈꾸게 되고, 여기저기 애잔한 몽상들이 찾아오는 음향적 지각 변동을 그 열 손가락으로 일으키는 것을 꿈꾸게 된다. 우리는 둘 다 거실 한복판에 일어선 채로 연주를 듣는다. 이 곡을 다 외우고 있는 에리카는 자신이 좋아하는 대목들, 자신을 소름 돋게 하고 하늘에까지 올려놓는 대목들이 가까워질 때마다 웅변적인 제스처와 흉내로 그것들을 예고해 준다. 그리고 나는 나처럼 쇼팽을 좋아하는 사람이 어떻게 나이 예순이 다 되도록 이 폴로네즈「영웅」을 소홀히 할 수 있었을까 자문한다. 이 믿을 수 없을 만큼 힘찬 리듬, 이 화려하기 그지없는 음계의 크레셴도, 매번 한층 웅장한 모습으로 회귀하는 주(主) 테마, 일종의 환상적 말달리기라 할 수 있는 첫 번째 간주, 그리고 우아하게 펼쳐지는 장식 꽃 줄과도 같은, 중력을 벗어나고 마

법과도 같은, 순수한 쇼팽 그 자체인 두 번째 간주…… 곡
이 끝나자 에리카는 내 의견을 — 사실 물어볼 필요도 없
었지만 — 묻지도 않고 곡을 다시 처음으로 돌린다. 그러
자 첫 번째에 들었을 때는 건물 10층에서 떨어진 스타인웨
이 그랜드 피아노처럼 나를 쿵 덮쳤던 것이 이 두 번째에
는 더 잘 들린다. 내 열광에 흥분한 에리카는 내 팔을 잡으
며 말한다. 「자, 들어 봐, 들어 봐, 이 조그만 음(音), 그래,
바로 이거!」오, 그렇다! 그것을 한번 듣고 나면 오직 한 가
지 바람밖에 없으니, 그것을 다시 듣는 것이다. 내가 지금
은 여러분에게 말해 줄 수 있지만, 이때는 레 제자리음이
라는 사실을 몰랐던 이 조그만 음, 하늘에 혼자 가냘프게
걸려 있는 이 조그만 음, 거기서부터 꽃 줄이 기적처럼 펼
쳐지게 될 그 머나먼 별을 말이다. 우리는 이 꽃 줄이 펼쳐
지는 소리를 듣는다. 쇼팽이 너무나 좋아하는 게 분명한
그 예쁜 꽃 줄 말이다. 그는 이 부분을 못내 놓아주지 못하
고 다시 시작한다. 멜로디를 좀 더 높게 다시 시작하고, 떤
꾸밈음들로 한층 예쁘게 꾸민다. 우리는 이게 계속 이어
지길 원하지만 주 테마가, 그 영웅적인 주 테마가 돌아온
다는 것을, 돌아온 그것은 한층 더 아름답고, 한층 더 짜릿
하리라는 것을 안다. 그리고 테마가 장엄하게 돌아와 에
리카와 나의 기쁨이 최고조에 이르렀을 때 나는 큰 동작으
로 두 팔을 휘두르기 시작한다. 이 순간 나는 자신을 호로
비츠와 카라얀을 섞어 놓은 것 정도로 상상하고 있지만,
내 팔짓을 보면 무엇보다도 보리스 옐친이 떠오를 것이다.

헬무트 콜의 초대를 받은 어느 행사장에서 완전히 취하여 비틀거리며 군악대까지 걸어가서는 군악대장의 지휘봉을 빼앗아 미친 듯이 몸을 비틀어 대기 시작하여, 술과 관련된 모든 것에 그토록 관대한 러시아 국민 대부분에게 엄청난 수치심을 안겨 주었던 그 옐친 말이다. 이제 우리, 에리카와 나는 거실에서 춤을 추고 있다. 내가 시전하여 에리카를 말 그대로 너무 웃겨 울게 만든, 태극권과 곰 엉덩이 흔들기의 혼합물을 춤이라고 부를 수 있다면 말이다. 음악이 안에서 진동할 때, 그리고 춤을 출 때, 나만큼이나 형편없이, 그리고 나만큼이나 환희에 차 춤을 출 때, 에리카는 더 이상 고개를 돌리는 그 이상한 버릇을 보이지 않는다. 음주 후에는 항상 그렇듯이 수다스러워진 나는 이제 우리는 친구라고 탁한 목소리로 되풀이하니, 절망의 밑바닥에서 폴로네즈 6번 「영웅」을 함께 들었을 때는 친구, 그것도 아주 친한 친구가 될 수밖에 없는 것이다. 곡이 끝나자 에리카는 다시 처음으로 돌려놓는다. CD 두 장짜리 블라디미르 호로비츠 연주곡 세트에는 특히 스카를라티의 기막힌 소나타들을 포함한 다른 훌륭한 곡들이 들어 있고, 에리카는 많지는 않지만 대여섯 장의 다른 CD들이 있다. 하지만 이날 밤 우리는 폴로네즈 「영웅」으로 충분하고, 세상의 모든 음악은 호로비츠의 연주로 6분 15초 동안 이어지고 우리가 연달아 열다섯 번이나 스무 번을 들었던 폴로네즈 「영웅」으로 요약된다. 우리 둘 다 춤에는 전혀 적합하지 않은 이 음악의 장단에 따라 계속 춤을 추었고, 피아노가 별들 가운데 바르르 떨릴 때, 그 빠른 기세를 잃지 않으면서도 짐짓 취한 듯 속도를 늦출 때, 둘 다 기쁨과 황홀함으로 몸을 뒤틀었다. 이런 도취 상태를 함께 나눈 후에는 당연히 동침하는 문제가 제기되지 않을 수 없었지만, 그리하지 않은 것은 분명히 잘한 일이었다. 어떻게, 그리고 우리 두 사람 중 누구 덕분으로 이 실수를 피할 수 있었는지는 더 이상 기억이 나지 않는다. 하지만 그건 별로 중요치 않으니, 어떤 의미에서 이날 밤 에리카와 나는 섹스를 한 것이다.

열쇠를 두 번 돌려 문 잠그기

나는 새벽 3시에 잠에서 깬다. 목은 바짝 말라붙었고 머리는 불덩이 같고 마음은 너무나 괴롭다. 그 도취의 순간의 대가를 아주 비싸게 치르게 되리라는 생각이 엄습한다. 물을 마시려고 주방으로 간다. 수돗물을 벌컥벌컥 몇 리터나 들이켜고는 약장에서 아스피린을 찾아보지만 허사다. 내가 사용하는 화장실은 다행히도 1층에 있지만 이 집의 유일한 욕실은 2층 에리카의 침실 옆에, 아니 사실은 에리카의 침실 안에 있다. 반드시 이 집을 떠나야 한다고, 시내에 방을 하나 얻어야 한다고 생각한다(결국은 그리하지 못했으니, 에리카의 집에서 거의 두 달이나 지낸 것이다). 분명히 다시 잠들지 못할 거라 생각한 나는 밖에 나가 한 바퀴 돌기로 마음먹는다. 인적 없는 거리를 정처 없이 걷기로 말이다. 나는 정처 없이, 길을 잃게 될 때까지 최대한 정처 없이 걷는 것을 좋아한다. 하지만 심지어는 바다를 등지고 걸어도 10분 후에는 어쩔 수 없이 항구에 이르게 되는 이 작은 마을에서 길을 잃는다는 것은 쉬운 일이 아니다. 나는 현관문을 열려고 하다가 깜짝 놀란다. 그게 잠겨 있는 것이다. 안쪽에서 열쇠로 잠그고 열쇠는 빼 갔는데, 그렇게 할 사람은 에리카밖에 없다. 도대체 왜? 침실로 올라가기 전에 열쇠로 문을 잠그는 습관이 있는, 약간의 편집증이 있는 독신녀라 할지라도 구멍에 열쇠를 꽂아 놓는 게 보통이다. 1층에는 창문이 내 방에 하나, 주방에 하나, 이렇게 두 개밖에 없고 그나마 모두 창살로 막혀 있어 나는 처음 도착했을 때 상당히 놀랐다. 에리카는 열쇠를 자기 방으로 가져갔을까? 그녀가 나를 일부러 가둔 걸까? 나는 분노와 몇 시간 후에 그녀에게 퍼부을 질책, 그리고 도무지 이해할 수 없는 행동이 일으키는 순수한 호기심 사이에서 흔들린다. 아침을 기다리며 무엇을 할 것인가? 요가나 명상을 할 엄두는 나지 않는다. 이곳에 올 때 책을 한 권도 가져오지 않았지만, 선반에 열다섯 권 정도가 꽂혀 있어 하나하나 살펴본다. 내 취향과 잘 맞는 에리카의 취향을 반영하는 음반들과는 달리 이 책들은 그녀에 대해 아무것도 말해 주지 않는다. 그녀가 이사해 왔을 때 이미 선반 위에 있었을 법한 책들이다. 톰 클랜시의 베스트셀러 스파이 소설 한 권, 『화성에서 온 남자 금성에서 온 여자』, 오래되어 더 이상 유효하지 않을 뿐 아니라 심지어는 그리스도 아니고 오만 토후국에 대한 〈론리 플래닛〉 여행 안내서 한 권 등 여러 언어의 잡다한 페이퍼백들이 죽 꽂혀 있다. 아, 이 마음 챙김 명상 입문서는 아마도 그녀의 것이리라……. 그런데 늘어선 책들 끝부분에 또 다른 반전이, 그것도 엄청난 반전이 나를 기다리고 있으니, 그것은 조르주 랑줄란의 단편집 『파리와 다른 이야기들 *The Fly and other stories*』 낡은 영어판 한 권이다. 나는 10대에 〈반(反)세계 단편집 Nouvelles de l'antimonde〉이라는 제목으로 나온 이 책의 프랑스어판을 읽었고, 그 후로 결코 잊은 적이 없다. 이 프랑스어판은 판타지 소설과 SF 소설을 모은 마라부 출판사의 어느 싸구려 전집에 포함되어 있었는데, 난 지금까지도 이 전집의 목록을 다 외우고 있을 정도로, 이 책들만큼 내 취향 형성에 기여한 것은 없다. 마지막 페이지에는 저자에 대한 짤막한 소개 글이 사진 한 장과 함께 실려 있는데, 이 정보들은 읽는 이로 하여금 생각에 잠기게 한다. 조르주 랑줄란은 간간이 소설을 쓰기도 했지만, 제2차 세계 대전 동안에는 드골이 이끄는 레지스탕스에 비밀 문서를 전달하는 영국군 연락원으로 활동했다. 그런데 이 임무에 얼마나 헌신적이었던지, 그는 적지에 낙하산으로 잠입하기 전에 어느 프랑스인 부역자의 용모로, 그러니까 그가 상상하는 프랑스 부역자의 용모로 안면 성형 수술까지 받았다. 사진은 교활하고, 통통하고, 멍청해 보이는 자그마한 사내를 보여 주는데, 아마도 보다 호감 가는 것이었을 외모를 자유 프랑스를 위해 희생한 조르주 랑줄란이 과연 어떤 모습이었을지 궁금해진다. 이런 전기(傳記)적 사실을 알고 있을 때 그가 쓴 이야기들 중 가장 널리 알려진 「파리」가 순간 이동이라는 대담한 실험을 시도한 한 과학자의 비극적 변신을 이야기하고 있다는 사실은 예사롭게 들리지 않는다. 티루반나말라이의 내 친구와는 달리 과학자는 이를 위해 순수한 정신력과 비파사나 명상에 의지하지 않고, 1950년대 SF의 전형적인 도구에 기대를 걸었다. 그의 아이디어는 전극이 삐죽삐죽 튀어나온 어떤 통 속에 들어가 기화(氣化)된 후, 역시 전극이 삐죽삐죽 튀어나온, 실험실의 반대편에 있는 다른 통 속에서 세포 하나하나 원래의 모습으로 재구성된다는 것이었다. 처음 몇 차례의 실험은 고무적이지만, 파리의 형태로 재앙이 찾아온다. 과학자는 실수로 파리 한 마리를 자신과 함께 통에 넣었고, 그 결과 세포 하나하나가 분해되어 재구성된 것은 단지 그만이 아니라 그와 파리, 다시 말해서 그와 파리의 섬뜩한 혼합체이다. 이 기억할 만한 단편은 두 번이나 영화화되었는데, 가장 유명한, 그리고 그만한 가치가 있는 버전은 데이비드 크로넌버그 감독의 무서울 뿐만 아니라 비통하기까지 한 작품이다. 지금까지의 얘기는 여러분을 위해 참고 삼아 한 것으로, 이날 밤 내가 다시 읽은 것은 「파리」가 아니라 다른 단편소설, 다시 말해서 내가 비파사나 요가 수련원에 있을 때 언제 한번 다시 읽어 봐야겠다고 생각했던 「퇴행Recession」이었기 때문이다. 그러고 나서 『샤를리 에브도』 테러 사건이 있었고 나의 개인적 붕괴가 시작되었다. 그래서 이 모든 것은 내 정신에서 완전히 떠나 있었는데, 오늘 아이다호주 보이시의 음악 애호가 중세학자의 집에 있게 되었고, 그녀는 열쇠를 두 번 돌려 나를 이 축축하고도 음울한 집에 가둠으로써, 내가 45년 동안 다시 읽지 못했지만 거의 외우고 있다는 것을 깨닫게 된 이 20여 페이지를 내게 선사한 것이다.

조르주 랑줄란의 단편

한 노인이 죽어 간다. 흰 가운 차림의 의사들과 간호사들이 그의 침대 주위에서 부산을 떤다. 의료 기구들이 금속 쟁반 위에서 쨍그랑거린다. 팔에 주삿바늘이 박힌다. 주위에서 들리는 불명확한 목소리들은 그가 아주 어린아이일 때 어머니의 품에서 자다 들었던 그것들과 비슷하다. 입 안에 어떤 튜브가 들어온다. 철컹하는 금속성의 소리가 들리더니 사람들은 환자 운반차에 실린 그를 굉장히 길고, 좁고, 어두운 복도를 따라 밀고 간다. 머리 위 한참 높은 곳에 어떤 빛이 보인다. 그는 누워 있기 때문에 그 빛이 잘 보인다. 어떤 목소리가 들린다. 그의 장남의 목소리다. 「아직도 의식이 있나요?」「그렇진 않아요. 아시겠지만, 아버님은 이미 먼 곳에, 아주 먼 곳에 계세요…….」 복도는 한층 좁아지고, 위쪽의 빛은 한층 멀어진다. 그리고 목소리들이 꺼진다. 그는 자신이 더 이상 아무것도 보지 못한다는 것을, 아무것도 듣지 못한다는 것을, 아무것도 느끼지 못한다는 것을 갑자기 의식한다. 그는 어둠 속에 있다. 누군가가 올까? 누군가가 불을 켤까? 아직 옆에 누군가가 있는 걸까? 내 아들과 다른 이들이 모두 내 둘레에 서서 밀랍 같은 내 얼굴을 들여다보고 있는 걸까? 이 얼굴 뒤 아주 먼 곳에, 이제 그들의 손이 닿을 수 없는 아주 먼 곳에 의식의 찌꺼기가 아직 남아 있을까 궁금해하면서? 그는 눈꺼풀을 들어 올리려 해보지만 되지가 않는다. 소리치려 해보지만 자신의 목소리가 들리지 않는다. 나 자신조차 들을 수 없는데 누가 들을 수 있겠는가? 내가 혼수상태에 있는 걸까? 그게 아니라면 혹시 내가 죽은 걸까? 지금 내게 일어나고 있는 일은 아주 간단히 말해서 죽음이 아닐까? 이 생각이 들자마자 답이 자연히 떠오른다. 맞다. 이것은 죽음이다. 〈난 죽었어.〉 하지만 자신이 죽었다고 생각할 수 있는 것은 뇌가 아직 기능하기 때문이다. 피가 계속해서 온몸에 흐르고, 심장이 뛰기를 멈추지 않았기 때문이다. 하지만 다음 순간, 그의 안에서 아직 의식하고 있는 이것, 〈난 죽었어〉라고 말할 수 있는 이것, 그의 안에서 〈나〉라고 말할 수 있는 이것, 이것은 바로 자신의 영혼이라는 생각이, 자신의 존재 중에서 사멸할 수 없는 부분이라는 생각이 든다. 사람들이 벌써 나를 매장했을까? 감각이 없으므로 알 길이 없다. 어떤 공간 가운데 자리 잡을 방법이 전혀 없고 시간을 잴 방법도 전혀 없다. 너무나 무서운 일이다. 가장 무서운 것은 아직도 의식이 남아 있다는 사실이다. 아, 이 의식을 잃을 수만 있다면! 그냥 모든 걸 꺼버릴 수만 있다면! 최소한 잠들 수만 있다면! 잠을 자고, 어쩌면 꿈꾸는 것도 괜찮겠지……. 그는 잠들기 위해 양을 세는 일을 시도한다. 차분하게, 서두르지 않고, 오스트레일리아 대륙 전체를 채울 수 있는 것보다 훨씬 더 많은 양들을 센다. 이렇게 세고, 세고, 또 센 끝에 어느 순간 자신이 9억 9천8백만 마리의 양까지 세었다는 것을 깨닫는다. 그는 9억 9천8백만 마리의 양을 하나하나 그 모습을 떠올리며 헤아렸고, 초원에서 울타리를 뛰어넘는 모습을 하나하나 지켜보았다. 합리적으로 생각해서 1초에 한 마리씩 잡는다면 1분에는 예순 마리가 되고, 한 시간에는 3천6백 마리, 하루에는 8만 6천4백 마리니까, 양 1백만 마리를 세려면 12일이 걸리고, 그가 도달한 거의 10억에 가까운 양들을 세기 위해서는 대략 1만 2천 일, 다시 말해서 거의 30년이 필요하다. 그는 이 일을 약 30분 전부터 했다고 생각했는데, 사실은 30년 동안이나 해온 것이다. 빌어먹을! 만일 미치고 싶지 않다면 양 세는 것 말고 다른 소일거리를 찾아야 한다는 것은 분명한 사실이다. 그렇다면 어떤 일을 해야 하나? 자신의 삶 전체를 다시 살아 보는 것? 이 영원한 시간을 영원한 자서전을 쓰는 데 바친다? 디테일들에 시간을 얼마든지 들여 가면서 말이다. 예를 들어 15분간의 아침 식사를 이야기하는 데 1세기를 들인다면? 아니면 신비주의자들이 하듯 어떤 만트라를 끝없이 반복한다면? 체스 문제 풀이에 빠져 본다면? 대(大)사부가 되기 위해 자기에게 무한정 있는 시간을 들여 태극권의 형을 머릿속으로 되풀이해 본다면? 자신이 잤던 침대들, 걸쳤던 옷들, 살았던 장소들, 그리고 살았던 장소들의 서랍들 각각의 내용물을 기억해 본다면? 섹스한 경험들을 죄다 떠올려 본다면? 이와 더불어 누구와, 어떤 여자와 했고 어떤 체위들이 이어졌는지를 떠올려 본다면? 성기도, 몸도, 감각도 없이 자위를 하면서 영원을 보낸다면? 죽었는데 자신에 대한 의식을 간직하고 있다는 것은 참으로 기묘한 일이다. 그것은 가장 완벽한 감옥의 수인이 되는 것이니, 하나의 의식에 불과한 존재일 때는 탈출을 위한 터널을 뚫을 수 없기 때문이다. 반면, 하나의 의식에 불과한 존재라도 터널 뚫는 일을 상상하는 것은 가능하다. 하여 그는 이 일을 시작한다. 그는 혼자서, 머릿속으로, 만일 그의 생각이 옳다면 그가 묻혀 있을 무덤의 밑바닥에서, 도버 해협 아래로 프랑스와 영국을 잇는 터널을 건설하기로 결심한다. 그는 도면을 그리기 시작한다. 그러고 나서 짓기 시작하고, 그러다 실패하고, 또 조수(潮水)를 고려하는 것을 잊었기 때문에 원점에서 다시 시작한다. 그는 어떤 단계도 건너뛰지 않으며, 만일 어떤 작업이 열 명의 인부를 요구하면 그는 차례로 이 인부들 각각이 된다. 그는 산소 공급 줄이 찢어진 잠수부도 되고, 익사 위기에 처한 잠수부를 구하는 스쿠버 다이버도 된다. 그는 모든 사람이고, 도처에 있고, 시간도 무한정 있다. 몇천 년도 걸리지 않아 터널이 완성된다. 이것은 수십억의 수십억 배의 양들을 세는 것보다 훨씬 건설적인 일, 훨씬 만족스러운 일이다. 내친 김에 그는 이번에는 브라질리아보다 더 큰 신도시를 건설하기 시작한다. 건물 각각을, 이음돌 각각을, 문손잡이 각각을, 스위치 각각을, 각 스위치를 작동시키는 전기 시스템 각각을 만들어 나간다. 아무것도 빠진 게 없고, 비록 순전히 정신적인 것이긴 하지만 모든 게 제대로 작동한다. 그렇다면 한층 더 높은 곳을 겨냥하지 말란 법이 없지 않은가? 생명을 창조하지 말란 법이 없지 않은가? 생명은 어떻게 창조하는가? 생명 창조를 위해서는 수만 가지 해결책이 있는 게 아니다. 해결책은 오직 하나, 세포 하나를 창조하는 것이다. 건축학보다도 발생학에 대해 더욱 무지한 그는 가공의 인부들에게 아무것도 맡길 수 없으므로 모든 것을 자신이 직접 해야 한다. 그가 아는 것은 오직 하나, 세포 한 개가 두 개로 분열되고, 이 두 개도 다시 분열되어 결국에는 산처럼 쌓인 세포들이 현미경으로 관찰 가능한 어떤 것이 된다는 사실뿐이다. 하지만 지금 자신이 처한 상태로는, 다시 말해서 아직 〈나〉라고 부를 수 있는 것이 세포 한 개보다도 무한히 작고 비물질적인 상황에서는 자신이 세포로 변하는 일이 쉽지 않다. 수십억 배의 크기로 커지기 위해서는 집중을 해야 한다. 그는 집중한다. 모든 의식을 한 점에 모은다. 이 점은 조금씩 커져서 세포 하나가 되고, 이 세포 하나는 두 개로 분열되고, 이 두 세포는 또 분열되어 결국 이 세포들 전체는 미발달된 몸과 같은 어떤 것, 공간 속에서 움직이고 감각을 느낄 줄 아는 어떤 것이 된다. 그는 기나긴 항성 간 여행 끝에 마침내 지구에 닿은 우주 비행사가 느낄 법한 것을 느낀다. 그는 지구에 닿는다. 착륙한다. 몸이 불에 타지도 않았고 죽지도 않았다. 그는 행복하다. 그에게는 웃고 기뻐 외칠 수 있는 입이 아직 없다. 아니, 있다! 그는 자기에게 그게 하나 있다는 것을 갑자기 의식한다. 열린 부분 하나, 곧 이들과 혀와 더불어 입을 이루게 될 벌어진 틈 하나 말이다. 이제 그의 의식은 뇌에 깃들었는데, 세포들로 이뤄진 이 뇌는 아직 형태가 없는 어떤 덩어리, 곧 사지와 각종 기관과 성기와 항문을 갖추게 될 일종의 자루로 연장되고, 이 모든 것들이 곧 그가 될 것이다. 이제 그는 잠들 수 있다. 그는 마침내 잠을 잔다. 완벽하고도 행복한 잠을 잔다. 이 잠보다 더 좋은 게 없고, 양수의 따스한 온기 속에 잠겨 있는 것보다 좋은 게 없다. 그는 하나의 배자(胚子)로, 얼마 안 있으면 부지런히 가지를 치고 자라나기를 계속하는 몸이 될 것이다. 누구의 몸일까? 아니, 무엇의 몸일까? 아직 아무것도 모르지만 어쨌든 상관없다. 그게 무엇이든 간에 자기에게 주어진 삶을 살 것이다. 설령 일종의 개미로 모태에서 나와야 한다 해도 아무 문제 없으니, 그는 개미가 될 것이고 모든 삶이 다 좋다. 그는 삼사라에서 빠져나갈 생각이 전혀 없고 그가 원하는 바는 오직 다시 살아 있는 것이다. 더구나 그는 운이 좋다. 그는 곧 인간의 아기가 될, 벌써부터 발길질을 하는 태아인 것이다. 그가 평화롭게 자고 있는 점액질의 따스한 환경이 느닷없이 비는 끔찍한 순간이 온다. 마치 침몰하는 잠수함 속에 있는 기분이다. 그는 물을 마시지만 익사하지는 않는다. 그는 어느 어둡고 따뜻하고 끈적거리는 터널로 들어간다. 거기서는 숨을 쉴 수 없다. 그토록 많은 이들이 악몽에서 이를 다시 체험하는 것은 놀라운 일이 아니다. 그는 어떤 소리를, 어떤 목소리들을 듣는다. 그가 죽었을 때 희미해져 가던 이 소리, 이 목소리들이 지금은 가까이 다가온다. 아니, 오히려 그가 그것들에 다가간다. 터널은 미끄럼틀로 변한다. 그는 미끄러져 내린다. 환한 빛이 눈을 부시게 한다. 출구다. 그의 어머니가 밀어내고 있고 비명 지르고 있다. 그는 도착했다. 이제 비명 지르는 것은 그다. 그의 삶이 시작된다.

분자 요가

　내 손자 루이가 태어났을 때 나는 잔에게 이 이야기를 읽어 주었다. 열세 살이나 열네 살 정도 되었을 때 내게 너무나 강렬하게 와닿았고 지금도 여전히 강렬하게 와닿는 이 이야기에 잔은, 특히 이야기의 의미를 갑자기 이해하게 된 끝부분에서 감탄을 금치 못했다. 잔은 병원에 누워 있는 자기 조카의 시선에서 이 오디세이아의 흔적을 찾아보았다. 아무것도 이해하지 못하지만 벌써 적응하기 시작한 신생아의 흐릿한 시선……. 그리고 또한, 이미 거의 다 지워져 버렸지만, 잠시 동안 자기가 어디서 왔는지를 기억하는 아주 늙은 노인의 시선……. 나는 이따금 명상 중에 이것을 생각하곤 한다. 비파사나 수련원에서 수행하는 중에도 이것을 생각했다. 여기에 명상에 대한 또 하나의 정의, 그러니까 열세 번째 정의가 있으니, 그것은 자신의 내부에 열리는 무한한 공간에서 터널들을 뚫고, 댐들을 건설하고, 교통로들을 트고, 태어나게 될 무언가를 밀어내는 것이다. 앞서가는 명상인들은 우리 같은 사람들이 바깥쪽의 목책 외에는 아무것도 보지 못할 이런 공사장들을 열 수 있어야 한다. 아헹가 요가의 대(大)사부인 파에크 비리아께서 어느 수련회에서 우리에게 하신 말씀이 생각난다. 이 수련회 중에 그분은 우리에게 어떤 기본 자세들을 연습시켰는데, 우리는 겉보기에는 아주 쉬워 보이는 이 자세들을 오랫동안 취하고 있어야 했다. 그분은 막상 해보니 너무나 힘이 드는 자세를 유지하는 우리를 붙잡아주기 위해 여러 가지 이야기를 해주셨다. 마치 동방의 이야기꾼처럼 아주 천천히, 차분하게. 괜히 이란 사람이 아니었다. 어느 순간, 그분은 이렇게 말씀하셨다. 자, 내가 시킨 대로 지금 여러분이 꼼짝 않고 취하고 있는 이 아주 간단한 자세들을 처음에는 뼈의 수준에서 시작해야 합니다. 그리고 나서 근육의 수준에서 행해야 하고, 그다음에는 관절의 수준(대략적으로 말해서 우리가 위치했던 수준이었다)에서 행해야 합니다. 그리고 만일 여러분이 이 선을 놓지 않고 계속해 간다면, 결국에는 세포의 수준에, 그리고 심지어는 분자의 수준에 이르게 됩니다. 그렇습니다, 세포의 수준입니다. 그렇습니다, 분자의 수준입니다. 우리는 요가를 통해 — 파에크는 차분하게 말씀하셨다 — 자신의 세포들 각각을, 그리고 자신의 분자들 각각을 의식으로 채울 수 있습니다. 우리는 그것들 각각을 개별적으로 알 수 있습니다. 우리는 그것들 각각을 개별적으로 제어할 수 있습니다……. 우리는 저녁마다 거대한 플라타너스 아래에서 가장 연한 복숭아를 차지하려 은근히 다투며 근대 얹은 타르트와 불구르로 저녁 식사를 하면서 많이도 웃어 댔지만, 나는 파에크가 농담한 게 아니었다고 확신한다. 나 자신은 결코 거기에 도달하지 못하겠지만, 나는 요가를, 우리가 하는 것과 똑같은 요가의 자세들을, 세포와 분자의 수준에서 행할 수 있다고 믿는다. 또 나는 확신한다. 우리는 살갗과 살갗 아래 있는 것에, 들숨과 날숨에, 심장의 펌프질에, 혈액의 순환에, 들어오고 나가는 생각의 흐름에 집중함으로써, 감각과 의식이라는 무한히 미세한 것 속으로 깊이 들어감으로써, 언젠가는 무한히 광대한 것 가운데서, 무한히 열려 있는 것 가운데서, 인간이 응시하기 위해 태어난 하늘 가운데서, 저쪽, 그러니까 피안(彼岸)에 이르게 될 거라고. 이게 바로 요가라고 말이다.

삼성 갤럭시

기자이며 내게 에리카를 소개해 준 친구이기도 한 로랑스는 레로스에서 만나게 될 젊은 난민들에게 조그만 선물을 가져가면 좋을 거라고 조언했다. 현금은 만류했고 그녀가 가장 좋다고 한 것은 보다폰[8]의 선불 카드이다. 나는 그런 카드를 한 번도 사용해 본 적이 없을 뿐 아니라, 좋지 않은 선물이 될 수 있는 것을 미리 사느니보다는 소년들과 함께 가서 그들에게 적합한 것을 고르는 게 낫겠다는 생각이 든다. 하지만 그릇 안에 든 립턴 차를 휘젓고 있자니 또 다른 생각이 떠오르는데, 이 모임에서 가장 궁금한 하산에게 선물을 하자는 것이다. 나는 누군가로 하여금 소년이 떠나기 전날 밤 배낭 꾸리는 것을 도와주게 할 수

8 보다폰Vodaphone은 영국에 기반을 둔 유럽 최대의 통신 회사로, 유럽 전역뿐 아니라 전 세계에 걸쳐 서비스를 하고 있다.

는 없지만, 다른 방식으로 그의 불행을 조금이나마 덜어주는 것은 가능했다. 소년들 중에 그에게만 스마트폰이 없으니 그것을 선물하는 것이다. 이 계획은 당연히 반론을 불러일으킨다. 왜 그 혼자에게만 그렇게 비싼 선물을 하는가? 다른 소년들이 어떻게 생각하겠는가? 나는 이런 반론을 충분히 이해하지만, 우리가 어떤 구매 충동에 사로잡힐 때, 예를 들어 고성능 블루투스 스피커나 플레이아드 소크라테스 이전 철학자 전집을 손에 넣는 것보다 필요하고도 시급한 일은 없는 것처럼 느껴질 때 그러하듯이 답변하지 않고 배제해 버린다. 이날 아침, 내가 하산에게 사주고 싶은 것은 오직 스마트폰이고 불안한 점은 단 하나, 이 섬에서 그걸 팔지 않으면 어떡하나 하는 것인데, 항구에서 조그만 휴대폰 가게 하나를 발견하고는 안도의 한숨을 내쉰다. 애플 스토어는 아니지만 어차피 나는 그에게 아이폰을 사줄 생각은 없다. 그것을 가진 아이가 하나도 없는 상황에서는 일종의 도발로 보일 수도 있는 것이다. 나는 240유로짜리 삼성 갤럭시를 고른다. 그것을 어떻게 사용하는지, 다시 말해서 어떤 통신사에 가입해야 하는 건지, 아니면 그 유명한 보다폰 심 카드만 있으면 되는 건지 모르는 채로 말이다. 피크파로 가는, 이제는 익숙해진 도로를 걸으며 나는 이 선물을 어떻게 주어야 하나 불안하게 자문한다. 사실 여기엔 두 가지 방법이 있다. 하나는 공개적으로, 또 하나는 몰래 주는 것인데, 둘 다 그렇게 좋은 방법이라고는 할 수 없다. 하산을 한쪽 으슥한 곳으로 데려가서는 내 배낭 속의 내용물을 마치 마약 딜러처럼 슬쩍 건네줄 수는 없는 노릇이다. 당사자는 사람들에게 이게 어떻게 생겼다고 설명해야겠는가? 하늘에서 뚝 떨어졌다고? 또 소년들을 다 모아 놓고 마치 오늘이 하산의 생일인 것처럼 행동할 수도 없다. 비록 가만히 생각해 보면 이 해결책은 첫 번째 것보다는 덜 나쁠 수 있겠지만 말이다. 이 소년들 간의 유대감은 상당히 강해 보이는 것이다. 이렇게 아직 아무것도 결정하지 못한 채로 나와 에리카가 도착해 보니 하미드가 아주 걱정스러운 낯을 하고서 하산이 떠났다고 알려 준다. 수업을 빼먹고 돌아다니기 위해 떠난 게 아니라 정말로 떠났다는 것이다. 완전히 사라졌다는 것이다. 침대는 정리되어 있지만 그의 배낭은 보이지 않고 소지품도 전혀 보이지 않는다. 말하는 사람은 오직 하미드 혼자뿐이다. 모하메드의 침묵은 습관적인 것이지만 아티크의 침묵은 그렇지 않아서, 나는 그가 전날 하산의 불행을 너무 극적으로 강조해서 그가 도망갔다고 자책하는 것이라 이해한다. 에리카가 말하기를 그 일이 있기 전에 하산은 평온했단다. 좀 수줍긴 했지만 평안했고, 그녀는 그가 우는 것을 한 번도 본 적이 없단다. 대체 그가 어디에 있을까? 아직 섬에 있을까? 아니면 아테네로 떠났을까? 많은 사람들이 하듯 페리선에 몰래 승선해서? 또 아테네에 가면 무슨 일이 일어날까? 일반적으로는 감옥에 가거나 아니면 레스보스에 있는 거대한 선별 수용소로 보내지는데, 어쨌든 간에 그들은 그들 모두가 꿈꾸는 북유럽 국가 중의 하나로 갈 수 있는 가능성은 거의 없다. 이런 상황이니 교실은 침울하기 그지없다. 에리카는 하산이 수업에 기여했던 유일한 흔적을 자신의 커다란 노트에서 찾아볼 생각을 한다. 그는 페르시아어로 말했고, 아티크가 번역했으며, 그녀가 받아 적었다. 〈A journey of hope, but full of challenges(희망에 찬, 하지만 도전으로 가득한 여행)〉라는 제목의 이 글은 그가 튀르키예에서 그리스로 건너온 이야기이다. 반드시 필요한 것이라는 말에 구명조끼를 아주 비싼 값으로 사야만 했던 이스탄불에서 출발한 그는 20여 명의 아프가니스탄인들과 함께 승합차 뒤 칸에 실려 튀르키예 해안을 따라 보드룸까지 내려간다. 그들은 어느 숲속에서 사흘 동안 거의 아무것도 먹지 못한 채로 기다린다. 그리고 세 번째 밤이 되자, 세 명의 월경 브로커가 그들을 배가 기다리는 해변으로 데리고 간다. 배는 조디아크사(社)의 오래된 고무보트로, 하산이 기대했던 것보다 훨씬 작고 탑승 인원은 훨씬 많다. 그는 비록 짧기는 하지만 이게 여행의 가장 위험한 구간이며 난파와 익사의 위험성이 크다는 것을 알지만 다른 선택이 없으니 가야만 한다. 하산은 자기 전 재산의 반을 주고 사야만 했던 구명조끼가 물을 먹는다는 사실을 알게 된다. 어쨌든 그것은 갖고 있을 수 없는데, 승선하기 전에 브로커들이 지금 걸치고 있는 옷만 빼놓고 그들이 가진 모든 것을 해변에 내려놓으라고 지시하기 때문이다. 심지어는 바다 건너는 것을 대비하여 이스탄불에서부터 비닐봉지 세 겹으로 단단히 싸놓은 배낭까지 포함해 그야말로 모든 것을 버리고 가게 한다. 그들은 그들의 유일한 재산을, 그들이 가진 가장 소중한 것들을 버려야 한다. 하산에게 그것은 죽은 부모님, 아직 살아 계셨다면 그가 배낭 싸는 것을 도와주었을 부모님의 사진이다. 그는 울기 시작한다. 이제는 부모님 얼굴도 잊어버리겠구나, 나를 알았던 사람, 내 존재의 의미가 되었던 사람을 이제는 아무도 기억하지 못하겠구나, 이제 내 존재의 의미가 될 사람은 아무도 없겠구나, 생각하며 울기 시작한다. 에리카는 입을 다문다. 글은 거기서 끝나고, 우리 가운데 난감한 분위기가 흐른다. 우리가 하산을 위해 기도하게 될 줄은 몰랐지만, 지금 우리들이 한 것은 물론 그것이다.

그림자

집에 돌아온 나는 내 방에서 침대를 제외하면 유일한 가구인 머리맡 탁자의 서랍에다 삼성 갤럭시 휴대폰을 집어던진다. 그날 저녁, 에리카와 나는 다시 나가서 저녁 식사를 하고, 마치 나이 든 커플처럼 어제저녁에 했던 것과 똑같이 한다. 한 가지 차이는 어제는 즐겁고 수다스러운 시간을 보냈다면 오늘 저녁은 억지로 하는 기분이 들고 흥이 나지 않는다는 점이다. 게다가 서글프게도 숙취 탓에 술은 거의 마시지 못한다. 식당에서 돌아온 우리는 전망도 없는 테라스에 앉아 먼지와 찬장 속의 퀴퀴한 맛이 느껴지는 차를 한잔 드는데, 에리카는 센스 있게도 폴로네즈 「영웅」은 물론 아무런 음악도 틀지 않는다. 그래도 우리는 조금 대화를 나눈다. 나는 전날 밤에 거실 선반에서 보았던 요가 입문서가 그녀의 것이냐고 묻는다. 그녀는 그렇다고 대답한다. 그녀가 이 책을 알게 된 것은 요가 때문이 아니었다(일반적으로 아헹가 요가 수행자들은 명상에 목을 매지 않는다). 이 책은 2년 전, 그러니까 그녀가 네덜란드 베이스 연주자와 함께 행복한 나날을 보내리라 생각하고 은퇴한 바로 뒤에 일어난 어떤 뇌혈관 질환 발작의 결과로 생긴 것이다. 그녀는 오로지 이 베이스 연주자 때문에 암스테르담에 왔지만 결국에는 병원에 혼자 누워 있는 신세가 되어 버렸다. 당사자인 사내는 가물에 콩 나듯 찾아와서는 항상 바쁜 척을 하면서, 그 병을 심한 감기쯤으로 취급하고 그녀가 지나친 건강 염려증이라고 비난했다. 그러다 결국 어느 날, 넘을 수 없는 장애물이라고 항상 소개하던 자신의 아내 외에도, 오래전부터 관계를 맺어 왔고 자기가 너무나 아긴다는 정부(情婦)의 존재를 밝힌 것이다. 이때부터 모든 것이 계속 나빠져 왔지만, 적어도 뇌혈관 발작의 후유증은 없다는 것을 위안으로 삼을 수 있었다. 아니, 딱 하나 후유증이 있었으니, 아주 이상한, 장애로 칠 정도는 아니지만 사람을 아주 불안하게 만드는, 그녀의 영어 표현을 빌자면 creepy(오싹한)하고 scoopy(으스스한)한, 아주 설명하기 힘든 어떤 것이다. 마치 그녀의 뒤쪽에, 혹은 왼쪽에 어떤 형태 없고 어둡고 위협적인 무언가가 있는 것 같은 느낌이 든단다. 곰이라고나 할까, 시커먼 자루라고나 할까, 아니면 짙은 연기 혹은 말벌 떼라고나 할까. 아무튼 우글거리고, 기어다니고, 부풀어 오르며 사람을 무섭게 하는 불분명하고, 위협적이고, 더러운 무언가가 느껴지는 것이다. 그녀는 이에 대해 아무에게도 말하지 않았는데, 사실 그녀에게는 이것에 대해 말할 사람이 아무도 없다. 오직 자기 혼자만 부르는 이것의 이름은 〈그림자〉이다. 이 그림자는 어디든 그녀를 따라다닌다. 그림자는 항상 그녀의 왼쪽, 그녀의 시선이 미치는 한계선에 숨어 있다. 에리카는 그것이 나타나는지 곁눈으로 살피며 시간을 보낸다. 그녀는 눈으로 그것을 포착할 수 있기를, 언젠가 그것보다 더 빨라질 수 있기를 바라지만, 사실 그것을 본 적은 한 번도 없다. 그녀에게는 항상 그게 막 보이려고 하는 상태(그녀의 영어 표현을 빌리자면 on the verge of seeing it)에 있단다. 에리카가 치료를 잘 받았다는 암스테르담 병원 신경 의학과의 한 의사는 그녀에게 도움이 될 거라며 〈마음 챙김〉이라는 명칭의 명상 테크닉을 가르쳐 주었다. 이 마음 챙김 명상은 전적으로 과학성을 지향하고 모든 종류의 쓸데없는 형식을 거부한다는 점 외에는, 비파사나 타입의 불교 명상과 전혀 구별되지 않는다. 그것은 움직이지 않고 조용히 앉아서 자신의 호흡에 주의를 기울이고, 의식 가운데 지나가는 모든 것을 포착하고, 그것을 판단하지 않고 지켜보고, 아무것도 기다리지 않고 그저 흘러가는 대로 자신을 맡기고 모든 것을 내려놓는 것이다. 스트레스를 줄이는 데 이 방법의 효력은 이미 확인된 바 있고, 의료계에서 점점 더 많이 사용되고 있으며, 여기에 대해서는 좋은 말밖에 할 것이 없다. 에리카는 이 명상의 전도사인 미국 정신 의학자 존 카밧진의 저서 한 권과 그녀가 규칙적으로 들으려고 노력하는 명상 가이드 CD 한 장을 가지고 퇴원했단다. 나는 묻는다. 「그게 도움이 돼?」 그녀는 그렇다고 대답한다. 그러고 나서 잠시 침묵이 감돈다. 그녀는 다시 그렇다고 대답하지만 이번에는 아까만큼 확실한 어조가 아니고, 마치 〈아냐〉라고 하듯이 고개를 설레설레 젓는다. 지금까지는 아주 차분하게 말했지만 갑자기 눈에 눈물을 글썽이고, 그 넓은 어깨를 경련하듯 들썩이더니 이렇게 속삭인다. 「에마뉘엘, 너무 끔찍해……. 너무 끔찍해……. 너무 끔찍해…….」 우리는 비파사나 수련원 경사지에 있는 것과 똑같은 모델의 하얀 플라스틱 정원 의자에 앉아 서로를 마주 보고 있는데, 그녀는 〈너무 끔찍해〉를 되풀이한다. 그녀는 흐느끼고, 난 몸을 기울이고는 그녀의 손 하나를 두 손으로 잡고 괜찮아질 거야, 괜찮아질 거야라고 다독인다. 전날 우리가 하산을 감싸 주었듯 그녀를 감싸 주고 싶은 마음으로 말이다. 그녀는 다시 고개를 들고는 나를 쳐다보며 말한다. 「그래, 이 명상 CD, 이것은 괜찮아, 조금 도움이 돼. 하지만 알아? 여기에 있는 것은 호수의 명상이고, 하늘의 명상이고, 산의 명상이야. 나는 이렇게 상상해야 해. 내 의식은 거울처럼 조용하고 잔잔한 호수인데, 이따금 이 호수 수면에 잔물결이 일기도 하고 하늘에 구름이나 새가 지나가기도 하지……. 그리고 나는 이렇게 말해야 해. 내 생각들과 내 감각들은 이 잔물결, 이 구름들, 이 새들 같은 거고, 난 이것들이 지나가는 것을 따라가려 하지 않고, 집착하지 않고, 그저 지켜보기만 해야 한다고……. 호수에, 혹은 하늘에, 혹은 너무나 견고하고 흔들림 없는 산에 집중하고 있어야 해……. 만일 내가 매일 이렇게 한다면, 그들 말로는 나는 산만큼이나 견고하고 흔들림 없는 상태가 될 뿐 아니라, 모든 것에 대해 따스함과 연민과 자애로운 마음을 품을 수 있다는 거야. 내 엿같은 생각들에 대해, 이 엿같은 삶에 대해, 이 엿같은 섬에 있는 이 엿같은 집에 대해, 그리고 내 인생을 망가뜨린 그 개자식에 대해, 그리고 무엇보다도 그 그림자…… 에마뉘엘, 그 그림자 말이야…… 그걸 대체 내가 어떻게 해야 하지? 그게 얼마나 끔찍한지 당신은 모를 거야, 항상 여기에 있지만 내 눈에 보이지 않는 그 그림자 말이야. 아, 너무 끔찍해…….」 에리카의 말을 듣고 있는 나는 그녀가 무슨 말을 하는지 잘 이해한다. 너무나도 잘 이해한다. 나의 그림자는 라울 뒤피의 그 예쁜 바닷가 그림인바, 이것은 에리카 것만큼이나 끔찍하다. 모두가 저마다의 그림자를 하나씩 가지고 있을 것이다. 다만 에리카나 나 같은 사람들의 경우에는 좀 더 가까이서 위협하고 있지만, 대부분의 경우에는 등 뒤에 얌전히 머물러 있다는 게 다를 뿐이다. 프루스트는 이 같은 사람들을 〈가련하고도 위대한 신경증 환자 가족〉이라고 했고, 또 세상의 소금이라고 말하기도 했다. 신경증 환자, 우울증 환자, 양극성 장애자들인 우리, 또 한 명의 엄청난 우울증 환자인 윈스턴 처칠이 말한바 〈검은 개들〉에 맞서 싸우며 평생을 보내는 우리 말이다. 나는 내게는 약간 위로가 되는 이런 말들로, 혹은 루이즈 라베에 대한 일종의 오마주이며, 그 마지막 구절을 내가 너무나도 좋아하는 — 하지만 이것을 어떻게 번역할 수 있을까? — 카트린 포지의 시를 낭송해 주며 에리카를 위로하고 싶다.

> 나는 왜 내가 영원한 거처에 들어가기 전에
> 죽고, 어둠에 잠겨야 하는지 알지 못한다.
> 나는 내가 누구의 먹이인지,
> 내가 누구의 사랑인지 알지 못한다.[9]

아티크는 여행한다

외동아들인 아티크는 두 살이 될 때까지 아프가니스탄에서만 살았다. 그가 내게 말해 준 바에 따르면 그의 부모는 둘 다 교통사고로 사망했고, 파키스탄 퀘타에서 남편

---

9 카트린 포지Catherine Pozzi(1882~1934)는 프랑스의 시인이자 문필가로, 여기서 인용된 네 행은 그녀가 사망하기 직전에 쓴 「닉스Nyx」(그리스어로 〈밤〉이라는 뜻)의 마지막 부분이다.

과 함께 살고 있는 이모가 그를 거둬 주었단다. 그의 가족은 하자라족에 속한다는데, 내가 이 하자라족에 대해 아무것도 모르기 때문에 그는 자신의 휴대폰으로 그들에 관한 위키피디아 항목을 보여 준다. 아프가니스탄에서 탈레반에게 박해받아 파키스탄으로 집단 도피한 그들은 그곳에서도 박해를 받는 신세이다. 아티크의 휴대폰은 내가 하산에게 선물하려고 했던 것과 동일한 모델로, 그는 3기가 사용을 위해 월 10유로를 지불하는데, 그가 생각하기에는 무슨 일이 있어도 항상 접속할 수 있어야 하기 때문이다. 지금은 우리 둘 다 피크파에서 5킬로미터 떨어진 바닷가에 있는 푸시킨 카페의 편안한 등나무 안락의자에 앉아 있다. 내가 즐겨 찾게 된 이 카페에 이곳에서는 너무 엉뚱하게 느껴지는 이 이름이 붙은 것은, 20여 년 전에 이 카페를 연 친절한 러시아 부인 스베틀라나 세르게브나 때문이다. 스베틀라나는 벽들을 온갖 성화(聖畵)로 도배해 놨고, 걸핏하면 성호를 긋고는 하며, 러시아인들의 일반적인 방식으로, 다시 말해서 입에 설탕 조각 하나를 물고서 차를 마신다. 내가 이걸 아는 것은 우리가 이따금 유리잔에 든 차를 함께 마시기 때문이다. 우리는 러시아어로 대화하는데 이는 우리 둘 모두를 즐겁게 한다. 흙먼지가 풀썩이는 도로를 스쿠터들이 요란한 소리를 내며 지나간다. 처음에 내가 아티크가 맥주를 마시는 것을 보고 놀라자, 그는 어깨를 들썩해 보이면서 이슬람은 여행 중에는 약간의 자유를 허용한다고, 예를 들어 하루에 기도를 다섯 번

하지 않아도 눈감아 준다고 대답한다. 그래서 우리는 미토스 맥주[10]를, 그러니까 내가 실수로 병 하나를 쏟아 버려, 그의 이야기를 더 잘 이해하려고 인쇄해 온 중동 지방 구글 맵 지도를 사용하기 힘들 정도로 더럽히게 될 맥주를 마신다. 아티크의 이모부는 맨 위층은 결혼식장인 3층짜리 건물의 주인이란다. 이모와 이모부에게는 아들 둘과 딸 하나가 있는데, 아티크가 사진을 보여 준 사촌 누이 파르와나는 우아함과 부드러움과 명랑함이 느껴지는 소녀이다. 마트 위에 있는 집에 가족 모두가 제각기 자신의 방을 갖고 있고, 아티크는 한 번도 차별 대우를 받은 적이 없었다. 더구나 그는 브뤼셀에 있는 요리사이며 그가 실제로는 어린아이였을 때 단 한 번 봤지만 일주일에 한 번씩 스카이프로 대화를 나누는 삼촌의 보호를 받는다. 삼촌은 그에게 돈을 보내 주고, 그는 이것으로 해마다 새 오토바이를 산다. 그는 가장 마지막에 샀던 오토바이인 야마하 150cc 위에 앉아 있는 자신의 모습을 사진으로 보여 주는데, 아무 걱정도 없는 행복한 소년처럼 보인다. 그런데 그가 이 오토바이로 달리고 있을 때 누군가가 총을 쐈단다. 누가? 왜? 그에게 개인적인 원한을 품었던 것일까? 그의 가족에 대한 복수극일까? 아니면 그냥 재수 없이 나쁜 순간에 나쁜 장소에 있었던 것일까……? 그는 전혀 알 수가 없었고, 그의 가족도 마찬가지였던 것 같다. 그곳을 지나

---

10 카를스베르 그룹의 자회사인 올림픽 브루어리Olympic Brewery가 생산하는 그리스 맥주.

던 남자 두 명이 목숨을 잃었고 그는 어깨에 부상을 입었다. 그는 셔츠의 단추를 끄르고는 그때의 흉터를 보여 준다. 이 사실을 알게 된 브뤼셀의 요리사 삼촌은 퀘타에서 사는 것은 위험하다는 결론을 내리고 그가 떠나는 문제를 거론하기 시작한다. 아티크 본인은 끼지 못한 협의가 수없이 오간 후, 그가 우리에게 이미 묘사한 바 있는 그 장면에 이르게 된다. 그런데 두 번째로 들으니 이런 의문이 떠오른다. 만일 퀘타가 정말로 너무 위험한 곳이라면, 만일 거기에서, 특히 하자라족인 경우에는 길거리 어디에서든 총을 맞아 죽을 위험이 있다면, 왜 아티크만이 그곳을 뜨는 특권을 누렸단 말인가? 왜 그의 사촌들은 떠나지 못했을까? 왜 파르와나는 못 떠났을까? 아티크는 아주 당연하다는 듯이 대답하는데, 첫째, 이 여행은 몹시 위험하기 때문에 이것은 특권이기도 하고 또 특권이 아니기도 하며, 둘째, 자기만이 조카를 받아들여 주고 이 여행을 위해 4천 달러를 지불할 수 있는 친척이 외국에 있기 때문이란다. 삼촌은 이 금액을 월경 브로커들에게 퀘타에서 테헤란으로 갈 때 2천 달러, 테헤란에서 그리스로 갈 때 2천 달러, 이렇게 두 차례에 걸쳐 지불했다. 아티크 자신은 호주머니에 2백 달러를 가지고 떠난다. 이모의 도움을 받아 가며 꾸린 스포츠 가방 안에는 청바지 두 벌, 티셔츠 두 장, 팬티 네 장, 모직 방한 재킷 한 벌, 세면도구 일습, 5백 밀리리터짜리 생수 네 병, 플레이어스 담배 한 보루, 음악을 듣기 위한 헤드폰 하나, 그리고 엄마 품에 안긴 그의 모습이 담긴 가족사진 액자 하나가 들어 있다. 오토바이와 자동차에 관심이 많은 아티크는 자신을 데리러 온 자동차가 도요타 코롤라였다고 기억한다. 그 차가 새벽 4시에 도착하자 이모와 이모부는 그와 함께 건물 아래로 내려갔다. 그들과 포옹을 나눈 그는 차 뒷좌석에 탔는데, 거기에 앉아 있는 승객은 한 명으로 35세가량으로 보이는 남자였다. 차창에 선팅이 돼 있는 탓에 그는 가족들은 볼 수 있었지만 가족들은 그를 볼 수 없어 그에게 손을 흔들었지만 정확한 방향이 아니었고, 그렇게 자동차는 출발했다. 아티크는 그의 여행 동료에게 한마디도 건네지 않았고 상대방 역시 질문이 많은 사람이 아니었다. 아티크는 기분이 별로 좋지 않았고, 지금 이렇게 여행을 하게 만든 삼촌에게 자기가 고마워하고 있는 건지 아니면 원망을 하고 있는 건지 알 수가 없었다. 만일 부모님이 살아 계셨더라면 이런 신세가 되지 않았을 거라는 생각이 들었다. 이제 어느 정도 마른 지도상에서 아티크는 내게 여행의 첫 번째 구간을 알려 준다. 그들은 쩍쩍 갈라진 황토가 펼쳐진 풍경 속을 온종일 달린다. 밤이 되자 운전사는 아티크와 그의 동료를 어느 버려진 창고 앞에 내리게 하고는 데리러 올 테니 여기서 기다리라고 이른다. 아티크가 언제 올 거냐고 묻자 운전사는 어깨를 으쓱한다. 이 창고는 어떤 교외 지역 한가운데에 있었는데 어느 도시의 교외인지조차 알 수 없었고, 지금 지도를 검토하면서 아티크는 그게 아마 칸다하르였을 거라 짐작한다. 근방을 한번 둘러본다는 것은 꿈도 꿀 수 없는 일이니, 다음 이동 수단을 놓칠 위험이 있기 때문이다. 어쩔 수 없이 두 남자는 얘기나 조금 나눌 수밖에 없는데, 사내도 하자라족이어서 서로 말을 트는 데 도움이 된다. 그는 두 형제가 살고 있는 독일로 가려고 한단다. 그는 아티크에게 시리얼바를 하나 건넨다. 이곳에서 멀어지고 싶지 않다면 창고의 차디찬 바닥 말고는 다른 잠자리가 없지만 그들은 번갈아 거기서 자기로 한다. 다른 남자에게는 외투와 스웨터가 있다. 아티크는 덜덜 떨며 앞으로 추위가 문제가 되겠다는 생각을 한다. 왜 이모와 이모부가 이렇게 추위에 허술하게 준비해 주었는지 도무지 이해할 수가 없다. 그들은 한밤중에 픽업트럭이 내는 쇳소리와 전조등 빛에 잠이 깨었다. 한 사내가 차에서 내려 그들에게 타라고 이른다. 어디에 타란 말인가? 운전사 옆 앞좌석에는 벌써 네 명이 앉아 있는데, 한눈에 보기에도 가장 탐나는 자리이다. 픽업 차 화물칸을 덮은 방수포를 들어 보니 그 안에 족히 서른 명은 되어 보이는 사람들이 양계장 닭들처럼 빽빽이 앉아 있다. 몸들 사이에 틈하나 보이지 않고 들어갈 구멍 하나 없다. 어떤 일이 있었는지는 안 봐도 뻔하다. 밀어 넣고 밀어 넣어도 여전히 조금 더 밀어 넣을 틈이 있었지만, 결국에는 더 이상 밀어 넣을 수 없는 순간이 오고야 만 것이다. 세상에서 가장 강한 의지를 발휘한다 해도 더 이상은 몸을 움츠릴 수 없고, 자리가 없다는 사실을 받아들여야만 한다. 이것은 바깥과 가까운 위치에서 아기를 품에 안은 채 간신히 버티고 있는 어떤 여자가 그들에게 유감스러워하는 미소로 전한 메시지이다. 아티크와 그의 동료는 어찌할 바를 모르고 서서는 어떤 해결책을 찾아 주기를 기다리는데, 픽업 차의 운전사도, 그의 조수도 찾는 기색이 아니다. 엔진이 부릉대기 시작하고, 그대로 두 사람을 여기에 버려두고 떠날 분위기여서 아티크와 그의 동료는 차 뒤쪽에 매달린다. 그들은 적어도 1백 킬로미터 동안 그런 상태로 버텨야 한다. 선 채로 화물칸의 금속 난간에 매달려서, 혹은 엉덩이와 두 다리를 칼처럼 저며 대는 뒤쪽 테두리에 걸터앉은 채로 가는데, 어느 경우에도 도로 위로 추락할 위험이 있다. 나중에 아티크는 다른 픽업 차로 간 — 왜냐하면 차량을 여러 번 바꿔야 했으므로 — 여행의 다른 구간에서 이런 사고를 목격하게 된다. 이때 그는 그 빽빽한 닭장에서 간신히 자리를 하나 얻게 되었다. 숨이 막힐 듯 답답했지만 그래도 꾸벅꾸벅 졸 수 있었으니, 이렇게 완전히 밀착되어 하나의 빽빽한 덩어리를 이루고 있으면 차가 덜컹대는 것을 거의 느끼지 못한다는 장점이 있는 것이다. 게다가 춥지도 않다. 갑자기 누군가의 비명 소리와 차가 급제동하는 소리가 들린다. 아티크 또래의 한 소년이 얼마 전의 그처럼 뒤쪽 테두리에서 불안정하게 균형을 잡고 있다가 떨어진 것이다. 그런데 말이에요, 아티크는 내가 선뜻 믿지 못할까 봐 내 눈을 뚫어지게 쳐다보며 말을 잇는다. 운전사는 멈추지 않았어요. 멈추지 않고 그대로 소년 위로 지나갔어요. 그를 짓뭉개고는, 내가 이해한 바로는 소년의 형처럼 보이는 좀 더 나이 든 친구가 울부짖는 소리를 무시해 버리고 그대로 길을 간 거예요. 이 이야기에서 나에게 잘 이해되지 않는 부분이 있다. 운전수가 소년을 짓뭉개기 위해서는 후진을 했어야 한다. 즉 그는 1분을 할애하여 떨어진 소년을 차에 다시 태우는 대신에 일부러 그를 짓뭉개는 데 그 1분을 사용했다는 얘기다. 자, 이런 일이 일어났다는 거야? 하고 내가 되묻자, 맞아요라고 아티크가 대답한다. 바로 그런 일이 일어났어요. 나는 어안이 벙벙해진다. 난 영화를 제작한 적이 몇 번 있는데, 만들다 보면 시나리오상으로는 어떻게든 써볼 수 있지만 도무지 말이 되지 않기 때문에 아무리 아쉽다 해도 연출하기가 불가능한 시퀀스들이 있다. 그런데 아티크가 한 이야기는 바로 그런 시퀀스 중의 하나 같은 느낌이 드는 것이다. 어쨌든 그들은 3월 1일에 이란 국경에 도달한다. 그들 앞에는 산들이 거대한 장벽처럼 버티고 서 있는데, 자동차로 넘는 것은 불가능하고, 기어올라야 할 경사는 거의 수직에 가깝다. 여러 대의 픽업트럭이 만남의 장소에 모여들고, 이제 아티크는 50여 명으로 이뤄진 한 그룹에 속하게 된다. 이 그룹에 여자는 두 명뿐으로, 그중 하나는 울기만 하면 모두가 사색이 되는 아기의 어머니이다. 브로커에게서 돈을 받고 그룹을 책임진 두 명의 안내인은 발루치스탄[11] 출신으로 발루치어를 사용하는데, 아티크는 이 언어를 조

---

11 발루치스탄은 발루치 민족이 사는 땅이라는 뜻으로, 파키스탄, 이란, 아프가니스탄에 걸쳐 있다.

금 이해하지만 그들에게 사용하지는 않는다. 전반적으로 말해서 이 여행 중에 그는 아무에게도 말을 걸지 않고 또 아무도 그에게 말을 걸지 않는다. 하느님도 아시거니와 이 아티크는 너무나 사교적인 소년인데 말이다. 하지만 사실이었다. 그들은 어려운 상황을 함께 헤쳐 가고 있었고, 서로를 안심시켜 줄 필요가 있었다. 또 대부분의 시간 동안 아무 할 일이 없었다. 이런 상황이었음에도 그들은 서로 말을 하지 않았다. 그저 기다렸고, 두렵기만 했고, 말이 없었다. 나중에 이스탄불에서 아티크는 삼촌이 지불한 4천 달러는 최소한의 서비스와 가장 험난한 코스의 월경에 대한 권리를 부여하는, 그다지 많지 않은 금액이라는 사실을 알게 된다. 가장 부유한 이들은 보다 편한 길로 산을 넘는다. 더 많이 지불할수록 덜 기어오르는 것이다. 그렇다면 아티크는 어떤가? 그는 험한 길을 걷고, 엄청나게 가파른 고개를 넘고 빙설을 건너며 서른여섯 시간을 보낸다. 그 불쌍할 정도로 형편없는 운동화를 신고서, 또 밤에는 대부분의 사람들은 파카를 껴입는데 달랑 방한 재킷 하나 걸친 채 얼어붙은 땅바닥을 뒹굴면서 말이다. 도대체 이모와 이모부는 무슨 생각을 했기에 그에게 50달러를 주면서 청바지와 티셔츠를 사라고 시켰단 말인가? 그러는 대신에 파카를 사라고, 그것도 가급적 가장 따뜻한 파카와 장갑과 두터운 양말과 청바지 밑에 받쳐 입을 모직 속옷을 사라고 했어야 옳지 않은가? 침낭이 있다면 이상적이겠지만 아무도 가진 사람이 없다. 너무 거추장스러운 물건이기 때문이고, 가지고 나왔다 해도 처음부터 압수당했을 것이다. 아티크는 가지고 있는 옷들을 한 겹 한 겹 죄다 껴입지만 아무것도 입지 않은 것과 별반 차이가 없다. 그들은 이렇게 걸어서 사라반에 이른다. 여기서부터 이란 땅을 가로지르기 시작하는데, 아티크는 지도상으로 구간들을 가리켜 보려 하지만, 이내 포기한다. 사실은 거기서 본 게 아무것도 없기 때문이다. 그는 그 여정 대부분을 어떤 관광버스 아래쪽 짐칸에서 보냈단다. 아니, 더 정확히 말하자면 — 그는 말을 바로잡는다 — 짐칸이 아니라 짐칸 밑에 꾸며진 은닉 공간에서 여덟 명이 함께 48시간을 보냈단다. 바깥에서 잠긴 채 누운 자세로, 다시 말해서 밖으로 나가거나 움직이는 게 불가능한 상태로 말이다. 어느 순간 누군가가 공황 발작을 일으켰다. 끔찍했다. 하지만 아티크는 이 굴러가는 관(棺)이 너무나 고맙게 느껴졌으니, 그것은 경찰관들이 그들의 바로 몇 센티미터 위에서 짐칸을 뒤지고, 거기서 울부짖는, 그리고 그 뒤로 다시는 보지 못하게 된 소년 하나를 끌어내는 소리를 들었기 때문이다. 그들이 테헤란까지 가는 데는 나흘이 걸렸는데, 거기에서는 괜찮았다. 아티크의 삼촌은 테헤란에 친구 하나가 있었고, 이 친구의 집에서 아티크는 휴식을 취하며 나흘을 보냈다. 방 하나, 이불, 원할 때 얼마든지 할 수 있는 샤워, 제대로 된 식사, 휴대폰을 충전할 수 있는 콘센트, 친절하게 말하는 사람들……. 그는 이런 것이 존재한다는 사실조차 잊고 있었다. 여기서 계속 지내면 좋을 것 같았다. 테헤란에서 살면 안 된다는 법은 없지 않은가? 여기로 파르와나를 오게 한다면? 하지만 아티크와 삼촌과 삼촌의 친구가 원한 것은 그게 아니었다. 그는 3월 5일에 테헤란을 떠나는데, 여기서부터 이야기가 다소 혼란스러워진다. 차량이 계속 바뀌었을 뿐 아니라 그룹도 — 기본적으로는 동일했지만 — 구간에 따라 인원이 끊임없이 늘고 줄기를 반복했던 것이다. 모두가 아티크처럼 아프가니스탄 사람이고 페르시아어를 사용하지만 서로 대화를 나누지는 않는다. 이동은 야간에 하기 때문에 바깥 풍경은 전혀 볼 수 없고, 낮에는 아주 덥고 밤에는 아주 춥다. 이렇게 해서 3월 11일에 이란과 튀르키예 국경에 이르게 되었는데, 혹한의 날씨에 앞에는 또 산이 버티고 서 있다. 그들은 저녁 8시에서 새벽 3시까지 산을 탄다. 그러고 나서 아침 6시까지 휴식을 취하지만, 이 세 시간의 휴식 시간이 너무나 추워서 아티크는 여기서 멈추고 싶다고, 그냥 여기서 죽고 싶다고 생각한다. 가장 슬픈 것은 이 산이 너무나 아름답게 느껴진다는 사실이다. 여기저기 꽃도 피어 있는 이곳 어딘가에서 안전하게 살 수 있다면 너무나 행복하리라. 내가 만일 부자라면 이 산의 어딘가에 조그만 집 한 채를 사리라. 거기에는 벽난로도 있고, 푹신한 거위 털 이불이 있는 침대들도 있고, 창밖으로는 눈송이가 춤을 추며 떨어지는 게 보이리라. 정말로 행복하리라. 그들은 튀르키예 쪽 사면을 내려오기 시작한다. 지도를 살펴본 나는 산에서 가장 가까운 도시의 이름은 반인데, 호숫가에 자리 잡은 이 도시는 카르스와 아주 가깝다는 사실을 알게 된다. 이 카르스는 한 번도 가본 적이 없지만, 내게는 소설적 매력으로 가득한 곳이니, 왜냐하면 오르한 파묵의 소설 『눈』의 무대가 바로 이곳이기 때문이다. 그런데 만일 내가 거기에 간다면? 내가 반에 가고, 카르스에 가고, 칸다하르에 가고, 퀘타에 간다면? 이 모든 도시들을 보러 간다면? 아티크가 한 여행을 내가 해본다면? 아티크보다 훨씬 덜 위태롭고 덜 험난한 조건에서 하겠지만 이 여행은 귀향의 여행, 이타카로 돌아오는 오디세우스의 여행이 되리라. 마침내 새벽녘에 잠들어 있는 집에 도착한 나는 가방을 내려놓고, 흰색이고 그리스 녀석이기 때문에 우리가 페타[12]라고 불렀던 고양이를 쓰다듬어 주리라. 그런 뒤 자, 이제 됐어, 난 집에 돌아왔어라고 말하리라. 그리고 이런 일은 일어나지 않으리라는 것을, 난 이런 일이 일어날 가능성이 전혀 없도록 그야말로 온갖 짓을 다 했다는 것을 너무나 잘 알고 있지만, 난 잠시 행복한 몽상에 잠겨 드는데, 갑자기 아티크가 걱정스레 물어보며 끊어 버린다. 「Are you O.K(괜찮으세요)?」 나는 그래, 난 괜찮아, 잠시 내 인생의 일들을 생각하고 있었을 뿐이야라고 대답한다. 「Sad things(슬픈 일들인가요)?」 아티크가 다시 묻는데, 내 얼굴에 속마음이 고스란히 나타났나 보다. 아티크는 고개를 주억거린다. Sad things라면 자기도 알고 있고, 또 내게 들려줄 것도 하나 있단다. Sad thing, 아니 심지어는

12 양젖이나 염소젖으로 만드는 그리스식 치즈. 색이 하얗다.

terrible thing(끔찍한 일) 말이다. 여행을 시작했을 때부터 함께했던 아기를 가진 여자, 아티크와 다른 사내가 어디에 올라타야 하나 생각하고 있을 때 픽업트럭에 욱여져 있던 여자, 이 여자가 자신의 아기를 버린다. 아기 우는 소리가 한참 동안 들린다. 브로커는 으르렁대고, 그녀는 아기를 달래 보지만 우는 아기의 입을 막는 것이 어디 쉬운 일인가. 그녀에겐 아기에게 먹일 게 아무것도 없다. 더 이상 젖도 나오지 않고 아무에게도 우유가 없다. 누군가가 아기를 진정시키려고 아편 뭉친 조각들을 주었지만 아기는 계속 울어 댄다. 브로커가 계속 어머니를 위협하자 결국 그녀는 그들이 시키는대로 아기를 버린다. 그녀는 아기를 풀이 자라난 평편한 곳의 땅바닥에 내려놓고는 아기를 뒤에 남긴 채로 가던 길을 계속 간다. 아무도 아기를 데려오지 않았고, 아무도 아기를 구하지 않았다. 아무도 다른 이를 도울 수 없고 오직 자신의 살길만 찾을 뿐이다. 「그것은,」 아티크가 간략하게 논평한다. 「여행 중에서 가장 힘든 순간이었어요. 저는 줄곧 그 일을 생각해 왔어요. 그 일을 어떻게 받아들여야 할지 모르겠어요.」 나는 고개를 끄덕인다. 대체 무슨 말을 하겠는가? 그로부터 몇 달 뒤 파리에서 난 어떤 민간단체에서 일하는 친구에게 이 에피소드를 들려주었는데, 그녀는 이렇게 말한다. 「그런데 말이야, 이 친구들이 끔찍한 일들을 겪은 것은 분명한 사실이야. 하지만 그들은 정치적 난민의 지위를 얻기 위해 어떤 말을 해야 하는지 잘 알고 있어. 이를 위한 전형적인 이야기가 하나 있는데, 아기에게 아편을 잔뜩 먹인 후 산속에서 독수리들에게 버리는 이야기는 이 전형적인 스토리에 반드시 포함되는 에피소드야. 하지만 이런 일이 일어나지 않는다고 말하는 것은 아니야. 네가 얘기한 그 소년이 그 일을 목격하지 않았다고 얘기하는 것도 아니고. 단지 그런 일이 항상 일어나는 것은 아니라고 말하고 싶을 뿐이야.」 좋다. 여기에 대해서도 무슨 말을 하겠는가? 하지만 난 아티크를 믿는다. 우리는 다시 미토스 맥주를 한 병씩 시키고, 그의 여행은 끝에 다다른다. 오르한 파묵의 소설에 나온 것 같은 고요한 촌락은 아닌 듯하고, 카트만두에 등산객들이 들끓는 것만큼이나 젊은 이민자들이 우글거리는 일종의 노천 난민 캠프가 된 국경 도시 반에서 보낸 이틀은 건너뛴다. 또 뮤직비디오와 동물 프로그램이 나오는 TV까지 갖춘 상당히 안락한 야간 버스로 튀르키예를 가로지른 일도 건너뛰겠다. 또 그들 열다섯 명이 짐짝처럼 처넣어져 함께 지내야 했던 조그만 아파트, 더럽긴 하지만 시장에서 아주 가까워 교대로 가는 게 허용되었던 그 아파트에서 일주일을 보낸 이스탄불에 대해서도 건너뛰겠다. 이제 아티크는 1천만 달러 이상 되는 배들이 지천으로 정박해 있는, 유럽에서 가장 사치스러운 요트항 중의 하나인 보드룸항의 불빛이 보이는 어느 해변에 있다. 이 어두운 해변에서 아티크는 하산을 만나고, 이제부터 그들의 이야기는 겹치게 된다. 그는 배에 오르기 전에 버려야 했던 배낭의 일화, 그에게 깊은 트라우마를 남긴 그

354

일화를 떠올린다. 누군가가 항의하려 하자 튀르키예인 브로커는 그에게 이렇게 말했다. 「불만이면 배에 타지 마! 그리고 배에 타지 않으면 내가 널 총으로 쏠 거야. 총으로 쏴도 아무도 알 수 없어.」 바다를 건너는 동안 그들은 무서워 기도를 했다. 하지만 파도는 그리 높지 않았다. 운이 좋았던 거고, 또 네 시간 후에 큰 문제 없이 레스보스섬에 닿을 수 있었던 것도 행운이었다. 그들은 해변에서 담배를 피우고 싶었으나 성냥과 라이터는 죄다 물에 젖어 있었다. 아티크는 그에게 남은 플레이어스 담배 반 갑을 말리려고 시도했다. 그의 이야기를 두 시간 넘게 듣고 있는 나는 집중력이 약해지기 시작하여, 어떻게 해서 그 작은 그룹이 해체되었는지, 또 어떻게 해서 그가 도로를 혼자 걷다가 운 좋게도 영어를 할 줄 아는 프랑스인 관광객 커플의 차를 얻어 타게 되었는지는 잘 이해하지 못했다. 어쨌든 이때 아티크가 어떤 기분이었을지는, 나 자신이 비슷한 상황에 처한 적이 있기 때문에 충분히 상상할 수 있다. 갑자기 눈앞에 어떤 젊은 친구 하나가 나타난다. 완전히 빈털터리인, 그러니까 말 그대로 아무것도 없고, 상상도 하기 힘든 조건에서 상상도 하기 힘든 여행을 한 젊은 친구와 이렇게 불쑥 마주쳤을 때 나는 어떻게 했는가? 나는 그에게 마실 것과 샌드위치를 사주고 20유로를 주었다. 그리고 등을 툭툭 두드리며 자넨 용기가 있어, 그리고 분명히 자넨 이 상황을 헤쳐 나갈 거야라고 격려해 주었다. 프랑스인 관광객들도 그렇게 했는데, 그들은 아티크가 얻어

마신 코카콜라에 대한 보답으로 주겠다며 계속 내미는, 그의 전 재산인 축축한 플레이어스 반 갑을 사양하느라 애를 먹었다. 그는 레스보스섬의 모리아 난민 캠프에서 하산과 재회했고 또 하미드를 알게 되었다. 당시 이 난민 캠프에는 3천 명이 있었지만, 지금은 삶과 꿈이 이곳에 좌초해 버린 사람들이 1만 6천 명에 달한다. 아티크와 하산과 하미드는 보호자 없는 미성년자 자격으로 레로스섬으로 옮겨졌다. 삼촌이 여행을 위해 지불한 4천 달러는 퀘타에서 테헤란까지, 그리고 테헤란에서 이스탄불까지의 이동만을 포함하는 것이었기 때문에, 아티크는 일단 유럽에만 닿으면 여행은 끝난 거고 버스만 타면 그대로 브뤼셀에 있는 삼촌을 만날 수 있을 거라 생각했다. 그는 금방 환상에서 벗어났고, 이제 기분이 조금 좋은 날에는 언제 브뤼셀에 갈 수 있을까 자문하고, 기분이 처진 날에는 내가 과연 브뤼셀에 갈 수 있을까, 아니면 이 핫스폿과 저 핫스폿을 전전하며 진정한 세계, 진정한 삶의 문 앞에서 지내는 거지처럼 영원히 계속 웅크리고 있게 될까 자문한다. 나는 아티크의 영리함과 매력과 활력에 매우 깊은 인상을 받았기 때문에, 그에 대해서는 걱정하지 않는다고, 그는 분명히 잘 헤쳐 나갈 거라고 진지하지만 약간 경솔하게 말한다. 아티크는 고개를 끄덕인다. 하지만 그렇게 확신하는 기색이 아니다.

나쁜 낮잠

세 시간에 걸친 이 인터뷰 후에 마지막 미토스병을 비우며 쉬고 있을 때, 아티크는 나에게 이 이야기를 가지고 무얼 할 생각이냐고 묻는다. 이 당연한 질문에 나는 말문이 막힌다. 대답은 〈모르겠다〉이다. 난 이 이야기를 가지고 무얼 해야 할지 모르겠고, 나 자신을 가지고도 무얼 해야 할지 모르겠고, 무얼 가지고 무얼 해야 할지 아무것도 모르겠다. 난 기사를 쓸 거라고 아티크에게 애매하게 대답한다. 그런데 그게 언제 발표되나요? 아티크는 이게 이번 주말까지, 그리고 종이 신문보다는 인터넷상으로 발표되기를 바란다. 나는 그보다는 좀 더 시간이 필요할 거라며 슬그머니 발뺌한다. 지금 어디 있든 간에, 아티크는 유럽에 처음 도착했을 때 몇 주 동안 가까이 지냈던, 더러운 셔츠 차림에 얼빠진 얼굴을 하고서 손을 덜덜 떨던 남자를 잊어버렸을 것이다. 그리고 파키스탄에서 그리스까지의 자신의 험난한 여행에 대해 푸시킨 카페에서 행해진 이 인터뷰가 4년 후에 요가에 관한 책이라는 너무나 엉뚱한 것에서, 그러니까 원래는 요가에 관한 책으로 계획되었고, 많은 변신을 겪은 후에 그런 책 중의 하나로 여겨질 수도 있는 것이 된 어떤 것 가운데서 다시 출현했다는 사실을 알게 된다면 분명히 깜짝 놀랄 것이다. 어쨌든 아티크는 지금으로서는 약간 기만당한 느낌이다. 한편 에리카는 어느 인도주의적 단체로부터 그녀의 지도 방식에 대해 우려를 표하는 메일을 받고서 불안해한다. 그녀가 글쓰기 교실을 지도함에 있어, 심리학자의 조언을 받아야 하지 않겠냐는 게 단체의 말이다. 어떤 검증된 매뉴얼을 따라야 하지 않겠느냐는 것이다. 아닌 게 아니라 우리가 소년들에게 부과하는 거친 방식의 요법은 그들을 혼란에 빠뜨리고 있다. 끈적거리는 낮잠에 취해 피크파에 도착하는 일이 갈수록 잦아지고, 맞붙여 놓은 두 탁자 주위에 둘러앉아 공책을 펼치게 하는 일이 점점 어려워지고 있다. 하미드는 그의 게시 글에서 자신을 묘사한 모습 그대로로, 항상 미소 짓고 있지만 그 미소 뒤에는 완전히 부서지고 망가져 버린 소년이 숨어 있다. 또 노상 샤워실에 처박혀 있어 찾으려면 거기로 가야 하는 아티크는 과거를 얘기하면 너무 가슴이 아프기 때문에 더 이상 얘기하고 싶지 않단다. 여기서 과거란 그가 퀘타에서 보냈던 전반적으로 행복했다고 할 수 있는 어린 시절과 소년 시절을 말한다. 에리카는, 너에게 강요하는 것은 하나도 없어, 원하면 아무 때나 멈춰도 돼, 결정하는 것은 너야라고 말하지만, 그녀에 대해 명백히 좋은 감정을 갖고 있음에도 그는 갑자기 지쳐 버린 듯한 모습을 보인다. 당황한 에리카와 나는 푸시킨 카페에서 상의를 한다. 그녀의 생각으로는, 이 위기의 원인 중 하나는 피차의 입장 간 불균형이란다. 우리는 그들에게 사연을 이야기하라고 시키지만 우리 자신의 이야기는 하지 않는다는 것이다. 양측이 분담하는 몫이 공평치 않다는 것이다.

코텔니치

　15년 전, 난 코텔니치라는 러시아의 작은 마을에서 다큐멘터리 영화를 제작한 적이 있다. 여러 달에 걸쳐 촬영을 진행하는 동안 나와 나의 작은 팀은 많은 사람들을 만났는데, 그중에서 가장 흥미로운 사람, 그러니까 단순한 사람의 위치에서 등장인물의 위치로 넘어갈 만한 가치가 있었던 사람은 현지 경찰 간부와 그의 젊은 아내였다. 경찰 간부 사샤는 미남이고 매력적이지만 동시에 부패했고, 알코올 의존자이고, 편집증 환자이며, 어느 날은 우리 일을 방해하려고 온갖 짓을 다 하다가 그다음 날은 우리에게 러시아식의 영원한 우정 고백을 열렬히 쏟아 내는 남자이다. 그의 아내 아냐는 예쁘고 몽상가이며 귀여운 허언증이 있고 프랑스 것이라면 뭐든지 다 좋아하고, 그녀의 표현을 빌리자면, 우리가 〈동방 박사〉들인 것처럼 거기 있다는 사실을 너무나 놀라워하는 여자이다. 우리는 그들에게 호기심을 느꼈고 그들을 좋아하게 되었다. 그런데 얼마 후 참혹한 일이 일어났다. 아냐가 살해당한 것이다. 어떤 정신이상자가 그녀를 여덟 달밖에 안 된 그녀의 아기와 함께 도끼로 무참히 도륙했다. 사샤가 이 일에 모종의 관련이 있다는 소문이 돌았다. 우리는 장례식 후의 식사 장면과 유가족이 극도로 괴로워하는 모습을 촬영했다. 오래전부터 그들을 촬영해 왔기 때문에 우리는 거의 그 가족의 일부가 되어 있었다. 파리에 돌아온 나는 편집을 시작했는데, 작업을 해가면서 우리가 코텔니치에서 겪은 일과 내 개인사에 있어서 이른바 〈집안의 비밀〉이라고 하는, 여러 세대에 걸쳐 우리를 괴롭힐 수 있는 그런 고통스러운 일 중 하나와의 유사성을 발견하게 되었다. 나는 해서는 안 될 얘기들을 하여 주위 사람들을 눈물짓게 했지만 그 대가로 한 망자, 그러니까 아무도 매장할 수도 애도할 수도 없었고, 죽어서 일종의 유령이 되어 버린 나의 외조부에게 묘소 비슷한 것을 만들어 줄 수 있었다. 난 그들의 이야기와 나의 이야기, 이 두 개의 이야기를 한데 섞었다. 그들의 가족과 내 가족의 이야기, 우리의 비극들을 말이다. 편집이 끝난 후 나는 코텔니치로 돌아가 사샤를 비롯하여 출연자가 된 이들에게 영화를 보여 주었다. 난 사샤가 어떤 반응을 보일지 걱정스러웠다. 우리는 영상이 컬러로 나오는 게 놀라웠을 정도로 낡아 빠진 그의 TV로 VHS 카세트를 함께 보았다. 영화가 끝나자 사샤는 말없이 내 얼굴을 한참 동안 쳐다보더니 이렇게 말했다. 「좋아. 자네는 우리의 불행만 취하려고 온 게 아니었어. 자네는 자네의 불행도 가지고 왔어.」

출발과 상실의 경험

내 작업에 대한 칭찬으로 이 말만큼 나를 감동시킨 것은 없었다. 자신을 나쁜 인간이라고 생각하는 내가 이 정도로 자신을, 선한 인간까지는 아니더라도 올바른 인간으로 느껴 본 적은 없었다. 난 저녁에 테라스에서 에리카에게 이에 대해 얘기한다. 이 시간에 테라스에서 우리가 나누는 대화는 피크파나 푸시킨 카페에서 나누는 것들보다 훨씬 솔직하고도 내밀한 어조를 띤다. 난 그녀에게, 여러분이 앞 장(章)에서 읽은 내용을 발전시켜 더 자세하게 들려준다. 다시 말해서, 영화 전체를 한 장면 한 장면, 대사를 거의 전부 재연해 가면서 이야기해 준다. 이 이야기는 영화의 상영 시간만큼이나 오래 이어지는데, 만일 내가 자제하지 않았다면, 평소보다 더 느리게 펼치기로 마음먹을 때의 태극권 형처럼 더 오래 이어졌을 것이다. 이렇게 하고 있으니 기분이 좋다. 자신의 비탄에서 잠시나마 벗어날 수 있고 에리카도 이 이야기를 아주 좋아하기 때문이다. 「바로 이거야!」 이야기가 끝나자 그녀가 외친다. 「바로 이렇게 해야 해! 우리에게 필요한 것은 바로 이거라고! 우리도 출발과 상실의 경험을 이야기하는 거야! 우리의 삶이 중심을 잃고 기울어진 순간을 말이야.」 에리카의 열광은 나를 불편하게 한다. 내가 과연 무엇을 이야기할 수 있겠는가? 출발과 상실의 경험, 중심을 잃고 기울어지는 순간? 그것은 현재 내가 겪고 있는 것, 바로 그것이 아닌가? 하지만 나 자신이 이 모든 것을 스스로에게 부과하고 있다고 어떻게 제자들에게 고백할 수 있겠는가? 나는 지금까지 수없이 말해 왔다. 자신의 고통을 존중하라고, 그것들을 무시하지 말라고, 신경증적인 불행은 일반적인 불행보다 덜 잔인한 것은 아니라고. 하지만 말이다……. 이 열여섯 혹은 열일곱 먹은 소년들이 겪었고 또 지금 겪고 있는 찢어지는 아픔에 비하면 모든 것을, 그야말로 행복을 위한 모든 것을 갖고 있음에도 이 행복과 자기 가족들의 행복을 망가뜨리려고 별짓을 다 하고 있는 사내는 추잡함 그 자체가 아닌가? 이 소년들에게 이해해 달라고 요구하기 힘든 추잡함, 전쟁 중에는 한가하게 신경증을 앓을 여유가 없다고 생각하는 내 부모님의 생각에 정당성을 부여하는 추잡함이 아니냔 말이다.

빠르게, 그리고 느리게

에리카에게는 이런 거리낌이 없다. 오히려 이 일에 푹 빠진다. 그녀 자신도 시련을 겪었다는 사실을 소년들에게 이해시키기 위해 자신의 삶의 어떤 중요한 장면을 얘기해 주거나 10여 분에 걸쳐 몇 페이지를 읽어 준다는 계획은 이어진 며칠 동안 일종의 자기 분석으로 변한다. 그녀는 아침마다 이 작업을 하고 그 내용을 커다란 노트의 페이지들에 가득 채운다. 이 노트는 우리가 글쓰기 교실 초기에 탁자 위에 펼쳐 놨던 것과 똑같지만 이번 것은 그녀 자신에 대한 내용만을 담고 있다. 다른 이들을 위한 노트와 자신을 위한 노트. 나는 찬성이니, 자신을 잊어서 좋을 것은 하나도 없기 때문이다. 매일 저녁 테라스에서 싸구려 화이트와인을 곁들인 대화가 이어지는 동안, 그녀는 내가 내 영화에 대해 얘기해 주었듯이 노트의 구절들을 읽어 주거나 이야기해 준다. 나는 그녀의 이야기를 우정 어린 마음으로, 그리고 흥미 있게 듣는다. 비록 그녀가 사랑했던 남자들에 대한 길고도 처량한 열거가 좀 헷갈리긴 하지만 말이다. 이 남자들은(그녀가 사랑을 믿고 자신에게 남은 모든 것을 버리고 찾아간 그 네덜란드 베이스 연주자까지를 포함하여) 모두가 예외 없이 그녀를 실망시키고 우롱했으며, 그 결과 이 똑똑하고 인정 많고 올곧은 여자는 세상에 가진 게 아무것도 없고 곁에 아무도 없는 신세가 되고 말았다. 아직 생사 여부조차 알 수 없는 자매 하나와 오스트레일리아에 살며 여러 해 전부터 보지 못하고 있는 아들 하나 외에 그녀는 완전히 혼자이다. 만일 그녀가 내일 병이 들면 그녀를 돌봐 줄 사람은 아무도 없을 것이다. 레로스에 눌러앉게 된 이후로 이 공백을 메워 줄 사람이라고는 그녀가 섬세하면서도 게걸스러운 애정으로 보살피는 소년들뿐이고, 또 지금은 첫날부터 열쇠로 잠가 자기 집에 가둬 놓은(불발로 끝난, 조금은 우려스러운 행동이었다) 내가 있다. 나는 에리카에게 스파링 파트너와 시나리오 공동 집필자와 문학적 조언자가 되어 준다. 나는 최대한 신중하게 이렇게 말한다. 당신은 사랑에 실패한 얘기를 애들에게 털어놓지 않는 게 좋을 것 같아, 왜냐하면 근엄하고도 남성 우월주의적인 문화권에서 온 이 아이들이 당신을 경멸할 위험이 있거든. 에리카는 동의하지만 이 조언에 낙담한다. 그렇다면 무엇을 얘기하지? 그런데 갑자기 자명한 생각 하나가 불쑥 떠오르는데, 가장 놀라운 것은 우리식의 글쓰기 작업장이 진행돼 온 사흘 동안 이 생각을 한 번도 못 했다는 사실이다. 그렇다, 에리카가 얘기할 것은 자신의 자매와 헤어진 일이다. 이 자매, 클레어는 조현병 환자이다. 에리카는 〈she was〉라고 하기도 하고, 〈she is〉라고 하기도 한다.[13] 그녀의 정신 질환은 아주 일찍 시작되었다. 에리카는 유아원 때부터 공부를 잘한 데 비해 클레어는 학교를 다녀 본 적이 없다. 그녀는 오랫동안 의기소침해 있다가, 짧은 기간 동안 흥분하고 소란

13 각각 과거형과 현재형으로 〈조현병 환자였다〉, 〈조현병 환자이다〉라는 뜻.

피우기를 반복했다. 이 기간이 오면 온 가족이 벌벌 떨었으니, 그녀는 다른 사람들에게, 더 잦게는 자기 자신에게 폭력적이 될 수 있었기 때문이다. 그녀는 도끼를 가지고 벽장에 숨어서 자신의 한쪽 팔을 자르려고 한 적도 있었다. 유일하게 그녀를 진정시킬 수 있는 것은 음악이었다. 그녀는 어렸을 때부터 피아노를 치기 시작했고, 아주 일찍 피아노 교습을 중단하기는 했지만 평생 동안 거의 매일 피아노를 쳐왔다. 에리카의 말로는 그녀는 재능이 있었고 머릿속으로 외우고 있는 곡도 많았다는데, 특히 고도의 기교를 요하는 곡들을 좋아했고, 그중에서도 가장 좋아한 것은 쇼팽의 폴로네즈 「영웅」이었단다. 내가 고개를 쳐들자 에리카는 확실하게 말한다. 「맞아, 그거였어. 근데 알아? 내가 이 곡을 너와 함께 들은 것은 강한 신뢰의 표시였어. 보통은 나 혼자서만 듣거든.」 난 놀라며 반문한다. 「그녀가 정말로 이걸 연주할 수 있었어?」 「그래, 연주할 수 있었어. 틀리는 음도 있었지만, 아주 빨리, 지시된 템포보다 더 빨리 연주했어. 이게 바로 그 애가 좋아하는 거였어. 곡을 최대한 빨리 치는 것 말이야. 그래서 그 애는 연습하고 또 연습했지. 아마 여러 해 동안 하루에 몇 시간씩 스톱워치를 가지고 그렇게 했을 거야. 위대한 피아니스트들은 모두 이 곡을 7분에 가깝게 연주해. 루빈스타인, 폴리니, 아라우, 길렐스…… . 난 이들의 연주를 모두 들어 보고 또 비교해 봤어. 가장 빨리 치는 사람은 호로비츠로 6분 15초야. 난 그가 그렇게 빨리 치는 게 맞는지 잘 모르겠어. 쇼팽은 이 곡을 너무 빨리 연주하는 것을 끔찍이 싫어했거든. 그래도 난 이 호로비츠를 가장 좋아하는데, 왜냐하면 클레어와 가장 비슷하게 치는 사람이 바로 호로비츠이기 때문이야. 뭐, 내 말뜻이 뭔지 이해하겠지. 그 애는 이 곡을 5분 40초에 친 적도 있어.」 나는 에리카에게 묻는다. 「혹시 그녀가 이 곡을 최대한 느리게 치려고 해본 적은 없어?」「아니, 아주 빨리만 쳤어. 아주 느리게 움직인 것은 일상생활 속에서야. 그 애의 삶 전체가 느려져 있었지. 수저를 접시에서 입으로 옮기는 데 5분이 걸릴 수도 있었고, 이 5분 동안은 아무도 그 애의 정신에 접근할 수 없었어. 연주할 때는 그 애와 함께할 수 있는데 말이야. 그것은 진정으로 그애와 함께할 수 있는 유일한 방법이었어. 그러다가 우리 부모님이 교통사고로 사망했지.」「두 분이 함께? 아티크의 부모님처럼?」「그래, 아티크의 부모님처럼. 그때 난 보이시에 살았고, 부모님과 클레어는 캔자스시티에 살고 있었어. 사람들은 클레어를 어떻게 해야 할지 몰랐고, 그래서 어떤 위탁 가정을 찾아 주었지. 집에 피아노가 한 대 있는 비교적 괜찮은 사람들이었어. 나는 매달 한 번씩 클레어를 보러 갔어. 그렇게 세 번을 방문했는데, 갈 때마다 그 애가 점점 더 안으로 침잠하고 말이 없어지는 걸 발견했지. 아예 나를 쳐다보지도 않았어. 동작도 갈수록 느려져서, 수저를 접시에서 입으로 옮기는 데 시간이 한없이 들었어. 때로는 완전히 부동 상태라는 느낌마저 들었어. 수저가 공중의 어느 높이에 정지해 있다가, 다음 순간에 보면 다른 높이에 떠 있는 식으로 말이야. 어느 날 나는 오후 내내 그 애 곁에 있으면서 관찰해 봤는데, 접시에서 입까지 30~40센티미터 정도 되는 이 움직임을 끝내는 데 필요한 시간이 이 오후 전체, 너덧 시간이라는 것을 깨달았어. 이런 생각이 들었지. 클레어가 더 느려지지 않을까? 이렇게 간단한 동작을 하는 데 하루 전체가 필요해지는 때가 오지 않을까? 또 거기서 더 느려지지 말란 법이 없잖아? 반면, 클레어는 더 이상 피아노를 치지 않았어. 전혀 치지 않았지. 느림이 그 애를 삼켜 버리고 마치 어떤 심연처럼 끌어들인 거야. 마지막으로 방문했을 때 나는 집을 나오면서, 이분들은 비교적 괜찮은 사람들이긴 하지만 그래도 다른 해결책을 찾아보는 게 좋겠어라고 생각했어. 이게 그 애를 본 마지막 번이 될 것을 모르고서 말이야. 다음 날 그들은 내게 전화를 해서 그 애가 사라졌다고 말했어. 그런데 말이야, 에마뉘엘, 그들은 클레어를 다시 찾아내지 못했어. 영영 찾아내지 못했지. 사람들은 모든 방법을 다해서 찾아보았지만, 그 애를 찾지 못했어. 절대로 집 밖으로 나가는 법이 없는 45세의 비만인 사람이 길거리로 나간 거야. 그렇다면 분명히 멀리 갈 수 없었을 거고 5분 안에 찾을 수 있어야 정상인데, 아니, 그렇지 못했어. 그 애에게 무슨 일이 일어났을지 가설조차 세워 볼 수 없었던 거야. 자, 그렇게 됐어. 이게 16년 전 일이야.」뭐라도 말해야 할 것 같아서 나는 묻는다. 「동생이었어, 아니면 언니였어?」「나이가 같아.」에리카는 마치 당연한 얘기

를 하듯이 대답한다. 「우린 쌍둥이야.」나는 너무 놀라 입
이 딱 벌어진다. 「뭐? 둘이 쌍둥이라고? 하지만 그 얘기는
하지 않았잖아…….」에리카는 얼핏 약간 짜증 어린 몸짓
을 해 보인다. 마치 이게 빼놓든 안 빼놓든 이야기에 크게
달라지는 것이 없는, 별로 중요치 않은 디테일인 듯이 말
이다. 그녀는 〈그래, 우린 둘 다 정원 가꾸기를 좋아했어〉
라고 말하듯이 〈그래, 우린 쌍둥이야〉라고 말한다. 그리
고 이제 그녀는 걱정스러운 얼굴로 내게 묻는다. 「어떻게
생각해? 이게 출발과 상실의 이야기로 괜찮을까? 이게 애
들 마음에 들까?」나는 소년들이 이렇게 슬픈 이야기를 좋
아할지 잘 모르겠다고, 아주 힘든 삶을 사는 사람들은 유
쾌한 이야기와 해피엔드를 더 좋아하는 경우가 많다고,
하지만 이야기를 들으니 너무나 마음이 아프다고 대답한
다. 다음 날 피크파에서 우리는 이야기하기보다는 영어
연습 같은 가벼운 것들부터 시작하는데, 드디어 에리카가
용기를 낸다. 그녀의 목소리는 약간 떨리지만 고개 돌리
는 버릇은 진정되어 더 이상 왼쪽 어깨 너머로 그림자를
살피지 않는다. 그녀가 말한다. 「자, 이제부터는 내가 너
희에게 내 이야기를 들려줄게. 이 이야기는 지금까지 아
무에게도 한 적이 없는데, 이 이야기를 듣고 싶어 할 사람
이 아무도 없다고 느꼈기 때문이야. 너희들만 빼놓고 말
이지. 하지만 어쩌면 지금은 때가 좋지 않을 수도 있어. 너
희들은 어떻게 생각하지?」완전히 형식적인 질문이었지
만, 하미드는 울음을 감춘 평소의 그 미소를 지으며 부드

럽게 대답한다. 「네, 지금은 별로 때가 좋지 않아요.」

귀족들처럼 놀아 보기

내게 그녀의 쌍둥이 이야기를 들려주고 나서 사흘 후, 에리카는 마치 동네 구멍가게에 다녀온다고 알리듯 자신은 호주 브리즈번으로 가기로 결정했다고 건성으로 말한다. 그곳에 10년 동안 보지 못한 자기 아들이 살고 있단다. 자신이 없는 동안 내가 이 집에서 지내며 글쓰기 교실을 지도해 주길 바란다. 도저히 거절할 수 없는 분위기이다. 출발이 얼마 남지 않은 탓에 난 전만큼 그녀를 자주 보지 못한다. 그녀는 위층 자신의 방에서 많은 시간을 보낸다. 아마도 짐을 준비하느라 바쁜 모양이다. 그녀는 소년들과 함께 자신의 환송 파티를 벌이기로 결정한다. 우리 모두가 자기를 배까지 배웅할 거란다. 나는 내가 이 생각을 미처 하지 못한 게 유감스럽다. 혼자 사는 사람으로서는 자신을 위한 파티를 스스로 여는 것보다는 친구들이 나서서 해주는 편이 훨씬 기분 좋을 것이다. 나는 결코 인색한 사람이 아니지만, 특히 이 시기에는 남에게 베푸는 부분에 있어서 상상력이 부족했다. 여전히 내 머리맡 탁자 서랍 속에 들어 있는 삼성 갤럭시 휴대폰을 빼놓고 얘기한다면, 나는 푸시킨 카페에서의 미토스 맥주, 담배 몇 갑, 휴대폰 선불 카드 몇 장 외에는 소년들에게 준 게 아무것도 없다. 만일 내가 무얼 사야 할지 안다면, 난 너무나 기꺼이 살 거였다. 이런 나를 잘 이해하는 에리카는 떠나는 날 아침 내게 단호하게 말한다. 「에마뉘엘, 내 생각으로는 네가 나보다 더 부자일 것 같은데…….」 난 고개를 끄덕인다. 「맞아, 네 생각이 맞아.」 그리하여 우리는 아이들에게 멋지게 한턱을 내되, 그 내용은 오늘 저녁에 그녀가 생각하기로 하고 비용은 내가 대기로 합의를 보는데, 나로서는 아무 문제가 없다. 페리선은 이날 밤 11시에 출발하기 때문에 우리는 7시에 피크파에 있는 아이들을 데리러 나간다. 에리카가 얼버무리는 탓에 여행 기간이 얼마나 되는지 모르는 나는 그녀의 가방 혹은 가방들을 나르려면 택시가 필요하리라고 생각한다. 그런데 그녀는 세일러 백 하나를 어깨에 메고 2층에서 내려온다. 「이게 전부야?」 이게 전부란다. 난 입이 딱 벌어진다. 평소 거추장스러운 게 딱 질색이고, 화물칸 수하물을 등록하지 않는 것에 자부심을 느끼는 나로서는 그야말로 사부를 만난 셈이다. 또 나는 그녀가 요즈음 모두가 끌고 다니는 바퀴 달린 여행 가방 대신 멜빵 달린 배낭 하나를 가지고 여행하는 게 아주 멋지게 느껴진다. 바퀴 달린 여행 가방이 편리하다는 것은 누구도 반박할 수 없지만 이것은 여행에서 모든 종류의 낭만을 박탈하는, 내가 보기에는 세상에서 가장 섹시하지 않은 액세서리 중의 하나이다. 게다가 그녀가 들고 가는 것은 뼈대 없이 유연하여, 스쿠터 앞쪽 내 두 다리 사이에 쉽사리 끼워 놓을 수 있는 천 배낭이라 내게 그녀는 더욱 멋지게 느껴진다. 우리가 피크파 앞에 도착했을 때, 우리 동아리의 졸병들이라 할 수 있는 모하메드와 후세인이 하미드와 아티크의 뒤쪽 멀찌감치 떨어진 곳에서 등에 아이를 하나씩 업고 있다. 업힌 아이 하나는 남자아이이고 다른 하나는 여자아이로, 식구가 아주 많은 어느 시리아 가족의 자식들이다. 내가 안면은 있지만 정말로 알지는 못하는, 다시 말해서 이름들은 알지만 서로 헷갈리는 이 가족의 가장 나이 어린 아이들이다. 이들은 지금 소년들은 말이 되고 아이들은 기사가 되어 마상 결투를 벌이며 정신없이 놀고 있다. 파티의 시작이 좋다. 네 소년 모두 멋지게 꾸몄고 그들의 바지와 티셔츠는 흠잡을 데가 없다. 이 무렵 더럽게 지내는 것에서 쾌감을 느끼던 나도 에리카의 지시에 따라 깨끗한 셔츠로 갈아입었다. 에리카로 말할 것 같으면, 그녀는 자신의 칵테일 드레스 중의 하나를 차려입고 나왔다. 몸에 딱 달라붙는 이 드레스는 그녀의 건장한 몸뿐 아니라 이 장소와 계절과 여행의 전망에도 어울리지 않지만 나는 아주 좋았으니, 왜냐하면 이게 바로 에리카이고 난 에리카가 좋기 때문이다. 그렇다, 난 정말로 그

녀가 좋다. 아니, 간단히 말해서 그녀를 사랑하며, 이제 그
녀가 떠나는 게 슬프다는 걸 깨닫기 시작한다. 우리는 택
시를 부른다. 그녀는 하미드와 후세인과 모하메드와 함께
택시를 타고, 나는 아티크에게 내 스쿠터를 운전하지 않
겠느냐고 묻는다. 아티크의 얼굴이 환해진다. 나는 그에
게 이 즐거움을 좀 더 일찍 선사할 수도 있었지만, 이 일에
대해 한 번도 생각해 보지 않았다. 하지만 그는 자신이 퀘
타에서 해마다 오토바이를 바꿨고, 그것을 타는 일을 얼
마나 좋아했는지 내게 여러 차례 말하지 않았던가? 그런
데 이 점에 대해서는 한탄할 필요가 없다. 아티크는 아직
여기에 있기에 난 그가 원하는 만큼, 또 내가 원하는 만큼
스쿠터를 빌려줄 수 있는 것이다. 이번만큼은 쓰디쓴 회
한의 감정을 너무 뒤늦게 맛보지 않아도 되는 것이다. 그
의 운전은 힘차고도 확실하다. 에리카 대신 뒷자리에 앉
은 나는 그의 어깨 위로 고개를 기울이고는 얘기해 준다.
나는 스쿠터를 하도 느리게 몰아서 내 운전 실력은 우리
집의 전설이 되었어. 그리고 내 아들들은 어렸을 때 이구
동성으로 말하곤 했지. 만일 아빠가 다른 차를 추월하게
된다면, 그 역사적인 날에 요란한 파티를 한판 벌이자고
말이야. 아티크는 시원하게 웃어 젖힌다. 그리고 바람에
머리칼을 날리며 스쿠터를 몰면서 내 아들들의 이름이 뭐
냐고 묻는다. 우리가 알게 된 후로 그가 내게 처음 던지는
질문이다. 그렇게 되기 위해서는 우리가 이 스쿠터를 같
이 타야 했다. 그는 주도적인 운전수가 되고, 난 보다 낮은

승객이 되어 함께 달릴 때, 그가 내게 관심을 갖는 일이 가능했던 것이다. 그는 내 가족에 대해 다른 질문들도 던진다. 구불구불한 도로를 빠른 속도로 달리는 스쿠터는 속 내 이야기를 털어놓기 위한 최상의 장소가 아니기도 하거니와, 나는 우울한 신세 한탄으로 이 친구를 짜증 나게 하고 싶지 않다. 하여 나는 그가 듣고 싶어 하리라고 생각되는 것, 다시 말해서 그에게 격려가 되고 그가 열망하고 나도 그가 얻게 되었으면 하는 것으로 대답한다. 집은 어떠냐고? 응, 괜찮아, 아주 괜찮아. 난 멋진 집이 있고, 좋은 직업이 있고, 모든 게 잘돼 가고 있어……. 어쨌든 몇 달 전에는 이게 사실이었다.

몰렌베크

레로스에서 지내는 동안 나는 사진을 한 장도 찍지 않았다. 하지만 이날, 에리카와 소년들은 파티 중에 끊임없이 사진을 찍어 내게 몇 장을 보내 주었다. 사진들 대부분은 레로스에서 가장 세련된 호텔, 아니 레로스에서 유일하게 세련된 호텔의 테라스에서 우리가 준비한 〈귀족들처럼 놀아 보기〉의 첫 번째 코스를 보여 준다. 이 어린 난민들의 회식에 별로 기분이 좋지 않은 여종업원은 못마땅한 얼굴로 주문을 받는다. 그녀는 올리브와 땅콩은 와인이나 맥주와 함께 제공되며, 오렌지주스나 소다수를 시키면 안

나온다고 설명한다. 이런 적대적인 태도에 소년들은 처음에는 주눅이 든다. 하지만 나와 에리카는 종업원이 어떻게 나오든 전혀 신경 쓰지 않을 뿐 아니라 그런 속마음을 아이들에게 내비치기까지 한다. 또 마음이 내키면 이 집에 있는 올리브와 땅콩을 몽땅 가져다 바치게 할 수도 있다는 게 분명해지자 아이들은 오히려 재미있어하고 대담해진다. 사진들을 보면 그들이 함께 있게 되어, 몇 시간 동안 그 불안스러운 마비 상태에서 빠져나오게 되어 얼마나 흥분해 있는지, 또 얼마나 즐거워하는지 느낄 수 있다. 또 아티크와 하미드의 관계에서는 내가 비스콘티의 작품 중에서 가장 좋아하는 「로코와 그 형제들」을 생각나게 하는 무언가가 느껴진다. 영화의 중심인물인 두 형제는 레나토 살바토리와 알랭 들롱이 연기했다. 레나토는 약간 두툼한 몸집에 투박한 남성미가 느껴지고 제법 괜찮게 생겼지만 단지 그뿐인 배우다. 반면 들롱은, 그러니까 이 영화에 나오는 이 나이 때의 들롱은 아마도 영화사상 가장 잘생긴 배우일 것이다. 그야말로 초현실적이다. 그런데 영화 전체가 우리에게 들려주는 것은 레나토 살바토리는 카리스마 넘치는 괴물이며 그가 나타나기만 하면 여자든 남자든 동물이든 대번에 사랑에 빠지는 반면, 이 압도적인 형의 그늘에 있는 들롱은 아무도 관심을 갖지 않는 소심하고 우울한 동생이라는 이야기이다. 난 처음부터 하미드가 들롱을 닮은 것에, 우수에 찬 그의 모습에 강한 인상을 받았고, 또 결코 미남이라고 할 수 없는 아티크의 활력과 매력에도 강한 인상을 받았다. 이 아페리티프[14] 시간이 길게 이어지는 동안 우리는 그들의 미래에 대해 얘기를 나눴는데, 피크파에서 말할 때와는 어조가 사뭇 다르다. 거기서 자신에 대해 말하는 것은 학교에 숙제를 제출하는 일과 같지만, 여기서는 교사와 학생 사이가 아니라 정상적인 인간들 간에 이뤄지는 정상적인 대화이다. 독일 바이에른주에 있는 형을 찾아갈 예정인 하미드는 회계사가 되고 싶단다. 후세인과 모하메드에 대해서는 잘 기억이 나지 않는데 전반적으로 이 둘에 대해서는 별로 기억나는 게 없다. 한편 아티크로 말할 것 같으면, 벨기에의 어느 레스토랑에서 일하며 그에게 여행 비용 4천 달러를 대줬다는, 귀가 닳도록 얘기를 들은 그 삼촌이 기다리고 있단다. 이 모든 것에 대해 오래전부터 알고 있었지만 처음으로, 다시 말해서 추상적으로가 아니라 정말로 그에게 흥미가 느껴진다. 나는 처음으로 정확하고도 구체적으로 질문을 던진다. 조금 전에 스쿠터를 몰면서 그가 처음으로 나와 내 가족에 대해 질문을 던졌듯이 말이다. 난 레스토랑에서 일한다는 삼촌이 어떤 사람인지 알고 싶다. 어떻게 생겼는지, 자신의 가족은 있는지, 그의 레스토랑에서는 어떤 종류의 음식을 제공하는지, 거기에서 직원인지 아니면 사장인지 알고 싶은 것이다. 내 호기심은 마치 오늘 저녁에 우리가 진정으로 통성명하는 것처럼 아티크를 기쁘게 한다. 그래, 삼촌에게는 가족이 있단다. 아이가 둘 있는데, 하나는 열두 살

14 식욕을 돋우기 위해 식사 전에 드는 주류나 음료.

먹은 남자아이 사디크고 다른 하나는 여덟 살 먹은 여자아이 자흐라란다. 삼촌에게는 아파트가 아닌 집이, 정원이 딸린 진짜 집이 있단다. 아티크는 그 집에서 자신의 방과, IT 프로그래머가 되고 싶기에 더욱 필요한 컴퓨터를 한 대 갖게 될 거란다. 레스토랑에 대해 말하자면, 아티크는 삼촌이 그곳의 사장인지 아닌지 모른다는데, 한 번도 생각해 보지 않았던 문제가 제기되어 그가 갑자기 불안해한다는 느낌이 든다. 왜냐하면 이제 사정이 달라졌기 때문이다. 맨주먹에서 시작하여 바삐 움직이는 웨이터들과 단골들의 작은 세계를 지배하게 된 사람 좋으면서도 역동적인 삼촌의 집에 들어가게 되느냐, 아니면 불법 임금을 받고 바퀴벌레 우글대는 주방 뒷방에서 설거지나 하고 있는 불쌍한 인간의 집에 떨어지느냐에 따라 그의 미래는 완전히 달라질 것이다. 그는 휴대폰에서 레스토랑의 명함 사진을 찾아내서는 나에게 보여 준다. 레스토랑은 〈솔레 미오〉라는 이름의 피자집으로, 아프가니스탄 사람이 사장일 가능성은 상당히 낮아 보이긴 하지만, 그래도 모를 일 아닌가? 나는 브뤼셀에 대해 아는 것이 거의 없기 때문에 뭔가를 알 수 있으리라는 기대 없이 주소를 건성으로 들여다본다. 하지만 주소의 명칭이 내 눈을 끄는데, 아티크 삼촌의 식당이 있는 곳은 브뤼셀이 아니라 브뤼셀의 위성 도시 중 하나인 몰렌베크이기 때문이다. 그런데 이 〈몰렌베크〉란 이름은, 적어도 내가 얘기하는 이 시기에는, 나만큼이나 대충 알고 있는 사람들에게도 지하디스트[15]들의 소굴로 알려진 곳이다. 테러 사건을 저지른 이들 중 상당수가 이 몰렌베크에서 성장했거나, 이곳을 거쳤거나, 얼마 동안 은신해 있었다. 이 오명은 지하디즘과는 아무 관계 없는 몰렌베크 주민 대다수에게는 끔찍이도 부당한 것이고 아티크의 삼촌도 분명 이 평화로운 대다수 시민 중의 한 명이겠지만, 이 순간 내 머릿속에 한 줄기 어두운 생각이 스치는 것은 어쩔 수가 없다. 우리 애들만큼이나 정겨우면서도 가진 것 없는 너덧 명의 소년들 가운데, 도처에서 쫓겨나고 개같은 취급을 받는 것을 더 이상 참을 수 없게 된 친구가 한 명 정도 나오지 않을까? 바이에른에서 회계사가 되고 벨기에에서 IT 전문가가 될 수 있다는 꿈을 접고 이른바 〈과격화〉되어서는, 우리 같은 사람들을 최대한 많이 콩가루로 만들어 버리기 위해 자폭하는 친구가 말이다.

방파제

호텔에서 나온 우리는 이날 저녁을 위해 전세 낸 택시를 타고 바닷가에 있는, 이번에도 세련된 한 레스토랑으로 간다. 거기서 파티 음식으로 최상급의 커다란 생선들을 주문한다. 나는 과음을 한다. 다음 날 후회할 것을 알지만, 뭐, 그래도 할 수 없다. 항구에 가서 페리선을 기다려야 하

15 이슬람 근본주의하에서 무장 투쟁, 이른바 성전(聖戰)을 주장하고 또 실천하는 사람들.

는 시간이 된다. 때는 바야흐로 8월 5일, 부두에는 커다란 식탁들이 죽 놓여 있고 거기에 사람들이 둘러앉아 음식을 즐기고 있다. 조그만 악단도 하나 있고 불 밝힌 초롱들도 보인다. 관광객들과 현지인들이 뒤섞여 시르타키[16]를 추고 있다. 아이들은 폭죽을 터뜨린다. 아주 흥겨운 분위기이다. 카페테라스에 더 이상 자리가 없으므로 우리는 방파제 계단에 앉는데, 이 계단은 대부분의 방파제들과는 달리 콘크리트가 아니고, 세월로 인해 아름다운 무늬가 내비치고 반들반들해진 검은 대리석 포석으로 덮여 있는 곳이다. 아티크는 운동화를 벗는다. 몇 걸음 걸은 후 그는 기쁨의 탄성을 발하면서 우리에게도 자기처럼 해보라고 손짓을 한다. 우리, 그러니까 하미드와 후세인과 나 세 사람은 신발을 벗는다. 이번에는 우리가 탄성을 지른다. 해가 진 지 몇 시간이 지났지만 아직 햇살의 온기를 간직하고 있는 이 너무나도 매끄러운 포석 위를 맨발로 걸으니 놀라울 정도로 기분이 좋다. 우리는 웃고, 우리의 즐거움을 약간은 과장적인 몸짓으로 표현한다. 태극권의 해묵은 반사 신경이 되살아난 나는 소년들에게 어떻게 발바닥을 최대한 느리게 펼쳐 바닥에 내려놓는지, 또 어떻게 체중을 한쪽 다리에서 마치 꿀을 옮겨 붓는 것처럼 다른 쪽 다리로 느리게 옮기는지 보여 준다. 최대한 느리게 걷는다는 얘기는 그들을 깔깔대게 만든다. 그들은 놀이에 빠져든다. 에리카와 모하메드만 여기에 참여하지 않는데, 모

16 그리스 민속춤의 하나.

하메드가 에리카 옆에 누워 어린아이처럼 그녀의 무릎 위에 머리를 올려놓고 있기 때문이다. 그녀는 소년의 얼굴과 머리칼을 오랫동안 쓰다듬고, 소년 또한 그녀의 손을 잡고는 오랫동안 거기에 입 맞추고 어루만진다. 그녀가 이 일에서 크나큰 행복을 느낌은 말할 것도 없으니, 간단히 말해서 그녀는 오랫동안 누구도 만지지 못했고 또 아무도 그녀를 만져 주지 않았기 때문이다. 그들은 둘 다 행복하다. 나는 지금까지 에리카와 수줍은 모하메드가 가깝다는 어떠한 특별한 징후도 감지하지 못했지만, 그녀가 떠나서 가장 힘들어할 사람이 모하메드이고 모하메드와 헤어져 가장 힘들어할 사람이 그녀라는 것은 확실하다. 난 바다에 페리선의 불빛이 나타난다. 아직은 아주 멀리에 있는 것처럼 보이지만 우리는 그것이 아주 빨리 도착하리라는 것을, 마침내 이별의 시간이 왔다는 것을 안다. 에리카는 소년들을 불러 자신과 아직 그녀의 무릎에 웅크리고 있는 모하메드 주위에 둘러앉게 한다. 세일러 백의 지퍼를 내린 다음, 선물지로 포장하고 빨간 리본으로 묶은 꾸러미 네 개를 꺼낸다. 소년들은 꾸러미를 풀어 본다. 모하메드 것은 흰 스웨터, 아티크 것은 안에 모피를 댄 장갑, 하미드 것은 머플러, 후세인 것은 스키용 비니 모자로, 모두가 여행 중에 그들에게 없었고 그들의 부모가 챙겨 주지 못했던 따뜻한 의류이다. 그녀는 맞는 사이즈를 사 왔는지 보려고 한 번씩 입어 보고 껴보고 써보라고 부탁한다. 또 자기에게 어울리지 않거나 색깔이 마음에 들지 않을 경우 다른 것으로 교환하려면 어느 상점에 가야 하는지 알려 주고, 상인이 불친절하게 대하면 나와 함께 가라고 조언한다. 나는 동시에 두 가지 궁금증이 인다. 첫째, 대체 이 레로스섬의 어느 상점이 안에 모피 댄 장갑과 스키 모자를 파는 걸까? 둘째, 이렇게 선물들을 다 꺼내 놓고 난 뒤에 에리카의 배낭 속에는 대체 뭐가 남아 있는 걸까? 그녀는 유럽으로 올 때의 이 소년들만큼이나 가진 게 없는 몸으로 호주로 떠나는 것이다. 페리선은 꽁무니를 부두 쪽으로 향한 채 접안한다. 언제나 그렇지만, 나는 이 물 위에 뜬 도시를 여러 대의 컴퓨터가 하는 게 아니라 어느 사내가 혼자서 저 위 조종실에 앉아 내가 피아트 500을 후진 주차하듯 세워 놓는 운전의 정확함과 신속함에 경탄을 금할 수 없다. 기항은 한 시간인데, 그녀는 10분 만에 준비를 끝낸다. 에리카는 일어서고 모하메드도 어쩔 수 없이 일어선다. 그녀는 우리를 하나하나 포옹한다. 헤어져 있는 시간이 열흘이냐, 1년이냐, 아니면 영원이냐에 따라 포옹의 방식도 달라지는 법이지만, 에리카는 여기에 대해 아무 언급이 없고 우리도 물어보는 것은 무례하다고 느낀다. 내 차례가 되었을 때 그녀는 배낭을 어깨에 메고 트랩 쪽으로 향하기 전에 말한다. 「네 선물은 따로 보냈어. 보면 알겠지만, 아주 멋진 선물이야.」

마르타

흑백의 와이드 숏. 어느 연주회장의 무대 뒤편에서 촬영된 이 영상에는 검정 바탕에 흰 물방울무늬가 찍힌 드레스 차림으로 카메라를 등지고 피아노 앞에 앉아 있는 여자가 보인다. 그녀는 손가락을 건반 위에 올려놓고 연주를 시작한다. 나는 최근에 폴로네즈 「영웅」을 너무 많이 들었기 때문에 첫 번째 소절부터 이게 무슨 곡인지 안다. 두 번째 숏. 손가락들이 건반 위를 달린다. 이 동영상에서 카메라 앵글은 모두 세 개뿐인데, 세 번째 것은 피아니스트의 얼굴을 정면으로 비춘다. 피아니스트는 아주 젊은 여자로 숨 막힐 듯한 아름다움(「로코와 그 형제들」의 젊은 알랭 들롱의 그 숨 막힐 듯한 아름다움)의 소유자이다. 나는 그녀가 누구인지 금방 알아본다. 내가 가장 좋아하는 피아니스트 중의 하나인데, 이렇게 그녀를 좋아하는 사람은 나 혼자만이 아니다. 바로 마르타 아르헤리치로, 스무 살혹은 그 아래로 보이는 그녀는 평생 하게 될 그 자유롭게풀어 헤친 헤어스타일을 벌써 여기서도 하고 있다. 코는쭉 뻗었고, 입술은 도톰하며, 눈꺼풀은 아래로 무겁게 내리깔았다. 그녀는 야성적이고, 관능적이고, 강렬하고, 길들여지지 않았으며, 천재적이다. 연주하는 그녀를 보면서이런 궁금증이 인다. 왜 에리카는 떠나기 전에 5분 30초라는 메일 제목 외에는 아무런 설명 없이 이 동영상 링크를내게 보낸 걸까? 슬라이더 끝에 커서를 대보니 동영상의재생 시간이 6분 40초임을 알려 준다. 나는 이제 폴로네즈「영웅」을 완전히 외워 버려 처음부터 끝까지 머릿속으로전개해 볼 수 있는 덕에, 아주 빠르지만(6분 40초는 호로비츠보다는 길지만 다른 피아니스트들보다는 짧은 시간이다) 조금도 서두르는 느낌이 없고, 믿기지 않을 만큼 힘차고 공기처럼 가벼운 마르타 아르헤리치의 경이로운 연주를 여유 있게 감상할 수 있다. 그녀의 손가락이 건반 위를 달리는 모습은 물론 매혹적이지만, 음악이 전개됨에따라 그녀의 얼굴에 번지는 표정들에 비하면 아무것도 아니다. 극도의 집중이, 극도의 몰입이 느껴진다. 4분 30초에서 하늘 저 높은 곳에 걸려 있는 조그만 음, 거기서부터꽃 줄이 펼쳐져 나오는 그 조그만 음에 이른다. 그리고 마르타 아르헤리치가 꽃 줄을 펼쳐 나갈 때 우리는 숨을 죽인다. 그녀는 일종의 접신 상태에, 나른한, 그대로 시간이멈춰 버릴 것 같은 느낌의 접신 상태에 있다. 이 구절에 대한 쇼팽의 지시어는 〈스모르찬도smorzando〉로, 매우 드물게 사용되는 이 지시어의 뜻은 〈서서히 꺼져 가는 듯이〉이다. 마르타 아르헤리치가 영롱히 반짝이게 하는 이 꿈의 음들은 우리의 눈앞에서 서서히 꺼져 가지만, 그녀도 알고 우리도 아는 바는 이 지점에서 폴로네즈의 그 위대한 테마가 돌아올 거고, 그 찬란한 귀환은 작품의 가장 아름다운 순간이라는 사실이다. 에리카가 내게 특별히 지시한 5분 30초에서 15초 전인 5분 15초에 이르러 나는 이제 무슨 일이 일어날 것인가 궁금해하는데, 자, 이게 바로 그거다. 건반의 오른쪽, 화면의 오른쪽에서, 그 웅장하면서도 환희에 찬 테마가 돌아오기 전 꽃 줄의 마지막 음들이 이어진다. 마르타 아르헤리치의 몸은 이 돌아오는 테마에 실리는데, 그녀는 서퍼가 파도를 받아들이듯 그것을 받아들인다. 그것에 완전히 자신을 내맡긴다. 더 이상 화면의 프레임 안에 갇혀 있지 못하고 머리를 홱 젖혀 그 풍성한 흑발과 함께 화면 밖 왼쪽으로 빠져나간다. 그리고 잠시 사라져 있다가, 다시 머리를 돌려서 프레임 안으로 돌아올 때는 미소를 짓고 있다. 그리고 거기…… 그것은 아주 잠깐 동안 지속된다. 그 어린아이의 미소 말이다. 어린 시절과 음악으로부터 온 그 미소, 그 순수한 기쁨의 미소. 미소는 5분 30초에서 5분 35초까지 정확히 5초 동안 지속되지만, 이 5초 동안 우리는 언뜻 낙원을 본다. 그녀는 이 낙원에 있었다. 5초 동안이지만 이 5초로도 충분하니, 그녀를 보면서 우리도 낙원에 이르게 된다. 남을 통해서지만 어쨌든 이르게 된다. 우리는 낙원이 존재함을 안다.

왼쪽에 있는 것

에리카가 예언했듯이, 그녀가 떠나고 나서 나는 며칠 동안 이 영상을 여러 번 보았다. 지금도 종종 이 동영상을 듣기도 하고 보기도 한다. 또 내가 사랑하는 사람들에게 보여 주기도 한다. 내가 추측하기로는, 여러분은 앞 장을 읽고 나서 〈마르타 아르헤리치 폴로네즈 영웅〉이라는 검색어를 친 뒤 직접 동영상을 보았을 것이다. 어쩌면 여러분도 이 동영상을 보고 행복감을 느꼈을 것이다. 어쩌면 여러분도 자신이 사랑하는 이들에게 링크를 보냈을 것이다. 이 동영상은, 에르베가 말하듯, 사물에는 열린 쪽이 있다는 사실을 상기시킨다. 구글의 알고리즘은 이 동영상을 보고 또 좋아한 사람들에게 피아니스트에 대한 한 다큐멘터리를 추천한다. 이 다큐멘터리를 제작한 사람은 다름 아닌 피아니스트의 딸로, 이 딸은 그녀를 무한히 존경하면서도 다른 한편으로는 원망하기도 하니, 그녀는 너무나 신경질적이고 독재적이고 고약한 여자, 힘찬 것만큼이나 끔찍한 어머니였기 때문이다. 하늘이 단지 성자들과 현인들과 부지런한 요가 수행자들에게만이 아니라 〈가련하면서도 위대한 신경증 환자 가족〉의 또 다른 식구들인 우리들, 검은 개들에게 쫓기는 우리들에게도 열린다는 사실은 오히려 위안이 된다. 폴로네즈의 그 웅장하고도 환희에 찬 테마가 돌아오기 직전에 마르타 아르헤리치가 마치 그녀의 뒤쪽 멀리에 있는 어둠 속에서 무언가를 찾으러 떠나듯 왼쪽 화면 밖으로 빠져나갔다가 거기서 그 순수한 기쁨의 미소를 찾아 돌아오는 것을 볼 때마다, 나는 당연히 에리카를, 그리고 그 이미지들이 에리카에게 의미하는 바를 생각하게 된다. 이것은 바로 그녀 자신의 삶의 이야기인 것이다. 그녀는 그녀의 왼쪽 어딘가에 있는 그림자를 찾으러 간다. 그림자와 클레어의 광기를, 그리고 그녀의 왼쪽 어딘가에서 꺼져 버린, 그녀의 왼쪽 어딘가에서, 그녀의 시야가 끝나는 곳에, 아주 가깝지만 영원히 닿을 수 없는 곳에서 계속 살아 있는 클레어를 찾으러 말이다. 그리고 스무 살의 나이에 이 곡을 연주하는 마르타 아르헤리치의 음악과 얼굴이 에리카에게 말해 준 것은, 그리고 이번에는 에리카 자신이 내게 말해 주는 것은, 클레어를 삼켜 버린 이 왼쪽에서 우리는 살아서, 온전하게 살아서 돌아올 수 있다는 사실이다. 삶에는 그림자가 있지만[17] 또 순수한 기쁨도 있으며, 그림자 없는 순수한 기쁨은 불가능할지 모르지만 그렇다면 이 그림자와 더불어 사는 것도 괜찮다는 것이다. 순수한 기쁨은 그림자만큼이나 진실이라는 사실을 내게 말해 준 것, 이게 바로 에리카의 선물이었다. 이 순수한 기쁨이 더 진실이라고는 할 수 없지만 그림

---

17 프랑스어에서 〈그림자〉에 해당하는 단어 ombre에는 〈그늘〉이라는 뜻도 있다.

자만큼이나 진실인바 이것만 해도 굉장한 일이며, 라울 뒤피의 그 끔찍한 바닷가 그림이야말로 궁극적인 현실이요 자루의 밑바닥이라고 믿는 나 같은 사람에게는 복음인 것이다.

삶의 죽은 한쪽 팔

에리카는 자신이 없는 동안 자기 방에서 지내도 된다고 말했으므로 난 가방을 가지고 거기로 올라가 봤다. 난 이 방을 본 적이 단 한 번 있었다. 그녀는 처음 도착한 내게 집을 둘러보게 했는데, 그때 이 방은 쾌적해 보였다. 지금 다시 보니 정말로 그랬다. 널찍하고, 세 면이 열려 있고, 조그만 테라스가 있고 전망도 갖추고 있었다. 하지만 난 그냥 손님방에서 지내기로 했다. 겨우 한 사람이 누울까 말까 한 내 침대를 계속 썼다. 전에는 거의 자지 못했고 잘 자지도 못했지만, 지금은 잘은 못 자도 많이 자기 시작한다. 나의 나날은 이전과 똑같았다. 느지막이 일어나 커피를 한 잔 마시고는 테라스에서 요가를 조금 한다. 그러고 나서 항구에서 커피를 한 잔 더 든 다음 피크파로 간다. 에리카가 떠난 후 글쓰기 교실은 자신을 성찰하고 상처를 치료한다는 애초의 방향성을 완전히 상실했다. 이제 그것은 위험하지 않은 주제들을 가지고 작문이나 하는 평범한 영어 수업이 되었지만, 그래도 난 진지하게 지도했다. 그러고 나서는 해변으로 가서 하늘을 보며 헤엄치고 낮잠을 잤다. 그렇게 저녁 식사 시간이 될 때까지 모래 위에 뒹굴며 시간을 보냈는데, 저녁 식사는 어김없이 푸시킨 카페에서, 이제 내 주요 말벗이 된 스베틀라나 세르게브나와 잡담을 나누며 하곤 했다. 사실 그녀는 러시아인이 아니라 벨라루스인으로, 프리피야트 출신이었다. 프리피야트, 그러니까 체르노빌 원자력 발전소에서 가장 가까운 곳에 있어서 1986년에 온 세계가 처음으로 그 이름을 듣게 된 소도시 말이다. 스베틀라나의 한 사촌은 원자로를 덮은 거대한 환기용 굴뚝을 철거하는 팀의 일원이었는데, 몇 달 후 온몸이 누더기로 화하여 끔찍하게 죽어 갔다. 가족 중 많은 사람이 암에 걸렸다. 스베틀라나의 한 이웃 여자는 사내아이를 낳았는데 눈도 귀도 없는 것이 꼭 어떤 봉지 같은 모습이었고, 그래도 입이라고 벌어진 틈이 하나 있었지만 항문은 없었다. 아기가 태어나고 몇 달 동안, 여자는 나중에 때가 되었을 때 어떤 말로 그에게 이 모든 일을 설명해야 하나, 왜 그는 이런 꼴인지, 왜 그는 영원히 사랑을 경험하지 못할 것인지, 왜 신은 이런 불행을 허용하셨는지 어떻게 설명해야 하나 고민했다고 한다. 다행히도 아기는 아주 빨리 죽었단다. 아, 하느님은 내게 얼마나 관대하셨던가! 나는 내 아이들을, 너무도 예쁘고 재능이 넘치고 활기찬 그 아이들을 생각해 봤다. 나는 이따금 연락하는 딸인 잔을 제외하고는 누구에게도 소식을 전하지 않고 또 기다리지도 않았다. 난 메일을 보내지도 받지도 않았고 더 이상 음성 메시지도 듣지 않았다. 에리카에게서도 소식이 없었다. 나는 여전히 상태가 좋지 않았지만 그래도 조금은 나아졌다. 모든 것으로부터 멀리 떨어져 있는 느낌, 내 삶의 죽은 한쪽 팔 안에 떨어져 있는 느낌, 그리고 이상하게도 안전한 느낌이었다. 난 피크파에서 자원봉사자로 일하는 토리노 출신의 예쁜 쌍둥이 자매 중 하나를 조금 꼬셔 보려 했지만 성공하지 못했다. 그는 본래 삶에서는 스쿠올라 올덴, 그러니까 이탈리아 작가 알레산드로 바리코가 설립했고, 지금 세계적으로 유행인 creative writing(창의적 글쓰기)과 관련하여 최상의 것을 제공하는 서사 테크닉 학교에서 공부를 하고 있었다. 나는 수산나에게(그녀의 이름은 수산나이다) 만일 글쓰기를 천직으로 여기고 있다면 왜 여기서 원예 대신 글쓰기를 가르치지 않느냐고 물었다. 그녀가 자신은 아직 준비되지 않은 것 같다고 대답했다. 나는 그렇다면 당신은 영원히 준비되지 못할 거라고 설명했고, 이 말은 그녀를 다시 한번 생각해 보게 만들었다. 나는 아티크를 위해 스쿠터를 한 대 더 빌려 그와 함께 섬을 몇 차례 돌아다녔다. 나는 소년들을 해변으로 데리고 가고 싶었다. 어떤 그리스 섬에서 할 수 있는 일로 그것보다 나은 게 없다는 생각에서였다. 하지만 그들은 가기 싫은 기색이 역력했고, 가지 않으려고

이런저런 핑계를 댔다. 내가 생각하기에 그들이 가지 않
으려 했던 진정한 이유는 수영을 못 했기 때문이었다.

하늘에서 보면

어느 날 저녁, 나는 오스트리아 고고학자 부부 엘프리
데, 모리츠와 함께 저녁 식사를 했다. 이때 나는 모리츠를
하네케 영화에 나오는 가학적인 인물로 잠시나마 여겼던
나 자신을 욕했는데, 내 손모가지를 걸고 말하거니와 그
는 정말로 올바르고 어린아이 같고 악의가 없는 남자였고,
엘프리데도 마찬가지였기 때문이다. 푸시킨 카페에서의
이 저녁 식사는 화기애애했을 뿐만 아니라, 나로서는 많
은 것을 배우게 된 기회였다. 엘프리데와 모리츠는 여기
에 체류하면서 이 섬의 과거에 대해 관심을 갖게 되었는
데, 처음에 도착했을 때 내가 호기심을 느꼈지만 더 깊이
알아보려고 하지는 않았던 너무나도 이상한 건축 양식,
그리스 섬들의 일반적인 스타일과는 완전히 다른 이 섬의
건축 양식에 특별히 흥미를 느꼈던 것이다. 이탈리아 강
점기였던 1930년대, 사람들은 이 레로스섬을 해군 기지로
만들려고 했어요라고 엘프리데와 모리츠가 한 사람이 문
장을 시작하면 다른 사람이 끝맺는 식으로, 마치 감동적
인 제창(齊唱)을 하듯 번갈아 가며 설명한다. 무솔리니는
이곳에 파시스트 건축의 대표적인 인물 두 사람을 보냈고,

이들은 나중에 주둔군 병영으로 사용할 목적으로 피크파와 동심원 형태로 배열된 1백여 채의 주택들 같은, 모더니즘 양식의 큰 건물들을 지었다. 이 일종의 유토피아적 주택 단지는 종전과 1960년대 사이에 버려진 상태로 있다가, 1960년대에는 이른바 〈대령들〉의 군사 정권 치하에서 정치범들을 억류하고 고문하는 장소가 되었고, 또 이 대령들의 정권이 무너진 후에는 해군 기지에 수용할 예정이었던 수병들과 그 가족들만큼이나 많은 수의 환자들, 그러니까 1천여 명의 환자들이 수용된 그리스 최대의 정신 병원이 되었다. 이 병원 안에서 환자들이 몹쓸 방식으로 다뤄지고 있다는 사실은 만인이 아는 바였다. 환자들은 대부분의 시간 동안 나체로 지냈고, 오줌과 똥에 절어 있었고, 일주일에 한 번씩 마당에 모아 놓고 호스로 뿌리는 물에 씻었으며, 간호사들에게 폭행당했다. 이 간호사들은 모두가 섬 주민이었는데, 병원은 최초로, 그리고 거의 유일하게 일자리를 제공하는 곳이었다. 30년 동안 이런 일이 자행된 후, 그리고 펠릭스 과타리[18]가 이곳을 유럽 정신 의학의 수치로 소개한 후 병원은 폐쇄되고 정신 장애인들은 흩어졌으며, 버려진 유토피아적 주택 단지는 조르조 데 키리코의 그림들을 연상시키는 텅 비고 적막하고 온기 없는 햇빛에 짓눌린 모습을 되찾았다. 그리고 난민 위기가 발생하면서 다시 쓰이게 되었다. 사람들은 정신 장애인들을 몰아넣던 곳에 이민자들을 몰아넣었고, 예전에 간

18 Félix Guattari(1930~1992). 프랑스의 철학자, 정신 분석가, 사회 활동가.

호사였던 섬 주민들은 이제 레로스섬의 주요 고용자가 된 민간단체들에서 일하게 되었다. 엘프리데와 모리츠의 이야기는 나를 생각에 잠기게 했다. 나는 섬의 역사 속에 숨어 있는 이 네 개의 지층은 상당히 무거운 어떤 것, 내가 처음 도착했을 때 감지했던 그 나쁜 기운들을 설명해 주는 어떤 것이라는 생각이 들었다. 내가 이 생각을 말하자 부부는 둘 다 웃으면서 그게 다가 아니라고 말한다. 전쟁이 끝났을 때 이곳은 잠시 독일에 점령되었고, 단 5개월 동안 지속된 이 다섯 번째 지층의 흔적이 딱 하나 남아 있단다. 그것은 섬의 곶 부근 암괴에 깊이 새겨진 직경 10여 미터의 부조인데, 오직 하늘에서만 보인단다. 아니, 더 정확히 말해서 헬리콥터로 레로스섬 상공을 비행하면 처음 눈에 들어오는 것인데, 바로 나치의 문장(紋章), 하켄크로이츠라는 거였다.

가장 오래된 터줏대감

여름이 끝나자 엘프리데와 모리츠는 빈으로 돌아갔는데, 에리카처럼 떠나기 전에 아이들에게 선물 나눠 주는 것을 잊지 않았다. 선물은 수수하지만 매우 상상력이 돋보이는 것들로, 각 사람에 맞춰 다르게 고른 것들이었다. 예쁜 쌍둥이 수산나와 로베르타도 떠났다. 나는 수산나에게 나와 조금 아는 사이인 바리코에게 안부를 전해 달라고 말할 뻔했으나, 나는 이 네임드로핑[19]을 가까스로 참았고, 그녀를 유혹하려 했을 때 이 행위를 하지 않은 것을 지금도 자랑스레 생각한다. 이렇게 사람들이 썰물처럼 떠나고 나자 내가 피크파에서 가구의 일종, 혹은 내가 좋아하는 또 다른 작가인 제프 다이어가 아주 잘 묘사한 바 있는 그 유령 같은 인물, 〈가장 오래된 터줏대감〉이 되는 순간이 코앞에 다가와 있었다. 〈그 위치를 의식하는 사람은 오직 나뿐이었는데, 그 이유는 간단히, 아무도 나만큼 오래 남아 있는 사람이 없었기 때문이었다. 여기 온 당신들은 당신들이 오기 전에 벌써 여기에 있었던 사람들을 수없이 보고 있다. 당신들은 이 사람들이 여기 오기 전에 내가 이미 여기 있었다는 사실을 알 턱이 없다. 당신들은 이 사람들이 떠났을 때, 그리고 당신들 자신이 여기를 떠났을 때 내가 여전히 여기 있으리라는 것을 알 턱이 없다…….〉나는 이곳에 체류하는 일에서 더 이상 아무것도 기대하지 않았고, 또 여기에 마침표를 찍어야 할 이유도 알지 못했다. 그런데 어느 날, 무언가가 일어났다. 아침 식사 시간이었다. 평소처럼 쌀밥으로 차 있고 이날은 생선이 곁들여진 알루미늄 사각 용기가 분배되었다. 나는 커다란 플라타너스 그늘에서 혼자 먹으며 마당 저쪽에서 하미드가 식구 많은 시리아 가족의 세 아이와 노는 광경을 무심히 쳐다보고 있었다. 하미드는 언제나 아이들에게 아주 친절하고 세심하다. 또 그들이 관심을 갖는 것에 진정으로 관심을 가져 주는 그를 아이들은 당연히도 너무나 좋아한다. 나는 아이들이 그의

19 name-dropping. 유명인사를 잘 아는 것처럼 들먹거리는 것.

지도하에 아주 느리게 체중을 한쪽 다리에서 다른 쪽 다리로 옮기면서, 그들 자신의 느림이 재미있어 깔깔대는 모습을 쳐다보고 있다가, 하미드가 그들에게 태극권을 가르치고 있다는 사실을 불현듯 깨달았다. 그것은 에리카가 떠난 날 저녁, 방파제의 따스하고도 반들반들한 포석 위에서 내가 5분도 안 되는 시간 동안 그에게 가르쳐 준 얼마 안 되는 태극권이지만, 이 5분만 가지고도 잠시 연습할 수 있는 무언가를 배울 수 있는 것이다. 하미드와 그의 어린 제자들이 지금 하고 있는 것을 너무나 즐거워하는 게 눈에 보였고, 나는 어쩌면 뭔가 시도해 볼 만한 게 있겠다는 생각이 들었다.

하미드는 가르친다

나는 태극권 교실을 피크파의 계획표에 등록해 정식 수업으로 열지는 않았지만, 우리의 작은 동아리는 매일 마당에 모여 함께 훈련하게 되었다. 그 주축은 아티크와 하미드와 시리아 아이들이었고, 모하메드도 이따금 참여했다. 놀랍게도 아이들 모두가 한 지점에서 다른 지점에 이르는 가장 먼 길을 찾아내는 놀이를 너무나 좋아했다. 내가 깜짝 놀랐던 것은 내게는 이게 그저 하나의 추상적인 개념에 불과한 것으로 느껴졌기 때문이었다. 그들은 긴 고리들을 그리기 시작했는데, 때로는 눈을 감고서 하기도 했다. 문제는 각 사람이 걸은 길의 길이를 측정하는 것이었지만, 이를 위한 애플리케이션이 있어서 스마트폰이 있는 아이들이 이 애플리케이션을 켰다. 매우 진지하면서도 금방이라도 웃음을 터뜨릴 것 같은 얼굴을 하고서 운동장을 슬로 모션으로 걷는 아이들의 모습, 너무나 재미있었다. 나는 모르방 비파사나 수련원의 울타리 둘린 길에서 우리가 했던 산책들을 떠올렸고, 이곳 피크파에서 천진하고도 우발적으로 행해지는 이것이 자푸에 앉아 콧구멍 속을 끝없이 감시하고 있는 것보다 더 진정한 명상에 가깝다고 생각했다. 하지만 이렇게 생각한 다음 순간, 이 콧구멍 속 감시하기는 어쩌면 여기서도 큰 인기를 얻게 될지 모른다는 생각이 들었다. 이 생각은 틀리지 않았다. 피크파의 모든 사람이 자기 콧구멍 속에 공기가 지나가는 것을 지켜보기 시작했다고는 말할 수 없겠지만, 이것은 하미드의 호기심을 자극했고, 모하메드의 호기심을 자극했고, 두 시리아 아이 엘리아스와 디나의 호기심을 자극했다. 이것은 그들의 호기심을 자극했을 뿐 아니라 특히나 그들을 웃게 했으니, 그들에게 이것은 모든 아이들이 좋아하는 그 장난, 그러니까 코를 막고 최대한 오랫동안 숨을 참는 장난의 처음 보는 신기한 변종이었던 것이다. 이 모든 것은 가르치는 사람이 더 이상 내가 아니라 앞에서도 말했듯 아이들의 우상인 하미드였기 때문에 더욱 순조롭게 진행된다. 난 푸시킨 카페에서 그에게 미토스 한 병을 살 때마다, 별로 가르친다는 표시를 내지 않고 조금씩 슬쩍 브리핑해 준다. 우리 둘은 스베틀라나 세르게브나의 고객들이 배들을 정박해 놓은 부교로 가곤 했는데, 거기서 내가 어떤 동작 하나를 가르쳐 준 후에, 마치 예전에 내가 늑대를 길들이기 위해 캐나다 산타클로스와 함께 그랬던 것처럼 둘이서 함께 연습해 보곤 했다. 그러고 난 뒤에 나는 운동장의 커다란 플라타너스 아래에 앉아 하미드를 지켜보곤 했는데, 그는 이렇게 말하는 거였다. 〈As if you pour honey inside of your leg…….〉 마치 너희의 다리 안에다 꿀을 부어 넣는 것처럼……. 정말이지 하미드는 놀라운 교사였다.

30년 공부 나무아미타불?

　나는 조르주 랑줄란의 단편을 제외하고는 몇 달 동안 아무것도 읽지 않았다. 그런데 어느 날 푸시킨 카페에서, 표지에 대문자로 〈L'EXPIRATION〉이라고 써놓은 서류철을 펼치고는 정말로 읽는다기보다는 대충 훑어보기 시작했는데, 이런 의문이 들었다. 요가와 태극권과 명상 등 내 삶의 절반을 차지해 온 이 모든 열정적인 취미들에 대해 20여만 개에 달하는 기호들로 이렇게 죽어라 메모를 해왔건만, 과연 그 결과는 무엇인가……? 그 대답은 나를 우울하게 만들기에 충분했다. 30년 동안 평정함과 이른바 〈전략적 깊이〉를 추구해 왔다. 30년 동안 혼란에서 벗어나기 위해, 평온하고도 경이로운 상태를 끈기 있게 만들어 나가기 위해 자신에게 내 삶을 이야기해 왔다. 여러 번의 붕괴와 우울증 발작에도 30년 동안 이 모든 것을 믿어 왔다. 하지만 결과는 무엇인가? 노년이 다가오는 지금, 집이 있고, 가족이 있고, 현명해지고 행복해질 수 있는 모든 것이 있건만 나는 이렇게 새우처럼 웅크리고 있는 것이다. 몰락해 버린 어느 외로운 여자의 집, 주소도 남기지 않고 남반구의 어딘가로 훌쩍 떠나 버린 어떤 여자의 텅 빈 집에, 겨우 한 사람 누울 수 있을까 말까 한 침대에 이렇게 비루한 개처럼 혼자 누워 있는 것이다. 별로 신통치 않은 결산이다. 요가를 홍보하기에는 그다지 훌륭하지 못한 사실이다. 하지만 이렇게 말하는 것은 잘못이니, 여기에 요가는 아무 책임이 없고 문제는 나 자신인 것이다. 요가는 합일을 지향하는데 그러기에는 나 자신이 너무 분열되어 있다. 어느 날 르브롱의 산길을 함께 걸으며 나와 에르베는 이런 질문을 해봤다. 모든 사람이 요가를 할 수 있을까? 모든 사람이 합일과 빛에, 자신의 내부에 있는 그 은밀하고도 빛이 퍼져 나오는 곳에 도달할 수 있을까? 당시에 우리는 가능하다고 결론을 내렸다. 거기에 도달할 수 있는 길이 감춰져 있을 수는 있지만 모든 사람에게 존재하며, 그렇지 않다면 요가는 요가가 아니라고 말이다. 르브롱에서의 생각은 해피엔드를 지향했다. 그렇지만 말이다, 에리카의 쌍둥이 자매 같은 조현병 환자도 요가를 할 수 있을까? 뇌가 으깨진 호두처럼 망가져 버린 사람도? 절반이 다른 절반의 적(敵)인 나 같은 사람도?

친근한 개들

이런 생각들은 우울하긴 하지만 그렇게 고통스럽지는 않았다. 내가 매일 하는 일을 하는 것을, 하미드가 시리아 아이들에게 가르치는 태극권 수업을 함께 준비하는 것을, 아무런 계획이 없고 그 때문에 편안하게 느껴지는 삶을 영위하는 것을 방해하지는 않았다. 나는 자신이 어떤 부상병처럼 느껴졌다. 후방의 어느 황폐한 병원으로 옮겨졌지만 본인은 조금도 기분 나쁘지 않은, 지저분한 꼬락서니지만 속이 편한 병사 말이다. 나는 푸시킨 카페의 등나무 의자에 앉아 미토스 맥주를 서두르지 않고 조금씩 마시면서, 두서없이 떠오르는 한심하고도 가련한 생각들을 아주 평온한 마음으로 내 옆에 머무르게 놔두었다. 난 별로 신경 쓰지 않고서 흘러가는 대로 이 생각들을 지켜보았다. 가장 강박적인 것들, 가장 유독한 것들은 거의 외울 정도였는데, 그것들이 다가와도 더 이상 내 영혼을 삼키려 덤벼드는 마귀들처럼 보이지 않고, 차라리 약간 땅딸막하고 사람을 조금 귀찮게 만드는 친근한 개들처럼 느껴졌다. 우리가 라르쿠에스트에서 여름을 보내곤 했을 때 내 아들들이 너무나 좋아했던 〈불쌍한 친구〉처럼, 끊임없이 사람을 핥거나 발을 올려놓으려 하고, 또 막대기를 하나 던져주면 헐떡거리며 물어 와서는 꼬리를 흔들면서 곧바로 다시 해주기를 바라는, 그런 종류의 늙은 개들 말이다. 하여 나는 막대기들을 던지고 또 던졌다. 그렇게 허영심의 막대기를, 자신에 대한 증오의 막대기를, 너무 늦었다는 생각과 너무 늦었다는 생각에 동반되는 쓰디쓴 맛의 막대기를 던지고 또 던지다가, 어느 순간 〈이젠 됐어〉라고 중얼거리며, 귀찮게 구는 늙은 개들은 좀 실망한 기색으로 주위에 서성거리게 놔두며 선잠에 빠져들곤 했다. 내가 잠을 많이 자기 시작했다고 말했지만, 이제는 잘 자기까지 한다. 나는 침대에서 잤고, 해변에서 잤고, 카페에서 잤다. 친근한 개들은 꾸벅꾸벅 졸면서 뭐라고 꿍얼댔다. 우리에게 낮잠은 명상의 한 형태가 되었다.

오줌 누기와 똥 싸기

이런 형태의 명상은 내가 요가 관련 파일에 모아 놓은 정의들의 목록에서 빠져 있다. 나는 진지하게 검토하는 게 귀찮게 느껴지긴 했지만, 이 파일을 개관하는 좋은 방법 중의 하나는 이 정의들의 목록을 한번 뽑아 보는 것이라 생각했으니, 그 결과는 다음과 같다. 명상은 움직이지 않고 조용히 앉아 있는 것이다. 명상은 움직이지 않고 조용히 앉아 있는 동안 의식 가운데 일어나는 모든 것이다. 명상은 생각의 소용돌이에 휩쓸림 없이 그것을 관찰하는 증인을 자신의 내부에 태어나게 하는 것이다. 명상은 사물을 있는 그대로 보는 것이다. 명상은 자신의 정체성으로부터 떨어져 나오는 것이다. 명상은 자신 속에서 쉬지 않고 〈나! 나! 나!〉라고 말하는 어떤 것과 자신이 다른 것이라는 사실을 발견하는 것이다. 명상은 자신이 자신의 자아와는 다른 것이라는 사실을 발견하는 것이다. 명상은 자아를 조금씩 부숴 나가는 기술의 하나이다. 명상은 삶의 불쾌한 부분 속으로 들어가 거기에 자리 잡는 것이다. 명상은 판단하지 않는 것이다. 명상은 주의를 기울이는 것이다. 명상은 자신인 것과 자신이 아닌 것 사이의 접점들을 살펴보는 것이다. 명상은 마음의 출렁거림을 멈추는 것이다. 명상은 브리티라고 불리는 이 마음의 출렁거림을 가라앉히고 종국에는 완전히 꺼뜨리기 위해 관찰하는 것이다. 명상은 다른 이들이 존재한다는 사실을 아는 것이다. 명상은 자신의 내부에 들어가 터널들을 뚫고, 댐들을 건설하고, 교통로들을 트고, 태어나게 될 무언가를 밀어내어 활짝 열린 하늘로 빠져나오는 것이다. 명상은 자신의 내부에서 은밀하고도 빛이 퍼져 나오는 곳, 그 행복한 곳을 찾아내는 것이다. 명상은 어디에 있든 자신의 자리에 있는 것이다. 명상은 항상 모든 것을 의식하는 것이다(이것은 크리슈나무르티의 정의이다). 명상은 우리 앞에 나타나는 모든 것을 받아들이는 것이다. 명상은 더 이상 자신에게 이야기들을 늘어놓지 않는 것이다. 명상은 모든 걸 내려놓고, 더 이상 아무것도 기대하지 않고, 더 이상 어떤 것도 하려고 하지 않는 것이다. 명상은 현재의 순간에 사는 것이다. 명상은 오줌을 누고 똥을 쌀 때 그저 오줌을 누고 똥을 쌀 뿐 다른 것을 하지 않는 것이다. 명상은 아무것도 덧붙이지 않는 것이다. 자, 이상이다. 나는 이 정의의 리스트를 읽고 또 읽어 보았는데, 여기에 덧붙일 말은 아무것도 없다. 크리슈나무르티의 것만 빼놓고 이 정의들은 책들에서 온 게 아니라 내 삶이라는 아주 작은 범위 내에서, 내가 직접 겪은 체험에서 온 것이다. 그런데 이 모든 정의들을 포괄할 수 있는 하나의 정의가 있을까? 보다 일반적인 정의가 있을까? 여행의 끝에 도달했을 때의 산과 비슷한 그런 정의가 있을까? 여러분은 기억하는가? 여행을 시작할 때 멀리에 보이는 산은 어떤 산처럼 보인다. 여행을 하는 내내, 산은 여러 가지 다른 모습으로 나타나고, 무수한 것들과 비슷하지만, 더 이상 산으로 보이지는 않는다. 그리고 여행의 끝에 그것은 다시 어떤 산처럼 보인다. 하지만 처음과는 다르게 보이는데, 이게 바로 산인 것이다. 나는 이 여행에서 어느 지점에 있는가? 나는 산에 접근하고 있는가 아니면 아직도 아주 멀리 떨어져 있는가? 그리고 만일 내가 이 정의들 중에 하나를 선택해야 한다면 그것은 무엇일 것인가? 그것은 때에 따라 다르다. 내가 머물러야 할 이유도 떠나야 할 이유도 찾지 못하고 레로스에서 뭉그적대고 있는 첫가을의 오늘, 나의 마음은 명상은 오줌 눌 때 오줌 누고, 똥 쌀 때 똥 사는 것이다, 이 정의로 쏠린다. 이것은 지금 내가 별다른 논평 없이 하고 있는 것과 거의 비슷하므로, 이따금 나는 마침내 정말로 명상하고 있다는 재미난 느낌에 사로잡힌다. 난 즐겁지도 슬프지도 않고, 그저 친근한 개들에게 녀석들의 막대기를, 허영심의 막대

기, 자신에 대한 증오의 막대기, 너무 늦었다는 생각과 생
각에 동반되는 쓰디쓴 맛의 막대기를 던지고 있을 뿐인데,
너무나 놀라운 일이지만 지금 나는 거의 행복감마저 느
낀다.

제5부
나는 계속 죽지 않는다

과달라하라의 폴

30년 전부터 내 책의 편집자였던 폴 오차콥스키로랑스를 마지막으로 본 것은 우리 둘 다 초청을 받은 2017년 멕시코 과달라하라의 한 도서전에서였다. 폴은 그의 아내 에미 랑동과 함께 왔는데, 그녀 역시 거의 같은 세월 동안 나의 가장 가까운 벗 중 하나였다. 레로스섬에서 돌아오고 나서 1년이 조금 지나 나는 상태가 한결 좋아져 있었고, 우리는 셋이서 같이 즐거운 시간을 많이 보냈다. 당시의 분위기를 잘 보여 주는 짤막한 동영상 하나가 있다. 여기서 우리는 어느 칸티나[1]에서 다른 친구들, 작가들, 출판인들과 함께 있는데, 모든 동종업계 회의 참가자들이 그러하듯이 모두가 콘퍼런스며 좌담회 같은 것들을 대충 끝내고 나와서는 긴장을 풀고 웃고 떠들면서 시시껄렁한 얘기들을 나

---

1 cantina. 스페인어로, 중남미의 대중적인 식당이나 주점을 의미함.

누고 있다. 폴과 에미는 평소 서로를 바라보는 눈빛으로, 다시 말해서 내가 평생 그 어떤 다른 커플에서도 볼 수 없었던 그런 눈빛으로 서로를 바라보고 있다. 맞다, 나는 베르나르와 엘렌 F.에 대해서도 같은 말을 했었다. 그러나 베르나르와 엘렌 F.는 만난 지 얼마 되지 않은 때였던 반면 폴과 에미는 처음 만났을 때의 황홀한 불꽃을 20년 동안 고스란히 유지했던 것이다. 또 이 영상에서는 내 쪽으로 얼굴을 돌린 폴이 마치 뭔가를 설득하려는 것처럼 얘기하고 있는 모습도 보인다. 그런데 그는 정말로 내게 뭔가를 열심히 설득하는 중이었으니, 이 즐거운 회식 자리에 오기 전에 이 장의 주제인 그 조그만 사건 하나가 일어났던 것이다. 폴과 에미와 나는 호텔 바에서 만나기로 약속했었다. 가장 먼저 내려온 나는 가방에서 태블릿을 꺼내어 내 친구 중의 하나가 〈틈새 시간〉(그녀는 이 애매한 시간을 끔찍이 싫어하지만, 난 무척 좋아한다)이라고 부르는 것을 이용해 몇 통의 메일에 답신을 쓰기 시작했다. 이때 폴이 도착하고, 나는 그에게 잠깐이면 되니 기다리라고 말한다. 〈급할 것 없으니까 여유 있게 해〉라고 대답하고는, 그는 자신도 휴대폰 화면을 톡톡 두드리기 시작한다. 이렇게 평화롭게 흘러가고 있던 약간의 틈새 시간은 폴의 경악하는, 거의 비명에 가까운 목소리에 의해 갑자기 중단된다. 「아니, 에마뉘엘, 지금 자네 뭐 하고 있는 거야? 타이핑을 대체 어떻게 하는 거지?」 나는 무슨 영문인지 몰라 고개를 쳐든다. 「이건 말도 안 돼! 자네 지금 한 손

가락으로 타이핑하는 거야?」「어, 그래, 나 한 손가락으로
타이핑해. 난 언제나 한 손가락으로 타이핑해 왔어.」「잠
깐,」이게 얼마나 엄청난 일인지를 점차 의식하게 되는 듯,
경악한 마음이 진정되기는커녕 갈수록 심하게 벌떡거리
는 폴이 말을 잇는다.「그러니까 자네 말은, 자네의 모든
책들을, 그래, 기사나 시나리오 같은 것은 얘기도 하지 않
겠어, 자네의 모든 책들을 손가락 하나로 써왔다는 얘기
야?」나중에 그가 죽고 나서 에미가 내게 알려 준 바에 의
하면 폴은 타이핑을 아주 잘했단다. 자판도 화면도 보지
않고 타이핑을 할 정도였고, 자신의 이런 능력을 자랑스
럽게 생각했단다. 과달라하라에서의 이날 저녁까지 그가
나의 무능력을 몰랐던 것만큼이나 내가 모르고 있던 능력
이었다. 하지만 이날 저녁 그는 이것을 발견했고, 이 발견
은 그를 경악과 미칠 듯이 터져 나오는 웃음, 그러니까 환
각성 버섯을 먹었을 때 터져 나오는 것과 상당히 유사한
그 큭큭거림이 뒤섞인 상태로 빠뜨렸다. 우리는 35년 동
안 서로를 알아 왔고, 그는 내 책 열두 권을 출판했고, 내
아들 가브리엘의 대부여서 가브리엘은 죽을 때까지
P.O.L 출판사에서 나오는 책을 모두 받을 수 있게 되었으
며, 우리가 휴가를 함께 보낸 것도 수차례인데 그는 이걸
모르고 있었던 것이다! 내가 한 손가락으로, 스페이스 바
를 두드리기 위해 왼손의 검지나 엄지의 도움도 받지 않고
오로지 쭉 편 집게손가락 하나만을 가지고 타이핑한다는
사실을 말이다. 경악과 환각성 웃음의 첫 번째 파도가 지

나가자 질문을 하고 설명을 시도해 보는 시간이 온다. 폴은 도대체 어떻게 해서 내가 타이핑하는 법을 배우지 않았는지 이해할 수 없다고 말하고, 나는 그래, 지금 생각해 보니, 맞다, 나도 인정하는데, 이건 약간 놀라운 사실이다라고 대답한다. 아닌 게 아니라 그렇다. 나는 배우려면 배울 수도 있었다. 그건 분명한 사실이다. 하지만 나는 배우지 못했고 이것 역시 분명한 사실이다. 뭐, 어쩌다 보니 그렇게 된 거다. 이날 저녁까지 누구도 이 사실에 놀라지 않았다. 내가 같이 산 그 어떤 여자도 지금 폴이 하듯이 경악했다고 말하지 않았다. 물론 어떤 여자도 이걸 알아채지 못했다고 말하지는 않겠다. 하지만 내가 손가락 하나만으로 타이핑한다는 사실은 내 아이들이 그랬던 것과 마찬가지로 그들에게는 하나의 정겨운 농담거리일 뿐이었다. 내가 거북이같이 운전하고 심지어는 고속도로에서도 4단 기어로 고속 운전 하는 일이 사출 좌석[2]을 이용하는 일만큼이나 드물다는 사실이 농담거리인 것과 똑같은 일이다. 그것은 정겨운 농담이었고 나도 기꺼이 받아들이곤 했지만, 아무도 그 이상은 나아가지 않았다. 내가 배울 수 있을 거라고, 내가 배워야 한다고, 특히 타이핑하는 일이 내 직업이니만큼 제대로 타이핑하는 것을 배우는 것은 내게 유익할 수 있고, 심지어는 내 삶을 바꿀 수도 있을 거라고 아무도 말하지 않았다. 왜 내가 그걸 배우지 않았냐고? 그것은 내가 모든 혁신에 대해 무조건적으로 적대감을 품기 때

2 비상시에 안전을 위해 승객을 밖으로 튕겨 내는 좌석.

문은 아니었다. 나는 이메일 주소도, 컴퓨터도, 휴대폰도 없고, 그가 소년 시절에 〈포트노이와 그의 콤플렉스〉라는 부정확한 제목으로 읽었던 필립 로스의 소설이 〈포트노이의 불만〉이라는 올바른 제목으로 재번역되자 무겁게 한숨을 내쉬며 〈난 이 제목에 절대 적응 못 할 거야〉라고 말한 작가, 알랭 핑켈크로트 같은 사람은 아닌 것이다. 아니, 난 혁신과 테크놀로지의 영역에 있어 강자라고는 할 수 없지만, 이런 것들에 대해 아무런 반감이 없다. 다만 타이핑에 대해 말하자면, 이걸 어떻게 설명해야 할지 모르겠지만 어쩌다 보니 그걸 못 배우게 되었다. 배울 수 있는 기회 자체가 오지 않았고, 그러다가 타이핑 기술 없이 그럭저럭 해나가는 요령을 익히게 된 것이다. 이는 남들이 다 보는 나이에 운전 면허 시험을 보지 않다가 때가 지나서 너무 늦어 버린 사람들의 경우와 조금 비슷하다고 할 수 있다. 「맞아.」 폴은 내 반론에 다시 반론을 내놓았다. 「하지만 문제는, 자네가 운전은 못 하지만, 동시에 포퓰러 윈의 챔피언이라는 사실이야.」 이어진 몇 시간 동안 그는 자신이 발견한 사실을 이 얘기를 듣고 못지않게 즐거워한 에미에게 알려 주었고, 또 저녁 식사 중에도 아무나 붙잡고 떠들어 댔다. 나한테는 어떻게 했냐면 더 이상 나를 놔주지 않았는데, 내가 그에 대해 가지고 있는 마지막 이미지인 그 귀중한 짤막한 동영상을 보면, 그는 열렬히 어떤 논리를 펼치는 사람 같은 모습으로 한순간 내 쪽으로 몸을 기울이고 있다. 나는 실제로 그가 이날 저녁 내내 내가 타이핑하는 법을 배워야 한다고 얼마나 열변을 토했는지 기억하고 있다. 심지어 자기 휴대폰을 꺼내어 연습 방법을 찾아 주기까지 했다. 「자, 이게 아주 괜찮아 보이는군! 여기, typing. com 사이트 말이야!」 나는 대답했다. 그래, 괜찮을 수도 있겠네, 그래, 나쁠 것도 없겠지. 하지만 그래 봤자 무슨 소용이 있겠어? 나는 벌써 나이가 예순이고, 지금까지 모든 글을 한 손가락으로 써 왔어. 이제 바꾸기엔 너무 늦었고 지금 바꾼다고 해서 뭐가 달라지는 게 있겠어? 하지만 폴은 물러서려 하지 않았다. 「자네는 이렇게 하면 얼마나 시간을 절약할 수 있는지 모르고 있어.」 이 시간 절약의 논리는 설득력이 부족했다. 우리가 책을 쓰는 것은 시간을 절약하기 위해서가 아닌 것이다. 이 사실을 누구보다 잘 아는 폴은 금방 이 논리를 포기했다. 우리는 더 이상 이 얘기를 하지 않았고, 폴은 내가 한 손가락을 고수하겠다는 것을 잠시 체념하고 받아들이는 듯했다. 그런데 얼마 후 저녁 시간에, 우리가 더 어둡고, 더 북적거리고, 더 시끄러운 두 번째 칸티나에 가서 테킬라에서 메스칼³로 넘어갔을 때였다. 우리는 둘 다 바에 팔꿈치를 괴고 있었는데, 어느 순간 폴이 내게 눈을 빛내면서(폴이 어떻게 눈을 빛냈는지는 따로 얘기해야 할 것이다) 내게 몸을 기울이고는, 내가 잘 들을 수 있도록 거의 소리치듯이 말했다. 「그런데 말이야, 만일 자네가 타이핑하는 법을 배운다면, 자넨 더 빨리 쓸 수 있을 뿐만 아니라 다르게 쓰게 될 거야.」

3 테킬라와 메스칼은 멕시코 술로, 둘 다 용설란을 재료로 한 독주이다.

네 삶의 가장 중요한 행위

나처럼 러시아 기질이 강한[4] 폴은 술만 마시면 감상적이 되고 말이 많아졌고, 나도 그랬지만 술 마신 다음 날에는 자기가 좀 지나치지 않았나 자문하며 전화를 걸어서는 섬세하고도 예절 바른 성격 탓에 빙빙 돌려 말들을 쏟아 내곤 했다. 과달라하라에서 우리는 전화를 할 필요가 없었으니, 나흘 동안 아침부터 저녁까지 서로 얼굴을 보며 지냈기 때문이다. 하지만 다음 날 아침 식사 때(어느 정도 공식적인 성격이 있지만, 정해진 자리 배치를 피해 친구들끼리 앉으려 하는 그런 종류의 아침 식사였다), 그는 내가 익히 아는 그 걱정스러운 표정, 그러니까 진탕 마시고 난 다음 날에 보이는 그 얼굴을 하고서, 혹시 전날 저녁에 칸티나에서 자기가 한 말을 기분 나쁘게 받아들이지 않았느냐고 내게 물었다. 혹시 자기 말을 오해하지 않았느냐고, 다시 말해서 만일 내가 조금만 노력을 기울여 타이핑을 배우면, 자기가 보기에 내 책은 열 배는 더 좋아질 수 있다는 말을, 따라서 지금의 책들은 내가 고생을 해서 타이핑을 배웠을 때보다 열 배는 더 못하다는 식으로 이해하지 않았느냐고 말이다. 나는 폴에게 대답했다. 아니 천만에, 난 당신 말을 전혀 기분 나쁘게 받아들이지 않았어, 오히

---

4 에마뉘엘 카레르의 외조부는 구(舊)소련에 속했던 조지아 출신으로, 작가의 몸에는 슬라브의 피가 흐르고 있다. 그는 자신의 뿌리에 강한 애착을 가지고 있으며, 그의 작품 『러시아 소설』은 이 근원에 대한 탐구라 할 수 있다.

려 그 반대야, 하지만 이것은 정확히 당신이 했던 말이고, 칸티나에서 테킬라에서 메스칼로 넘어갔을 때(당시 난 술을 아직 끊지 못하고 있었다. 그리고 지금 갑자기 한 가지 사실을 깨달았는데, 그것은 폴이 죽고 난 후에 나는, 어떤 특별한 결심을 하거나 뭔가를 연결시킨 것은 아니었지만, 술을 완전히 그리고 영원히 끊었다는 것이다) 우리 둘이서 같이 했던 말이야……. 그날 저녁, 우리가 〈자네는 더 빨리 쓰게 될 거야〉에서 〈자네는 다르게 쓰게 될 거야〉로 넘어갔을 때, 취중 사변(思辨)의 대로가 우리 앞에 활짝 열렸던 것이다. 「키보드에 타이핑을 한다는 것은,」 칸티나의 카운터에서 폴이 논리를 펼쳤다. 「자네 머릿속에 있는 생각을 단어들과 문장들로 변환하는 것으로, 이것은 자네의 삶에 있어서 가장 중요한 행위라 할 수 있어. 만일 자네가 이 행위의 조건을 변경한다면 거기에는 어떤 결과가 따르게 돼. 이것은 필연적으로 자네의 글쓰기 방식에서 뭔가를 바꿀 거고, 필연적으로 새로운 뉴런 연결들을 만들어 내게 될 거야. 그래, 자넨 글을 다르게 쓰게 될 거야! 자네가 다르게 쓰지 않는다는 것은 결코 있을 수 없는 일이라고!」 술에 취해 있는 그 순간, 내가 열 손가락으로 쓰게 될 무언가는 한 손가락으로만 쓰는 것보다 열 배는 나은 게 되리라는 생각은 우리에게 너무나 자명하게 느껴졌다. 처음에 나는 빨리 타이핑하는 일 따위에는 관심이 없다면서 이 속도의 논리를 무시하려 했지만 사실은 관심이 없는 게 전혀 아니었으니, 왜냐하면 나는 머릿속에 떠오르는 것을 옮겨 적는 작업을, 인내심과 신속함을 요하는 작업을 주로 하는 부류의 작가이기 때문이다. 오스트리아 작가 토마스 베른하르트는 말했다. 글을 쓰는 것은 조금도 복잡하지 않다고, 그저 고개를 기울여 그 안에 있는 것을 종이 위에 쏟아 내기만 하면 된다고. 좋다, 하지만 머리에서 떨어지는 것을 최대한으로 건지고 싶다면 재빨리 움직여야 할 필요가 있는 것이다. 나는 잠시 회의적인 태도를 보이다가, 이 글쓰기라는 기술을 발전할 수 있게 해주는 어떤 테크닉적인 해결책, 이게 테크닉이기 때문에 접근 가능한 해결책이 존재한다는 생각, 폴의 특징을 잘 보여주는 이 생각을 열광적으로 받아들였다. 나는 이 생각이 〈폴의 특징을 잘 보여 준다〉라고 말했지만, 내 특징도 잘 보여 준다고 덧붙이고 싶다. 왜냐하면 그와 나는 단지 술먹고서 떠들어 대기 좋아하는 성향만이 아니라, 우리는 더 나아지기 위해 이 땅에 존재하며, 레닌이 〈있는 재료〉에 대해 뭐라고 말했든 간에 진지하고도 열심히 노력하기만 한다면 더 나아지는 게 가능하다는 확신도 공유했기 때문이다. 가만히 생각해 보면 이런 특성은 사람들 사이에 그렇게 널리 퍼져 있는 성향은 아니며 인류를 구분하는 또 하나의 경계선인 것이다. 거의 모든 사람들이 자신에 대한 이상, 다시 말해서 보다 나은 버전의 자기 이미지를 가지고 있지만, 이 이상에 다가가고 그것을 보다 확고한 것으로 만들기 위해 몽테뉴와 그 이전의 고대인들이 〈훈련〉, 혹은 〈메디타티오〉[5]라고 칭했던 것을 추구하는 이들은 특

별한 범주에 속한 사람들이라 할 수 있다. 폴은 명상도 요
가도 하지 않았다. 그가 신체 훈련의 영역에서 한 것은 오
직 하나, 매일 새벽에(그는 평생 새벽에, 심지어는 새벽이
되기도 전에 일어났다) 팔 굽혀 펴기를 2백 회씩 하는 것
이었고, 하체는 새 다리인데 상체만 우람하게 만드는, 오
로지 한 가지 음식만을 먹는 다이어트처럼 다양성이라곤
전혀 없이 오로지 팔 굽혀 펴기만을 죽어라 하는 이 스포
츠 활동을 가지고 나와 내 친구 올리비에 루빈시타인은 짓
궂게 놀리곤 했었다(에미에게는 상관없었던 게 분명하며,
폴에게 중요한 것은 그것뿐이었다). 그는 명상도 요가도
하지 않았지만 내가 요가에 대한 책을 쓸 계획이라고 말했
을 때, 내가 이 작업을 해가는 내내 친구들 대부분이 그랬
듯 당황스러움과 약간의 조소가 섞인 표정으로 어깨를 으
쓱하는 대신에 가장 강렬하고도 신선한 호기심을 보여 주
었다(내 생각으로는, 이것은 단지 그가 내 계획들에 편집
자로서 원칙적인 관심을 가졌기 때문만이 아니라, 영혼의
함양을 지향하는 모든 종류의 활동에 관심을 가졌기 때문
이기도 했을 것이다). 그렇기 때문에 나는 그가 죽기 전에
마지막 선물로, 열 손가락으로 제대로 하는 타이핑이 개
인적이고도 최종적인 요가의 형태가 될 수 있다는 확신을
내게 남겼다는 게 놀랍기도 한 동시에 조금도 놀랍지 않은
것이다.

5 meditatio. 명상, 사색 등을 의미하는 라틴어.

그가 눈을 빛내는 방식

폴은 2018년 1월 2일, 그가 에미와 함께 휴가를 보내던 과들루프의 어느 조그만 도로에서 사망했다. 이때 그는 일흔네 살이었고, 소년 같은 모습과 열정을 간직하고 있었으며, 열렬한 사랑에 빠져 있었다. 내가 지금 생각하고 있고 또 항상 생각해 온 것은, 우리들 각각은 인생을 함께 헤쳐 온 사람을 주변에 몇 명씩 가지고 있다는 사실이다. 다섯 명이 될 수도 있고 열 명이 될 수도 있겠지만, 훨씬 더 많기는 어려운 사람들 말이다. 내게 있어서 폴은 에미, 에르베, 올리비에, 뤼트, 그리고 프랑수아와 함께 이런 사람 중의 하나, 그러니까 인생을 함께 헤쳐 온 조그만 핵심 그룹의 일원이었다. 따라서 그의 죽음은 이때까지 이런 관계 속에서 놀라울 정도로 잘 보전되어 온 내 삶에 처음으로 찾아온 큰 상(喪)이라 할 수 있었다. 나는 내가 쓴 첫 번째 소설을 그에게 보냈다. 아니, 그를 알지도 못하면서 오직 그에게만 보냈으니, P.O.L은 조르주 페렉의 책을 펴내는 출판사였기 때문이다. 그는 1984년부터 내 모든 책들을 펴냈고, 그가 이 책을 읽지 못하리라는 사실을 알면서 이 책을 마친다는 사실이 너무나 이상하게 느껴진다. 사람들은 이따금 내게 묻곤 했다. 우리는 어떻게 함께 작업하느냐고. 원고에 대해 그는 어떤 종류의 지적을 하느냐고. 그가 많이 개입하느냐고……. 사실 그는 별로 개입을 하지 않았다. 폴은 하나의 책을 유기적인 것으로 여겼다.

취하든지 버리든지 둘 중의 하나지, 어떤 규격에 맞춰 다듬어서는 안 되는 어떤 것으로 말이다. 그는 사람들이 코를 박고 어떤 책을 들여다봤을 때 결점으로 여겨지는 것은, 한 걸음 물러서서 보면 그 책을 가장 독특하고도 모방할 수 없는 것으로 만드는 것일 경우가 많다고 확신했다. 물론 그는 지적을 하곤 했다. 그것도 현명한 지적을 하곤 했다. 하지만 현명한 지적은 다른 사람들도 할 수 있고, 실제로도 하고 있으며, 앞으로도 할 것이다. 내게 있어서 폴을 독특한 존재로 만드는 것은 그의 현명한 지적이 아니다. 내게 있어서 폴을 독특한 존재로 만드는 것은 내가 어떤 원고를 가져다주었을 때 그가 눈을 빛내는 방식이다. 다시 말해서 그가 곧바로 이 원고를 읽으리라는 확신이다. 곧바로 이 원고를 읽고, 다 읽고 나서는 한밤중에 내게 전화를 걸 거라는 확신, 그리고 만일 그가 한밤중에 전화를 걸지 않는다면 이는 곧 그가 죽었다는 뜻이라는 확신이다 (오늘 일어난 일이 바로 이것이니, 폴은 죽었기 때문에 한밤중에 내게 전화를 걸지 않을 것이다). 나는 또 다른 편집자를 갖게 될 거고, 지금도 있다. 내가 20년 전부터 알아온 프레데리크 부아예로, 그는 나처럼 이 출판사에서 책을 내는 작가이기도 하고 또 내 친구이기도 하지만, 내가 쓰게 될 것을 폴만큼 열렬히 원할 사람은 이제 아무도 없을 것이다. 그리고 내가 지금 말하는 것을 말할 수 있는 사람은 나 혼자만이 아니다. 물론 우리의 관계는 특별했다. 우리는 삶을 같이했고, 절친했으며, 서로에 대해 모든 것은 아니라 해도 많은 것을 알고 있었다. 하지만 그가 눈을 빛내는 방식, 이것만큼은 그가 책을 펴낸 모든 작가들이 알 거라고 생각한다. 만약 그렇지 않다면 그는 그들의 책을 출판하지 않았을 것이다. 이것이 이 작은 출판사와 그 창립자를 그토록 특별하게 만든 것들 중의 하나였다. 커리어 전체를 통틀어 겨우 5백 부가 팔린 작가들도 가장 많이 찍어 낸 책들로 출판사 전체가 돌아가게 해주는 작가들과 똑같은 고려와 고집스러운 신의의 대상이 되었던 것이다. 폴의 눈은 이들의 책에 대해서도 똑같은 애정으로 빛났다. 똑같은 독점욕으로, 똑같은 소유욕으로 번득였다. 왜냐하면 폴은 독점욕도, 소유욕도 강했기 때문인데, 나는 이야기가 여기까지 흘러온 마당에 『샤말리에르의 비가』와 그 작가 르노 카뮈와 관련된, 내게는 너무나 아름답게 느껴지는 이야기를 언급하지 않고 넘어간다면 몹시 아쉬울 것 같다. 그런데 여러분은 제발 화내지 마시라. 다시 외투를 걸치고 문을 쾅 닫고 나가 버리지 마시라. 안심하시라. 만일 이 사람이 누군지 알고 있다면, 여러분은 르노 카뮈에 대해 또 나에 대해 아주 나쁘게 생각하겠지만, 맹세컨대 여러분은 조금도 걱정할 필요가 없다. 만일 모르고 있다면 아주 빨리 설명해 드리겠다. 이 사람은 지금 극우 이념가이고 이른바 〈거대 대체론〉(검둥이와 아랍 놈들이 착한 프랑스인들을 몰아내려 한다는 것)의 창시자이며, 뉴질랜드에서까지 그의 교리를 내세우며 이슬람 사원 정문에 총을 갈기는 일도 벌어진, 백인 우월주의자들에게 영감을 주는 그런 사람이다. 그런데 말이다, 여기에 흥미로운 사실이 있으니, 지난 세기 말엽에 이 르노 카뮈는 롤랑 바르트와 엔디 워홀과 같은 배경에서 출발하여 전위적인 해피 퓨[6]들을 위한 글을 썼고, 유행을 타지 않는 퀴어 문학 고전『트릭스*Tricks*』와, 폴이 수년 동안 한결같은 정성으로 편집한, 그리고 나 역시 한결같은 독자였던 기념비적 작품『일기*Journal*』로 알려진 작가였다. 내 손모가지를 걸고 계속 말하겠거니와, 이 르노 카뮈는 뛰어난 작가였고 지금 광기에 사로잡혔다 하여 달라지는 것은 없으니, 사실은 사실인 것이다. 당시 우리는 친구였고, 둘 다 P.O.L을 떠받치는 기둥이었으며, 심지어는 이 출판사의 DNA 그 자체였다고까지 말할 수 있다. 자, 현재로 돌아와서 문제의 이야기를 해보겠다. 폴은 20년 전부터 르노 카뮈가 쓴 모든 것을 출판했다. 아마 쉰 권은 족히 될 터인데, 소수의 일부 독자들만 좋아할 뿐 거의 벌어들이는 게 없는, 심지어 재정적으로는 밑 빠진 독이라고 할 수 있는 책들이다. 하지만 폴은 개의치 않았다. 그는 르노 카뮈가 큰 작가라고 생각했고, 자신이 할 일은 큰 작가를 발견했을 때 그의 작품을 출판하는 것, 큰 작가가 쓰는 모든 것을 출판하는 것이라고 생각했다. 그런데 어느 날, 제르주[7]에 살고 있던 르노 카뮈가 그 지역 및 인근 지역에 관련된 자잘한 지식을 전문으로 하는 렉투르 출판사로부터『샤말리에르의 비

6 happy few. 부자나 지적 엘리트 같은 사회의 소수 특권자.
7 프랑스 남서부의 미디피레네 지방에 있는 주.

가』라는 제목의 30페이지 남짓한 소책자 한 권을 써달라는 제의를 받고, 이를 받아들인다. 출판사가 이런 제안을 한 것은 그가 발레리 지스카르데스탱[8]처럼 퓌드돔주에 있는 샤말리에르 출신이었기 때문이다. 너무나 하찮고, 너무나 은밀하고, 너무나 특정 지역에 국한된 출판이어서 르노 카뮈는 솔직히 말해서 자신의 주 편집자인 폴에게 이 사실을 알릴 생각도 하지 못했다. 그런데 문제는 이를 알게 된 폴이 불같이 화를 냈다는 사실이다. 그리고 그는 르노 카뮈를 파리로 소환해서 따지고 들었다. 「르노, 뭐가 끔찍한지 자네는 알아?」 그는 르노 카뮈가 사무실에 들어오자 그에게 자리에 앉을 시간도 주지 않고 대뜸 소리쳤다. 「끔찍한 것은 말이야, 날 화나게 만드는 것은 말이야, 자네가 다른 출판사에서 『샤말리에르의 비가』를 냈다는 사실만이 아니야. 그것은, 르노 자네도 잘 알다시피, 이 『샤말리에르의 비가』는 자네의 가장 아름다운 책이라는 사실이라고.」 르노는 이렇게까지 기대하지는 못했다. 그는 문학을 풍요롭게 한다기보다는 어느 이웃과 좋은 관계를 유지하기 위해 오후 나절에 대충 쓴 이 소책자가 자신의 전체 작품 가운데서 이렇게 높은 위치에 올려지리라고는 전혀 생각지 못했을 것이다. 하지만 이 정도만으로도 엄청난 이 평가에 폴이 만족하리라고 상상하는 것은 그를 잘 모르는 처사였다. 「자네『화씨 451』을 읽었어? 아니면 영

8 Valéry Giscard d'staing(1926~2020). 프랑스의 정치가. 우파 정치인으로, 1974년부터 1981년까지 대통령을 역임했다.

화로 나온 〈화씨 451〉을 봤어?」[9] 그는 말을 이었다. 「자네 그 이야기를 기억해? 책들이 금지되고, 국가가 책들을 태우는 세상 말이야. 그 세계에 금지된 책들을 몰래 외우는 저항 그룹들이 있다는 게 기억날 거야. 한 사람이 책 한 권을 외우고, 그 책 이름으로 불리게 되지. 이제부터 그는 더 이상 피에르나 폴이 아니라, 영원히 〈순박한 마음〉으로 불리고, 〈우리 시대의 영웅〉으로 불리고, 〈지옥에서의 한 철〉[10]로 불리게 되는 거야. 기억이 나, 르노?」 르노는 뒤에 이어질 말을 짐작해 볼 엄두도 내지 못하고 그저 고개만 끄덕이는데, 이어진 말은 다음과 같다. 「그러니까 말이야, 르노,」 폴은 결론을 내린다. 「『화씨 451』의 세계에서 내 이름은 〈샤말리에르의 비가〉일 거란 말이야!」 (이제 여러분은 내가 폴이 눈을 빛내는 방식에 대해 말할 때 무슨 얘기를 하는 건지 좀 더 이해할 수 있으리라 믿는다.)

9 『화씨 451*Fahrenheit 451*』은 1951년에 레이 브래드버리가 쓴 디스토피아 소설이며, 1961년에 프랑수아 트뤼포가 같은 이름으로 영화화했다.

10 각각 귀스타브 플로베르의 단편소설, 미하일 레르몬토프의 장편소설, 아르튀르 랭보의 시집 제목이다.

내 열 손가락으로

사람들은 나에 대해 여러 가지를 비난할 수 있지만, 적어도 열성이 없다고는 비난할 수 없다. 벨일섬[11]에서 휴가를 보내는 나는 매일 대여섯 시간씩 호텔방에 틀어박혀 1년 반 전 과달라하라에서 폴이 내게 열렬히 추천했던 그 typing.com 사이트에서 타이핑법을 향상시키려 애쓴다. 난 벌써 첫 번째 단계, 그러니까 아직 단어는 만들지 못하지만 글자들의 위치에 익숙해지는 단계를 통과했다. 나는 첫 번째 일곱 글자, 그러니까 키보드 가운데 줄 왼쪽에 있는 q, s, d, f[12]와 오른쪽에 있는 j, k, l, 그리고 f 키와 j 키의 아래쪽에 조그맣게 볼록 튀어나온 것을 그럭저럭 활용

11 브르타뉴 지방 모리방군(郡)에 있는 프랑스 섬.
12 프랑스어 자판은 영어 자판과 달리 가운데 줄 왼쪽 끝에 a 키 대신 q 키가 있다.

하는 법을 배웠다. 여기에 가운데 있는 두 글자, g와 h를 더했는데, 첫 번째 것은 왼쪽 검지가 베이스캠프 f에서 출발시켜, 그리고 두 번째 것은 오른쪽 검지가 베이스캠프 j에서 출발시켜 찾을 수 있게 되었다. 이렇게 되기까지 얼마나 많은 시간과 노력이 필요했는지 모른다. 이 중간 줄 말고도 다른 줄들이, 그다음에는 숫자들이, 또 그다음에는 대문자들이 기다리고 있다는 생각을 하면 맥이 탁 풀릴 정도였다. 어디 그뿐인가? #나 * 같은 머나먼 키들, 그리고 지금껏 살아오면서 한 번도 사용해 본 적이 없고 예를 들자면 중성자나 양성자만큼이나 그 존재를 모르고 있었던 것들, 다시 말해서 단축키들이 줄줄이 기다리고 있는 것이다……. 하지만 나는 계속해 나갔다. 사이트에서 연습을 하다 보면 간간이 나타나서는 당신은 〈키보드 전사〉(영어로는 keybord warrior)입니다, 혹은 당신은 〈맹렬한 타이피스트〉(영어로는 fiery typist)입니다라고 칭찬해 주는 일종의 작은 요정들의 격려를 받아 가면서 말이다. 이렇게 해서 내 왼쪽 새끼손가락은 q에서 출발하여 위쪽의 a와 아래쪽의 w, 더 나아가 위쪽의 @와 &, 그리고 마침내는 탭 키와 왼쪽 시프트 키까지 사용하는 법을 배우게 되었다. 한편 오른쪽 새끼손가락은 -,), ^, p, m, :, =를 작동시킨다. 새끼손가락을 쓴다는 것은 정말로 열 손가락을 사용할 줄 아는 타이피스트들의 클럽에 들어가는 것을 의미한다. 이것은 하나의 혁명이다. 그리고 이 혁명은 다른 두 혁명을 예고하니, 첫째는 키보드를 보지 않고 타이핑하는 것이고, 둘째는 화면도 보지 않고 타이핑하는 것이다. 바로 폴이 키보드도 화면도 보지 않고 타이핑을 하는 사람이었지만 나는 절대로 그러지 못할 것이다. 난 이 최고 단계들에 이르지 못했고 또 앞으로도 이르지 못하겠지만 그래도 발전하고 있으니, 사람은 노력하면 발전하는 법이다. 무엇을 배우든 마찬가지다. 태극권 형을 배우는 것도, 요가 자세를 배우는 것도 마찬가지이며, 피아노를 배우는 것도 물론 마찬가지다. 특히 이 피아노 연주는 건반을 통제하는 일이라는 점에서 상당히 비슷하리라고 생각한다.[13] 우리에게 불가능해 보이는 것들, 완전히 그리고 결정적으로 우리의 능력 밖에 있다고 생각되는 것들도 느끼지 못하는 사이에 조금씩 가능하게 된다. 나는 내 굼뜨고도 서툰 열 손가락으로 자신도 느끼지 못하는 사이에 글자들에서 단어들로, 단어들에서 문장들로, 문장들에서 문단들로 넘어왔고, 이제는 문단들에서 텍스트로, 다시 말해서 — 문학이 등을 돌렸을 때만 뒤에서 살짝 말하는 건데 — 문학으로 넘어왔다.

친구들, 난 글을 쓰는 게 아니야, 난 타이핑 연습을 하고 있어

내가 벨일섬에서 호텔방을 잡은 것은 뤼트와 올리비에

13 프랑스어에서 키보드와 건반을 뜻하는 단어는 모두 clavier로 동일하다.

가 이 섬에서 집을 하나 빌렸고, 그들 가까이에 있으면 고독의 즐거움과 그들과 함께 지내는 즐거움을 동시에 누릴 수 있기 때문이다. 해변에서 그들을 만날 때나 저녁마다 그들의 식사에 초대받을 때 그들은 내게 잘되고 있느냐고, 만족하느냐고 묻는다. 그들은 명확히 만족하는 것 같으니, 그들이 가까이서 지켜본 3년간의 우울증과 표류 후에 내 상태가 좋아졌을 뿐 아니라 다시 글을 쓰기 시작한 것 같기 때문이다. 다른 사람들은 모두 해수욕을 하거나 산책을 하는데 어떤 작가가 하루에 여섯 시간씩 자기 방에 틀어박혀 있다면 그가 무슨 다른 일을 하겠는가? 카드로 운수 떼기나 비디오 게임을 하는 건 아니지 않겠는가? 하지만 나는 부인한다. 항변한다. 「아니야, 친구들, 너희들이 틀렸어! 전혀 그렇지 않아! 내가 하루에 여섯 시간씩 컴퓨터 앞에 붙어 있는 것은 어떤 책을 쓰기 위해서가 아니야. 이건 정말인데, 난 그럴 준비가 되지 않았어. 그저 타이핑을 하기 위해서야. 친구들, 오해하지 말라고, 난 글을 쓰는 게 아니야, 난 그저 타이핑 연습을 하고 있어.」

All work and no play makes Jack a dull boy

「그래, 자네의 타이핑 연습이란 게 대체 뭔데?」 올리비에는 마치 약 올리듯이 내게 물었다. 「All work and no play makes Jack a dull boy?」 여러분은 기억하는가? 영화

「샤이닝」에서 잭 토런스가 반복하는 오싹한 주문 말이다. 이 실패한 작가는 〈오버룩〉이라는 커다란 호텔의 관리인 자리를 받아들인다. 이 호텔은 겨울철 내내 모든 것에서 절연되는 곳이지만, 고립된 상황과 강요된 여가가 그로 하여금 여러 해 전부터 더 이상 희망도 없이 질질 끌어온 소설을 완성하게 해주리라는 희망을 품고 아내와 어린 아들과 함께 들어간다. 그는 매일 아침 호텔의 살롱 중 하나에 틀어박혀서는, 지금 내가 벨일의 내 방에서 그러하듯이 몇 시간 동안 타이핑을 한다. 아내가 그에게 잘되고 있느냐고, 만족하느냐고 묻자, 그는 그렇다고 대답하지만 전혀 만족한 표정이 아니고 잘되고 있는 기색이 아니다. 그의 얼굴은 점점 더 일그러지고, 잭 니컬슨의 서컴플렉스(^) 같은 눈썹은 점점 악마처럼 휘어지며, 그 섬뜩한 237호 객실에 계속 드나드는 것도, 당연한 얘기지만 그의 정신적 균형에 조금도 도움을 주지 못한다. 아내는 이 모든 것에 너무나 불안해진 나머지 그가 없을 때 그의 거대한 서재에 몰래 들어가고, 그의 타자기 캐리지에 끼워진 종이에 눈길을 던지게 된다. 그 종이에는 이런 문장이 적혀 있었다. All work and no play makes Jack a dull boy. 의미와 동요의 으스스한 리듬을 동시에 살려야 하기에 번역하기가 쉽지 않은 문장이지만, 어쨌든 프랑스어 자막이 제시한 번역은 〈아무 놀이도 하지 않고 일하는 것은 잭을 슬픈 아이로 만든다〉로, 그렇게 설득력이 있진 않지만 나로서는 더 나은 제안이 없다. 영화의 이 순간을 소름 끼치게 만드는 것은 문장 자체가 아니라 이것이 반복된다는 사실이다. 왜냐하면 이것은 캐리지에 끼워진 종이 위에 스무 번, 혹은 서른 번 반복될 뿐 아니라, 타자기 옆에 수북이 쌓인 종이들에서도 수백 번, 수천 번 반복되고 있기 때문이다. 수백 장의, 어쩌면 수천 장의 종이가 무한히 반복되는 이 문장, 〈All work and no play makes Jack a dull boy〉로 새카맣게 덮여 있는 것이다.

곰

「샤이닝」의 끔찍한 주문은 평생 나를 따라다녔다. 나 자신을 그 불쌍한 주인공과 동일시한 게 한두 번이 아니다. 의기소침하게 만드는 그 메마름, 공포, 잔인함, 주기적으로 찾아오는 침울한 광기를 나도 겪었다. 거울 속에서 그와 똑같이 얼굴을 일그러뜨리는 나를 보기도 했다. 하지만 그해 여름에는 아니었다. 그해 여름, 나는 올리비에의 농담을 느긋하게 받아들인다.

왜냐하면 나는 내 새로운 주문의 가호 아래 —— 기억하시라, 나는 글을 쓰는 게 아니라, 타이핑 연습을 한다는 사실을 —— 얼핏 잡다해 보이지만 지금 여러분이 읽고 있는 이 책을 이루게 될 파일들, 그러니까 비파사나와 요가에 대한 파일, 내 우울증과 생탄 병원에 입원한 일에 대한 파일, 그리고 내가 레로스섬에 체류한 일에 대한 파일을 하나하나 옮겨

428

쓰고 서로 잇는 작업을 시작했기 때문이다. 이렇게 조각들을 잇는 것, 이것은 우리가 어떤 영화를 편집할 때 거쳐야 하는 첫 번째 작업이다. 이 작업은 이 분야의 전문 용어로 〈곰〉이라고 불리는데, 곰과 마주하기를 좋아하는 사람은 아무도 없다. 그 누구도 상식적으로 생각해서 여기서 볼 만한 무언가가, 그리고 이게 책인 경우에는 읽을 만한 무언가가 나올 수 있다고 믿을 수가 없다. 그러다가 모든 걸 팽개치고 싶은 유혹을 극복하고 나면 일에 뛰어들어 조각들을 한데 모으고, 나란히 놓아 보고, 잘라 내고, 덧붙이고, 순서를 바꾸는 등 여러 가지 것들을 한다……. 이 일종의 마그마는 조금씩 무언가로 형태를 갖춰 가는데, 예측하지 못했던 어떤 것과 비슷해지기 시작하는 경우가 많다. 어떤 예술가는 이것을, 그러니까 이게 그들이 예측하지 못했던 것과 비슷해지는 것을 좋아하지만 다른 이들은 아니어서, 이것은 그들을 불행하게 만든다. 여기에도 두 개의 〈가족〉이 있는 셈이다. 프랑수아 트뤼포는 말하기를, 영화는 손실의 과정이라고 했다. 영화 제작을 시작하기 전에 가졌던 생각과 최종적인 결과 사이에는 다소간의 간극이 존재하는데, 그게 적으면 영화는 성공한 거고 그게 많으면 실패한 것이다. 통제하기를 좋아하는 예술가들, 히치콕이나 큐브릭처럼 현실을 자신의 뜻과 꿈대로 정리하기를 원하는 조물주적 예술가들은 그렇게 생각한다. 다른 이들은, 그 가운데에는 나도 포함되는데, 이와는 정반대이다. 영화 혹은 예술이 그들의 상상과 덜 비슷할수록,

출발점과 도달점 사이의 길이 더 길고 변덕스러울수록, 결과가 그들을 더 놀라게 할수록, 더 만족한다. 중요한 것은 여행이지 목적지가 아니다. 초기암 트룽파의 표현을 빌리자면 〈길이 곧 목적〉인 것이다. 요가에 대한 기분 좋으면서도 세련된 책을 쓰겠다는 내 애초의 계획과 벨일의 호텔방에서 내가 타이핑 연습을 구실 삼아 짜 맞추기 시작한 것 사이에는 전혀 예측하지 못했던 일들, 끔찍하기까지 한 일들이 많이 일어났다. 그리고 또 6개월이 지났고, 책은 완성되었다. 뭐, 거의 완성되었다고 할 수 있다. 이제는 이것에 일종의 에필로그를 부여하는 일이 남았다. 뻐끔히 열어 둔 채로 놔둔다면 예의가 아닐 몇 개의 괄호를 닫는 일, 가게 문을 닫기 전에 마지막 빗질을 하는 일이 남은 것이다. 정리해 놓고, 결산하고, 닫는 일이다. 레로스를 완결하는 일부터 시작해 보자.

잠시 동안 말없이 앉아 있기

어느 가을날 아침, 잠에서 깨어났을 때 이제 떠나고 싶다는 생각이 들었다. 전날까지만 해도 머리에 스치지도 않았던 생각이었다. 난 스쿠터를 반환했고, 아티크의 스쿠터에 대해서는 몇 달치를 선불했으며, 피크파의 모든 이에게 작별 인사를 했다. 그러고 나서 아파트 문을 잠근 다음 열쇠는 에리카의 지시대로 전기 계량기가 든 나무 함 속에 두었고, 저녁에 아테네행 페리선을 탔다. 배에 올라서야 내가 삼성 갤럭시 휴대폰을 침대 머리맡 탁자 서랍 속에 두고 왔다는 사실을 깨달았고, 누가, 그리고 언제 그 서랍을 열 것인지 궁금해졌다. 그동안 에리카에게서는 소식을 받지 못했다. 그녀는 내 메일에 한 번도 답하지 않았고 페이스북에 아무것도 올리지 않았다. 그녀는 세상의 왼쪽 어딘가에서 사라져 버렸다……. 〈그녀는 세상의 왼쪽 어딘가에서 사라져 버렸다.〉 이것은 약간 cheesy(싸구려 느낌이 나는)한, 약간 가짜처럼 들리는 문장, 그러니까 어떤 소설의 인물에 대해 쓰고 싶을 수 있는 종류의 문장, 평소에는 내가 글을 다시 읽어 보다가 눈에 띄자마자 잘라 버릴 종류의 문장이지만, 곰곰이 생각해 본 결과 그냥 간직하고, 프레더리카는 소설의 한 인물이라고 고백함으로써 양심의 부담을 덜기로 한다. 무슨 말인가 하면 그녀에게는 어떤 먼 모델이 있으며, 이 모델이 된 여자와 나는 피크파에서 수업을 몇 번 같이 했고, 기억에 남을 만한 통음을 했고, 쇼팽의 폴로네즈 「영웅」을 함께 들었지만 그 나머지는 모두 지어낸 이야기라는 뜻이다. 내 생각으로 이것은 고유 명사들을 바꾸기 시작하면 어쩔 수 없이 일어나는 일이다. 허구는 세력을 얻고, 에마뉘엘 기옌이 말했듯이 한번 열면 다른 모든 일이 가능해지는 문이 되는 것이다. 쌍둥이 조각상의 여자도 부분적으로는 소설의 인물인바, 나로서는 에리카와 그녀가 세상 왼쪽의 어딘가에서, 남반구의 어딘가에서 서로 팔짱을 끼고 산책하며 소설 인물로서의 그들의 삶을 서로에게 들려주는 모습을 기꺼이 상상하고 싶다. 내가 종종, 특히 과거에 복음서를 가지고 작업했을 때 스스로에게 던지곤 했던 질문이 하나 있는데, 그것은 우리가 읽는 이야기가 진실인지 허구인지를 알아맞히게 해주는 어떤 기준이 있을까이다. 미술관에 걸린 어떤 초상화가 실제 인물의 초상화인지 아니면 상상적 인물의 초상화인지 알아맞힐 수 있는 기준 말이다. 나는 대답할 수 없지만,

우리는 설명은 할 수 없어도 직관적으로 그것을 느끼는 것 같다. 적어도 난 그것을 느낀다. 하미드와 아티크는 그들의 진짜 이름을 간직했고 난 인스타그램을 통해 그들의 진짜 소식을 접하고 있다. 한 명은 독일에 다른 한 명은 벨기에에 있는데 둘 다 잘 지내는 것처럼 보인다. 그들은 미소를 짓고, 친구들이 있고, 스포츠를 즐기고, 생일 파티를 열고, 나름의 계획이 있는 학생들이다. 거의 천민에 가깝게 지냈던 그들은 그들의 나라에서 누렸던 사회적 수준을 되찾았고, 분명히 그들이 되기를 열망했던 것, 즉 회계사와 IT 프로그래머가 될 것이 분명하다. 유럽을 향한 위험천만했던 여행, 그리고 늪과 같았던 레로스 체류는 꿈에서 본 이미지처럼 그들의 기억에서 조금씩 지워질 것이다. 난 이 그들의 꿈에서 과연 내 자리가 있을지 가끔 자문해 보는데, 아마도 없을 것이다. 내가 레로스에서 어떤 추억을 남겼다면 그것은 스베틀라나 세르게브나의 마음속이리라고 생각한다. 내가 떠나는 날, 우리 두 사람은 그 시간에는 약간 어둑해지고 휑해지는 푸시킨 카페 홀 안에 앉아 있었다. 누군가가 여행을 떠나면 잠시 동안 말없이 그와 함께 앉아 있는 게 러시아의 관습이다. 그렇게 앉아서 신이 허락하사 이게 마지막이 되지 않기를 각자 기도한다. 그런 다음 일어서서 포옹을 한 다음 더 이상 꾸물대지 않고 헤어진다. 스베틀라나 세르게브나는 내 이마에 성호를 그어 주었다. 나는 그녀가 내 어머니라는 느낌이 들었다. 그녀는 나보다 조금 더 젊을 것인데도 말이다. 나는 이 책과 작별을 고하고, 우리에게, 그러니까 이 책과 나, 그리고 독자인 당신에게 행운을 빌어 주기 위해 이 의식에서 영감을 길어 오고 싶다. 마지막 페이지를 넘기고 나서 ─ 이 일은 멀지 않았다 ─ 우리는 잠시 함께 앉아 있을 수 있을 것이다. 눈을 감고, 입을 다물고, 조금은 편안하게 앉아 있는다. 나갈 때는 불을 끄는 것을 잊지 마시라.

약간의 소금

리튬은 원소 주기율표에 포함되는 알칼리성 금속으로, 소금의 형태로 투여됐을 때 기분 조절 장애 치료에 놀라운 효과를 보인다는 사실이 1960년대부터 밝혀져 왔다. 이제 나는 이것을 매일 복용하고 있는데, 복용할 때마다 미국 시인 로버트 로웰의 우울한 성찰을 생각하게 된다. 이 약을 처방받기 전까지 가장 심한 형태의 조울증을 앓아 온 그는 이렇게 말했다. 〈내 뇌 안에 소금이 조금 부족했기 때문에 그런 고통들을 겪어 왔고 또 주위 사람들에게 초래했다고 생각하면 정말이지 기분이 묘하다. 만일 이 소금의 효력을 좀 더 일찍 알았더라면, 좀 더 일찍 처방받았더라면, 나는 이 기나긴 악몽 대신에 행복한 삶을, 아니면 적어도 정상적인 삶을 살았을 텐데 말이다.〉 비록 그 비슷한 생각이 가끔 들긴 하지만 내 삶은 기나긴 악몽은 아니었기 때문에 이 사람만큼 극단적인 말은 하고 싶지 않다. 그러나 나 역시 리튬에 잘 반응하는 양극성 장애 환자 중의 하나이다. 이것은 내 올라간 기분을 덜 올라가게 하고 내려간 기분을 덜 내려가게 해주며, 난 뒤편의 그 바닷가 그림을 다시 마주하게 될까 봐 너무 두렵기 때문에 죽는 날까지 이것을 얌전히 받아먹을 준비가 되어 있다.

터미널

나는 늘 그렇듯 미리 나와 있다. 내 리스본행 비행기는 이륙이 한 시간 후로 예정되어 있다. 앞에서도 말한 것 같지만 이런 틈새 시간에 아무런 반감이 없는 나는 아조레스 제도[14] 폰타 델가다 공항 제2 터미널의 탑승 게이트 근처에서 차분하게 기다릴 생각을 한다. 나는 가방에서 여행 중에 읽으려고 산 코맥 매카시의 소설 한 권을 꺼냈다. 내가 이 책을 산 것은 나 자신의 원고에서 생탄 병원에 입원한 대목에 이르렀기 때문이었다. 더 정확히 말해서, 나로서는 보호 병동에서 본 기억이 없는 젊은 여성이 우리는 거기서 아는 사이, 심지어는 아주 잘 아는 사이였을 뿐만 아니라, 나도 그녀처럼 열렬한 독자라는 코맥 매카시에

---

14 포르투갈령 제도로 대서양 북서부에, 리스본에서 약 1천5백 킬로미터 떨어진 곳에 위치하고 있다.

대해 오랫동안 얘기를 나눴다고 말하는 대목에 이른 것이다. 나는 이 기회에 코맥 매카시를 읽으면 괜찮을 수도 있겠다는 생각이 들었다. 이런 종류의 실마리가 우리를 어디로 이끌지 아무도 모를 일 아닌가? 이 책 『핏빛 자오선』에서 내 책에 아주 중요한 의미를 지닐 뭔가를 발견하게 될 수도 있는 일 아닌가? 그런데 코맥 매카시의 재능이 어떻든 간에 읽는 게 무척 힘들었으니, 스스로도 놀라운 일이지만 난 거의 전적으로 시의 독자가 되어 지금은 소설을 읽는 게 대단히 힘들어졌기 때문이다. 좀처럼 눈에 들어오지 않는 페이지를 세 번째로 다시 읽으면서 나는 매우 빈번히 그러는 것처럼 속으로 시 한 편을 웅얼거리는데, 지금 그러는 것은 카트린 포지의 시이다. 난 내가 에리카를 위해 번역해 주려고 끙끙댔던 그녀의 시 몇 구절을 이미 인용한 바 있다. 카트린 포지는 양차 세계 대전 사이의 파리 사교계 인물로, 당시 유명한 극작가였던 에두아르 부르데의 아내이자 그녀를 아주 불행하게 만들었던 폴 발레리의 정부였다. 이 내연 관계에서, 전혀 가능할 것 같지 않지만 그녀를 시몬 베유와 루이즈 라베 간의 교잡으로 만든, 가슴에 강렬하게 와닿는 여섯 편의 신비주의적 연시(戀詩)가 탄생했는데, 지금 내가 탑승 대기실에서 혼자 낭송하고 있는 게 그중의 하나인 「아베 Ave」이다.

    지극히 높은 나의 사랑이여,
    당신이 누구인지, 당신이 어디서 왔는지,

어느 태양 아래 당신이 살았는지,
어느 과거, 어느 시간에 내가 당신을 사랑했는지,
모르는 채로 죽게 된다면,

기억을 넘어서는 지극히 높은 사랑이여,
나의 나날을 밝혀 준 화덕 없는 불이여,
어떠한 운명으로 당신은 내 이야기를 써나갔던가,
어떠한 잠 속에 당신의 영광이 나타났던가,
오 나의 거처여…….

이 구절까지 읽은 나는 고개를 들었고, 10여 미터 떨어진 음료 파는 카운터 앞에 쌍둥이 조각상 여자가 서 있는 것을 발견한다. 나는 놀라고 감격스러운 마음으로 그녀를 쳐다보지만, 그녀는 나를 보지 못한다. 나는 어떤 콘퍼런스에 참석하러 아조레스에 왔지만, 그녀에 대해서는 이유를 모르겠다. 이제 남반구에 산다는 사람이 대체 무엇 때문에 여기에 있는지 도무지 감이 오지 않는다. 우리는 3년 전부터 다시 만난 일이 없고 소식을 전한 일도 없다. 더 이상 실현될 가능성이 없어지면 욕망은 사그러든다는 원칙에 따라, 나는 열정적으로 사랑했던 이 여자를 거의 생각하지 않고 있었다. 돈을 지불한 그녀는 커피 컵을 들고는 그것을 마시러 카운터 주위에 놓인 흰 플라스틱 입식 테이블들로 향한다. 이때 그녀는 나를 본다. 나는 오랫동안 그녀를 지켜보고 있었지만 그녀는 나를 보지 못했다. 아니,

어쩌면 보고 있었을지도 모른다. 어쩌면 내가 코맥 매카
시를 읽어 보려 하고 있을 때 먼저 나를 봤을지도 모른다.
어쨌든 우리는 눈길이 마주쳤는데, 그녀가 나를 알아봤다
는 표시는 아무것도, 정말이지 아무것도 없다. 그녀는 내
가 있는 좌석 열을 휙 훑으며 앉아 있는 사람들 위로 무심
히 시선을 던진 다음 다시 자신의 커피 컵으로 눈길을 돌
린다. 그녀가 더 이상 나를 쳐다보지 않으므로 나는 그녀
를 쳐다본다. 그녀가 눈을 들면 다시 무관심한 표정을 지
을 채비를 하면서, 또 그녀가 자신을 향한 내 시선을 의식
하고 있다고 확신하면서 말이다. 커피를 다 마신 그녀는
입식 테이블에서 벗어나서는 내 자리와 멀리 떨어진 좌석
열 쪽으로 향한다. 탑승 대기실에 승객이 거의 없기 때문
에 그녀는 아무 데나 원하는 자리에 앉을 수 있다. 물론 내
옆자리에 앉지는 않겠지만 나는 그녀가 얼굴을 내 쪽으로
향할지 아니면 등을 돌릴지 궁금하다. 그녀는 나와 멀리
떨어진 곳에, 하지만 나와 얼굴을 마주한 방향으로 앉는
다. 그리고 나처럼 가방에서 책 한 권을 꺼내어 읽기 시작
하는데, 적어도 내가 간파한 바로는 나보다 훨씬 더 집중
하는 것은 아니다. 그녀는 이렇게 내게 등을 돌리는 대신
얼굴을 마주하는 편을 선택함으로써 — 왜냐하면 이것은
분명히 하나의 선택이므로 — 무슨 신호를 보내려 하는
걸까? 문을 빠끔히 열어 준 것일까? 만일 내가 일어나서
그녀 쪽으로 가서 그녀의 손을 잡는다면 어떤 일이 일어날
까? 우리는 전에 제네바역을 나갔던 것처럼 함께 이 터미

널을 나가게 될까? 그러고는 공항의 주변에 흔히 있는 셰러턴이나 소피텔 같은 호텔로 가서 방을 하나 달라고 하고, 둘 다 아무 말 없이 엘리베이터로 방까지 올라가서는 어떤 레이더도 미치지 못하는 거기에 틀어박혀 몇 시간 동안 사라져 버릴 것인가? 만일 내가 일어나 그녀에게 가서 손을 잡으면 어떤 일이 일어나게 될지 알 수 없다. 반면 내가 확신하는 것은 지금 내가 속으로 이야기하고 있는 이 시나리오를 그녀 역시 속으로 ─ 나도 속으로 이것을 이야기하고 있다는 사실을 잘 알면서 ─ 이야기하고 있다는 사실이며, 이렇게 나는 그녀의 생각과 판타지에 무제한으로 접근할 수 있고, 그녀 또한 그렇다는 확신은 이 상황을 엄청나게 에로틱하게 만든다. 사실은 굳이 호텔방에 갈 필요도 없었다. 탑승 대기실에서 보낸 이 반 시간 동안 무관심을 가장하며 서로를 쳐다본, 혹은 전혀 쳐다보지 않았던 이 방식, 피차가 쳐다보지 않으면서 상대의 존재를 의식하고 있었던 이 방식, 우리가 서로 마주치고, 다가가고, 떨어지고, 피했던 그 방식은 만일 온전히 실현되었다면 그 강렬함이 덜해졌을, 사랑을 나누는 하나의 방식이었다. 드디어 탑승이 시작되었을 때, 나는 마지막 순간에 가서야 자리에서 일어섬으로써 그녀 먼저 카운터에 다가가게 놔두었다. 그리고 만일 우연히도 우리가 옆자리에 앉게 되면 그 상황에서 어떻게 빠져나올 것인가 자문했지만, 그런 일은 ─ 하마터면 〈다행히도〉라고 말할 뻔했는데 ─ 일어나지 않았다. 기내의 안쪽 끝에 있는 내 자리로

가면서 나는 그녀 옆을 지나갔다. 그녀는 책을 내려다보
고 있었지만 내가 몇 센티미터 떨어져 자기 옆을 지나가는
것을 느끼고 있었고, 내 몸과 영혼이 그러했듯이 그녀의
몸과 영혼도 뒤흔들리고 있었다는 것을 나는 조금도 의심
치 않는다. 나는 비행하는 내내 카트린 포지의 시 뒷부분
을 속으로 낭송했다. 일종의 텔레파시가 이 시구들을 내
마음에서 그녀의 마음으로 실어다 주기를 바라면서.

> 내가 완전히 쇠망하여
> 무한한 심연으로 쪼개져 갈 때,
> 무한히 부러지고
> 내가 걸친 현재가
> 배신하게 될 때
>
> 우주가 산산이 부숴 놓은 몸으로
> 아직 모이지 않은 수천의 순간들로
> 하늘로 까불려져 없어지는 재들로
> 당신은 기이한 한 해 동안
> 단 하나의 보물을 만들리라
>
> 내 나날에 실려 가는 수많은 조각들로
> 당신은 내 이름과 내 모습을 만들리라.
> 이름도 없고 얼굴도 없는 생생한 실체여,
> 정신의 핵심이여, 오 신기루의 중심이여,

지극히 높은 사랑이여

비행기의 출구는 앞쪽에 있었으므로 그녀는 나보다 훨씬 먼저 내렸다. 나는 그녀도 나처럼 파리행 비행기로 환승을 하여 우리가 루아시[15]까지 함께 여행을 하게 될 거라는 생각이 들면서, 이 마법과도 같은 상황이 불가피하고, 의무적이고, 무미건조한 어떤 것이 될까 봐 두려워졌다. 하지만 리스본이 그녀의 최종 목적지였는지 아니면 다른 곳으로 갔는지 모르겠으나 파리행 탑승 대기실에서 쌍둥이 조각상 여자의 모습은 보이지 않았고, 나는 지금까지 그녀를 다시 만나지 못했다.

15 파리 북쪽에 위치한 작은 마을로 파리의 관문인 샤를 드골 국제공항이 있는 곳이다.

인용문

〈파트리스가 거기 있었다. 그는 죽어 가는 아내를 팔에 안고 있었고, 시간이 얼마나 걸리든 그는 분명히 그녀를 그렇게 끝까지 안고 있을 것이다. 쥘리에트는 그의 품에서 안심하고 죽음을 맞을 것이고 그런 안심, 자신을 아낌없이 사랑해 주는 사람의 품에서 마지막 순간까지 편안히 쉴 수 있다는 확신, 내겐 이보다 더 소중한 건 없어 보였다. 엘렌이 전날, 우리가 도착하기 전, 쥘리에트가 아직 말을 할 수 있었을 때 세실에게 했던 얘기를 내게 전해 주었다. 그녀는 만족한다고, 평범하고 소박했던 자신의 삶은 성공한 삶이었다고 얘기했다고 했다. 나는 처음에는 그것이 스스로를 위안하기 위한 말이었다고 생각했는데, 점점 그 말이 진심이었고 결국에는 사실이었다는 쪽으로 생각이 바뀌었다. 나는《모든 인생은 당연히 해체의 과정이다》라는 피츠제럴드의 명구를 떠올리면서 이 말은 옳지 않다고, 최소한 모든 인생에 해당하는 말은 아니라고 생각했다. 피츠제럴드 자신의 인생에는 적용되는 말인지 모른다. 그리고 어쩌면 내 인생에도(그때는 지금보다 훨씬 이런 생각이 강했다). (……) 하지만, 쥘리에트가 자신의 인생에 내린 평가를, 나는 믿었다. 임종하는 그녀의 병상에서 그녀를 품에 안고 있는 파트리스의 모습이 그 말을 믿게 만들었다. 나는 엘렌에게 말했다. 있잖아, 뭔가 달라진 게 있어. 만약 몇 달 전에, 내가 암에 걸려서 조만간 죽을 거라는 사실을 알게 됐다면, 그래서 쥘리에트와 똑같은 질문을, 내 삶은 성공한 삶이었냐라는 질문을 스스로에게 던졌다면, 어땠을까? 아마도 난 그녀처럼 대답하지는 못했을 거야. 아니야, 내 삶은 성공한 삶은 아니었어라고 말했을 거야. 나름대로 성취한 것도 있고, 잘생긴 아들 녀석도 둘 낳아 건강하게 키워 놓았고, 나라는 놈을 표현한 책도 서너 권 썼다고 얘기했을 테지. 주어진 조건과 제약 내에서 최선을 다했고 고군분투하며 살았으니, 영 형편없는 대차 대조표는 아닐 거야. 하지만 사랑이라는, 핵심적인 것에는, 미련이 남았을 거야. 사랑을 받기는 했지, 그건 사실이야. 하지만 사랑할 줄은 몰랐어. 결국 같은 말이지만, 사랑하지는 못했지. 내 사랑을 믿고 기대고 안식한 사람은 아무도 없었어. 나 역시 마지막에 그런 사랑의 품에서 안식하지 못하겠지. 내가 죽는다는 말을 해일을 경험하기 전에 들었다면, 난 그렇게 대답했을 거야. 그런데, 해일을 경험하고 나서 나는 당신을 택했어, 우린 서로를 선택했어, 이제 달라졌어. 당신이 있어, 내 곁에. 만약 내가 내일 죽더라도, 나는 쥘리에트처럼 내 삶이 성공한 삶이었다고 말할 수 있을 것 같아.〉

누구도 내 사랑 안에서 안식하지 못했고, 나 역시 누구의 사랑 안에서도 안식하지 못할 것이다

여기서 나 자신의 글을, 그것도 이렇게나 길게 인용한 것을 용서해 주기 바란다. 이것은 내 책 『나 아닌 다른 삶』에서 가져온 글이다. 난 이 책을 12년 전에 썼다. 난 내가 쓴 이 말을 내 온 마음으로, 내 온 영혼으로 믿었을 뿐만 아니라, 내 인생 최고의 시기였던 10년 동안에도 확신을 가지고 계속 믿었다. 나는 이런 사랑은 드물다는 것을 알고 있었다. 또 이런 사랑을 놓치는 사람은 반드시 후회하게 되고, 이제 너무 늦어 버렸다는 쓰디쓴 회한을 맛보게 된다는 것을 알고 있었다. 그토록 많은 사람들이 실패한 것을 나는 성공할 거라고 믿고 있었다.

그런 일은 일어나지 않았다.

착한 물

우리는 계속해서 죽지 않는다. 그럴 수 있을 때까지는 말이다. 우리는 계속 죽지 않지만, 마음은 이미 여기에 없다. 우리는 더 이상 믿지 않는다. 자신의 신용 한도를 다 써버렸고 더 이상 아무 일도 일어나지 않으리라고 생각한다. 하지만 어느 날 무언가가 일어난다. 우리가 바라고 또 두려워하는 미지의 세계가 어떤 낯선 여자, 지금 알기 시작했고, 함께 마요르카섬의 산길을 걷고 있는 여자의 얼굴을 하고 나타난다. 초봄치고는 날씨가 아주 화창하고 따스하다. 걸음을 멈춘 한 대피소에서 우리는 수통을 채우는데, 대피소를 관리하는 부인이 그녀가 아과 헨틸agua gentil이라고 부르는 샘물의 탁월함에 대해 자랑을 늘어놓는다. gentil은 스페인어로 단순히 〈맛이 부드럽다〉는 뜻이다. 대피소의 부인은 맛이 부드러운 물을 말하는 거지만, 이날 이 착한 물[16]은 우리에게 즐거움의 암호명이 된다. 얼마 후에 우리는 산길에서 벗어나 어느 개울가에 있는 희고 편평한 커다란 바위 위에서 잠시 휴식을 취한다. 거의 다 왔어요라고, 내가 알기 시작했고 또 좋아하기 시작한 젊은 여자가 착한 물이 솟아나는 샘물에 대해 알려 준다. 마을에 돌아오고 집에 돌아온 그녀는 요가를 조금 한다. 그것은 엄숙한 요가, 브리티를 꺼뜨리고 삼사라에서 벗어나고 살아 있는 동안 평온하면서도 경이로운 상태를 이뤄 나가기 위한 명상적인 요가가 아니다. 내가 처음에 이 책의 주제로 삼으면서, 어떤 평범한 체조와 혼동하지 말아야 한다고 엄숙하게 설명했던 요가가 아니라 세계 도처에서 그녀 같은 젊은 여자들이 하고 있는 요가다. 요가는 아주 훌륭한 체조라고 생각하고, 파탄잘리가 누구인지도 모르고, 삼사라의 다른 이름은 삶이며, 파탄잘리와 그의 추종자들의 주장과는 반대로 삶은 좋은 것이기 때문에 삼사라에서 벗어나고 싶은 생각이 전혀 없는 세상의 수많은 젊은 여자들이 하고 있는 요가인 것이다. 물론 그것만이 요가는 아니지만, 뭐 어쨌든. 그리고 그녀는 내게 한번 더 기회를 주는데, 밀린 빚이 잔뜩 쌓인 내 외상 장부를 생각하면 너무나 관대한 처사가 아닐 수 없다. 이제 젊은 여자는 아도무카브리크사나라는 자세를 취한다. 머리를 아래로 내리는 데 익숙해져 있다면 그렇게 어려운 자세는

16 프랑스어 원문은 eau gentille인데, gentille은 착하거나 친절하다는 뜻이다.

아니다. 그녀는 벽 가까이에서 양 손바닥을 바닥에 붙이고는 한쪽 다리를, 그다음에는 다른 쪽 다리를 쳐들어 벽에 댄다. 그녀는 이것을 아무런 준비 없이 단 한 동작으로 행한다. 마음이 축제 날처럼 흥겨운데 벽이 하나 보이면 얍, 하고 가볍게, 아무 거리낌 없이, 마치 춤을 추듯이 두 다리를 공중에 들어 올리는 것이다. 그녀의 여름 원피스는 꽃부리처럼 떨어져 내리며 건강하게 그을린 배를 드러낸다. 이제 그녀는 두 발을 벽에서 떼어 발가락을 하늘로 치켜든다. 그녀의 두 다리는 공중에 있고 머리는 아래에 있는데, 머리를 아래에 두면 피가 밑으로 쏠려 얼굴이 시뻘게지기 때문에 누구에게도 좋을 게 없지만 그녀는 아니니, 거꾸로 된 그녀의 얼굴은 싱싱하고 명랑하기만 하다. 쭉 뻗은 두 팔 위에 다리를 하늘로 내뻗고 배를 휜히 드러낸 채로 균형을 잡고 있는 그녀는 그녀 역시 좋아하기 시작하고 있는 남자에게 미소를 짓는다. 그리고 그 남자는 그녀의 삶과 내 삶의 이 순간에 있어서 바로 나다. 나는 뒤피의 해양화가 날 기다리고 있고 나는 그것을 피하지 못하리라는 것을 잘 알지만 조금도 개의치 않으니, 이날 나는 살아 있음에 온전히 행복한 것이다.

친근한 개

에마뉘엘 카레르의 작품 번역 작업은 벌써 네 번째이다. 2017년에 『러시아 소설』, 2018년에 『왕국』, 그리고 2022년에는 『필립 K. 딕』(여기서 연도는 원작이 아닌 한국어 번역판의 발행 연도이다)였다. 그의 작품을 만날 때마다 멀리 떨어져 있다가 이따금 재회하여 몇 시간 수다를 떤 후에 다시 긴 이별로 돌아가곤 하는 오랜 친구를 보는 기분이다. 그 이유는 첫째, 그가 나와 유사한 점이 많기 때문일 거고(그도 나처럼 욕망덩어리, 허영덩어리이고, 충동적이고, 모순투성이이고, 지질하다), 두 번째는 그의 글이 너무 솔직하기 때문이다. 마치 함께 술 몇 병을 마신 후에, 조금의 가식과 위선도 없이 자신의 발가벗은 삶과 영혼을 송두리째 털어놓는 것 같다. 그의 이야기는 너무나 솔직하고 적나라하여 가끔은 듣기 민망할 정도이지만, 〈자아〉와 〈영혼〉 따위에는 눈곱만큼도 관심이 없는 이 분주하고 삭막한 시대에서는 오히려 깊은 우물에서 길어 낸 한 그릇의 시원한 냉수처럼 다가온다.

　카레르는 다양한 주제를 통해 자신을 탐구하는데, 이번에 그 길은 바로 〈요가〉이다. 보통 요가를 주제로 한 책은 요가의 정신적, 육체적 혹은 철학적 미덕을 예찬하는 책이 대부분이어서, 이 책 역시 혼란하고 불안한 삶을 보낸 카레르가 어떻게 〈동방의 지혜로운 수행법〉 요가를 통해 문제들을 극복하고, 〈평온하고도 경이로운〉 상태에 도달하게 되었는지를 이야기하는 책이 아닐까라고 추측하게 된다. 하지만 천만의 말씀이다. 그와는 정반대로, 이 책은 요가의 붕괴를 이야기한다.

　한 번의 이혼을 거쳤지만 다시 행복한 가정을 이루고, 선망받는 인기 작가가 되고, 글쓰기, 명상, 태극권 등을 통해 부지런히 수행해 온 카레르는 50대 후반의 나이에 평정하고도 지혜로운 현인의 모습을 갖추었다고 자부한다. 목가적인 숲속의 요가 수련원에 칩거하여, 방석 위에 가부좌를 튼 카레르의 모습은 마침내 도달한 이러한 이상적 삶의 절정을 보여 준다 하겠다. 하지만 자신에 대해 모든 것을 이해하고, 자신의 삶을 완전히 통제하게 되었다고 믿은 바로 그 순간, 삶은 갑자기 뒤흔들리고 그는 낭떠러지로 추락한다. 『샤를리 에브도』 테러 사건, 절친한 베르나르 마리의 비극적 죽음, 영화 「파탈」을 연상시키는 어느 여인과의 광기 어린 일탈, 양극성 장애 진단, 정신 병원 입원, 그리고 사람들에게서 접하는 세상의 절망적인 모습들…….『요가』는 우리의 지성과 선의와 삶에 대한 환상을 정면으로 부정하는 소름 끼치는 몰락과 해체의 과정을 보여 준다. 그리고 이 미쳐 날뛰는 폭풍우 속을 표류하다 어느 낯선 해변에서 정신을 차린 카레르는 자신을 이렇게 묘사한다.

30년 동안 혼란에서 벗어나기 위해, 평온하고도 경이로운 상태를 끈기 있게 만들어 나가기 위해 자신에게 내 삶을 이야기해 왔다. 여러 번의 붕괴와 우울증 발작에도 30년 동안 이 모든 것을 믿어 왔다. 하지만 결과는 무엇인가? 노년이 다가오는 지금, 집이 있고, 가족이 있고, 현명해지고 행복해질 수 있는 모든 것이 있건만 나는 이렇게 새우처럼 웅크리고 있는 것이다. 몰락해 버린 어느 외로운 여자의 집, 주소도 남기지 않고 남반구의 어딘가로 훌쩍 떠나 버린 어떤 여자의 텅 빈 집에, 겨우 한 사람 누울 수 있을까 말까 한 침대에 이렇게 비루한 개처럼 혼자 누워 있는 것이다.

비루한 개……. 이게 바로 인생의 결산이다. 그렇다, 삶의 황혼 녘에 이른 우리는 빛나는 거인도, 지혜로운 현인도, 품위 있고 고상한 노신사도 아니요, 그저 한 마리 비루한 개일 뿐이었다.

그렇다면 〈비루한 개〉가 이 책의 결론인가? 아니, 이 책의 결론은 개는 개로되, 〈비루한 개〉는 아니고, 〈친근한 개〉다. 이 책이 참으로 드라마틱한 것은 생의 빛나는 정점

에 이르렀다고 믿었을 때 느닷없이 파멸이 찾아오고, 더
이상 아무런 희망이 없다고 생각했을 때, 바로 거기서 생
각지 못했던 새순이 움튼다는 점이다. 다음의 구절은 역
자 개인적으로 너무나 아름답게 느껴지고, 또 이 책의 핵
심을 잘 표현했다고 생각되기에 다소 길지만 그대로 인용
한다.

나는 푸시킨 카페의 등나무 의자에 앉아 미토스 맥주
를 서두르지 않고 조금씩 마시면서, 두서없이 떠오르는
한심하고도 가련한 생각들을 아주 평온한 마음으로 내
옆에 머무르게 놔두었다. 난 별로 신경 쓰지 않고서 흘
러가는 대로 이 생각들을 지켜보았다. 가장 강박적인
것들, 가장 유독한 것들은 거의 외울 정도였는데, 그것
들이 다가와도 더 이상 내 영혼을 삼키려 덤벼드는 마귀
들처럼 보이지 않고, 차라리 약간 땅딸막하고 사람을
조금 귀찮게 만드는 친근한 개들처럼 느껴졌다. 우리가
라르쿠에스트에서 여름을 보내곤 했을 때 내 아들들이
너무나 좋아했던 〈불쌍한 친구〉처럼, 끊임없이 사람을
핥거나 발을 올려놓으려 하고, 또 막대기를 하나 던져
주면 헐떡거리며 물어 와서는 꼬리를 흔들면서 곧바로
다시 해주기를 바라는, 그런 종류의 늙은 개들 말이다.
하여 나는 막대기들을 던지고 또 던졌다. 그렇게 허영
심의 막대기를, 자신에 대한 증오의 막대기를, 너무 늦
었다는 생각과 너무 늦었다는 생각에 동반되는 쓰디쓴

맛의 막대기를 던지고 또 던지다가, 어느 순간 〈이젠 됐어〉라고 중얼거리며, 귀찮게 구는 늙은 개들은 좀 실망한 기색으로 주위에 서성거리게 놔두며 선잠에 빠져들곤 했다.

카레르는 이렇게 〈비루한 개〉인 자신과 화해한다. 비루한 개는 〈친근한 개〉, 즉 허물없는 친구가 되는 것이다. 비루한 개인 자신을 받아들이는 것, 이게 바로 〈요가〉이다. 요가의 마지막 정의는 무엇인가? 그것은 〈오줌 눌 때 오줌 누고, 똥 쌀 때 똥 싸는 것이다〉. 더 이상 어깨에 힘주지 않고, 헛된 환상, 헛된 희망에 사로잡히지 않고, 내가 기어코 행복하고야 말리라, 기어코 성공하고야 말리라라고 애쓰지 않고, 모든 것을 내려놓고서 자신과 비루한 삶을 있는 그대로 보고, 받아들이고, 또 그것과 더불어 사는 것이다. 빛뿐 아니라 어둠도, 행복뿐 아니라 불행도, 삶뿐 아니라 병과 노쇠와 다가오는 죽음마저도 담담히 받아들이는 것이다.
그렇다. 이것은 바로 〈체념〉이요, 〈달관〉이다. 우리에게 그리 낯설지 않은 이 개념들을 깨닫는 것이, 이 프랑스 작가에게는 왜 그렇게 힘들었던 걸까? 그가 기독교와 합리주의에 찌든 오만한 서구인이기 때문에? 아니면 유독 에고와 욕망이 강한 사람이기 때문에? 아니면 유복한 환경 속에서, 성공으로 점철된 순탄한 삶을 살았기 때문에? 어쨌거나 내가 보기에 카레르는 확실히 이 달관의 경지를 맛본 듯하고, 이 책이 특별히 가슴에 와닿는 이유는 〈나〉의 진실에 이르는 영혼의 오디세이아를 너무나 거짓 없이, 너무나 치열하게 들려주고 있기 때문이다.

뜬금없는 소리 같지만, 난 가끔 〈과연 카레르가 노벨 문학상을 받을 수 있을까?〉라는 생각을 해본다. 오로지 자신의 에고에만 몰두하는 작가, 그것도 어떤 이상적인 인간상을 그린다기보다는 비루하고, 지질하고, 역겹기조차 한 자신의 내면을 밑바닥까지 꺼내 보이는 이 〈관종〉 같은 작가가? 하지만 만일 내가 노벨 문학상 선정 위원이라면 카레르에게 기꺼이 한 표를 던지겠다. 왜냐하면 누군가의 말마따나 〈가장 개인적인 것이 가장 보편적인 것이기〉 때문이기도 하지만, 무엇보다도 돈과 풍요와 테크놀로지와 범람하는 허황된 픽션들에 함몰된 이 시대, 인간 영혼의 진실된 자기 성찰이 너무나 희귀한 이 시대에 카레르는 정말로 소중한 작가이기 때문이다.

2023년 10월 파주에서
임호경

옮긴이 **임호경** 1961년에 태어나 서울대학교 불어교육과를 졸업했다. 파리 제8대학에서 문학 박사 학위를 취득했으며, 현재 전문 번역가로 활동하고 있다. 옮긴 책으로는 피에르 르메트르의 『오르부아르』, 『사흘 그리고 한 인생』, 『화재의 색』, 『우리 슬픔의 거울』, 에마뉘엘 카레르의 『왕국』, 『러시아 소설』, 요나스 요나손의 『킬러 안데르스와 그의 친구 둘』, 『셈을 할 줄 아는 까막눈이 여자』, 『창문 넘어 도망친 100세 노인』, 베르나르 베르베르의 『신』(공역), 『카산드라의 거울』, 조르주 심농의 『리버티 바』, 『센 강의 춤집에서』, 『누런 개』, 『갈레 씨, 홀로 죽다』, 앙투안 갈랑의 『천일야화』, 로런스 베누티의 『번역의 윤리』, 스티그 라르손의 〈밀레니엄 시리즈〉, 파울로 코엘료의 『승자는 혼자다』, 기욤 뮈소의 『7년 후』 등이 있다.

요가

발행일 2023년 10월 15일 초판 1쇄

지은이 에마뉘엘 카레르
옮긴이 임호경
발행인 홍예빈 · 홍유진
발행처 주식회사 열린책들

경기도 파주시 문발로 253 파주출판도시
전화 031-955-4000 팩스 031-955-4004
www.openbooks.co.kr

Copyright (C) 주식회사 열린책들, 2023, *Printed in Korea.*
ISBN 978-89-329-2350-5 03860